El Club
de las Madres Novatas

Si tienes un club de lectura o quieres organizar uno, en nuestra
web encontrarás guías de lectura de algunos de nuestros libros
http://www.maeva.es/guias-lectura

Este libro se ha elaborado con papel procedente de bosques
gestionados de forma sostenible y de fuentes controladas,
certificado por el sello de FSC (Forest Stewardship Council),
una prestigiosa asociación internacional sin ánimo de lucro, avalada por
WWF/ADENA, GREENPEACE y otros grupos conservacionistas.
Código de licencia: FSC-C007782.
www.fsc.org

MAEVA desea contribuir al esfuerzo colectivo y permanente de proteger
y preservar el medio ambiente con el compromiso de producir nuestros
libros con materiales responsables.

Fiona Higgins

El Club
de las Madres Novatas

Una novela sorprendente
sobre la maternidad

Traducción:
Jofre Homedes Beutnagel

MAEVA

Título original:
THE MOTHERS' GROUP

Diseño e imagen de cubierta:
Elsa Suárez, Shutterstock

Fotografía de la autora:
© Allen & Unwin

© Fiona Higgins, 2012
   Publicado originalmente por Allen & Unwin
© de la traducción: Jofre Homedes Beutnagel, 2015
© MAEVA EDICIONES, 2015
   Benito Castro, 6
   28028 MADRID
   emaeva@maeva.es
   www.maeva.es

ISBN: 978-84-15893-92-9
Depósito legal: M-312-2015

Fotomecánica: Gráficas 4, S.A.
Impresión y encuadernación: Huertas, S.A
Impreso en España / Printed in Spain

*Para mi madre, Lesley, que lo hizo más que bien
con sus tres hijos en condiciones muy difíciles*

Ginie

Estaba desnuda en la duna, con la arena mojada en la piel. A través de la bruma marina, deshecha en lánguidas volutas sobre la playa, se llamaban las parejas de gaviotas, volando en círculos.

El olor de algas en putrefacción resultaba molesto mientras la lengua y las manos de él se deslizaban por su cuerpo.

Bajó la vista y lo vio más allá de su vientre desnudo.

«Déjate llevar —dijo él—. Déjate llevar.»

Ella arqueó la espalda al tiempo que apretaba en sus puños miles de granos de arena…

Un golpe brusco en la puerta sobresaltó a Ginie y le hizo abrir los ojos. Parpadeó al tomar conciencia de dónde estaba. En el sofá. En el salón. Junto a Rose. El sueño se alejó a gran velocidad, sumiéndola en la decepción. Se sentía engañada.

El sexo se había convertido en algo del pasado, como otros placeres tan simples como dormir hasta tarde los domingos y ducharse sin interrupciones. La llegada de Rose había significado la brusca desaparición del apetito sexual. Cerró de nuevo los ojos y se preguntó si alguna vez lo recuperaría. Aquel delicioso abandono sexual con Daniel, un grado de intimidad que nunca había conocido…

Volvieron a llamar con más insistencia.

Que estoy cansada, joder, pensó. Vete.

Echó un vistazo a Rose: un paquetito rosa en un moisés a la antigua, regalo nostálgico de su abuela. No se había inmutado por los golpes. Una vez que se dormía, no la despertaba casi nada.

9

Quizá, pensó Ginie, si me quedo como estoy y no hago ruido, se marchen…

Contempló el moderno candelabro colgado encima de ella, que reflejaba la luz de la mañana en sus cuentas de cristal. ¿Qué hora era? No podía haber dormido mucho tiempo. Aún tenía el portátil sobre las rodillas, con el cursor parpadeando en un mensaje escrito a medias.

Hacía cinco semanas que había salido del hospital y Rose lo estaba haciendo todo bien. Tomaba biberón, se acostumbraba bien al nuevo entorno y, para ser recién nacida, dormía de maravilla. Un bebé de manual, decía la madre de Ginie. Qué narices iba a saber ella.

Al pensar en su madre sintió la rabia de siempre. Intentó tranquilizarse respirando profundamente.

Su *coach,* de tendencias budistas, que le había enseñado a tener una «atención plena», la dirigía a observar su rabia como si no fuera con ella. Al parecer formaba parte del proceso de asimilar la ausencia de su madre durante la niñez. Si su madre hubiera estado enferma, o muerta, habría sido más fácil de entender, pero no, era directora de una escuela primaria y había consagrado su vida a la educación, trabajando como una esclava tanto en épocas lectivas como en vacaciones para que miles de niños cosecharan los frutos de su dedicación. Niños de otras madres, había pensado Ginie algunas veces.

Cuando su madre no trabajaba, siempre parecía más ocupada con sus otros hijos. Ginie recordaba los fines de semana en los partidos de fútbol de su hermano mayor, con su madre ronca de tanto animarlo, o sentada a su lado en las consultas de un sinfín de especialistas, desde cirujanos ortopédicos a psicólogos ocupacionales, hablando de los problemas médicos de su hermana pequeña. «Nació con displasia de cadera —le explicaba su madre a todo el mundo—. Tiene una pierna más larga que la otra.» Ginie era la del medio, la responsable, la obediente, la sensata, eterna ganadora del Oscar a la mejor actriz secundaria en las películas de sus hermanos.

De todos modos, daba igual. Al pensar en su presente, Ginie tenía una cosa muy clara: que era mucho mejor que el de sus hermanos. Ahora le tocaba a ella.

Exhaló, confortada por este pensamiento.

Los golpes a la puerta se hicieron más fuertes.

Volvió a mirar a Rose con la seguridad de que se despertaría por el ruido.

Detrás de las vidrieras opacas de la puerta principal se dibujaban dos siluetas. En su iPhone parpadeaba impaciente una alerta: «Daniel (móvil)». Otra vez su marido.

«He quedado en que vayan a pintar el cuarto de la niña. Están fuera, esperando.»

Ginie puso los ojos en blanco. Es imbécil perdido.

Desde que sabían que estaba embarazada le había pedido muchas veces que pintase el cuarto de la niña. Ella estaba hasta arriba de trabajo con el traspaso que implicaba la baja maternal. Como abogada de mayor rango dentro de la empresa, ganaba un sueldo sustancioso que les permitía que Daniel se dedicara a sus actividades de escritor y fotógrafo. Casi siempre infructuosas.

—Estoy cansada —se había quejado Ginie al octavo mes de embarazo—. Necesito que le des otra mano de pintura al cuarto, de verdad. Por favor, Daniel.

—Tranquila, que ya lo pintaré. —Siempre la misma respuesta.

Luego había nacido la niña, con un mes de antelación, y a Daniel se le había acabado el tiempo.

Tras releer el mensaje, Ginie tiró el teléfono a la mesa de centro.

¿Rabia?, pensó. Lo que estoy es muy cabreada.

Rose se movió un poco en el moisés. Por el forro de muselina apareció un bracito y toda la rabia de Ginie se esfumó de golpe. Estaba enamorada de Rose desde el mismo momento en que la habían sacado de su cuerpo, cubierta de vérnix, y la había visto retorcerse. Se sorprendió de la profunda ternura que despertaba en ella aquel ser tan pequeño y misterioso.

11

Se quedó un momento fascinada con el gesto de su hija, que movía en el aire los dedos de su frágil mano. Aquellos dedos indecisos eran tan pequeños como las uñas de Ginie. Mi hija. Sacudió la cabeza con asombro. Con lo abstracto que parecía el concepto hasta hacía pocos meses... Y ahora era madre de aquel ser vivo, blando, lechoso, dotado de su propio aliento.

Seguían llamando. Era imposible seguir fingiendo que no lo oía.

Echó un vistazo a su reloj de pulsera e hizo el esfuerzo de bajar del sofá. Faltaba poco para la primera sesión del grupo de madres. Hacía una semana que le habían mandado un recordatorio del centro de salud infantil del barrio, pero lo había ignorado. No se imaginaba nada peor que sentarse a comer galletas y hablar de bebés con un grupo de desconocidas. En cambio, ahora, con el aporreo de la puerta, asistir a un encuentro de madres le parecía una buena alternativa al plan de ver cómo se secaba la pintura.

Abrió la puerta y acompañó a los pintores al cuarto de la niña, en el más bajo de los dos niveles de la casa. Después puso a Rose en el cochecito y fue a buscar el bolso cambiador, una manta de conejos y varios peluches.

—Nicole, que nos vamos. Tardaremos una o dos horas —dijo por la escalera.

No oyó respuesta. La niñera había llegado el día antes desde Irlanda, pero aún no daba señales de vida, seguro que por el *jet lag*.

El centro de salud infantil estaba sobre una colina, a un corto paseo desde el aparcamiento, pero el cochecito todoterreno que había comprado Daniel la semana anterior pesaba demasiado para manejarlo, así que no tuvo más remedio que hacer una parada para respirar. Le dolía la cicatriz de la cesárea bajo los vaqueros. Era un día luminoso de junio, con un cielo tan azul que casi dolía mirarlo. Cerúleo, habría dicho Daniel, tan literato él.

Llegó al centro cuando ya había empezado la sesión. Odiaba llegar tarde, en general. Nerviosa, empujó la puerta con tal fuerza que la hizo chocar con la pared. Un grupo de mujeres se giró.

—Perdón —murmuró.

Les dio la espalda para intentar subir el cochecito de Rose por el escalón.

—Mierda.

Le pesaba mucho la puerta en la espalda, y el cochecito no se dejaba dominar. Soy licenciada en derecho, pensó, y ni siquiera puedo cruzar la puerta con un cochecito de bebé.

Apareció a su lado una mujer con el pelo de color miel.

—Espera, que te ayudo —se ofreció, mientras sujetaba la puerta.

—Gracias —contestó Ginie al meter el cochecito en la sala—. Es que aún no le he pillado el truco.

—Pesan, ¿eh? A mí el otro día se me quedó atascado en la caja del súper y tuvo que ayudarme un guardia de seguridad. Me dio una vergüenza… —La mujer le sonrió—. Por cierto, me llamo Cara.

—Ginie.

—¡Hola, hola! Pasa.

Frente al grupo había una mujer con gafas y el pelo plateado, que le hizo gestos a Ginie con un portapapeles. Debía de ser Pat, la locuaz comadrona que la había llamado varias semanas antes por teléfono para interesarse por el posparto. Ginie no había querido que fuera a verla a casa.

—Siéntate, Ginie —dijo mientras consultaba el portapapeles y ponía una marca al lado de su nombre—. Yo soy Pat. Llegas justo a tiempo para las presentaciones.

Había un semicírculo formado por una docena de sillas, más de la mitad vacías. Las de al lado de la puerta estaban casi todas ocupadas. Como si todas tuvieran ganas de huir, ironizó Ginie, sarcástica.

Cara volvió a su silla, en medio del semicírculo, y se asomó a un moisés para ver cómo estaba su bebé. Ginie condujo el cochecito hacia un sitio vacío al otro lado de donde estaba Pat, esquivando capazos y bolsos cambiador. Se sentó al lado de una mujer de pelo negro ondulado y unos ojos de un verde impresionante, que intentaba tranquilizar a su bebé. Sonrió a Ginie con cara de agobio a la vez que intentaba encajarle un chupete en la boca al pequeño, cosa que solo sirvió para empeorar la rabieta del crío, que se retorcía en el moisés con la cara muy roja.

—Shhh, Rory, shhh —lo consolaba ella.

Al intensificarse el llanto se levantó de la silla y empezó a pasear el cochecito por la sala.

—Bueno —dijo Pat—, ahora que habéis llegado todas vamos a empezar. Bienvenidas. —Sonrió—. Todas estáis aquí porque en las últimas seis semanas habéis tenido un hijo, y porque vivís en la zona de Freshwater o en la de Curl Curl. Empezaremos por conocernos. Quiero que nos digáis vuestro nombre y el del bebé, y que nos contéis algo sobre vuestra experiencia al dar a luz. Comenzaremos por delante.

Le hizo una señal con la cabeza a Ginie, que se removió en su asiento. Estaba acostumbrada a hablar en público por trabajo, pero aquello era diferente. Sintió un extraño nerviosismo.

—Bueno, a ver, me llamo Ginie —empezó—, y esta de aquí es Rose, que evidentemente está dormida.

Miró a Rose y se dio cuenta por primera vez de cuánto se parecía a Daniel. Tenían los mismos pómulos marcados y los mismos ojos intensamente azules. Después miró de nuevo a Pat. Ya no se acordaba de lo que tenía que decir.

—¿Quieres contarnos algo de tu experiencia al dar a luz? —le ayudó Pat.

—Ah, sí, perdona.

Dar a luz. No le había descrito la experiencia propiamente dicha a nadie. Prefería olvidarla.

—Pues… estuve quince horas de parto, y al final me hicieron la cesárea.

Pat asintió con la cabeza; era la viva imagen de la preocupación.

—¿Y cómo lo viviste?

Ginie se encogió de hombros.

—La verdad es que fue un alivio indescriptible. Me alegré de que hubiera salido.

Se oyó una risita.

—Muy bien. La siguiente.

Pat le hizo una señal con la cabeza a una rubia voluptuosa. Ginie se sentó, aliviada de no ser el centro de atención.

Cuando llegó Rose, a las treinta y seis semanas, Ginie no estaba preparada. Eran las siete y treinta y cinco de la mañana. Ginie conducía su BMW negro de dos puertas por el puente Spit, famoso por sus atascos en hora punta. A cualquier otra hora del día solo tardaba media hora en ir de su casa de Curl Curl al centro financiero de Sídney, pero aquella mañana, ya llevaba una hora detrás del volante. Estaba hablando con un cliente, inclinada hacia el altavoz del salpicadero. Se miró el regazo. Por debajo se había derramado un líquido claro y rojizo que se extendía por la tapicería de color crema. Al principio se lo quedó mirando como si no fuera con ella. Después abandonó su carril, se acercó al arcén, encendió las luces de emergencia, cortó la llamada de golpe y llamó a Daniel.

—Me pasa algo. He… he llenado el coche de sangre.

—Tranquila, Gin, respira —dijo él—. ¿Te ves capaz de ir en coche al hospital?

—¡Daniel, joder! ¿A ti qué te parece?

—Vale, vale, ahora llamo a una ambulancia. ¿Dónde estás, exactamente?

El equipo de la ambulancia determinó enseguida que ni ella ni el bebé corrían peligro.

—El bebé ha dado un par de patadas, lo cual es buena señal —informó uno de ellos.

—¿Y la sangre? —preguntó Ginie.

—Parece que ha empezado a sangrar la placenta —respondió el hombre—. Al final del embarazo es bastante normal. Pronto será mamá.

—Casi coincide con el Día de la Madre —comentó el otro—. Qué bien lo ha planeado, ¿eh?

Uy, sí, muy bien, pensó ella; por eso llego al hospital en ambulancia y recostada en una camilla con ropa de oficina.

—¿Qué, nos querías asustar? —bromeó el ginecólogo al conectar el cardiotocógrafo a su abultado abdomen—. Vamos a ver qué pasa aquí dentro.

La exploración confirmó que el bebé estaba perfectamente.

—Has tenido un sangrado de placenta —corroboró el médico—. Esperaremos doce horas a ver qué pasa. Lo siento, pero tendrás que quedarte aquí en el hospital.

Al menos Ginie se había traído el portátil.

Varias horas después sintió la primera contracción. Sin embargo, tras quince horas su cérvix solo había dilatado cinco centímetros. Estaba empapada de sudor, y exhausta. Daniel, a su lado, le ofrecía agua, una toallita húmeda, protector labial… ¿Y qué narices pretendes que haga? —tenía ganas de gritarle Ginie—. ¿Metértelo en el culo? Lo que hizo fue ignorarlo y dar vueltas por la habitación, y apretar un cojín en los peores momentos de las contracciones.

Se arrepentía de no haber optado por una cesárea voluntaria. Con treinta y nueve años y un seguro privado podría haberlo exigido, pero en parte quería *conquistar* el parto, y salir victoriosa como había salido de todos los retos de su vida. La cesárea electiva parecía una manera de escurrir el bulto, y Ginie no era de las que se rendían fácilmente.

—Ginie…

Era una voz lejana. Levantó la cabeza del cojín y vio que era el ginecólogo quien la hablaba.

—El bebé presenta señales de estrés. Voy a aconsejar cesárea.

—Vale.

A esas alturas ya le daba igual. Cerró los ojos con fuerza al sentir otra angustiosa contracción.

La operación fue una bruma de anestesia y sensaciones desconcertantes. Estuvo consciente de principio a fin, con Daniel a su lado, acariciándole el pelo. Sobre su abdomen, dos ginecólogos hablaban entre ellos como pilotos durante el aterrizaje de un Jumbo.

—Yo iría por aquí. Menos vascular —dijo uno.

—¿Sí? —contestó el otro—. Yo prefiero una ruta que afecte menos la musculatura.

De repente Ginie tuvo náuseas.

—Me parece que me voy a morir —musitó.

El anestesista, un cincuentón impasible, se inclinó hacia ella.

—Solo te está bajando la presión —informó con bastante amabilidad—. Ahora mismo lo arreglo.

Inyectó un líquido claro en el gotero. Ginie se sintió mejor casi enseguida.

Aferrada a la mano de Daniel, le rogó que hablara con ella para no oír los comentarios asépticos de los ginecólogos.

De repente notó unos estirones vigorosos, como si le estuvieran desgarrando las entrañas.

Ya no lo aguantaba más.

—Daniel, me…

—Aquí está —anunció uno de los ginecólogos.

Por el límite inferior de su campo visual apareció un bebé ensangrentado que ni siquiera lloraba. Era niña. Una niña perfecta.

La llevaron a la habitación con muchos dolores. La herida —una incisión en piel y músculo— se hacía sentir al menor movimiento. Los calmantes que le habían administrado no parecían muy eficaces. Observó con interés que las cortinas empezaban a ondular sin que las moviera nadie, inflándose ante la ventana cerrada. Sabía que era una alucinación narcótica, pero el dolor seguía empeorando.

Intentó explicárselo a las tres de la mañana a una comadrona de aspecto displicente.

—Pues más calmantes no te tocan —fue su severa respuesta—. Una operación, que es lo que es la cesárea, duele. Los partos naturales tratan mucho mejor al cuerpo. El dolor es muy subjetivo, cariño.

Y se fue, atareada.

Ginie no tenía fuerzas para discutir, así que se recostó en la almohada, vencida. Rose estaba en la sala de neonatos. La traerían las comadronas cuando se despertara. Ginie se moría de ganas de volver a tenerla entre sus brazos, de hundir la nariz en sus blandos pliegues de carne, pero ni siquiera podía bajar de la cama. El murmullo de la sala de neonatos se oía desde el otro lado del pasillo. Cada vez que se abría la puerta, los bebés parecían gatos maullando en un callejón.

Seis horas después le temblaban los brazos y las piernas debajo de la sábana, sin poder controlarlos. La herida dolía una barbaridad, y supuraba por el parche de gasa fijado a su pelvis con esparadrapo. Sus pezones estaban irritados a causa de varias tentativas infructuosas de que Rose se le enganchara al pecho. Para que hablen tanto de lo natural, pensó mientras una comadrona se los palpaba como una granjera ordeñando una vaca. A pesar de sus esfuerzos no había sucedido gran cosa. Del pezón derecho había brotado una sustancia acuosa que la comadrona había intentado capturar con una jeringuilla.

—Hola —dijo una voz alegre—. ¿Cómo va la mañana?

A aquella enfermera nunca la había visto. Era una joven pelirroja, que se acercó con paso resuelto a la ventana y descorrió las cortinas. El sol dolía en los ojos.

La enfermera se giró hacia ella.

—Estás temblando. ¿Te encuentras bien?

A Ginie se le saltaron las lágrimas sin previo aviso.

—¿Cómo van los dolores? —preguntó la enfermera.

La voz de Ginie se quebró.

—Llevo toda la noche diciéndoles a las imbéciles de tus compañeras que me duele mucho, pero les interesa más que me salga la leche. Del dolor pasan como de la mierda.

La enfermera puso cara de sorpresa. Ginie se avergonzó enseguida y se puso a llorar.

—Lo siento.

—Ahora mismo lo arreglamos —dijo la enfermera. Le acarició la mano—. Pobre, no te debería doler tanto. Voy a llamar al anestesista para que te recete algo más fuerte.

Su amabilidad redobló el llanto de Ginie, que se tapó la cara con las manos y sollozó entre convulsiones.

—Tranquila, se te pasará —dijo la enfermera, dándole un pañuelo de papel—. Cuando ya no te duela lo verás todo mucho mejor.

Ginie lo dudaba.

—Hola a todas. Me llamo Suzie.

Ginie dio un respingo. La rubia voluptuosa se puso un mechón de tirabuzones detrás de las orejas. Sus ojos, de color azul claro, saltaban nerviosos al mirar la sala. Ginie calculó que no tendría mucho más de veinticinco años.

Suzie lanzó una mirada al cochecito aparcado a su lado. El bebé hacía ruido de chupar.

—Creo que Freya tiene hambre —dijo con tono de disculpa.

Se abrió los primeros botones de la chaqueta de punto beis y se llevó el bebé al pecho.

Ginie apartó la vista, un poco incómoda. Consideró por un momento si, de haber insistido con la lactancia materna, su pecho habría presentado aquel aspecto. No lo había hecho. Tras cinco días infructuosos de compresas calientes y sacaleches en el hospital, se fue a casa con un bote de leche en polvo y un biberón de plástico. «Hacía años que no veía a nadie con tan poca leche», había dicho una de las enfermeras.

Ginie se quedó abatida. En todas partes pregonaban las ventajas de la leche materna: su ginecólogo, su madre…, hasta Daniel era partidario de ella, y Ginie supuso que vendría como algo natural. Nadie tuvo en cuenta la posibilidad de que no pudiera dar de mamar, y aún la habían preparado menos para la terrible sensación de culpa de no poder hacerlo. Al ver la naturalidad con la que Suzie daba el pecho a su bebé, se sintió

19

culpable de haber privado a Rose de la mejor manera de empezar a vivir.

Costaba discernir si era niña o niño. Era un bebé regordete y rosado, con una mata de pelo casi blanco en la coronilla.

Suzie carraspeó.

—Mi hija se llama Freya —empezó a explicar—. Por la diosa escandinava del amor.

Ay, Dios mío, pensó Ginie. *Flower power* a tope.

—Mi pareja es de ascendencia sueca —continuó Suzie—. Bueno, mejor dicho, mi expareja. Nos separamos al séptimo mes de embarazo, así que mi experiencia al dar a luz… —De repente se le pusieron llorosos los ojos azules—. Bueno, en el hospital me tocó una comadrona súper cariñosa, pero…

Se tapó la boca con la mano y sacudió la cabeza sin poder seguir.

Nadie se movió. Ginie miró a Pat deseando que interviniera, pero Pat se quedó con la cabeza ladeada y una expresión contemplativa en los ojos.

Al final habló alguien.

—Debió de ser duro.

Ginie se giró hacia la voz. Era Cara, la que le había ayudado con la puerta.

—¿Te importa si sigo yo? —le preguntó a Suzie, que negó con la cabeza, claramente aliviada.

—Me llamo Cara —continuó la otra mujer—, y esta es Astrid.

Se agachó hacia el cochecito, echándose encima del hombro una gruesa coleta. Era una mujer con un atractivo discreto, con curvas y unos ojos marrones llenos de vida. Su alegría era contagiosa.

Sonrió de oreja a oreja al levantar a un bebé rechoncho, entre rubio y pelirrojo. Papá debe de ser pelirrojo, pensó Ginie.

—Astrid nació diez días después de salir de cuentas, y por eso tenía un poco de prisa. —Se la puso en el hueco del brazo y le acarició el pelo—. La primera contracción la tuve a las seis, y dos horas después ya había nacido. Otra suerte fue que no me dolió mucho. Supongo que me esperaba lo peor.

Pat dio una palmada.

—Fantástico. ¿A alguien más le sorprendió agradablemente la experiencia de dar a luz?

—A mí.

Era la mujer a cuyo lado se había sentado Ginie, y que había estado empujando el cochecito sin parar por toda la sala.

—Me llamo Miranda. —Señaló una gasa que tapaba el cochecito—. Este es Rory. Me parece que aún no puedo parar de pasearlo. —Se asomó por la tela. Ginie vislumbró algo de pelo oscuro—. Bueno, al menos ha cerrado los ojos.

Miranda se llevó a la boca una botella de agua y bebió varios tragos. Ginie admiró su perfil: era alta, esbelta, sin ningún rastro de sobrepeso posparto. Sus ojos verdes destacaban la piel traslúcida, sembrada de atractivas pecas. Su melena caía en ondas negras sobre unas orejas un poco puntiagudas que le daban cierto aspecto de duende. Supuso que tendría poco más de treinta años. Llevaba en el dedo anular un brillante considerable que reflejó la luz mientras volvía a enroscar el tapón de la botella de agua.

—¿Qué nos cuentas de tu experiencia al dar a luz, Miranda? —preguntó Pat.

—Pues que pensaba que sería horrible. —Miranda se encogió de hombros—. Pero me gustó bastante.

A Ginie le extrañó que alguien pudiera asociar el parto al verbo «gustar».

—Claro que antes había hecho mucho yoga prenatal y ejercicios de respiración —añadió Miranda—. Debieron de ayudarme a moverme durante las contracciones.

Mírala ella, qué perfecta, pensó Ginie.

Pat se iluminó como un árbol de Navidad.

—Supongo que también te habrán ayudado a recuperarte.

Miranda sacudió la cabeza.

—Ahora ya no tengo mucho tiempo para el yoga. Tengo en casa otro niño de tres años, del primer matrimonio de mi marido.

Ginie levantó una ceja. Quizá no fuera tan perfecta.

—Pero algo descansarás cuando lo tiene su madre, ¿no? —preguntó Pat esperanzada.

—No —contestó Miranda—. La madre de Digby murió cuando él tenía seis meses.

Dios santo, pensó Ginie con bastante sentimiento de culpa.

—Ah… —Pat sonó desanimada, pero se recuperó—. Bueno, pues uno de los temas de las próximas semanas será «encontrar tiempo para una misma». Cuando hay un hermano mayor al que cuidar, es doblemente importante programarse tiempo a solas.

Miranda no parecía muy convencida.

Pat miró al resto del grupo.

—Bueno, a ver… ¿Quién falta?

Levantó la mano una mujer pálida y seria.

—Me llamo Pippa.

Tenía el pelo castaño claro, grasiento, recogido en un moño en la coronilla. Era una mujer muy menuda, con un temblor infantil en su voz aguda, aunque las finas arrugas de sus ojos parecían indicar más de treinta años. Vestía de modo anodino, con un jersey gris de alto cuello, amorfo, y una falda tobillera negra.

—La que duerme es Heidi. —Señaló con la cabeza un cochecito enorme, envuelto por una red negra para combatir el viento que impedía ver al bebé—. Mi experiencia al dar a luz no fue agradable.

Ginie se inclinó, porque no la oía bien.

—¿Te apetece explicarnos algo? —preguntó Pat.

—La verdad es que no.

Pat titubeó. Se notaba que no estaba acostumbrada a respuestas tan directas.

—Vale, vale —repuso efusivamente—. Tienes todo el derecho.

Pippa cambió de postura y se alisó la falda en las rodillas sin reflejar ninguna emoción en sus ojos castaños.

—Y ahora… los últimos serán los primeros. —Pat consultó el portapapeles—. ¿Made… y el pequeño Wayne?

Levantó la mano una mujer asiática, tan pequeña que casi parecía una muñeca. Tenía la cara en forma de corazón, y unos ojos marrones que irradiaban calidez. Se echó hacia atrás la lustrosa media melena negra con unos dedos largos y elegantes.

Después sonrió a las demás con timidez, ofreciendo el contraste de sus dientes blancos con su piel de color caramelo. Casi parecía demasiado joven para ser madre.

—Mi llamo Made. —Pat había pronunciado «Meid», pero ella lo dijo como «Madei»—. Y este pequeño bebé Wayan.

El bebé gorjeó por debajo de un *sarong* de colores que tapaba el cochecito. Made sacó una criatura de color *toffee* y abundante pelo negro, que levantó para mostrársela al grupo.

—Mi primero hijo —dijo orgullosa.

Ginie se aguantó un grito. La boca abierta del bebé estaba desfigurada por algún tipo de excrecencia bulbosa que, adherida a su labio, se extendía hacia la nariz.

Paseó una mirada por la sala. Las otras ponían cara de palo. Made acariciaba con la boca la oreja de su hijo, sin fijarse en nada.

La primera en hablar fue Pat.

—¿Te… te apetece contarnos algo sobre la experiencia de dar a luz, Made?

Made se quedó un momento pensativa.

—Duele mucho —dijo—. Pero es… bebé sano. Se agradecía.

Ginie sonrió. El inglés de Made era rudimentario, pero el sentido estaba claro.

—Muy bien, muy bien —observó Pat. Hojeó sus apuntes—. Ahora que nos hemos presentado, vamos a hablar un poco de cómo funciona el grupo. Mi papel es ayudaros en el maravilloso viaje de la maternidad, porque ser mamá es el trabajo más importante del mundo.

Ginie miró su reloj.

—Hoy hablaremos del sueño, algo que interesa a todas las madres primerizas. —Pat rio entre dientes—. Dormir es importantísimo para el crecimiento y el desarrollo del bebé.

Su tono había adquirido una estudiada cantinela. Ginie se preguntó cuántas veces había soltado el mismo rollo a un grupo de nuevas madres.

La sesión se alargó media hora más. Ginie dedicó gran parte del tiempo a leer mensajes de trabajo en su iPhone, escondida detrás del bolso cambiador que tenía sobre las rodillas. Oficialmente había pactado tres meses de baja maternal, pero como única especialista de la empresa en fondos de capital riesgo no podía fiarse de que Trevor, un colega de inversiones privadas, gestionara bien su cartera. Cada cierto tiempo consultaba su correo electrónico, y a menudo le mandaba a Trevor instrucciones de dos líneas que no solían recibir respuesta. Sus colegas parecían reacios a, como decían ellos, «molestarla» tan poco tiempo después del nacimiento. Nunca se había sentido tan desconectada de su vida laboral.

—Ah, chicas, una cosa más —dijo Pat, girándose hacia la pizarra—. Nos reuniremos una vez por semana hasta finales de julio, y luego, hasta noviembre, una vez al mes. Para entonces ya seréis expertas.

Anotó pulcramente las fechas en la pizarra. Ginie pensó que hasta su letra era irritante, tan ondulada y femenina. En vez de puntos sobre las íes y las jotas dibujaba pequeños corazones.

—Cuando se cumplan más o menos cuatro meses haremos una sesión especial de «padres y parejas». —Pat hizo un círculo alrededor de la fecha para darle más énfasis—. Es importante que participen los papás.

Sonó la campanilla de la puerta. Pat se giró con expresión cortante.

—Aún no son las once. —Fulminó con la mirada al hombre de la puerta, delgado y con el pelo blanco—. Estamos haciendo una reunión de madres. ¿No ha visto el cartel?

Él se mostró arrepentido.

—Espero fuera.

Made se levantó.

—Me voy —dijo—. Marido mío. Gracias, Pat.

Empujó el cochecito de Wayan hacia la salida. Cara, la que estaba más cerca, se levantó y le sujetó la puerta.

¿Marido? Ginie se quedó mirando al hombre tras la puerta. Debe de pasar de los cincuenta, pensó. ¿Se habrán casado por poderes?

—Made, teniendo en cuenta el estado de Wayan quizá necesites ayuda al dar el pecho —le dijo Pat—. La semana que viene te llamaré para concertar una entrevista con una de nuestras asesoras en lactancia.

Made asintió educadamente al salir a la calle. Ginie torció el cuello para echar un vistazo por la puerta, y vio que el hombre del pelo blanco se agachaba hacia el cochecito para dar un beso a Wayan mientras le ponía a Made una mano en la cadera, con gesto protector.

El resto del grupo empezó a recoger sus pertenencias.

—Pues nada, chicas, gracias —agregó Pat—. Os veo la semana que viene. Aquí tengo los datos de contacto de todas. —Agitó un fajo de fotocopias—. Propongo que os reunáis informalmente antes de la próxima sesión. Con lo peliagudo que es a veces ser madre primeriza, vale la pena prestarse apoyo.

Cara se levantó y miró a las demás.

—Pues... ¿alguna quiere que quedemos a tomar un café este viernes por la mañana?

Parecía un poco cohibida.

Nadie dijo nada. Suzie y Pippa estaban ocupadas con sus bebés, y Miranda se estaba acabando la botella de Evian. Ginie miraba fijamente su iPhone, fingiendo leer un mensaje.

—Podríamos ir al bar de enfrente —propuso Cara—. ¿O no es buen día el viernes?

Ginie miró al grupo. Si no tenía tiempo ni para sus viejas amistades, qué decir de las nuevas... Aun así, razonó, sus problemas con la lactancia le habían enseñado que los bebés no eran siempre previsibles. Dentro de su red social no podía recurrir a nadie para aquel tipo de consejos, ya que la mayoría de sus amigas eran profesionales sin hijos. Y a su propia madre no se lo preguntaría ni muerta.

—Vale —respondió—. Por mí bien, a menos que me surja algo del trabajo.

Era una excusa cómoda, por si necesitaba una estrategia para escaquearse.

Algunas de las otras también asintieron.

—Genial —dijo Cara—. ¿Aquí enfrente a las diez, os parece?

—Mmm… ¿Y el parque de la playa? —La voz de Pippa era vacilante—. Hay aquel chiringuito, el Beachcombers, donde sirven café. Quizá para los niños fuera mejor estar al aire libre.

Ginie se preguntó si tan pequeños les importaba algo.

—Sí, cerca hay unos columpios —dijo Miranda—. Yo estaré con Digby, y necesitará correr por algún sitio.

—Vale —afirmó Cara—, pues quedamos el viernes que viene a las diez en el Beachcombers. Se lo diré a Made.

Ginie introdujo la fecha en su iPhone. El resto del grupo empezó a dispersarse. A diferencia de los otros bebés, Rose seguía durmiendo en su cochecito. Parecía un querubín flotando en varias capas rosas y blancas. En su sien palpitaba una venita. Era tan frágil, dependía tanto de Ginie para todo… Y yo haría cualquier cosa por ella, pensó Ginie. Hasta acudir a un grupo de madres.

Recogió sus cosas y empezó a empujar el cochecito hacia la puerta. Pat se la aguantó.

—Es que mi marido compró el modelo *deluxe* —dijo apesadumbrada, señalando el cochecito con la cabeza—. No me cabe ni en el maletero.

Antes del bebé, su BMW descapotable era perfecto.

—Me alegro de que te hayas decidido a apuntarte al grupo, Ginie —dijo Pat.

—Bueno, la semana que viene volveré a trabajar —le informó Ginie—, pero vendré a todas las sesiones que pueda.

—¡Caray, qué vuelta más rápida al mundo laboral!

Ginie forzó una sonrisa.

—Ya, pero es que alguien tiene que pagar la hipoteca…

Bajó el cochecito a la calle y se encaminó al aparcamiento.

¿Por qué todos opinaban sobre su vuelta al trabajo? Su madre había reaccionado igual. Tampoco Daniel se había mostrado muy entusiasta. Si Ginie hubiera sido un hombre nadie lo habría cuestionado. La gente veía normal que los padres se reintegrasen al mundo laboral lo antes posible después del nacimiento de sus hijos, mientras que a las madres, como estaba descubriendo, se las juzgaba de otro modo. Regían principios diferentes, incluso si era la madre quien mantenía a la familia.

Levantó la cara hacia el cálido sol invernal, agradecía el respiro después de tantas horas de aburrimiento en casa. Aunque adorase a Rose, lo cierto era que no había dejado de pensar ni un solo día en volver al trabajo desde que le habían dado el alta médica. Durante los primeros días después del parto había alimentado algunas expectativas de vivir una revelación como la que había oído contar sobre otras mujeres: pocas ganas de trabajar y, en contrapartida, una súbita pasión por la vocación de madre, mucho más noble y elevada. Pero Ginie había trabajado mucho y se había especializado demasiado para prescindir bruscamente de todo. Un tipo de amor, el maternal, no había usurpado el otro. Seguía enamorada del derecho.

Había esperado a que Rose cumpliera un mes para comentárselo a Daniel.

—Necesitamos una niñera —le dijo un viernes, después de ausentarse tres veces de la mesa en media hora: Rose, más cascarrabias de lo habitual, había puesto en jaque sus planes de cenar tranquilamente.

Daniel levantó la vista del plato, con el tenedor clavado a un trozo de cordero.

—¿Qué? —le preguntó Ginie a la defensiva.

—Te escucho —contestó él.

—Vale. —Ginie había respirado hondo—. Es que he estado pensando que quizá sea mejor no esperar mucho en volver al trabajo. No es que no disfrute con Rose, ¿eh?, pero es que ya ha pasado un mes y siguen llegando los recibos.

Ganaba cuatro veces más que Daniel. Siempre había sido así, desde que se conocieron hacía poco más de un año en Curl Curl, y ahora que la crisis financiera mundial se agravaba, y que

27

Daniel tenía cada vez menos trabajo en el sector de las comunicaciones, los ingresos de Ginie eran los únicos fiables. Daniel siempre insistía en que tardaría pocos meses en acabar la novela que había empezado poco después de casarse, pero a Ginie le parecía tan probable como que les tocara la lotería.

–Vivimos muy bien –insistió Ginie–. ¿Para qué vamos a cambiar? Evidentemente no espero que tú cambies tu ritmo de trabajo por Rose…

Hizo una pausa para darle la oportunidad de decir que mientras no hubiera más trabajo él sería el responsable de la pequeña, pero Daniel se quedó callado.

–He estado mirando el tema de las *au pairs* –continuó Ginie–. Por lo que hacen salen bastante baratas. Se alojan en tu casa, colaboran en las tareas domésticas y cuidan al bebé. Yo podría trabajar cuatro días por semana en el despacho y uno desde casa. Tú podrías dedicarte a lo tuyo sin tener que pensar en Rose. Hasta puede que tuviéramos un poco de tiempo para nosotros, porque es que últimamente parece que seamos dos desconocidos…

Le estaba saliendo sin pensar. Se obligó a callarse.

Entre ellos la situación había cambiado casi desde el momento en que Ginie supo que estaba embarazada. Terminada la fase de las náuseas matinales, se había instalado un cansancio que le embotaba el cerebro. Durante las últimas semanas de embarazo la superficie de su barriga hinchada parecía queso azul, atravesada por nuevos vasos sanguíneos al servicio del bebé. Aunque Daniel dijera que su cuerpo de embarazada era precioso, a Ginie le horrorizaba. ¡Por Dios, si Daniel hasta había querido hacerle fotos! Fue un alivio secreto para Ginie que Rose hubiera nacido antes de tiempo. Así ya no se planteaba la posibilidad. Desde entonces, sin embargo, no habían tenido intimidad. Para Ginie había cambiado algo desde el parto. Estaba claro que su cuerpo era distinto, pero había algo más, algo más profundo. Cada vez que Daniel la tocaba, casi se encogía.

Daniel tosió.

—Bueno, y ¿cuándo piensas que podrías volver a trabajar?

—Dentro de tres semanas —contestó Ginie—. Hoy he hablado con Alan y quiere que vuelva lo antes posible. Lo de Kentridge lo está llevando Trevor, pero le cuesta.

—Ah…

Daniel asintió con lentitud, exageradamente. Ginie sabía por experiencia que lo hacía cuando intentaba contener su irritación. El tictac del reloj de cedro del aparador enfatizaba el silencio.

—¿Por qué no te lo piensas un poco más? —dijo finalmente Daniel—. Más que nada, porque Rose solo tiene un mes.

Ginie movió la cabeza. Durante las semanas previas al parto se pasó horas buscando y comparando agencias en Internet. Ya había hablado con el personal de Mother's Little Helpers, y le habían confirmado la disponibilidad de una candidata dispuesta a empezar en quince días. Le había impresionado su perfil: una irlandesa licenciada en enfermería y especializada en cuidados infantiles. ¿Qué había que pensarse?

—Es que así, con una *au pair,* podremos seguir trabajando los dos —afirmó—. No hace falta que cambiemos de vida, ni que nos preocupemos porque Rose no esté bien cuidada. Y tendremos tiempo para los dos.

Daniel se la quedó mirando.

—Bueno, pues nada, manda la madre. —Apartó la silla de la mesa—. Me voy a dar un paseo.

Al llegar a la puerta se giró a mirarla.

—¿Sabes que en la vida no se puede controlar todo? A los bebés, en todo caso, no. Pero bueno, Gin, tú sigue: intenta tenerlo todo planificado antes de que Rose haya cumplido los dos meses.

Dio un portazo.

Ginie se pasó una servilleta por la boca. Le temblaban los labios.

Sí, claro, para ti perfecto, pensó. Ya puedes darte aires de superioridad moral, ya, que aparte de la novela de las narices dime tú en qué trabajas… Y las palabras no se comen.

Una señal electrónica anunció la llegada de un nuevo mensaje. Tendió el brazo por encima de la mesa para levantar el iPhone.

Odio este trasto de porquería, pensó.

Al volver a casa de la reunión de madres se encontró a los pintores en cuclillas al lado de la puerta, con cigarrillos colgando de sus bocas.

—Aquí, fumando —dijo uno de ellos, por si no se viera.

Ginie gruñó como toda respuesta y los esquivó con el cochecito. Los típicos pintores del carajo, pensó: solo llevan una hora y ya descansan. Por cierto, ¿de dónde los sacaba Daniel?

Al maniobrar por el pasillo con el cochecito de Rose oyó un ruido de cacharros en la cocina, y al doblar la esquina encontró a Nicole delante del fregadero, con guantes rosas de goma hasta los codos, restregando el fondo de una bandeja de pasteles. El esfuerzo hacía temblar la carne de sus brazos. Tenía el pelo castaño, una coleta medio deshecha y la típica piel lechosa de las irlandesas.

Ginie carraspeó.

—Ah, hola —dijo Nicole, girando sobre sus talones—. No te he oído entrar. Espero que no te moleste que haya empezado.

—¡No, qué va! —afirmó Ginie—. Está muy bien, gracias. ¿Ya te has instalado?

Ginie no se imaginaba que Nicole pudiera poner algún tipo de objeción a su alojamiento en el piso de arriba, con cama de matrimonio y baño propio.

—Si quieres que te diga la verdad —dijo Nicole con los ojos brillantes—, nunca había visto un cuarto tan bonito. ¡Y encima se ve el mar! Es Sídney como lo había visto en el cine. Estoy impaciente por contárselo a mi familia.

Su entusiasmo juvenil hizo sonreír a Ginie. Nicole solo tenía veintitrés años, y se notaba.

—Sí, es bonito Curly —dijo Ginie—. A nosotros nos encanta vivir aquí.

Daniel se instaló en Curl Curl poco después de que se prometieran, tras vender su piso de una habitación cerca de Mona Vale, diez kilómetros al norte. La diferencia de precio era notable. Con los ingresos por la venta del piso solo se había podido cancelar el veinte por ciento de la hipoteca de Ginie. Después de romper con Frederic, su pareja durante cuatro años, Ginie había pedido un enorme préstamo para comprarse la casa de sus sueños en el cabo norte de Curl Curl. Aunque la felicidad no se comprara con dinero, no cabía duda de que la vista de ciento ochenta grados del Pacífico ayudaba lo suyo.

—Bueno, oye, que ya se ha despertado Rose y hay que darle de comer —anunció, mientras la sacaba del cochecito.

—Déjame a mí —dijo Nicole, quitándose los guantes de goma—. Ya he visto dónde tienes los biberones. —Empezó a echar cucharadas de leche en polvo en agua hervida y templada. Después puso la tetilla y agitó la mezcla—. ¿Rose aún toma seis biberones al día?

—La verdad es que cinco —respondió Ginie—. Creo que el de las doce ya no lo pide. Hace unos días que duerme hasta que se hace de día.

—Uy, qué suerte. Eso a las seis semanas no siempre pasa. ¡Pero qué bien te portas tú!

Levantó a Rose de los brazos de Ginie y la puso en el moisés, mientras hacía chasquear la lengua y movía los dedos. Rose la miró con interés, dando puñetazos y patadas en el aire.

—Estás contenta, ¿eh? —Nicole se rio—. Tú y yo vamos a divertirnos.

Ginie sonrió. Nicole tenía un don.

Seguro que Daniel también se daría cuenta.

A Daniel lo había conocido en la playa de Curl Curl una mañana de invierno, justo después de que saliera el sol. Como era habitual, a esas horas no había nadie en la playa, salvo unos pocos surfistas que flotaban como bolsas de té en el oleaje. Ginie corría por la arena blanca al lado de las dunas, mirándose los pies. Seis meses antes se había hecho un esguince en el tobillo y no quería volver a lesionarse. El fisioterapeuta le había aconsejado un programa de hidroterapia para la recuperación, pero era deprimente quedarse flotando con un grupo de jubiladas. Sin jadeos ni sudor no tenía la sensación de hacer ejercicio de verdad, así que volvió a correr por la playa nada más sentir que el tobillo volvía a ser estable.

Cantaba en voz alta una canción de Verve, con el iPod a tope, desinhibida por la soledad. De vez en cuando se giraba para mirar sus huellas en la arena, pasajera protesta contra un viento corrosivo. Era una de las playas más vírgenes de la península, con mala fama por sus corrientes de fondo y sus bancos de arena que se hundían. A Ginie le encantaba su aspecto cambiante. Empezar el día en la playa de Curl Curl le ayudaba a sobrellevar las largas horas en Coombes Taylor Watson.

No lo vio hasta tenerlo casi encima, corriendo por la playa con su tabla de surf. Parecía absurdo que estuvieran tan cerca en una playa casi desierta. Ginie se paró para dejarlo pasar.

—Hola —dijo él, sonriendo.

Al principio ella no supo qué decir. Humedecida por el mar, su piel morena brillaba. Un largo flequillo entre rubio y pelirrojo caía sobre unos ojos intensamente azules. Llevaba el traje de neopreno por debajo del ombligo. Una fina línea de vello rubio desaparecía por debajo.

Ginie tuvo enseguida ganas de tocarlo.

—Hola —repitió él.

Ella se quitó los auriculares.

—Qué mañana más bonita —dijo Daniel.

Ginie intuyó que quizá se iría corriendo.

—¿Qué tal las olas? —preguntó para impedírselo.

—Espectaculares. El gran vacío verde lo pone todo en perspectiva.

¿Pero quién era aquel ser tan delicioso?

—Me llamo Ginie —dijo ella en un acceso de valor.

—Me alegro de que me lo digas —contestó él—. Hace un mes que te veo correr cada día.

Para Ginie fue una sorpresa. Ella no lo había visto ni una vez. Claro que nunca miraba en dirección a los surfistas, tan integrados en el paisaje como las bandadas de gaviotas del rompiente.

—Yo soy Daniel.

Tendió la mano. Ginie sintió el frescor de su palma encallecida.

—¿Entonces qué, mañana igual nos vemos? —preguntó Daniel.

Ella notó que se ruborizaba. Después él se puso la tabla bajo el brazo y desapareció al otro lado de la duna.

Durante dos meses estuvieron saludándose en la playa. Al principio sus conversaciones eran breves, centradas en el tiempo, pero poco a poco empezaron a dejar caer pequeños detalles personales.

Una mañana Daniel mostró un entusiasmo especial.

—Hay olas de tres metros —dijo, sonriendo—. Eso sí que despierta la creatividad. Hoy tendré un día productivo.

Ginie no desaprovechó la indirecta.

—¿Eres artista?

—Escritor.

Se acordó de los callos de su mano. La idea de ganarse la vida escribiendo le resultaba extraña.

—¿Qué tipo de cosas escribes?

—Pues ahora mismo chorradas de marketing. —Daniel se rio—. Así no se muere uno de hambre. Tengo una empresa de comunicación con un amigo. —Apoyó la tabla en la arena—. Pero cuando no me dedico a tonterías comerciales escribo poesía, teatro, narrativa... Todo lo que no da dinero. Cuesta ser un hombre del Renacimiento, pero es mi sueño: escribir sobre lo que me apasiona y que me paguen.

Ginie asimiló sus palabras. Daniel le había dado más información en dos minutos que en las últimas ocho semanas. Ahora bien... ¿Poesía, teatro y narrativa? ¿En eso triunfaba alguien?

—¿Y tú? —preguntó él—. ¿A qué te dedicas?

A lo que sí da dinero, pensó ella.

—Soy abogada comercial. Me dedico sobre todo al capital riesgo.

Le pareció que Daniel abría un poco los ojos. Ya estaba acostumbrada a aquellas reacciones. A la mayoría de los hombres con quienes había salido los había intimidado su inteligencia y su éxito.

—Ah, pues te veo muy en forma para ser una abogada de mierda —dijo él, dándole un repaso con la mirada—. No creo que haya muchas como tú.

Ginie se quedó boquiabierta, sin saber si reír o molestarse.

—Hasta mañana —le dijo Daniel con un guiño.

Algo más tarde Ginie pulsó el botón de la puerta del despacho. Normalmente era de las primeras en llegar, pero había tardado en arreglarse. Había estado media hora en la ducha, pensando en Daniel mientras le corría el agua por los hombros: su manera de introducir la palabra «mierda» en la conversación… Tenía algo de basto, y algo también de íntimo.

—¡Bonita falda! —Arnold apareció detrás del mostrador de recepción—. ¿Qué, sales esta noche con algún tío bueno?

Arnold, el director comercial del bufete, era el único elemento del mundo oficinesco capaz de sorprenderla. Llevaba casi tanto tiempo como ella en Coombes Taylor Watson. Lo cierto es que Ginie había sido determinante para que le dieran el trabajo. Entre tanta raya diplomática y tanta pajarita de cuadros, Arnold era una bocanada de aire fresco. De hecho, ya hacía tiempo que lo habrían echado los socios fundadores de la empresa, tan conservadores, si no hubiera sido tan bueno en su trabajo. Era vulgar y hortera, pero muy superior a todos sus antecesores en el cargo.

—¿Qué, cariño, estás de mal humor? —Hizo un mohín teatral—. Pues esto te animará: te tengo reservado un *spam* genial. —Señaló la pantalla de su ordenador—. En el asunto pone: «Tu minga crecerá como la levadura».

Ginie se aguantó la sonrisa.

—El cuerpo del mensaje dice así: «Tus parejas ansiarán observar tu paquete y tu dotación. Pulsa y entra». —Quitó la tapa de su capuchino grande con leche desnatada—. ¿Sabes qué te digo? Que voy a pulsar a tope. Me encantan estos *spammers* ucranianos. Bueno, guapa, ¿quieres que te traiga un café?

Ginie sacudió la cabeza y se fue hacia su despacho.

—¿Me estás ignorando?

Hizo una mueca.

—Bueno, pues a ver así. Te han traído esto. —Arnold sacó de debajo de la mesa un ramo enorme de rosas amarillas—. Las ha entregado hace cinco minutos un mensajero monísimo que podría haber abierto una botella con el culo. Casi consigo que me dé su número.

Ginie frunció el ceño.

—¿Y ahora quién quiere sobornarme?

—Da ra ri ra ra raa…

Arnold tarareó una melodía vagamente conocida, con la mano en el corazón.

—¡No me digas que eres demasiado joven para los clásicos de Elton John! —Se fingió asqueado—. Bueno, a ver, ¿quién es Daniel? Cuéntaselo al tito Arnold. —Señaló una tarjeta enganchada con cinta adhesiva en la parte inferior del ramo, y sonrió con insolencia—. Lo siento, pero no había ningún sobre.

Ginie se quedó mirando el texto de la tarjeta: «¿Podríamos pasar de la playa? Daniel».

—Ah… —Le dio un brinco el corazón—. No, nada, uno al que he conocido corriendo por la playa. En total habremos hablado…, no sé, dos horas. —Releyó la tarjeta—. No sé cómo ha podido localizarme.

—En Sídney no hay muchas abogadas que se dediquen al capital riesgo, cariño —apuntó Arnold—. Y menos de tu calibre. Lo más seguro es que solo haya tenido que buscarte en Google.

—Muy halagador, pero quizá sea un pervertido.

—¡No seas aguafiestas! Necesitas salir. ¿Por qué no lo llamas?

—Me lo pensaré —contestó ella—. Pero las flores llévatelas a casa, para Phil.

Ginie las dejó otra vez en la mesa de Arnold, que metió la nariz en el ramo.

—¡Fantaaástico! A Phil le pirran las rosas.

El día siguiente Ginie se levantó a las cinco de la mañana, como siempre, para sus seis vueltas obligatorias por la playa de Curl Curl. La diferencia fue que antes se duchó. Se puso los *leggings* de licra y un top negro de tirantes, se olió las axilas y aplicó dos capas de desodorante. Al mismo tiempo movía la cabeza. Parecía una adolescente. Su reflejo en el cuarto de baño se burlaba de ella. «Un día más vieja.» A los treinta y nueve años se esforzaba mucho por no perder la forma física. Controlaba su peso y la tersura de sus músculos y sus extremidades. Aun así el tiempo había desfilado por su cuerpo, al frente de un ejército de manchas de edad en el escote, cierta flacidez en las caderas y patas de gallo en los ojos. Se inclinó y estuvo a punto de tocar el espejo con la cara para inspeccionarse la coronilla. No se veían canas. Hoy al menos no. Se cepilló el pelo rubio, se hizo una larga trenza y la metió por detrás de la visera. Después se puso protector labial y, por unos momentos, se imaginó la suave boca de Daniel en la suya.

Corría tanto por la arena de Curl Curl que se le disparó la alarma del monitor cardíaco. La playa, cubierta por un manto de neblina, estaba más tranquila de lo normal. Pensó que cancelarían los *ferrys* del puerto de Sídney. Con una niebla así no podían navegar. Arnold llegaría tarde al trabajo.

Cerca del extremo norte de la playa vio a Daniel a unos veinte metros, con la tabla bajo el brazo. Se giró hacia ella y la saludó. Ginie se acercó sin dejar de correr, más deprisa que antes. Al pararse delante de él apoyó las manos en las rodillas y respiró entrecortadamente.

—Vaya esfuerzo, deportista —dijo él.

Ginie sonrió.

—Gracias por las flores. Me gustaría… pasar de la playa.

Se quedó mirando la arena, y por un momento recordó las facciones serenas de su exnovio, Frederic. Su aplomo, tan francés, su gran agudeza intelectual, su pasión por el derecho, su conservadurismo a ultranza… Y su deseo de tener familia, que tan entrañable parecía al principio. No cabía duda de que se habían querido, pero así como Ginie no acababa de decidirse respecto a los hijos, él lo tenía muy claro, y al final le había planteado un ultimátum: «O nos casamos y formamos una familia, o nos separamos».

La madre de Ginie lloró al recibir la noticia de la ruptura. Hacía de eso dieciocho largos meses de celibato.

Los ojos azules de Daniel la recorrieron antes de enfocarse en los suyos.

Tomó a Ginie de la mano. Treparon juntos por la duna y bajaron en zigzag por el otro lado, cubierto por una alfombra de plantas de hojas carnosas. Ginie lo seguía casi doblada sobre sí, abriéndose camino por hierbas espinosas y banksias retorcidas, hasta que encontraron una hoya de arena resguardada. Era la duna situada más al norte de toda la playa, más allá de las ondulaciones cubiertas de matojos donde mucha gente paseaba a sus perros. Aquella mañana, sin embargo, no se oían ladridos a lo lejos. Apenas empezaba a salir el sol, tapado por la densa niebla del mar.

—Aquí —dijo Daniel.

Se llevó la mano de Ginie a la boca y le dio besos en la palma, entreteniéndose debajo de la muñeca. La sensación hizo que Ginie jadeara. Al oírlo, Daniel levantó la vista y sonrió.

De ti puedo fiarme, pensó ella.

Se deslizaron por la arena. Daniel le quitó el top, el sujetador deportivo y los *leggings*. De repente, Ginie estaba sobre la arena desnuda y vulnerable. Él se bajó el traje de neopreno, que chirrió contra la piel mojada.

—No podemos…

Ginie no llevaba preservativos.

—Ya lo sé —dijo él.

Su boca fue bajando, mientras sus manos se aferraban a las caderas.

—Déjate llevar. —Sonrió. Ginie sintió su aliento cálido en la barriga—. Déjate llevar.

Cerró los ojos, totalmente anulada.

No estaba segura de que lo suyo con Daniel fuera una relación sentimental, pero sí de que nunca había disfrutado tanto con el sexo. Después de tantos años contenidos, de trabajar horas y horas y optar por lo prudente… Daniel era como unas vacaciones a lo loco. Tres semanas después del encuentro en la duna, Arnold asomó la cabeza en el despacho de Ginie.

—Te brillan los ojos que da gusto —dijo con una sonrisa pérfida—. Si no es demasiado preguntar… ¿Daniel?

Ginie asintió de modo casi imperceptible.

—Arnold, por favor, tráeme el expediente de Kentridge.

El trabajo, sin embargo, era una farsa. En lo único que podía pensar era en el sexo con Daniel. En la playa de Curl Curl, en el coche de ella, contra la pared en un lavabo público, por detrás en la azotea del piso de él… Daniel, insaciable, devoraba su cuerpo y lo reconstituía en forma escrita. Su poesía era sensual y simple. Ginie nunca se había sentido tan liberada sexualmente.

Seis semanas más tarde empezó a tener náuseas.

—No es ningún desastre —dijo él, tocándole la mano sobre la mesa del restaurante.

—Tengo casi cuarenta años —replicó ella—. No entraba en mis planes tener hijos.

Daniel había usado condones, cajas y cajas de condones, pero ahora Ginie estaba embarazada, a los treinta y nueve. Una anomalía estadística.

—En la vida no se puede controlar todo. —Daniel sonrió—. Solo he tardado unos treinta años en aprenderlo.

Ginie se lo quedó mirando, apoyada en el respaldo.

Se acercó un camarero, pero ella le hizo señas de que se fuera.

—¿Cuántos años tienes, Daniel?

Llevaban dos meses manteniendo relaciones sexuales, y él siempre había eludido la pregunta con bromas como «mayor de edad» o «bastante mayor para saber que esto es una tontería». Ginie había supuesto que eran más o menos de la misma edad.

—¿Importa? —contestó él.

—En el fondo, no —respondió ella.

Ahora quizá sí, pensó.

—¿Cuántos años me echas?

—Ni idea. No se me da bien adivinar la edad.

—Venga, atrévete.

—Pues… —Ginie observó su piel curtida—. ¿Treinta y siete?

—Treinta y dos —dijo él—. Parezco mayor por el surf. Demasiado sol acumulado con los años.

—Ah.

Ginie tragó saliva con dificultad. Estoy embarazada de un hombre siete años más joven.

Leyó la carta.

—¿Vas a comer algo? —preguntó.

—¿Invitas tú? —contestó él.

Ginie buscó el baño con la mirada.

—Me parece que voy a vomitar.

Dio un portazo y se dejó caer sobre el lavabo, con los antebrazos en el frío mármol. Abrió el grifo y vio desaparecer el chorro por el desagüe. Poco a poco se le fueron pasando las náuseas.

Se refrescó la cara y se quedó mirando su cara en el espejo. Embarazo no deseado. Joder, qué adolescente.

Si abortaba no se enteraría nadie. Ya había encontrado por Google una clínica en la calle Macquarie donde prácticamente podían intervenirla durante la hora de comer.

La idea le dio arcadas. Gimió y vomitó en el lavabo, apretándose la barriga. Dentro de mí está creciendo algo, pensó. *Alguien.*

Se abrió la puerta. Era Daniel.

—Es el de mujeres —le espetó ella.

—Ya lo veo —contestó él—. ¿Te encuentras bien?

—No sé.

Se acercó por las baldosas y le pasó un brazo por la cintura.

—Cásate conmigo —susurró.

Ginie sintió el calor de su aliento en la cara.

—¿Qué?

—Ya me has oído. ¿Qué te parece?

Se lo quedó mirando, estupefacta.

—¿Y por qué iba a ser buena idea?

—Porque nos llevamos genial, Ginie. Vale, no hace mucho que nos conocemos, pero nos reímos juntos, nos divertimos… Y sexualmente somos la bomba. Además, cuando no estoy contigo solo pienso en ti. —Daniel la arrimó a él—. Podría pasarme el resto de la vida haciéndote feliz.

Nunca le habían dicho nada así. En dos años de relación, a lo máximo que había llegado Frederic era a «te quiero».

—Pero… estoy embarazada.

—Miel sobre hojuelas.

—Estás loco. Sería el riesgo más grande de nuestra vida.

De riesgos Ginie sabía lo suyo. Dedicaba toda su jornada laboral a gestionarlos.

—Vivir es arriesgado —añadió él, sonriendo—. Somos dos personas inteligentes. Ya haremos que funcione.

Con lo mesurada que había sido siempre Ginie en sus decisiones… Prudente, decía su madre, como si fuera algo bueno. Y sin embargo, ¿adónde la había llevado tanta aversión al riesgo? A lo más alto de su profesión y a cenar sola en casa los sábados; comida tailandesa a domicilio.

Estaba dispuesta a cambiar. La confianza de Daniel era contagiosa.

Un mes más tarde llevó a Daniel a cenar a la modesta casa de sus padres en Lane Cove y anunció que estaban prometidos. Su madre estuvo callada durante toda la cena, sin poder disimular su inquietud. Su padre parecía mucho más relajado, casi aliviado. Les guiñaba constantemente el ojo, y decía «bueno, bueno», apoyado en el respaldo de la silla.

Después del postre, mientras Ginie quitaba la mesa, su madre la siguió a la cocina y la hizo entrar en la despensa, cuyos amplios estantes recordaba haber escalado Ginie de niña en busca de la lata de las galletas. Qué grande parecía entonces, llena de secretos tentadores… Ahora, cara a cara con su madre, le pareció claustrofóbica.

—¿Se puede saber quién es este hombre? —preguntó su madre casi en un susurro—. ¿Y por qué tienes tanta prisa en casarte con él?

Ginie suspiró.

—Mamá, no espero que lo entiendas, pero Daniel es buena persona. Lo que pasa es que hay que conocerlo.

Se planteó soltar a bocajarro la noticia del embarazo.

—¿Ah, sí? —A su madre le temblaron los labios—. ¿Y tú cuánto hace que lo conoces?

—Bastante para saber que vale la pena como marido.

Su madre frunció el entrecejo.

—Pues no parece… tu tipo.

Ginie se encogió de hombros.

—Los contrarios se atraen.

—Me extraña mucho en ti, Ginie. —El tono de su madre era de nerviosismo—. Ten cuidado.

Ginie se encogió de hombros.

—Mamá, te agradezco que te preocupes, de verdad, pero espero que puedas alegrarte por nosotros.

Empujó la puerta de la despensa.

—¿A Jonathan o a Paula ya se lo has contado? —preguntó su madre cuando ya estaba saliendo.

Ginie negó con la cabeza. Sabía que en cuanto se fueran su madre llamaría a sus hermanos por teléfono.

Su madre nunca la había aconsejado en los momentos importantes. Ginie le había pedido su opinión en incontables ocasiones, durante la adolescencia, sobre temas que entonces parecían importantísimos –las maquinaciones de sus amigas, la incertidumbre de elegir una carrera, la angustia del amor no correspondido…–, pero al margen de cuál fuera la pregunta, su madre siempre contestaba igual: «Lo que hagas estará bien hecho, Ginie. Tú no tendrás problemas». Se sobrentendía que «en comparación con Paula», la hija con necesidades especiales, la que monopolizaba el tiempo y la atención de su madre.

–Paula no tendrá tanta suerte como tú en la vida –le había susurrado muchas veces–. Tendrá que elegir con mucho cuidado a lo que se dedique, y le costará encontrar marido. Para ella nada será fácil. Tú no tendrás problemas, Ginie.

Y sin embargo, aunque su madre estuviera tan segura, Ginie había tenido problemas. Como beneficiaria de una beca social en un colegio católico elitista solo para niñas, nunca se sintió del todo aceptada por sus compañeras, hijas casi todas de médicos, abogados y contables. Al tener como madre a una maestra, y como padre a un fontanero, todos eran conscientes de la inferioridad de su estatus socioeconómico. En contrapartida gozaba de una inteligencia innata, y se había esforzado mucho por poder dedicarse a la abogacía, que le daba el caché social del que carecía su familia.

Durante su primer año en la universidad conoció a James, un doctorando muy guapo que trabajaba de pasante en un bufete de los «cinco grandes». Ya lo había visto por el campus. Era un chico extrovertido, vicepresidente de la Asociación de Derecho, miembro del Consejo Representativo Estudiantil y asiduo de los debates entre alumnos. Cuando se lo presentó un amigo en la gala de final de año, Ginie no dio crédito a su suerte, como no se lo dio a sus oídos cuando él le propuso salir a tomar un café el día siguiente, último del semestre.

James llegó a casa de los padres de Ginie justo después de las ocho, en un Alfa Romeo azul marino.

—Tranquila, que es de mi padre —dijo sonriendo a la madre de Ginie—. Es abogado, y como le haga un rasguño me mete en la cárcel. —Su mirada risueña se volvió más seria—. No la traeré muy tarde a casa. Solo vamos a tomar un café.

—No digas tonterías, James —dijo la madre de Ginie, embelesada—. Vosotros divertíos.

En el coche, la conversación fue incómoda. Ginie estaba nerviosa y desesperada por gustar. Nunca había tenido novio. James parecía distraído, y un poco reservado, a diferencia de la noche anterior, en la gala de derecho.

Se metió por una calle sin salida que bordeaba una zona verde al final de la universidad, y Ginie se quedó perpleja.

—Ven, vamos a pasear —dijo James con una sonrisa que desarmaba—. Después iremos a tomar café.

—Vale.

Era una noche sin luna. Ginie no conocía aquella zona, y tardó poco en perder la orientación. De repente se encontró de espaldas contra un árbol, con la boca de James en la suya. Intentó seguirle el juego, pero la lengua de él se metía tan a fondo que le dio arcadas. La mano de él se deslizó por debajo de su blusa, se metió en el sujetador y le estiró los pezones.

—Ay —dijo ella.

—¿Qué, nervios de primer año?

—No, es que es un poco…

—Bueno, da igual —le susurró él al oído, mientras le daba un mordisco en el lóbulo de la oreja.

—Me has hecho daño. James…

La mano de él se metió por debajo de la falda.

—No —dijo ella, juntando las piernas—. ¿Podemos… ir a tomar café?

Intentó apartarse, pero James, jugador del equipo de rugby de la universidad, era mucho más corpulento que ella y no la dejaba moverse.

Ginie veía el blanco de sus ojos en la oscuridad a pocos centímetros.

—Por favor, James —le suplicó sin creerse lo que estaba pasando—, suéltame.

James no dijo nada.

Después la llevó en coche a casa, en silencio.

Ginie metió la llave en la cerradura, pálida y temblorosa.

Su madre levantó la vista del boletín que estaba leyendo. A su lado, en la mesa, había una pila de documentos traídos a casa para el fin de semana.

—Ah, cariño —dijo con un vago tono de reproche—. ¿Qué pasa, que no has tenido muy buena noche?

Ginie negó con la cabeza, por miedo a hablar.

—Pues qué lástima —suspiró su madre.

Siguió leyendo el boletín. Ginie se quedó un momento donde estaba, parpadeando para no llorar, y luego se refugió en el baño, traicionada por segunda vez en una misma noche.

Así que Ginie se guardó la experiencia en lo más hondo de su ser y llevó la culpa encima como un gran abrigo invisible. Sin embargo, se juró no volver a ser jamás tan vulnerable. Se concentró en los estudios, y luego en su trabajo, evitando las relaciones sexuales. Hasta la aparición de Frederic, cuyo conservadurismo y solidez innatos equivalían por fin a algún tipo de seguridad.

Solo en la recta final de los treinta, a instancias del *coach* a cuyos servicios recurrió tras romper con Frederic, reconoció lo furiosa que estaba. La primera vez que el *coach* lo verbalizó, al preguntarle con suavidad si se sentía abandonada por su madre, Ginie se quedó atónita y deshecha en lágrimas. Comprendió que no era culpa de su madre que la hubiera agredido James, pero como en tantas otras ocasiones tampoco la había consolado. O no había sabido ver los indicios de la angustia de Ginie, o simplemente los había ignorado. Era la pauta recurrente de su infancia: «Tú no tendrás problemas, Ginie».

Ginie le había preguntado a su *coach* si no se suponía que las madres tenían una especie de alarma instintiva, si no eran las que mejor sabían cuidar y consolar a sus hijos. Si no te cuida tu madre en este mundo, ¿quién te cuidará?

«La respuesta no puedo dártela yo, Ginie —le respondió su *coach*—. Solo puedo ayudarte a que la encuentres.»

Cuando conoció a Daniel, Ginie dejó las sesiones de *coaching*.

Se reinventó en pocos meses. De repente tenía sexo, amor, un embarazo y planes de boda. Hasta una invitación a presentar su candidatura como socia de Coombes Taylor Watson.

Nunca había estado tan bien.

Al preparar la lista de invitados, Ginie se enteró de que los padres de Daniel habían muerto en un accidente de tráfico cuando él tenía quince años. Como era hijo único, había vivido con su tía durante los últimos tres años de instituto. Luego se independizó, y trabajó para pagarse la universidad.

—Debió de ser horrible —dijo Ginie en estado de *shock*.

Le parecía inconcebible perder al mismo tiempo a los dos padres, incluso a su edad.

Daniel contestó con un gruñido.

—De niño siempre estábamos los tres: mamá, papá y yo. De repente estaba yo solo. Hasta entonces no había querido tener hermanos.

Ginie lo tomó de la mano sin saber qué decir.

—Mi tía se portó genial —siguió explicando él—. No intentó hacer como si no hubiera pasado nada. La noche en que me instalé en su casa me dijo: «Dan, yo nunca seré tu segunda madre, pero siempre seré tu amiga». Y lo ha sido.

Se le habían puesto los ojos llorosos.

—Lo entiendo —dijo Ginie, no muy segura de hacerlo—. ¿Te sentías solo?

—La verdad es que no —respondió él—. Cuando no estaba en casa de mi tía salía con mi mejor amigo, Chris. Ahora es como un hermano. Y escribía páginas y páginas en mi diario. Mucha poesía de la mala.

Ginie sonrió.

—Y me tomé en serio lo del surf. Fue mi salvación.

Asintió con la cabeza. Ya había intuido que la relación de Daniel con el mar no era una simple afición.

—Le he pedido a Chris que sea el padrino. —Daniel le pasó una lista de nombres—. Pero la verdad es que no puedo invitar a mucha gente. Mi única familia son la tía Emma y el tío Dave.

Ginie miró sus dos listas: ochenta y cuatro por su parte y veintitrés por la de Daniel. Frunció el ceño. ¿Por qué tenía Daniel un círculo tan limitado de amistades?

—¿Qué pasa? —preguntó Daniel.

Ginie le dio el beneficio de la duda.

—Nada —contestó—, es que no me puedo imaginar lo que has vivido.

Se casaron a principios de enero en la playa de Curl Curl, una tarde asfixiante de domingo: el típico día abrasador de verano; aunque a media tarde se levantó un refrescante viento del sur. El tema de la boda era «Descalzos en la playa», y para desconcierto de la madre de Ginie la mayoría de los invitados iban sin zapatos. Ginie se había puesto un simple vestido de color champán con tirantes finos, y un corpiño bordado con cuentas. Era un vestido vaporoso, de verano, no especialmente nupcial, que estaba segura de poder volver a ponerse.

Fue toda su familia a excepción de su hermano, que no pudo escaparse de su trabajo en Londres. El mercado, había explicado Jonathan, era voluble, y había caído en picado la compraventa de valores. Era impensable irse de vacaciones a Australia, aunque fuera a la boda de su hermana. Ginie no se llevó una gran decepción. La ausencia de Jonathan quedaba más que compensada por una multitud de amigos y parientes.

—Tienes primos para parar un tren —bromeó Daniel mientras recibían juntos a los recién llegados cerca del club de surf de North Curl Curl.

En media hora se zanjó el asunto. A la oficiante, una cincuentona pelirroja y despeinada, le costó proyectar la voz por encima del viento. A Ginie le dio igual. Solo tenía ojos para Daniel. Se le había puesto la piel de gallina en los brazos y el pecho. Comprendió que aquel momento cambiaría su vida. Su existencia anterior, tan previsible, ya era historia. Se encontraba en el día cero del resto de su vida. Sentía miedo y a la vez ilusión.

Intercambiaron alianzas de oro blanco y se besaron entre los aplausos de los invitados. Ginie nunca se había imaginado llorando el día de su boda, pero fue lo que hizo. Se aferraba a Daniel entre sollozos, con una sonrisa radiante. Debe de ser el amor de verdad, pensó, secándose las mejillas con el dorso de las manos.

Después, los invitados se reunieron en lo alto de las dunas para tomar champán y canapés. Ginie los miraba, francamente eufórica. Ahora era una mujer casada, y le sorprendió lo bien que se sentía por ello. Los invitados parecían divertirse, pese al persistente viento. Cerró los ojos y aspiró el aire del mar. Al volver a abrirlos vio a Daniel en la multitud, hablando con su hermana. Ginie asistió a la transformación de Paula de sosa ama de casa a mujer coquetona que, en presencia de Daniel, parloteaba como un canario. Justo después de acabarse la copa, Ginie se dio cuenta de que acababa de infringir las normas sobre el consumo de alcohol durante el embarazo. Se tocó la barriga, pensativa. En el futuro tendría que ir con más cuidado. Estaba de dieciocho semanas, y los contornos del vestido aún disimulaban su incipiente redondez. Nadie sabe lo que llevo dentro, pensó.

—Estás muy guapa —dijo una voz detrás de ella. Al girarse vio a Chris, el padrino, con una botella de champán—. ¿Te sirvo otra?

—No, gracias —contestó—. Ya he bebido bastante. —Señaló el horizonte con la cabeza—. De todos modos, tal como está la cosa no creo que nos quedemos mucho más tiempo.

Estaban llegando nubes oscuras del sur, que flotaban sobre el mar.

—Ha estado muy bien la ceremonia —comentó Chris—. Muy a lo Daniel. Me alegro de que le hayas convertido en un hombre de bien. No me lo esperaba.

—¿No? —preguntó Ginie—. ¿Por qué?

—Bueno, entre lo de sus padres, y todo lo demás, siempre ha sido un bala perdida.

Ginie miró a Chris preguntándose qué otras cosas sabría sobre su marido que ella desconociera.

—Menos mal que podemos cambiar, ¿verdad? —añadió, un poco mareada.

De repente las nubes se rompieron en esquirlas de lluvia que cayeron en la playa. Los invitados se resguardaron bajo paraguas abiertos a toda prisa, tablas de surf y abrigos en alto.

—¡Esto se acabó! —dijo Daniel, haciéndole señas desde el otro lado de la playa.

Ginie corrió entre risas hacia él, levantando la arena a su paso.

Fue a la entrevista cuando estaba de treinta y dos semanas, vestida de negro, para que se le notase lo menos posible la barriga.

Quería ser socia más que nada en el mundo, pero sabía que lo tenía muy difícil, al menos en aquel momento.

La semana anterior Arnold había impreso un correo electrónico confidencial y se lo había dejado en su bandeja. No solo era una transgresión de los protocolos de privacidad del bufete, sino que con ello arriesgaba su trabajo.

Cuando leyó el mensaje —era del socio gerente del bufete al comité de selección—, Ginie se quedó lívida. Confirmaba la selección de candidatos para la entrevista, y hacía un comentario específico sobre ella.

He incorporado a la lista el nombre de Ginie, pero a mi modo de ver será difícil que resulte elegida. En sí el embarazo no debería ser ningún impedimento para su designación, pero ya sabemos todos qué tipo de implicación requiere ser socio. Aun así es importante que se cumplan los trámites.

Lo releyó una infinidad de veces.

¿«Que se cumplan los trámites»? ¿Dónde demonios estaban, en la Edad Media?

Estaba claro que la decisión del comité ya estaba tomada antes de la entrevista; y si no lo estaba, el socio gerente había condenado a Ginie al fracaso. Leyó el nombre de los otros candidatos y los reconoció a todos. Le llevaban como mínimo diez años.

Durante los días previos a la entrevista analizó su situación. Era una contravención flagrante de la Ley sobre Discriminación de Género, una infracción que haría las delicias de la Comisión de Igualdad de Oportunidades. Estaba segura de que ganaría la batalla, con publicidad y una indemnización. Era inconcebible que un bufete de tanto prestigio, con claras directrices sobre la diversidad y un historial irreprochable sobre la igualdad de género, no pudiera garantizar un proceso de selección justo. Se imaginó el titular: la vieja guardia masculina conspira para relegar a una abogada embarazada. El problema era que después le sería prácticamente imposible encontrar otro trabajo.

Se imaginó un enfrentamiento interno con la empresa. ¿Qué les exigiría exactamente? ¿Una disculpa? ¿Dinero a cambio de silencio? Era una idea insostenible, a menos que estuviera dispuesta a abandonar el bufete. Por no hablar de la situación en que pondría a Arnold cuando se viera obligada a revelar su fuente… Se planteó retirarse del proceso de selección, alegando problemas de salud o un cambio en su situación personal. Sin embargo, la profunda injusticia de todo aquello le impedía desistir por cuestión de principios. Decidió obligar al comité a una entrevista completa, aunque el desenlace estuviera cantado.

Qué capullos, pensó mientras sonreía a los cinco seleccionadores.

—Ginie, ¿por qué te gustaría ser socia? —preguntó el socio gerente.

Qué manera más poco original de empezar.

—Tengo las capacidades de liderazgo y la experiencia técnica necesarias para potenciar nuestro departamento de fondos de capital riesgo y de inversión privada —contestó ella.

Ilustró con algunos casos lo fundamental que había sido para conseguir a varios de los actuales clientes del bufete y prestarles servicio.

—Y en lo que respecta a cómo gestionan la empresa en su conjunto los actuales socios, ¿qué harías de otra manera?

Despediría a unos cuantos machotes, y pagaría la baja de maternidad.

—Los socios actuales son muy respetables —contestó—. Sería un honor sumarme a ellos. Algunas ideas innovadoras tengo, claro, pero mi estilo iría más en la línea de perfeccionar que de revolucionar.

—Bueno, Ginie —dijo la única mujer del comité, directora de una empresa de contratación—, es evidente que estás embarazada. No tiene nada que ver con lo que decidamos hoy, pero dinos una cosa: ¿cómo crees que podrás llevar ser madre y socia al mismo tiempo?

Ginie tragó saliva, pensando en lo listos que eran al haber hecho que lo preguntara la mujer.

—Mira, yo en mi equipo tengo a varias madres, y por lo que he visto son más productivas que la mayoría de los empleados del bufete. De todos modos tengo preparados buenos mecanismos de apoyo, empezando por un marido convencido de que hay que repartirse el cuidado de los hijos. —Notó que se ruborizaba—. No debería influir para nada en mis capacidades.

Miró de hito en hito al socio gerente, que tomaba notas al margen. Lo hacía por puro trámite.

El socio gerente la llamó un lunes por la noche desde Pekín. Había mala conexión, pero el mensaje quedó claro.

–Lo comprendo, gracias.

Ginie colgó y se echó a llorar, con la cabeza sobre el pecho de Daniel.

–Lo siento –dijo él.

–Cabrones…

–Ya lo sabías.

–Sexistas y gerontócratas de mierda.

–Ya, ya lo sé –la consoló–. Es horroroso.

Ginie se secó los ojos con el pañuelo de papel que le dio Daniel. Al candidato elegido no le guardaba rencor. Era un muy buen abogado y estratega, un especialista en inversión privada con quien había colaborado varios años. Pero sí se sentía traicionada: por el bufete y por su cuerpo embarazado. No le cabía duda de que sin el embarazo habría tenido posibilidades.

–Nunca se sabe, Gin –dijo Daniel–. Igual es para bien.

Ginie levantó la cabeza de su pecho.

–¿Y eso qué quiere decir?

–Bueno, ya me entiendes. –Daniel se encogió de hombros–. Con el bebé y todo lo demás… Al final a lo mejor te alegras de que no te hayan dado el puesto.

–Lo dudo.

Ginie se apoyó en el banco de la cocina. El bebé se había puesto muy revoltoso con lo de las patadas, sobre todo por la noche. Sabía de otras mujeres a quienes les gustaba ver ondular su barriga con los movimientos del feto, pero a ella la desconcertaba. Era como ver una película de ciencia ficción.

–¿Estás bien? –preguntó Daniel, frotándole los hombros.

Ella se soltó con un encogimiento de hombros.

–Sí, muy bien.

Tenía ganas de pegarle una bofetada y gritar que si hubiera sabido que el bebé le costaría no ser socia se habría librado de él.

¿Qué clase de persona soy? Estaba horrorizada consigo misma.

Necesitaba volver a pedir cita a su *coach* lo antes posible.

–Ven a la cama –sugirió Daniel.

Ginie asintió con la cabeza.

Mientras apagaba la luz de la cocina, oyó sonar su móvil. Otra vez su madre. Solo hacía dos meses que Ginie le había dicho que estaba embarazada, cuando ya era imposible disimular que se le estaba ensanchando la cintura. Desde entonces llamaba a diario para darle consejos de madre no solicitados.

—Mamá, por Dios, que es muy tarde —murmuró, antes de pulsar el botón rojo de «ignorar».

Ha hecho falta un embarazo para despertar su interés por mí, pensó. Probablemente será una magnífica abuela.

—Ven a la cama —insistió Daniel.

Ginie lo vio ir descalzo por el pasillo, en calzoncillos. Los músculos de su espalda se movían bajo una piel tersa y bronceada. Durante un momento fugaz se acordó del dulce delirio de sus primeras semanas juntos. Sabor a sal marina y a sudor, lánguidas palabras susurradas en sábanas retorcidas… Ahora aquella mujer estaba a una distancia sideral. Su barriga era un voluminoso obstáculo para la intimidad. Tras una tentativa especialmente incómoda a los seis meses de embarazo, habían renunciado por completo al sexo.

Lo siguió al dormitorio, se puso su pijama de embarazada y se ajustó al abdomen la cintura elástica. Acostarse se había convertido en un complejo ejercicio de posicionamiento de almohadas que sustentaban su cuerpo en determinados ángulos, a fin de intentar aliviar el ardor de estómago que la visitaba a medianoche.

Se quedaron estirados, tocándose las manos.

—Por favor, ¿podrías pintar el cuarto de la niña? —le suplicó Ginie en la oscuridad—. Es que parece una pocilga.

Daniel no contestó.

—¿Me has oído?

—¿Qué has dicho, nena? —preguntó, arrastrando las palabras.

A Ginie le resultaba incomprensible que se durmiera tan rápido.

—Nada.

–Alucino con lo genial que es Nicole –susurró Ginie.

Estaban en la cama, y la oían caminar por la cocina, preparando el biberón de Rose. Acababan de dar las cinco y media, la toma que odiaba Ginie. Entre medianoche y las seis era todo insufrible.

–Ya –convino Daniel–. Tenías razón, Gin. Al principio estaba en contra de la idea, pero la verdad es que es fantástica.

Nicole llevaba dos meses en la casa y ya no se acordaban de cómo era vivir sin ella. Su ayuda iba más allá de lo que se había imaginado Ginie. Planificaba y preparaba semanalmente las comidas, hacía la compra, recogía la ropa en la tintorería, iba a la oficina de correos… Una semana en que a Ginie le había salido un asunto de trabajo, Nicole había ido a una sesión del grupo de madres y había tomado apuntes. ¡A mano! Y ahora se ofrecía a ocuparse del biberón del alba para que Ginie pudiera retomar su costumbre de salir a correr.

Ginie la oyó en el cuarto de Rose. La llevaba de la cuna al cambiador. Se giró y miró la silueta de Daniel en la penumbra. Él levantó la mano y deslizó un dedo por su mejilla. Ginie se quedó completamente inmóvil. Eres el padre de mi hija, pensó. Seguía asombrándola que fuera verdad, que hubieran pasado de ser dos a ser tres, y que Daniel se hubiera metamorfoseado de amante a padre. Le encantaba verlo con Rose, tan juguetón y tierno. Y aun así sus avances sexuales la dejaban fría. ¿Por qué ya no sentía nada?

En la cocina empezó a silbar el hervidor.

–Más vale que lo aparte del fuego –dijo Daniel, saltando de la cama–, no vaya a incendiarse la casa.

Ginie lo oyó recorrer el pasillo, y oyó un murmullo en la cocina. Rose berreaba, impaciente por su leche.

Después de varios minutos, Daniel asomó la cabeza por la puerta del dormitorio.

–Oye, ¿por qué no bajas a correr un poco por la playa? –sugirió–. Nicole lo tiene todo controlado. Despéjate.

Ginie sonrió, agradecida.

–¿Hay alguien más que se levante cinco veces cada noche?

Pippa lo dijo sin ninguna emoción. Heidi dormía bajo el toldo que cubría el cochecito de modo permanente.

Ginie miró a Pippa de reojo. A menudo parecía que no se hubiera lavado, pero hoy era peor de lo habitual. No se había peinado el pelo grasiento y tenía puntitos rojos en la barbilla. De hecho Ginie habría jurado detectar un olor raro, rancio, en ella. Cambió de postura y se alejó de ella casi imperceptiblemente. Siempre que podía procuraba sentarse al lado de Cara o de Miranda, pero había llegado tarde y no había tenido elección. Ahora estaba prisionera entre Pippa y Suzie, las dos que peor le caían del grupo.

–Heidi tiene más de tres meses –continuó Pippa–. Según todos los libros debería despertarse como máximo dos veces cada noche, pero algunas noches se despierta hasta cinco y seis. No sé qué hago mal.

Su mirada se movió hacia Cara.

–No te castigues demasiado –dijo esta última con tono compasivo. Después se apartó de los ojos el flequillo de color miel, mientras movía con la otra mano el cochecito del bebé–. Astrid se despierta como mínimo tres veces cada noche, y molesta al pobre Richard, que la mañana siguiente tiene que ir a trabajar. Total, que yo siempre me saco las tetas para que se calle. ¿Qué dirían de eso los libros?

Se rieron todas, incluso Pippa. Es que Cara era así, pensó Ginie: relajaba el ambiente hasta sin proponérselo.

Aparte de Cara, quien mejor le caía era Miranda. Antes del nacimiento de Rory había tenido un buen trabajo en el sector de la gestión artística, y su marido trabajaba en el de las finanzas. Ginie había visto su casa, encaramada a los acantilados del sur de la playa de Freshwater, y la había sorprendido que se pareciera tanto a la suya: un simple prisma rectangular de gran elegancia arquitectónica, con fachada de listones y vistas espectaculares al mar. Estaba claro que eran unos estetas y que se movían en círculos sociales parecidos al de la propia Ginie.

Además, aunque siempre estuviera cansada, Miranda se las arreglaba para estar guapísima. Sus largas piernas, sus orejas de duende y sus intensos ojos verdes le daban un aspecto etéreo que llamaba la atención.

En cuanto al resto del grupo, a menudo Ginie tenía dificultades para entablar conversación. Para empezar, nunca sabía si Made la entendía bien, por lo que ya no se esforzaba. Cuando Made dijo su edad –solo veintidós años–, a Ginie le pareció increíble. Aparte de en aquel grupo de madres, no se imaginaba ninguna otra situación en la que tuviera trato con una mujer indonesia veinte años más joven que ella.

En cuanto a Suzie, era irritante y punto. Llevaba unos pendientes largos que hacían ruido y una ropa ceñida de colores psicodélicos que inevitablemente realzaba en exceso sus curvas. Si yo tuviera un culo así, había pensado Ginie en más de una ocasión, no me lo enfundaría en batik verde chillón. Encima no sabía cuándo dejar de hablar, y a menudo acaparaba las conversaciones del grupo con tonterías. La semana anterior había sido una perorata de diez minutos sobre las ventajas del ungüento de papaya. Ginie no había bostezado de milagro.

Por lo que respectaba a Pippa, Ginie no sabía cómo encasillarla. Era una persona formada, licenciada en psicología, pero siempre parecía tan cascarrabias y estirada... Tenía los labios finos y la tez pálida, y nunca se reía en voz alta. Ginie había intentado hablar con ella varias veces, pero Pippa nunca se prestaba a la conversación. Era como tener en el grupo a una enterradora, pensaba Ginie, solemne, siempre al margen.

Cara miró a Pippa.

–Si te pone de los nervios pasar la noche en vela, puede que te fuera bien un descanso. ¿Tienes familia por aquí cerca? –preguntó–. ¿Alguien que pudiera cuidar a Heidi durante el día?

Pippa negó con la cabeza.

–Mis padres están delicados de salud. No podría dejarles a Heidi. Los de Robert prácticamente es como si no estuvieran. Es el menor de siete hermanos, y siempre están ocupados con los niños de alguien.

—¿Y tener niñera? —propuso Ginie—. A mí me ha cambiado la vida. Si Rose se pone a llorar en plena noche, se ocupa de todo la niñera. Cuando estoy en el trabajo sé que la dejo en buenas manos. No me malinterpretéis, Daniel lo hace muy bien, pero ya conocéis a los hombres; no son igual de escrupulosos.

Pippa no la miró.

—No podemos permitírnoslo.

Ginie no dijo nada. Costaba no sentirse superior. Ninguna otra del grupo había sido tan previsora a la hora de contratar a alguien, y ahora iban todas cortas de sueño. Excepto Suzie, que aseguraba dormir diez horas cada noche compartiendo cama con Freya. Otra confirmación de lo loca que estaba.

—¿O sea, que a ti te va bien tener niñera, Ginie? —preguntó Miranda mientras se inclinaba para controlar a Digby, que se abría camino por debajo de una mesa.

—Perfecto —contestó Ginie—. El fin de semana que viene saldremos todos juntos. No he sido capaz de dejar a Rose todo el fin de semana en casa, así que nos llevamos a Nicole de canguro. —Ginie paseó una mirada por la mesa, intentando contener su gozo—. De hecho ha sido idea de Daniel —explicó—. Será la primera vez que tengamos toda una noche para los dos desde que nació Rose.

—Qué suerte —dijo Cara con una sonrisa de nostalgia.

Suzie se echó hacia atrás los tirabuzones rubios, otra de sus costumbres crispantes.

—Jo, pues a mí me daría miedo dejar a Freya sola con alguien que no conozco a fondo —dijo muy seria, con los ojos muy abiertos.

Ginie rabió por dentro. Durante los últimos dos meses de sesiones del grupo de madres su desinterés inicial por Suzie se había convertido en franca antipatía. Siempre soltaba alguna banalidad sobre la maternidad positiva o sobre intentar salvar el planeta a base de pañales ecológicos.

—Nicole es una profesional con estudios de enfermera —dijo

Ginie sin alterarse–. No conozco a nadie tan preparada para cuidar bebés.

Suzie apretó los labios.

–Pero hijos propios no tiene, ¿verdad?

Ginie notó que la rabia le constreñía el pecho. No todas somos *hippies* que se pasan el día tomadas de la mano, como tú, tuvo ganas de decir, pero optó por acabarse el café con leche desnatada.

–Bueno, pero de momento ha cuidado muy bien a Rose. Vale su peso en oro.

–Ah, pues me alegro de saberlo. –La sonrisa de Suzie era beatífica–. Porque no me imagino lo mal que te debes sentir cada mañana al separarte de Rose.

Ginie parpadeó. Le habían dolido las palabras de Suzie, porque eran ciertas. El primer día tras la baja, al volver a la oficina y dejar a Rose en brazos de Nicole, había llorado durante todo el camino. Había tenido que volver a maquillarse en el aparcamiento y echarse un severo sermón. Es por el bien de todos. Estoy haciendo lo mejor. También está Daniel para cuidar a Rose. Por la noche, al volver a casa, había tomado a Rose en brazos y la había apretado tanto contra el pecho que la niña había protestado a gritos. Nicole le había pedido educadamente que se abstuviera de mandarle tantos mensajes de texto en un solo día.

Ginie miró a Suzie con mala cara, furibunda. Después bajó la cabeza y fingió estar ocupada con su iPhone.

Quien rompió el incómodo silencio fue Astrid, que de repente se tiró un sonoro pedo en el regazo de Cara.

–Pero qué fina eres, cielo –dijo esta, frotándole la espalda–. Como una florecita.

Tenía el don de relajar tensiones.

Fueron a pasar el fin de semana a Central Coast. Ginie lo organizó todo por Internet: dos apartamentos, cada uno con su lavadora y su cocina americana. El complejo, una especie de *resort*, estaba en el interior del bosque, y contaba con piscina climatizada, sauna y pista de tenis.

Nicole cuidaba de Rose en su habitación o al lado de la piscina, dándoles toda la intimidad que precisaran. Justo las condiciones que necesitaban para el sexo, pensaba Ginie, pero el viernes por la noche, al llegar, lo único que hicieron fue dejarse caer en un sofá y mirar un DVD. Meses antes le habría preocupado, pero esta vez fue un alivio secreto.

—Nicole es increíble —dijo el sábado por la tarde, mientras descansaban junto a la piscina cubierta.

Nicole le había comprado a Rose un bañador rosa de topos, y chapoteaba con la pequeña en la piscina. Lo único que le sabía mal a Ginie era no haber pensado ella en comprarlo.

Rose trinaba de contenta al rozar el agua con los pies.

—¿Verdad que Rose interactúa mucho más que antes? —observó Ginie.

—Mmm —dijo Daniel. Estaba en una tumbona, con *shorts* de surfista, gafas de sol negras y un fajo de papeles a su lado. En principio estaba trabajando en su novela, pero hablaba como adormilado—. Me da ganas de otro.

—¿De otro fin de semana?

—De tener otro hijo, tonta.

Ginie se estremeció. Era la segunda vez en otros tantos meses que Daniel sacaba el tema de volver a ser padres. La primera vez lo habían hablado a fondo, y él había reconocido que el deseo nacía más que nada de la experiencia de haber perdido a sus padres.

—Es que no quiero que Rose se quede sola en el mundo, sin hermanos —había aducido—. No es justo tener un solo hijo si se pueden tener más.

Ginie había tenido que recurrir a todas sus dotes de persuasión para convencerlo de que ya habría tiempo de hablar sobre el tema. Sin embargo, le dio rabia tener que volver tan pronto a él, y justo en su escapada de fin de semana.

—Ya sabes que ahora mismo no podemos plantearnos tener otro hijo —le recordó a Daniel—. Tal como están las cosas… No sabemos cuándo se acabará la crisis. Fíjate en Jonathan.

Era su as en la manga. Solo hacía una semana que su hermano se había quedado sin trabajo, como miles de trabajadores a nivel mundial en el sector de las finanzas y las inversiones. Hasta en Australia se empezaba a notar el contagio en todo el ámbito de los servicios, sobre todo en los despachos de abogados y contables. Hacía años que no había tanta tranquilidad en Coombes Taylor Watson. Como la despidieran a ella, se quedarían sin casa y sin su actual tren de vida.

—Ahora, que cuando pase la crisis me lo plantearé con mucho gusto —añadió—. Cuando nuestra situación económica sea más sólida.

—Siempre que tú aún…, ya me entiendes…

Daniel dejó la frase a medias, pero Ginie supo perfectamente a qué se refería: a su edad.

Hojeó su libro, intentando no sucumbir a la irritación. Había tenido la esperanza de reavivar la chispa sexual, pero la conversación fue como un jarro de agua fría. Estaba muy bien que Daniel anhelase otro hijo tan poco después del nacimiento del primero, pero la que tendría que someter su cuerpo a otro embarazo y enfrentarse a una nueva interrupción en su carrera laboral era ella. Por no hablar de los efectos que pudiera tener en su relación de pareja. ¿Por qué quería complicar aún más las cosas?

Ya estaba cansada del tema.

—Voy a relevar un poco a Nicole —dijo, señalando con la cabeza la piscina.

—No, ya voy yo —dijo Daniel, mientras se incorporaba y se desperezaba—. Tú has tenido una semana de mucho trabajo. —Levantó los papeles que tenía junto a él—. ¿Qué tal si te lo lees? Casi he terminado. A Dominic le parece que está para presentarlo.

Dice que el adelanto podría ser de diez o quince mil, y la publicación en mayo o junio del año que viene, si tenemos suerte.

Ginie suspiró.

—¿No puede conseguir nada mejor?

Desde su único encuentro con Dominic recelaba de los agentes literarios. Demasiadas palabras y demasiados pocos actos para su gusto.

Daniel parecía dolido.

—Dominic trabaja mucho. Conoce a mucha gente en el mundo editorial, y es con quien más posibilidades tengo. Escribiendo no se gana nadie la vida. Solo J. K. Rowling.

Dejó el manuscrito bajo la tumbona.

—Acabo este capítulo y ya está. —Ginie le enseñó *Comer, rezar, amar*—. Estoy echando el resto. ¿Te acuerdas? Es para el club de lectura del grupo de madres. Te prometo que luego empiezo tu novela.

Daniel se encogió de hombros. Ginie hizo el gesto conciliador de tocarle la cara.

—Me gusta escaparme contigo.

Él se levantó y se apretó la cuerda de los *shorts*.

—Voy a cuidar a la niñera.

Se fue corriendo a la piscina.

—¡Rosie! —gritó, y al saltar a la piscina salpicó a Nicole, que se rio y contraatacó echándole agua.

Ginie pensó que a Nicole no le iría mal perder unos kilos.

Daniel tendió los brazos. Nicole le pasó a Rose, arreglándole el bañador y el gorro. Estaba claro que no pensaba perder a Rose de vista, ni siquiera en presencia de Daniel, cosa que a Ginie le pareció sumamente tranquilizador.

Esto hay que repetirlo, decidió. Con un par de escapadas como esta enderezamos la situación.

Cerró los ojos, con el libro en el regazo. Se sentía capaz de dormir varios días seguidos.

Ginie hizo una mueca al ver el letrero de la puerta, con la letra de Pat, tan femenina: «¡Bienvenidos padres y parejas!».

—Puede que sea un poco violento —susurró cuando empujaron la puerta de cristal.

—Tranquila —le contestó en voz baja Daniel—. Te recuerdo que vengo porque quiero.

Por un momento Ginie vio lo que verían los demás cuando entrase Daniel en la sala: alto, musculoso y de un guapo informal. Le sonrió con su picardía de siempre, y Ginie sintió un hormigueo en el estómago. Incluso ahora seguía teniendo aquel efecto.

De repente vio con mejores ojos la sesión, que hasta entonces le daba repelús. Estaba harta de Pat y sus solícitos consejos, por muy buenas que fueran sus intenciones. Se sonrió al reconocer que prefería con mucha diferencia las reuniones informales del grupo los viernes por la mañana en Beachcombers.

—¡Hola! —dijo Pat, toda dientes y portapapeles, como siempre—. ¿Ginie y…?

—Daniel —contestó él, sonriéndole como a una gran amiga cuya pista hubiera perdido.

Pat ladeó la cabeza.

—Ya nos habíamos visto, ¿no?

Daniel le guiñó un ojo.

—Espero que no. Que yo sepa solo he sido padre una vez.

Pat se echó a reír de tal manera que tuvo que aguantarse las costillas con las manos. Por lo visto, el encanto de Daniel era irresistible para casi todo el mundo.

—Hola —saludó Cara desde el cambiador.

Estaba peleándose con Astrid. Le sujetaba los tobillos con una mano para cambiar el pañal, mientras un hombre pelirrojo se afanaba a su lado en darle toallitas y un tubo de crema.

—Este es Richard, mi marido —dijo Cara, señalándolo con la cabeza.

—Encantado —dijo Richard, agitando las toallitas y la crema en señal de que no podía dar la mano a nadie.

—Te entiendo, chico —dijo Daniel, riéndose—. Ella es Ginie, yo Daniel, y esta... —Levantó a Rose del cochecito—. Nuestra pequeña Rose, entre dos espinas.

Rose se rio cuando Daniel la levantó por encima de su cabeza. A Ginie le encantaba aquel ruidito: una especie de gorjeo, una leve carcajada que no hacía nadie como ella.

—Servíos lo que queráis —dijo Pat, indicando una mesa inestable, cargada de vasos de polietileno y café instantáneo—. Ah, pero ¿a quién tenemos aquí?

Se giró hacia la puerta.

Ginie tocó a Daniel con el codo.

—Es la pareja que te dije —susurró.

—Soy Gordon —dijo el hombre del pelo blanco mientras abría la puerta a Made, que empujó el cochecito de Wayan—. La mitad inferior de Made.

Aún no había cerrado la puerta y llegó Suzie, despeinada y sonriente, con Freya en una bandolera.

—Hola —dijo.

—Pasa, pasa —dijo Pat, mirando su portapapeles—. Me alegro de verte. ¿Te acompaña alguien?

Suzie negó con la cabeza, como avergonzada.

—A mí tampoco —dijo Miranda, que también cruzó la puerta—. Willem vuelve a estar de viaje en otro estado.

Con Rory apoyado en la cadera, trataba de guiar a Digby, de tres años, hacia el otro lado del umbral. Digby se enfurruñó y se abrazó a la pierna de Miranda.

—Venga, Dig —lo azuzó ella, y lo empujó por la puerta hacia una caja de juguetes de un rincón, al otro lado de la sala.

Pippa llegó con su marido, que llevaba a Heidi en una mochila portabebé.

—Hola, Pippa —saludó Pat a la vez que tachaba su nombre—. ¿Y tú eres...?

—Robert.

Era un hombre atlético, bronceado, con aspecto de pasar mucho tiempo al aire libre: el polo opuesto de Pippa, pensó Ginie, a quien le pareció una pareja inverosímil.

—Pues venga, incorporaos al círculo. —Pat señaló un anillo de sillas—. Hoy tenemos el tiempo limitado y mucho de que hablar con estos señores. —Mientras se sentaban sonrió—. Pero lo primero es que nos presentemos.

No, otra vez no. Ginie puso los ojos en blanco.

—Estas señoras ya se conocen bastante —añadió Pat—. Se han estado viendo al margen de nuestras sesiones oficiales. ¿Verdad que sí?

Varias de las otras asintieron.

—Pues nada, chicos, ahora os pediré que nos digáis vuestro nombre, cuatro cosas sobre vosotros y algo que os guste de ser padres. Y después, quizá, algo que os esté planteando un desafío en la paternidad. —Pat sonrió a Daniel—. ¿Qué tal si empezamos por aquí?

Ginie lo miró de reojo, incómoda por él.

—Gracias, Pat —dijo Daniel, haciendo gala de su seguridad habitual.

Era buen improvisador.

—Hola a todos. Me llamo Daniel y soy el mantenido de Ginie.

Se oyeron varias risitas de mujeres. Ginie se miraba las manos. No conocía bien a los demás. ¿A qué venía esa informalidad?

—Soy escritor —dijo él.

Por decirlo de alguna manera, pensó Ginie.

Daniel hizo saltar a Rose en una rodilla.

—Estoy disfrutando mucho con el día a día de lo que es ser padre. Tengo un trabajo bastante flexible, y ahora Rose ya hace muchas cosas: sonríe, se ríe… Todo eso. ¿A que sí, cariño? —Acarició con la nariz a Rose, que reaccionó gritando—. En cuanto a lo que no me hace disfrutar… —Se encogió de hombros—. Bueno, tanto Ginie como yo sabemos muy bien lo que queremos… —Ginie abrió mucho los ojos—. Y al ser padres primerizos supongo que cuesta un poco saber cuál de los dos tiene razón, no sé si me explico.

Ginie no pudo permitir que continuara.

—Por eso nos ha ido tan bien tener una niñera, ¿verdad? —lo interrumpió—. Es como tener a una experta en críos siempre al alcance de la mano.

Se giró hacia Daniel con una sonrisa forzada. No sigas por ahí, decían sus ojos.

—Sí, Nicole ha estado genial —convino Daniel—, aunque a veces es como que haya tres jefes y ningún indio.

Ginie procuró mostrar indiferencia.

—Ah, sí —dijo Pat, riéndose—. Tener hijos puede alterar el equilibrio de poderes dentro de la pareja. Muy buena observación, Daniel. Ya volveremos sobre el tema.

Pat hizo una señal con la cabeza a Richard para indicarle que era su turno.

Ginie enfocó la vista conscientemente en él: el movimiento de sus labios blanquecinos, la coronilla donde empezaba a clarear su pelo anaranjado, sus gafas cuadradas de carey... Pero no se le pasó la irritación. ¿Tres jefes y ningún indio?

—Yo soy contable —dijo Richard.

Nunca lo habría dicho, pensó Ginie.

Se notaba que estaba nervioso. Se le atropellaban las palabras. Cara se apoyó en el respaldo de su silla y puso una mano sobre la de su marido, con un gesto natural.

Por lo visto fue determinante. Richard se relajó y sonrió a Pat.

—Disfruto viendo crecer a Astrid —empezó a explicar—. Ahora que es mucho más grande ya no es tan difícil bañarla. —Hizo una pausa—. Lo que no me gusta es... que muchas veces no sé muy bien qué hago. Habría estado muy bien que llevara instrucciones.

Pat se rio.

—Ya, pero es que los bebés son puro bricolaje. ¡Es la gracia que tienen! Aunque también hay material de apoyo, como este centro de salud infantil. Estamos para ayudaros.

La mirada de Pat se paseó por el grupo hasta detenerse en el marido de Made.

—¿Siguiente?

—Me llamo Gordon. —Tomó en brazos a Wayan y lo balanceó—. Al ser ingeniero entiendo que Richard quiera un manual de bebés, pero nuestro pequeño Wayan va a la suya. —Le alborotó el pelo con cariño—. Yo creo que lo mejor de ser padre ha sido descubrir que a mi mujer le sale de dentro ser madre. —Sonrió a Made—. Es una de las experiencias más satisfactorias de mi vida.

»En cuanto al desafío… Pues a veces ha sido bastante duro que no se nos cayera al suelo este chaval durante los últimos tres meses. —Miró a los demás—. No sé si Made os ha explicado que los balineses creen que los recién nacidos son seres puros y cercanos a los dioses. Si dejas que toquen el suelo con los pies quedan expuestos a la magia negra. Todo se arregla a los tres meses, después de una ceremonia especial. —Se rio—. En cuanto pueda tomarme unos días libres viajaremos a Bali para hacerla. Lo que ocurre es que Wayan cada día pesa más, y yo estoy viejo. No tengo muy claro que lo aguante mi espalda…

Made se rio y le dio una palmada en la rodilla, como si acabara de contar un chiste fabuloso.

Pat los miró.

—¿Es algo parecido a un bautizo?

Gordon sacudió la cabeza.

—La verdad es que no. Para los padres balineses es cuando descubres quién es tu hijo de verdad. Un médium te dice quién se ha encarnado en el bebé. En Australia no hay nada parecido. Una cosa fascinante.

A Ginie se le hizo rarísimo. También a Pat, al parecer.

—Bueno, venga, otro más —dijo Pat—. ¿Robert?

—Vale —dijo el curtido acompañante de Pippa. Llevaba su camisa de trabajo azul descolorido metida en pantalones King Gee azul marino, y botas Blundstone con mucho barro seco—. Esto…, perdón, pero es que dentro de poco tendré que volver al trabajo. —Miró a los demás—. Me gano la vida en la construcción.

Un hombre que trabaja de verdad, para variar, pensó Ginie.

—¿Que qué me gusta de ser padre? Mmm… —Se frotó las manos, pensativo—. Mmm… —El silencio se empezó a hacer largo—. Hombre, pues supongo que es bonito verla dormir. —Se le habían sonrosado las mejillas—. Y lo que no me gusta es… cuando no duerme muy bien. —Miró a su mujer, nervioso—. Vaya, que es tremendo cuando se despierta seis o siete veces la misma noche.

La mirada de Pippa no se movía de la pared blanca de enfrente. Pat asintió solemnemente.

—Sí, durante el primer año de vida del bebé la principal causa de estrés para los padres son los problemas de sueño, con mucha diferencia. Por eso es tan importante procurar que el bebé adquiera buenos hábitos de sueño desde el principio.

Se levantó.

—Bueno, chicos, pues muchas gracias por vuestro testimonio. Es un placer teneros aquí. Los temas del día son: la paternidad compartida, saber comunicar y encontrar tiempo para los dos. Algunos ya habéis empezado a tocarlos. Comencemos.

A Ginie se le empezaron a poner los ojos vidriosos. Se le fue la mano hacia el iPhone.

—Pues me ha gustado —dijo Daniel al volver hacia el aparcamiento, empujando el cochecito de Rose—. Bueno, sobre todo la charla informal de después. La verdad es que nadie se entera de nada de esto de ser padre. Vamos probando todos sobre la marcha, y algún marrón nos lo comemos todos. Marrón en sentido literal.

—Qué filosófico.

—Robert es majo. Richard un poco callado —siguió diciendo Daniel—. No entiendo que tengas tan cruzados a Made y Gordon. A mí él me ha parecido muy tranquilo. ¿Sabes que también hace surf?

Ah, pensó Ginie, la hermandad del surf por encima de todo.

—¿Pero no te parece un poco mayor para ella?

—Bueno, tú bien que te has casado con un hombre más joven... —Daniel le guiñó el ojo—. Y nadie te llama pederasta.

La irritación de Ginie salió a la superficie.

—Ah, sí, por cierto, ¿cómo narices se te ocurre presentarte como mi «mantenido»?

Daniel se paró y se giró a mirarla.

—¿Qué pasa?

Su perplejidad parecía sincera.

—Pues que dicho así, delante de gente que casi no conozco, no me ha gustado mucho. Y lo de «tres jefes y ningún indio»... Me has dejado como una obsesa controladora.

Daniel la miró un momento y sonrió.

—Es que lo eres. ¡No me digas que lo niegas!

Ginie cedió un poco y se encogió de hombros.

—Bueno, a veces puede que sí, pero no en lo que se refiere a Rose.

—Ah, vale. —La sonrisa de Daniel se volvió burlona—. Pues solo te puedo decir una cosa: que a mí no me iría mal que me apoyase un grupo de padres. Igual llamo a los otros y les propongo crear un refugio para oprimidos y desmoralizados.

—Venga ya —se mofó ella—. ¿Para qué necesitas tú apoyo? Si nos tienes a mí y a Nicole. ¡No me digas que ella no trabaja para ti!

Sabía que Daniel no podía refutarlo.

—Sí, señora fiscal.

Ginie contempló el atasco que serpenteaba por el puente del Spit y llegaba hasta Mosman. Suspiró y tomó un sorbo de café. Al dejar a Rose con Nicole tenía mañanas mejores que otras. A veces prácticamente se iba corriendo al coche, anhelando el refugio que le brindaba, pero otras, como aquella, se apoderaba de su pecho una extraña opresión al enfundarse su traje chaqueta gris marengo. Se alejaba con un nudo en la garganta, mirando por el retrovisor. En la entrada, Nicole agitaba como loca la mano de Rose y entraba en casa para empezar a quitar la mesa del desayuno.

Echó un vistazo a su reloj. A esas horas Nicole debía de estar acostando a Rose para la siesta matinal, y Daniel en la ducha, antes de encerrarse en el despacho de casa. Algunos mediodías Daniel se llevaba a Rose a pasear mientras Nicole comía, y mandaba una foto de Rose al iPhone de Ginie. El efecto que tenía en ella recibir aquellas imágenes en plena reunión era inmediato: se ponía roja de orgullo, o de amor, o a veces por un intenso arrebato de celos. Envidiaba todos los momentos que Daniel pasaba con Rose, momentos de diversión sin cortapisas, mientras se encargaba Nicole de lo más rutinario: cambiar pañales, dar biberones, bañar... Todo lo que hacía automáticamente Ginie los fines de semana en virtud de su papel de madre.

Suspiró y miró por la ventanilla. Le daba mucha rabia pensar así. Tantos rencores mezquinos acumulándose sin parar... Joder, si es que me he convertido en una madre quejica, pensó; como la mía, siempre dale que te pego. Ya vale, Ginie, se dijo. Este camino lo elegiste tú.

Justo entonces sonó su iPhone.

«¿Dónde estás?—escribía Arnold—. Tienes reu a las ocho. Kentridge & Co.»

—Mierda.

Se acordó de haberla concertado el viernes anterior, su día libre. Por alguna razón no lo había marcado en el calendario. Menos mal que en Arnold tenía un aliado. Le respondió enseguida.

«¿Me cubres? Te invito a comer.»

Movió la cabeza, censurándose. En muchos sentidos ya no la llenaba su trabajo. Hacía dos meses que había vuelto a Coombes Taylor Watson y a simple vista parecía que se hubiese reincorporado sin percances a su puesto, sin cambio alguno en la oficina. Todo era exactamente igual, pero de alguna manera ella había cambiado. Ahora la irritaban por sistema cosas en las que antes ni siquiera reparaba: la expectativa de sus socios de que cumpliera un horario aceptable –llegar a las ocho y comer en la mesa de trabajo–, los largos almuerzos con clientes borrachines, para hacer contactos, las horas perdidas en charlar junto al dispensador de agua o en reuniones prescindibles... Todo tiempo muy valioso, que podría haber pasado con Rose. Aunque le encantara su trabajo –los estímulos intelectuales, la experiencia acumulada, las relaciones forjadas en el despacho–, ahora se daba cuenta de que a Rose aún la quería más.

Se acordó del exclusivo colegio católico solo para niñas donde había estudiado. La directora, la hermana Ursula, una mujer temible, de edad indeterminada, inculcaba sin descanso a sus pupilas que «las chicas lo pueden todo». De adolescente Ginie había admirado su energía y la convicción con que en las reuniones exhortaba a las alumnas a plantearse ser abogadas, médicas o ingenieras. En otros tiempos, decía la hermana Ursula, el mundo había sido difícil para las mujeres, pero ya no. «Hoy en día el destino no lo marca la biología. Solo os limita vuestra imaginación. Lo podéis todo.»

Ahora que Ginie había vuelto a la oficina, y que tenía en casa a su hija de cuatro meses, las palabras de la hermana Ursula sonaban huecas. No era tan fácil conciliar el mundo del trabajo con el de la familia. Ginie pensó que a pesar de lo que dijera la propaganda, las mujeres no podían tenerlo todo.

Sonó su iPhone. Otra vez Arnold.

«Arreando, reina, que te empiezas a pasar.»

Tiró el iPhone al asiento del copiloto.

Por algún lado tendría que salir la presión.

Made

Era el último viernes del mes, un día cálido de primavera, en octubre. El sol ya picaba, aunque fueran solo las diez. Habían aparcado los cochecitos de bebé al lado de las grandes sombrillas blancas de Beachcombers y habían juntado dos mesas para su primera sesión del club de lectura. La idea la había propuesto Cara unas semanas antes.

—Se me está derritiendo el cerebro —comentó, riéndose—. Antes era periodista, y ahora de noche no puedo ni leer dos páginas sin quedarme dormida. Necesito un club de lectura para motivarme.

Primero había propuesto cada una un título, y después los habían sacado a suertes de un sombrero. Para la primera sesión había salido elegido *Comer, rezar, amar.*

Made, amedrentada por la perspectiva de leerse todo un libro en inglés, ni siquiera lo intentó.

—Os juro que nunca me había gustado tanto un libro —se extasió Suzie, hojeando un ejemplar con muchas esquinas dobladas—. Me han encantado todos los capítulos, sobre todo la parte sobre la India. Para la autora tuvo que ser un viaje espiritual increíble.

Se le movían los rizos rubios detrás de las orejas. Su manera de agitar las manos al hablar y su entusiasmo infantil le recordaron a Made a su hermana pequeña, Komang. También Suzie tenía un rostro franco, y Made estaba segura de que un buen corazón; tanto era así, que al preguntarle a Made cómo estaba, esperaba hasta haber oído la respuesta.

Ginie tosió de impaciencia. Made se había dado cuenta de que los australianos siempre tenían prisa, y Ginie más que ninguno. Era alta, atlética y bastante mayor, con canas asomando por su trenza rubia. Made había aprendido que en Australia no era extraño que las mujeres tuvieran hijos a una edad en que podían ser abuelas. La cara de Ginie, con arrugas en la frente, un poco chupada, le daba a Made una impresión de hambre y sed. Su energía intranquila, insatisfecha, parecía perturbar al grupo.

—Pues la verdad es que a mí la parte india es la que más me ha costado —apuntó Ginie—. La de Italia es aceptable, pero la de la India es sosa. De hecho todo el argumento se me ha hecho un poco aburrido. No se me iba de la cabeza que después de separarse la autora recibió un adelanto de la editorial para tener una aventura en el extranjero y escribir sobre ella. —Puso los ojos en blanco—. Ya me diréis si eso lo pueden hacer muchas de treinta y pico después de un mal divorcio.

Ginie hablaba demasiado deprisa, como siempre, y Made no acababa de entenderla, pero su tono lo decía todo. Suzie parecía avergonzada.

—Te entiendo —se mostró de acuerdo Pippa, entre sorbos de té de menta—. Parece un poco premeditado, aunque a mí al final me ha parecido muy valiente escribir sobre algo tan personal. A veces leía un párrafo y pensaba: ¡Caray! ¿En serio que querías explicárnoslo? Me ha gustado cómo describe todas las cosas inesperadas que pueden pasarnos en la vida.

Made nunca había oído hablar tanto a Pippa.

—Pues a mí en ese aspecto me parece horrible —objetó Ginie—. ¿Qué sentido tiene sacar todos tus putos trapos sucios si no eres nadie de importancia mundial? La autora no para de pegarte el rollo sobre lo complicada que ha sido su vida, y yo pensaba todo el rato: ¡Pero qué indulgencia!

Made abrió mucho los ojos. Había oído como mínimo una palabrota. Ninguna de las otras parecía molesta. Llegó un camarero con una bandeja de cafés. Era la segunda ronda. Aquellas mujeres bebían café con leche casi sin azúcar. Made siempre pedía té, porque le cargaba tanta leche. Había probado varias infusiones por consejo de Suzie, pero sabían a flores calientes.

–Yo estoy de acuerdo con Ginie –dijo Miranda, haciendo saltar a Rory en una rodilla–. Me gustaría saber hasta qué punto la autora ha tenido una vida tan difícil. –Se levantó de la mesa para ver qué hacía Digby, y al verlo trepar por las cuerdas se volvió a sentar–. Porque hijos no tiene, ¿verdad? Me ha gustado mucho su sinceridad y su sentido del humor, pero lo que me ha dado mucha rabia es que haya tantas cosas que no sepa de la vida. Pensaba todo el rato: mira, chica, si te crees que esto es para llorar espera a tener hijos.

Todas se rieron.

–¿A ti qué te ha parecido, Cara? –preguntó Suzie con cara de esperanza.

–Pues... –Cara se toqueteó la punta de la trenza, pensativa. Made pensó que tenía el pelo del mismo color que el *teh panas*, el té oscuro de naranja que tanto echaba ella de menos–. En la parte italiana he tenido la impresión de conocer a fondo a Elizabeth Gilbert. La de la India me ha parecido un poco rara, sobre todo porque casi no sale de un *ashram* lleno de extranjeros.

Astrid gorjeó, y de repente se puso a toser. Llevaba mucho tiempo sin tomar el pecho. Cara le pasó una toallita por la boca.

–De todos modos, creo que lo que más me ha dado la autora es lástima –siguió explicando–. Se pasa casi todo el libro intentando entender su sufrimiento. Me ha aliviado que encontrara la felicidad en Indonesia. Esa parte me ha parecido muy bonita. Por cierto, me encantaría saber qué le ha parecido a Made.

Todos los ojos se fijaron en Made, que buscó su libreta en el bolso. Venía preparada para aquel momento.

–He escribo lo que piensa –anunció con una mirada nerviosa a las demás–. No quiere equivocar.

No quería exponerse a las mofas de Ginie. Ya la había visto castigar a otras, sobre todo a Suzie.

Pasó las páginas de su libreta. Cara la animó con un gesto de la cabeza.

—Leer libro demasiado difícil para mí —dijo Made—, pero Gordon alquila DVD y yo ve cuatro veces. Aprendió muchas palabras nuevas en inglés, como *celibato, mozzarella* y *helado.*

Las otras se rieron, no supo muy bien por qué.

La noche antes, con la ayuda de Gordon, había consultado un diccionario para intentar juntar las palabras correctas, pero aun así era consciente de que se expresaba mal. Su intención era decirle al grupo de madres que el viaje de Elizabeth George la había dejado perpleja, que el Bali que salía en la película, la ciudad turística de Ubud, no se parecía en nada a la vida de pueblo que conocía ella, y que muchos de los personajes balineses recordaban por su aspecto y manera de hablar a los *buoya* —«cocodrilos», según la traducción de su diccionario— que merodeaban con oportunismo en las zonas turísticas en espera de aprovecharse de los extranjeros. *Comer, abusar, amar,* había escrito en su libreta, orgullosa de su primer chiste en inglés.*

—Película a mí me confundió —empezó a explicar—. Elizabeth George viaja muy lejos para buscar felicidad. Despide de vida y de marido de antes para buscar cosas nuevas, pero yo pregunto, ¿por qué a ella no le gustó vida de antes? A veces vida es feliz y a veces triste, pero siempre con sentido. En Bali la vida no solo felicidad.

—¿Pues qué es la vida en Bali? —intervino Ginie.

Made se movió en la silla.

—Yo cree… —Lamentó no dominar más el inglés—. En Bali vida es… aceptar. —Miró al resto del grupo—. No hay persona o sitio que hace sensación de feliz más de unos días o semanas. —Miró a Ginie—. La autora, Elizabeth, escapó de tristeza, pero tristeza es natural. Felicidad no siempre es la cosa normal para personas. En Bali es así.

---

* Se trata de un juego de palabras: *Eat, pray, love. Pray* significa «rezar», mientras que *prey* quiere decir «abusar», en el sentido de «aprovecharse». *(N. del T.)*

Made se miró las manos, no muy segura de haberse explicado. Fue Cara quien rompió el silencio.

—Creo que entiendo lo que dices, Made. —Su sonrisa era afectuosa. Aunque Made no siempre entendiera del todo las palabras de Cara, su tono siempre era amable—. Yo tengo una amiga de la universidad que es de un pueblecito rural de la India. Bali es de mayoría hinduista, como la India, ¿no?

Made asintió.

—Pues esta amiga me enseñó que la búsqueda de la felicidad es un concepto muy occidental. —Cara bajó la capota del cochecito de Astrid, señal de que era hora de dormir—. En la mayor parte del mundo, en sitios como Indonesia o la India, la gente ya tiene bastante trabajo con sobrevivir. Intentar conseguir bastante comida, agua potable o educación para sus hijos. —Cara cerró la cremallera de la capota—. En obtener la felicidad o la iluminación piensan los privilegiados, los que vivimos en el primer mundo. Los únicos que se pueden dar el lujo de preocuparse por la felicidad son gente como Elizabeth Gilbert. Hay miles de millones de personas que no pueden. Es una de las razones por las que elegí dedicarme al periodismo de justicia social.

—Pues me alegro por ti —dijo Ginie—. Según eso, yo, que pago a un *coach* para que me haga feliz, debo de ser bastante decadente.

Su tono era jovial, pero su sonrisa no se reflejaba en sus ojos.

—Tienes toda la razón del mundo —contestó Cara sin vacilar—. Todos formamos parte de la élite global.

Ginie se agachó para levantar a Rose, que había empezado a quejarse. Made pensó que, a diferencia del resto del grupo, Cara no parecía ver a Ginie como una amenaza.

—Si viene vosotras alguna vez a Bali —dijo Made—, verás que vida es muy difícil fuera de zona de turistas. Es difícil encuentra comida y agua. La felicidad no siempre posible.

Ginie puso en la boca de Rose un biberón de leche en polvo que traía preparado.

—Yo en Bali nunca he estado —dijo—. Daniel hace tiempo que quiere que vayamos, por el surf, pero yo preferiría París.

—Yo también —dijo Miranda.

—Bueno, a lo mejor viene tú a Bali conmigo algún día. —Made sonrió—. Venir todas, y así ve cómo vive en Bali. Aceptar lo bueno y lo malo a la vez. Ayudar a otros. Eso felicidad.

Hubo un corto silencio.

—Bueno, Made, yo ese viaje preferiría que lo hiciera mi marido —dijo Miranda—. Está emperrado en conseguir la felicidad por el trabajo, casi siempre los domingos. Es su versión de la misa.

Se rieron varias, pero Made no captó la gracia de lo que había dicho Miranda. Lo más difícil de aprender de otro idioma era el humor. Nunca podías prever de qué ni por qué se reirían aquellas mujeres. Aun así, en los últimos cuatro meses Made se había dado cuenta de que la única capaz de hacer reír a Ginie era Miranda.

Cerró su libreta. Ya no era el centro de la conversación.

Aun después de haber asistido a todas las reuniones del grupo de madres, Made seguía siendo muy consciente de su diferencia. Durante las primeras semanas había tardado varias sesiones en familiarizarse con el incesante parloteo de las otras. Las palabras de las unas chocaban con las de las otras como un cacareo de gallinas. Estaba Ginie, a la que no dejaban de llamar por teléfono; Cara, la que sonreía a Made como si la conociese; Suzie, que al hablar parecía una olla hirviendo; Miranda, siempre angustiada por el travieso Digby, y Pippa, la callada. Siendo como era inevitable que llorasen o comieran los bebés, costaba entablar una conversación de tú a tú con alguna de ellas. Normalmente Made les seguía la corriente y se reía al verlas reír, o bien se limitaba a escuchar las conversaciones a su alrededor, pero con el paso del tiempo, a pesar de que no conociera bien a ninguna, había empezado a estar cómoda en su compañía.

Saltó en la silla al oír un grito penetrante en los columpios. Digby lloraba boca abajo en la base de las cuerdas. Made se giró enseguida hacia Miranda y le tendió los brazos para sujetar a Rory.

—Gracias —dijo Miranda al saltar por los escalones y correr por la cuesta de hierba hasta los juegos infantiles.

Made vio que Miranda se ponía de rodillas al lado de Digby, que se giraba hacia ella con sangre en la cara, dando puñetazos en el suelo. Miranda lo levantó y lo acunó en sus brazos para tranquilizarlo. Digby se quedó un momento en sus rodillas sin moverse. De repente levantó la cabeza, e incluso de tan lejos se oyó el choque de sus frentes. Miranda se cayó aturdida hacia atrás, sin soltar a Digby.

Made corrió enseguida escaleras abajo, con Rory en la cintura.

—¿Miranda bien? —preguntó.

Miranda se encogió de hombros. Le había salido una mancha muy roja en el puente de la nariz.

—Venga, Digby, vámonos a casa. —Lo dijo en voz baja, controlada—. Te pondremos unas tiritas en la cara.

Digby siguió llorando. Su llanto pareció irritar a Rory, que empezó a agitarse en brazos de Made.

—Te ayudo a ir a coche —se brindó Made.

Digby, mientras tanto, echaba el resto, retorciéndose y dando patadas mientras Miranda se lo llevaba de la zona de juegos.

—Adiós a todas —dijo, disculpándose—. Perdonad que me salte el club de lectura.

Todas hicieron sonidos compasivos. Conocían la situación.

Made regresó a la mesa con Rory en brazos, se colgó del hombro el bolso cambiador de Miranda y recogió de debajo del asiento la botella de Evian.

A continuación se reunió en la calle con Miranda y vio cómo sentaba a Digby a la fuerza en el coche. El niño arqueaba la espalda y chillaba, indignado, como si lo pinchasen con un hierro caliente. Finalmente Miranda consiguió sujetarle los brazos y las piernas y abrochar el cinturón.

—¡Te odio! —berreó él mientras Miranda cerraba la puerta.

Miranda se giró hacia Made.

—Solo hay una cosa peor que un bebé que grita —dijo sin alterarse, mientras tomaba a Rory y el bolso cambiador de manos de Made—. Un niño pequeño que grita.

Made sonrió.

Miranda fijó a Rory en el asiento de seguridad y abrió la puerta del conductor.

Se miraron un momento.

—Miranda trabaja mucho —observó Made, sin saber muy bien qué otra cosa decir—. Hace bien trabajo.

Era verdad. A pesar de todas las dificultades de vivir en otro país, Made no se imaginaba tener que bregar cada día con un niño como Digby. Y encima ni siquiera era hijo de Miranda.

—Hasta la semana que viene —dijo Miranda, y cerró la puerta.

Mientras se iba, Made escuchó una bocina a sus espaldas.

Se giró y vio llegar corriendo a Miranda, que había dejado el motor en punto muerto.

—Se me ha olvidado esto —dijo, señalando la botella de Evian que tenía Made en la mano.

Made sonrió y se la dio. Los australianos bebían mucho más que los indonesios, aunque el clima fuera más fresco.

Miranda se despidió con la mano a través de la ventanilla.

Made pensó que nunca perdía la calma, aunque Digby le diera motivos de sobra. Iba siempre muy arreglada, vivía en una casa muy bonita y estaba casada con un triunfador de la banca. Y sin embargo, a pesar de todo, algo les pasaba a aquellos penetrantes ojos verdes. Pese a tener tantas cosas por las que estar agradecida, Miranda no era feliz.

Made se acordaba de un tiempo más feliz, antes de los atentados de Bali, en que su familia nunca pasaba hambre, pero después de las explosiones de 2002 el turismo había caído en picado y de repente ya no había tantos occidentales ricos que pasaran las vacaciones en *resorts* de lujo. Subió el precio de los artículos de primera necesidad y cayó el empleo. Como la mayoría de los habitantes de la isla, la familia de Made no salió indemne.

Al ser de la casta Sudra, nunca habían tenido una posición muy desahogada. Trabajaban duro cultivando arroz y soja en unas pocas tierras arrendadas a Ida Bagus, el jefe del pueblo. Comían de su propia cosecha, de la que una parte correspondía a Ida Bagus. La madre de Made cuidaba con esmero las ganancias que obtenía vendiendo dulces a la entrada del templo del pueblo. Guardaba los billetes bien rectos y lisos debajo del colchón, en una bolsa de cuero gastado.

A esa bolsa se recurría tan solo en las más desesperadas situaciones, como cuando Wayan, el hermano mayor de Made, enfermó de dengue antes de los segundos atentados, los de 2005. Wayan, siempre emprendedor, complementaba los ingresos de la familia con un pequeño servicio de reparación de neumáticos al pie de la montaña. Después de tres noches en la cama sin moverse, enfermo, con los ojos vidriosos, su madre caminó durante medio día para ir a buscar al médico. A Made se le había hecho un nudo en el estómago al ver que su madre se inclinaba y le tocaba los pies al médico con puñados de su largo pelo negro. «Salve a mi hijo», era su ruego silencioso. El doctor se quedó dos días en el pueblo, preparando toda suerte de pociones y dejándole instrucciones a la madre de Made sobre cómo administrarlas. Después aceptó todos los billetes de la bolsa con la promesa de volver la semana siguiente, pero Wayan falleció antes de que se cumpliera el plazo. Así murió el único hermano de Made, desaparecido junto con los ahorros de su madre.

A los dos meses de la muerte de Wayan solo comían una vez al día. Los segundos atentados volvieron a ahuyentar –según algunos para siempre– a los turistas, y era todo Bali el que sufría. La madre de Made, que se negaba a mendigar, llevaba la casa como si no pasara nada, y levantaba la mano al oír las quejas de Komang.

—Tenemos mucha suerte, Komang —decía—. Tu padre trabaja duro, y yo también. No deshonres nuestros esfuerzos con palabras de ingratitud.

Después echaba en el cuenco de Komang casi toda su magra ración de arroz, y el resto se lo guardaba a Made. Si esta protestaba, su madre volvía a levantar la mano, imponiendo silencio.

De noche, sin embargo, Made oía el llanto ahogado de su madre apoyada sobre el *sarong* que usaba como almohada; y al oír su sufrimiento se imaginaba que Wayan aún estaba vivo: su sonrisa descarada, su voz ronca acompañada las noches de luna por una guitarra de cuatro cuerdas, sus ingeniosos planes para ganar dinero… En las reuniones familiares, el padre de Made siempre contaba que a los siete años Wayan había recogido lichis silvestres en temporada de lluvias y los había vendido en el mercado. Se puso un cartel en la bicicleta: «Lichis mágicos – Dan fuerza», y se pasó horas pregonando sus virtudes entre la clientela del mercado. Por la noche volvió con seis mil rupias en el bolsillo, para gran sorpresa de sus padres. «Está claro que Wayan podría venderle huevos a una gallina», se regocijaba su padre.

De eso ya no quedaba nada. Desde el día de la muerte de Wayan, el padre de Made casi no hablaba. Pasaba gran parte del tiempo fumando, sentado debajo del papayo. Made veía que su madre lo miraba desde el otro lado del jardín con cara de preocupación.

Tres meses después de la muerte de Wayan, Made tomó una decisión. Ahora era la mayor. Tenía dieciocho años. Le tocaba a ella ayudar a la familia. Tenía que encontrar trabajo como fuera.

Una mañana, a primera hora, salió de la cama antes de cantar el gallo y empezó a vestirse.

A su lado Komang se movió.

—¿Qué haces? —murmuró.

—Hermanita —susurró Made, arrodillándose a su lado—, voy a buscar trabajo. Dile a mamá que pronto volveré con buenas noticias.

—Pero… —empezó a decir Komang.

Su manita se aferró a la de Made.

—Shhh —susurró su hermana—. Mi destino es irme, y el tuyo quedarte. —Le acarició el pelo y le dio un beso en la frente—. Sigue durmiendo.

Salió con sigilo al aire fresco del alba, y se llevó la bicicleta de Wayan, en la que no había montado nadie desde su muerte. Con un morral de ropa a la espalda salió para Sanur, en la costa, donde trabajaba su prima Ketut.

No llevaba ni dos horas de camino cuando se le pinchó la rueda trasera con un clavo. Tenía las piernas cansadas de pedalear, y le dolían los brazos de tanto esquivar baches con aquella pesada estructura de acero. Al ver sobresalir del neumático la fina punta de metal estuvo a punto de llorar. Nunca había estado tan lejos de casa.

¿Qué habría hecho Wayan?

Continuó su camino junto a la carretera empujando la bicicleta.

—¿Adónde va, señorita?

Se detuvo y se giró hacia un arrozal, tratando de ver de dónde venía la voz.

—Intento llegar a Sanur —respondió.

—Aquí.

Una cabeza de mujer asomó por un canal de agua que corría en paralelo al arrozal. Llevaba en la espalda una gran cesta de mimbre cargada de leña. Tras erguirse con algo de dificultad salió de la zanja y Made supuso que había estado bebiendo, o defecando, en el agua. Su piel oscura y su forma de vestir anunciaban a simple vista que era de casta inferior. Made, sin embargo, pensó que no parecía balinesa, sino más bien javanesa, como su madre.

—Buenos días, Ibu —dijo educadamente.

—Queda muy lejos Sanur para ir en bicicleta —dijo la mujer, mirándola de los pies a la cabeza—. Sobre todo para una chica tan enclenque.

—¿Sabe dónde podrían arreglarme la rueda, Ibu? —preguntó Made—. Es que nunca había estado en esta zona.

—Si sigues recto, a la derecha encontrarás un vendedor de gasolina.

—¿Está muy lejos, Ibu?

Made echó un vistazo al sol, que empezaba a subir. Pronto el calor se haría molesto.

—No mucho. Dile que te manda Ibu Lia y te ayudará.

Made le dio las gracias y siguió la dirección hasta el vendedor de gasolina. Sentada a la sombra de un cocotero esperó a que le pusiera un parche en el neumático un niño que no pasaba de los ocho años.

—Tiene usted un hijo fuerte —le dijo Made al vendedor de gasolina con una sonrisa—. Como mi hermano.

—¿Adónde has dicho que vas? —preguntó él.

—A Sanur, señor, a buscar a mi prima.

—¿A Sanur? ¿En bicicleta? —Echó la cabeza hacia atrás y se rio—. ¿Lo has oído? —Le hizo señas a su hijo y volvió a mirar a Made—. ¿Pero tú sabes lo lejos que está, cerebro de búfalo?

Made negó con la cabeza. Se sentía ridícula, pero si no llegaba a Sanur, ¿qué esperanza le quedaba a su familia? Empezaron a correr por sus mejillas lágrimas que caían en el polvo, a sus pies.

—La has hecho llorar, papá —dijo el niño con tono acusador. Condujo la bicicleta hacia Made.

El vendedor de gasolina se levantó de detrás de su puesto y se puso en cuclillas junto a Made.

—¿Cuántos años tienes? —preguntó más amablemente.

—Dieciocho.

—Pues entonces eres bastante mayor para saber que Sanur está demasiado lejos para ir en bicicleta. ¿Sabes adónde vas, exactamente?

Made negó con la cabeza de nuevo. No sabía nada de distancias ni de mapas. El hombre suspiró.

—Mi hermano es el conductor del autobús a Denpasar —dijo—. Pasará dentro de una hora. ¿Por qué no ahorras fuerzas y vas en autobús? Luego podrás ir en bicicleta de Denpasar a Sanur, que no está tan lejos.

—Muy amable —dijo Made—. Ya me dijo Ibu Lia que sería usted amable conmigo, pero... —Se sonrojó—. No tengo dinero para el billete, señor.

El hombre la miró.

—Bueno, si te conoce Ibu Lia seguro que mi hermano puede dejarte subir gratis.

—Muchas gracias, señor.

Made se inclinó con la mano en el corazón. El vendedor se incorporó.

—Sanur es grande y peligroso —informó—. Ten cuidado.

El autobús fue por sinuosas carreteras de montaña hasta llegar al denso tráfico de los alrededores de Denpasar. Made se había sentado al fondo, al lado de una mujer mayor que llevaba tres gallinas y una cabra atada al asiento. Los frecuentes bandazos del autobús, y los balidos de pánico de la cabra, mareaban a Made, que temió vomitar en varias ocasiones, aunque se aguantó las ganas apretándose la nariz con los dedos. Pensó que tenía razón el vendedor de gasolina: en bicicleta no podría haber llegado.

Una vez en el centro de Denpasar el conductor descargó su bicicleta de la baca del autobús.

—Gracias por su amabilidad, señor —dijo Made.

—Sanur está al sur, por ahí —contestó él, señalando una carretera.

Made nunca había visto tantos vehículos. Por la calzada circulaban a gran velocidad camiones con todo tipo de cargamentos, esquivando motos y todoterrenos. En el estrecho arcén, por donde iría ella en bicicleta, los autobuses se disputaban el espacio con las camionetas. Antes de montar, rezó en silencio por que no le pasara nada.

Tardó más de dos horas en llegar a Sanur, y tras preguntar varias veces. Al final llegó al *resort* de Pantai Raya, en la carretera de Duyung, cuando ya se ponía el sol. Jadeante de cansancio, se paró en la acera y se quedó montada en la bicicleta con la mirada fija en el mar. Era más grande de lo que se había imaginado. Las olas hacían un ruido peculiar de succión, como el de un fuerte viento a través de un bosque. El aire, frío y cortante, estaba cargado de aromas acres nuevos para Made. Jamás había estado tan lejos de su casa en las montañas.

Se acercó a la garita del *resort* al tiempo que se alisaba el pelo con una mano. Pantai Raya era uno de los complejos más conocidos de la isla, con una clientela formada por diplomáticos, hombres de negocios y cargos del Gobierno. Solo podían permitírselo los turistas más ricos.

Un hombre maduro con uniforme marrón levantó la vista del periódico. Detrás de él parpadeaban seis pantallas de seguridad en blanco y negro. Al otro lado de la garita había decenas de casitas con techo de paja dispersas por jardines tropicales, y caminos de piedras que bajaban a una playa de arenas doradas.

—¿Sí? —preguntó el vigilante con tono de desinterés.

—Me llamo Made, señor. Vengo a ver a mi prima Ketut, que trabaja aquí.

El vigilante dobló el periódico.

—Aquí hay ochenta empleados en plantilla. ¿De qué trabaja?

—De limpiadora, señor. Yo también tenía la esperanza de encontrar trabajo aquí.

Bostezó.

—Tú y medio Bali.

—Por favor, señor…

El vigilante carraspeó, pasó de un lado a otro de la boca una flema y la escupió por la ventana lateral de la garita.

—Voy a llamar a limpieza. —Descolgó un teléfono y marcó tres dígitos—. Seguridad —anunció—. Aquí hay una chica que busca a una limpiadora que se llama Ketut. Dice que es su prima. ¿La conocéis?

Made aguardó.

—¿Mañana a qué hora? Vale, gracias. —El vigilante colgó el teléfono—. Hoy es el día libre de tu prima. Mañana empieza a las siete de la mañana. Vuelve entonces.

Made apretó el manillar.

—Mire, señor, es que me he ido esta mañana de mi pueblo. Volveré mañana con mucho gusto, pero esta noche no tengo donde alojarme en Sanur.

—Es una pena.

—Por favor, señor, ¿puedo quedarme en la habitación de Ketut?

—No. —El vigilante fue categórico—. Dices que eres prima suya, pero ¿puedes demostrarlo? Además, aquí solo pueden entrar los empleados y los huéspedes de pago.

Made se lo quedó mirando con impotencia. El ruido del mar daba miedo.

—¿Qué hago? —preguntó con voz trémula.

—Volver mañana.

En la playa hacía frío, más que de noche en las montañas. Intentó protegerse del viento acurrucada contra las raíces desnudas de una enorme higuera de Bengala, y con la cabeza apoyada en el morral. Le dolían las extremidades por el esfuerzo del día, pero no conseguía dormirse. Estaba demasiado atenta a los ruidos extraños que la rodeaban; tenía demasiado miedo de que la descubrieran; le daba demasiada vergüenza su situación y añoraba demasiado su casa. Echaba de menos el habitual olor de su madre, la tersura de su piel y el calor de su abrazo. Se imaginó acostada al lado de Komang en la cama que habían compartido siempre, con los dedos de los pies en contacto, riéndose las bromas mutuamente. Se tapó las orejas con la solapa de la mochila para intentar no oír el agudo zumbido de los mosquitos que la asediaban. Se pasó toda la noche durmiendo mal, en duermevela.

En la calma de antes del amanecer la despertó de golpe un ruido como de olisquear. Con el corazón acelerado, intentó reconocer el animal que había cerca de ella, en la arena, y suspiró de alivio: solo era un perro abandonado que buscaba restos de comida. Made tenía el cuerpo rígido, y la ropa húmeda. Pese a la niebla que cubría la playa percibió un vago arco de luz que se extendía por el horizonte, al este. Se echó al hombro la mochila y empezó a caminar por la arena, mientras el movimiento le calentaba los brazos y las piernas.

Contempló la interminable superficie verde henchida de ocultas corrientes. El mar estaba vivo. Lo notaba. Su rítmico oleaje casi impedía oír la respiración irregular de Made, insignificante en su presencia. Aquel mar había aportado el sustento a las gentes de Bali desde el origen de los tiempos. Una suave brisa le tiró de la ropa como si la llamaran los espíritus invisibles de los antepasados.

La niebla se arremolinó y se abrió de golpe. A menos de dos metros, en la semioscuridad, había una anciana frente al mar. Tenía la piel oscura y el cuerpo esquelético. Su larga cabellera entreverada de plata caía por su espalda. Made contuvo un grito y se arrodilló enseguida en la arena mojada.

–Dewi Sri –musitó.

Era una vieja sin ningún parecido con el icono de la diosa del arroz venerada en la pequeña capilla del campo de su padre, pero su nombre había acudido instintivamente a los labios de Made. Sintió un hormigueo por la espalda y los brazos.

La mujer se quedó quieta y con la mirada fija en el mar, como si Made no estuviera. Su ropa ondeó con la brisa. Tenía el cuerpo rodeado por un *sarong* de batik sujeto por una faja de intenso color amarillo, y en el hombro derecho un chal azul de encaje de hilo. Movía los labios, pero Made no entendía sus palabras. Se agachó para dejar una ofrenda en la arena. Dentro de la cesta había un lichi, arroz, un dulce y varias flores de colores vivos. Clavó la ofrenda en la arena con una vara de incienso encendida, se giró hacia Made y sonrió. Tenía la boca manchada de zumo de hoja de betel, de color marrón rojizo. Le faltaban varios dientes.

—Lo más importante, niña, no es lo que hay dentro de la cesta, sino que la ofrenda esté hecha con amor. —Su voz crujía como la leña seca del sotobosque. Era a la vez aterradora y de una extraña familiaridad—. Hasta la más lujosa ofrenda es despreciable si se hace sin amor. El verdadero amor es divino.

Made se quedó mirando sin habla a la mujer, que después de asentir con la cabeza dio media vuelta y desapareció entre los jirones de niebla.

Made dio varios pasos. Quería seguirla y sentarse a sus pies; hablarle de Wayan, de sus padres, de Komang y de la responsabilidad que había recaído sobre ella. Quería suplicarle ayuda y protección frente a lo mucho que ignoraba.

Le tocaron la cara los primeros rayos del sol, que se alargaron por la playa desierta. A medida que se levantaba la niebla surgieron perfiles discontinuos de espigones, astas de bandera y tumbonas, desperdigados en la arena como restos de un naufragio.

A la anciana no se la veía por ninguna parte.

Made volvió por donde había venido.

Era hora de ir en busca de Ketut.

—¡Primita! —exclamó Ketut.

Made estaba al lado de la garita, consciente de que el vigilante la miraba con dureza.

—Qué mal aspecto tienes. ¿Estás bien?

Ketut dejó las bolsas en el suelo y estrechó con fuerza a Made.

—Sí, muy bien. —Made bajó la voz—. Es que esta noche —susurró— he dormido en la playa. —Señaló al vigilante con la cabeza—. No ha querido dejarme entrar.

—No me extraña. —Los ojos brillantes de Ketut se movieron de un lado para el otro—. ¿Qué haces aquí? Deja que te mire. Cómo has crecido.

Made sonrió. También Ketut, a sus veinte años, parecía mucho mayor con su pulcro uniforme marrón.

—Mamá nunca lo reconocería —dijo Made—, pero lo hemos pasado muy mal desde que Wayan...

Se mordió el labio mientras se le derramaban las lágrimas por las mejillas.

—Pobrecita mía —dijo Ketut, dándole otro abrazo.

—Tengo que encontrar trabajo. —Made se secó los ojos con las mangas—. He pensado que quizá pudieras ayudarme, Tut. ¿Aquí hay trabajo?

Ketut suspiró.

—No lo sé. Desde los atentados está todo muy mal. Ya no hay tantos turistas. De todos modos, hoy podría presentarte a Ibu Margono. Primero tienes que cambiarte de ropa. Ven.

Ketut se acercó a la garita con Made de la mano y sonrió al vigilante.

—Esta es mi prima, señor. Viene de un pueblo de las montañas, y busca trabajo. Debería bañarse antes de que se la presente a Ibu Margono. ¿Tendría usted la amabilidad de dejar que me la lleve a mi habitación?

El vigilante sonrió a Ketut. Su mirada tenía algo de lascivia.

—Bueno, señorita Ketut, ya que me lo pregunta tan amablemente... —Le acercó a Made un portapapeles—. Firma. Y no te olvides de pasar mañana por aquí a la misma hora —añadió—. No queremos abusos de hospitalidad.

Su aliento apestaba a cigarrillos y café. Made se echó hacia atrás y se apartó de la garita.

—Gracias, señor —dijo Ketut, que empezó a llevarse a Made por el camino de acceso.

—De nada —dijo el vigilante, siguiéndolas con la mirada—. Que tenga usted buen día, señorita Ketut.

Después de ducharse en la habitación de su prima, Made se vistió con su ropa. Mientras tanto, Ketut llamó por teléfono para organizar una entrevista con Ibu Margono, la directora de servicios al cliente.

—Pero no te hagas demasiadas ilusiones —advirtió a su prima en el camino hacia el edificio de administración, donde estaba el despacho de Ibu Margono—, que es un ogro.

Made inclinó la cabeza y rezó en silencio, preparándose para lo peor. Ketut llamó a la puerta.

—Adelante —dijo alguien.

—Te espero fuera —susurró Ketut.

Giró el pomo y empujó a Made hacia la sala.

El despacho de Ibu Margono estaba presidido por una gran mesa de madera, supuso Made que de bangkirai. Sobre el tablero barnizado había montones bien ordenados de documentos, carpetas y portapapeles.

—¿Así que eres de pueblo? —preguntó Ibu Margono mientras la observaba reclinada en el respaldo.

Made asintió con la cabeza.

—¿Ya has acabado el colegio?

—Tengo estudios medios —contestó Made.

—¿Y cuál es tu experiencia en este ámbito? ¿Dónde está tu currículum?

—No tengo currículum —dijo Made, que de hecho no estaba muy segura de lo que era—. Nunca he trabajado en un *resort*.

Ibu Margono suspiró profundamente al dejar el bolígrafo en la mesa. Se la veía irritable.

—Pero toda la vida he trabajado mucho con mis padres —se apresuró a decir Made—. Tengo experiencia en cocinar, limpiar, coser y ocuparme de los campos y los animales. Soy muy trabajadora, y estoy dispuesta a aprender cosas nuevas. —Tragó saliva con desesperación—. Y si me da usted una oportunidad siempre le seré leal.

Ibu Margono tamborileó en la mesa.

—Hoy en día, en esta época, no es fácil encontrar lealtad —observó—, y menos en esta parte de la isla.

Made vaciló.

—Haré todo lo que me pida, Ibu.

Ibu Margono la miró.

—Bueno, ya veremos. —Abrió el primer cajón del escritorio y sacó un portapapeles—. Ayer se despidió una limpiadora por problemas de salud.

Made empezó a sonreír.

—Oh, muchas gracias, Ibu…

—Pero esto es un *resort* de estilo occidental —le espetó Ibu Margono—, y corren malos tiempos. ¿Entiendes lo que quiero decir?

Made sacudió la cabeza.

—Me estoy refiriendo a un nivel de limpieza que tú no te puedes ni imaginar. Me estoy refiriendo a poder desayunar en el suelo del baño. ¿Me entiendes?

Made asintió con la cabeza, sin estar muy segura de hacerlo.

—También tendrás la obligación de poner ofrendas por todo el *resort*. Cada mañana sin falta. ¿Serás capaz?

—Sí, sí —contestó Made. Era una actividad que conocía bien—. Soy madrugadora.

Ibu Margono sacó un formulario del portapapeles y se lo tendió.

—Rellénalo y me lo traes mañana. Preséntate al trabajo a las seis de la mañana.

Made volvió a asentir.

—Sí, Ibu Margono.

—Tu superior será Gusti Agung, el jefe de limpieza. Si el sábado está contento contigo podrás quedarte en el puesto, y tendrás una habitación permanente en la zona de empleados. Mientras tanto puedes alojarte en la de Ketut. El sueldo de las limpiadoras son veinte mil rupias por semana, alojamiento incluido. ¿Te parece bien?

Made hizo un esfuerzo por disimular su entusiasmo. Con ochenta mil rupias más cada mes, su familia podría volver a comer dos veces al día y Made aún podría ahorrar un poco. Pensó en su madre, tan flaca y nerviosa, y en su bolsa de cuero vacía.

—Sí, Ibu Margono.

El día siguiente Gusti Agung le hizo una demostración del meticuloso nivel de limpieza que se le pedía. Estaban en la entrada de una casita que acababa de desocuparse, en la parte del *resort* que daba a la playa. Gusti Agung señaló un carrito lleno de mopas, cepillos, trapos y productos de limpieza.

—Este carrito es el tuyo. Nunca lo usa nadie más —dijo con tono severo—. Tu obligación es rellenarlo cada día en la tienda, a través de Pak Anto. Si empiezas a usar demasiado de algo, Pak Anto se dará cuenta y me lo dirá.

A Made la desconcertó la insinuación. Ella no era una ladrona.

—La primera que tiene que ir limpia y cuidada eres tú. —Gusti Agung miró a Made de la cabeza a los pies—. Nuestros huéspedes extranjeros esperan lo mejor. Recógete siempre el pelo.

Le dio una goma, con la que Made se apresuró a hacerse una coleta. Gusti Agung le miró los pies.

—Y nada de sandalias abiertas. Cómprate unos zapatos como Dios manda.

Made se preguntó cuánto costarían. Le pediría a Ketut que le enseñase los puestos más baratos de Sanur.

—Bueno —dijo Gusti Agung, abriendo la puerta de la casita—, vamos a empezar.

Durante la siguiente hora Made se enteró de que las sábanas tenían que cambiarse a diario, aunque no hubiera dormido el huésped en ellas. Había que cambiar todas las toallas, salvo que algún huésped las dejara bien dobladas en el toallero, lo cual tenía que ver con la política medioambiental del *resort*.

—En cuanto a los baños, los occidentales tienen criterios mucho más exigentes que nosotros —explicó Gusti Agung mientras le tendía un cepillo de dientes—. Usa esto para las rendijas menos accesibles de alrededor de los grifos, las mamparas y los desagües. Y no te creas que basta con pasar el trapo por encima. Nuestros huéspedes pagan tarifas muy altas. Todo lo que no sea perfecto lo denunciarán, en cuyo caso restaré la multa de tu sueldo.

Había que quitar el polvo de todos los muebles y pulirlos, pasar la aspiradora por las alfombras, mantener abastecido el cuarto de baño y el minibar, sacar brillo a los espejos y la cristalería, vaciar y lavar los ceniceros, sacudir y ahuecar las almohadas, documentar cualquier elemento que faltase, poner en su sitio las cortinas y atarlas con una cinta, distribuir con buen gusto plumerias e hibiscos en el tocador, y por último echar ambientador en todas las habitaciones. Made dudó de que pudiera acordarse de todo.

Gusti Agung cerró la puerta.

—Bueno, te toca —dijo—. Haz las casas del cuatro al diez. Se han marchado todos los huéspedes. Si tienes problemas, me llamas.

Al final de su primer día, a Made le dolía la espalda. El sábado estaba exhausta.

—Ya veo que eres buena trabajadora —dijo Gusti Agung al pasarle un montón de ropa marrón bien planchada—. Ten, tus uniformes. Y tu primera paga. Bienvenida al equipo.

Made sonrió agradecida y se metió en el bolsillo el pesado sobre blanco con billetes de mil rupias. Nunca había estado tan cansada. Siempre había trabajado mucho con sus padres, pero al menos podía descansar entre las doce y las tres, el momento más caluroso del día. En Pantai Raya no. Querían que limpiara hasta veinte casitas en diez horas, y con media hora por casita a duras penas había bastante. Ni siquiera tenía un descanso para comer. Lo que hacía era picar los restos de los huéspedes: pastas de las cestas de pan, fruta, queso, galletas saladas… De noche daban de cenar en la zona de los empleados: grandes raciones de arroz o de fideos, que a veces llevaban trozos de pollo o pescado frito.

Por turno, su día libre era el martes, el de menos trabajo de toda la semana. Sería todo un reto ir a su pueblo y volver el mismo día.

Esperó hasta la semana siguiente, cuando ya llevaba quince días en Pantai Raya, para tomar el primer autobús hasta donde había estado con el vendedor de gasolina y su hijo. Ya se imaginaba contándoles su éxito en Sanur y diciéndoles que no estaba tan mal, pero al llegar aún era muy temprano, y no había nadie. Fue a su casa en bicicleta sin detenerse, con la esperanza de llegar antes de que empezaran las tareas cotidianas.

Frenó al lado del alto muro de piedra de la residencia de su familia, y al meter la bicicleta por la estrecha puerta y apoyarla en la pared, vio a su madre, que tan industriosa como siempre estaba colgando la colada en los arbustos del jardín.

—*Bu* —dijo Made.

Su madre soltó enseguida un *sarong* húmedo y corrió hacia ella.

—¡Pero qué chica más mala! —exclamó al echarse sobre Made—. Ya creía que no te volvería a ver. ¿Por qué no me dijiste que te ibas? Me tenías enferma de preocupación.

Estaba más delgada que nunca.

—Lo siento, *bu*. No quería preocuparte. Quería que estuvieras orgullosa de mí.

—Y lo estoy, mi pequeña Made, y lo estoy.

La estrechó entre sus brazos.

—*Bu,* he encontrado trabajo. —Made se sacó el sobre blanco del bolsillo y cerró los dedos de su madre alrededor de él—. Ochenta mil rupias al mes. Ricos no seremos, pero es algo.

Su madre frunció el ceño.

—No hacía falta, Made. ¿Qué tipo de trabajo es?

—De limpiadora —contestó Made—. En un gran *resort* para turistas extranjeros. El mismo sitio donde trabaja Ketut.

Pareció que su madre se relajaba un poco.

—¿Y Ketut está cada día contigo?

—Sí, menos el domingo, que es su día libre. El mío es el martes. Vivimos en la misma zona de empleados.

Su madre vaciló.

—Bueno, mientras sea un sitio decente y solo te pidan que limpies… Ven, díselo a tu padre, que yo preparo té. Has adelgazado. ¿Hoy has comido algo?

Made negó con la cabeza. Estaba famélica por el viaje en bicicleta.

Fueron al pabellón de bambú del centro de la residencia, donde estaba la abuela de Made lavando soja.

—Hola, *nenek*.

Made se agachó para darle un beso a la anciana.

—¿Dónde estabas? —preguntó ella con su dulce hilo de voz.

—Trabajando.

Made sonrió, orgullosa de sí misma. Su abuela le apretó la mano.

—Buena chica.

No vio ni rastro de sus tíos ni de sus primos. Pensó que estarían en el campo.

—¡*Bapak*! ¡Komang! Ha venido Made —dijo su madre en voz alta.

Komang salió de la zona de cocina, corrió hacia Made y le echó los brazos a la cintura.

—Te he echado de menos —dijo llorando—. No vuelvas a marcharte, por favor.

Made acarició el pelo de su hermana.

—Es que ahora trabajo, hermanita. Tengo que volver hoy a Sanur.

Komang empezó a sollozar.

—Pero bueno, ¿y tú tienes catorce años? ¿Tan mayor? Llorar solo lo hacen los bebés. —Made miró fijamente la cara de Komang—. Yo también te he echado de menos —susurró.

Apareció su padre con la hoz en la mano. Made vio que había estado trabajando en el campo, porque tenía barro en los tobillos.

—Made —dijo con semblante grave.

—Buenos días, *pak*.

No correspondió a la sonrisa de Made.

—¿Por qué has tenido tan preocupada a tu madre?

—Es que quería ayudar. He encontrado trabajo.

Su padre esperó sin decir nada.

—De limpiadora en Sanur, en un *resort* para extranjeros. Me ha ayudado Ketut a conseguirlo.

Su padre ladeó la cabeza.

—¿Cuánto pagan?

—Ochenta mil rupias al mes.

Made oyó cómo las gallinas rascaban el polvo, disputándose los restos de arroz tirados con el agua de fregar los platos. Era un sonido familiar y reconfortante, con el que había crecido.

—Está bien —dijo finalmente su padre.

Se giró y se fue hacia la puerta. Made miró el suelo, conteniendo las ganas de llorar. ¿Qué se esperaba?

Su madre la tomó de la mano.

—Tu padre aún echa de menos a Wayan.

Made asintió con lágrimas en las mejillas.

—Te estoy muy agradecida, Made. —Su madre le puso una mano en cada lado de la cara—. Eres buena chica. Lo que has hecho no lo harían todas las hijas. ¿Seguro que te tratan bien?

—Sí —contestó Made.

Su madre bajó la voz.

—Bueno, pero si cambia la cosa prométeme que no te quedarás. No te he educado para que te maltraten las sabandijas de Sanur. A veces la ciudad es peligrosa. Detrás de las sonrisas puede haber malas intenciones. Y una chica tan guapa como tú… Ten cuidado. Hay demasiadas chicas de pueblo que hacen de prostitutas en Sanur, Kuta y Legian. Tú eso no lo hagas nunca, nunca. Se me rompería el corazón.

Made asintió solemnemente. Su madre casi nunca hablaba con tanta vehemencia.

—No lo haré, *bu* —prometió.

El día pasó demasiado deprisa. Corrió la voz por el pueblo de que había vuelto Made con la noticia de que trabajaba en Sanur. Pasaron muchos vecinos, y su madre estuvo ocupada en servir un sinfín de tazas de té. Hasta hizo unas pastas que eran su especialidad y que solía reservar para los días de guardar.

Después de comer Made se sentó con su madre y su hermana en las baldosas blancas y frescas del pabellón principal para preparar una ofrenda. Mientras Komang cosía las hojas de banano joven que servirían de recipiente, Made hizo el círculo, el triángulo y el cuadrado que representaban la luna, las estrellas y el sol. A continuación su madre puso flores en los puntos cardinales: rojas en la esquina sur de la ofrenda, blancas en la este, azules en la norte y amarillas en la oeste. Añadieron arroz, zarzas de betel y varios dulces.

—Ya está lista —anunció su madre.

Se cambiaron de ropa y fueron al templo de sus antepasados. Mientras la madre de Made presidía la deposición de la ofrenda, Komang encendió palos de incienso por el santuario. Después se quedaron las tres como una sola, con Made en el centro. Tenía una flor de jazmín entre los dedos. Se puso las manos en la frente y cerró los ojos, susurrando palabras de agradecimiento a los antepasados.

Volvieron a casa en silencio, tomadas del brazo. Todas sabían que si Made quería estar en Sanur antes de que se pusiera el sol tenía que irse ya.

Se quitó la ropa ceremonial y se despidió de su padre, que acababa de llegar del campo. Él se pasó una mano por la frente, y hubo un momento en que Made pensó que la abrazaría.

—Made —dijo con una sonrisa fugacísima.

Apoyó su cuerpo en el otro pie y se giró.

La madre de Made y Komang se despidieron con la mano desde la entrada. Made pedaleaba girando la cabeza sin parar hasta que quedaron reducidas a puntos borrosos en la lejanía.

Pasaron semanas, meses, y Made empezó a ver los efectos de los ingresos suplementarios en su familia. Su madre tenía la cara más redonda y brillante, y su padre parecía más hablador. Lo más importante era que Komang había vuelto al colegio. Era una niña inteligente y dotada para estudiar como nunca lo había estado Made. Cada semana, al volver al pueblo, se sentaba con Komang y le preguntaba por sus estudios, y cada semana regresaba a Pantai Raya con nuevas energías para seguir trabajando. Fue para ella una satisfacción enorme ver que Komang acababa el primer año de la escuela media, y después el segundo.

Al cabo de un año de entrar a trabajar en Pantai Raya, Made ya tenía asignadas las casitas más importantes, las de los clientes de empresa, que eran los que más pagaban. Después de dos años Ibu Margono le aumentó el sueldo.

—Me has respondido bien, Made —dijo con una dulzura rara en ella—. A partir de ahora cobrarás cien mil rupias al mes. Y si trabajas duro un año más, te nombraré ayudante del gerente.

Made se llevó una gran sorpresa.

—Gracias, Ibu Margono —dijo, poniendo la frente en su mano.

La mañana siguiente Made se levantó antes del amanecer y llevó como siempre la primera ofrenda del día a la higuera de Bengala sagrada del borde de la playa. Era un árbol viejo y grande, guardián místico de la orilla. La parte inferior de su bulboso tronco estaba cubierta de tela *poleng* a cuadros blancos y negros. Al depositar la ofrenda en el altar de piedra, en la penumbra, vio que se acercaba un occidental por la playa. Tenía una mata de pelo blanco y unas facciones difíciles de distinguir. Se paseaba descalzo por la arena, ajeno a su presencia. Made lo sobresaltó al levantarse de golpe.

—¡Oh! —dijo él.

Siguieron palabras indescifrables. Made abrió las manos en señal de disculpa, y a continuación señaló con gestos la ofrenda del árbol.

El hombre balanceó con rapidez los brazos.

—Caminar —dijo.

Made comprendió que era una explicación.

–Ah, *jalan-jalan* –dijo. Levantó el borde de su *sarong,* que se arrastraba por la arena, e inclinó la cabeza–. Adiós, señor.

–Adiós –contestó él.

Al irse, Made oyó que el hombre le decía algo que no entendió.

Se giró y le sonrió por encima del hombro.

Él se rio y continuó por la playa.

La misma mañana, algo más tarde, Made llamó a la puerta de la Casa 12.

–Hola, limpiadora –dijo en voz alta.

Durante sus dos años en Pantai Raya había memorizado algunas frases útiles en inglés: –«¿Cómo está?», «Hace buen día» y «Vuelvo más tarde»–. También había aprendido a decir «buenos días» y «gracias» en japonés, mandarín y neerlandés.

–Hola, limpiadora –repitió con más fuerza.

Metió la llave maestra en la cerradura.

Cuando se abrió la puerta vio a un hombre con un albornoz blanco.

Apartó enseguida la mirada.

–Vuelvo más tarde –dijo, yéndose.

–No, no –contestó él.

Made lo miró. ¿Era el occidental al que había conocido en la playa? No podía estar segura. Se parecían todos. En todo caso el pelo blanco era similar.

El hombre sonrió y dijo algo, haciendo gestos por encima del hombro.

–No inglés –informó Made, sacudiendo la cabeza.

–Entra –dijo él.

Made lo siguió al interior de la casa. Al borde de la mesa de centro había un portátil rodeado de grandes hojas de papel con esquemas complicados.

–Mi trabajo –dijo el hombre, señalando la mesa–. Ingeniero.

Ella asintió y miró a otro lado. No quería ser considerada una indiscreta.

Empezó la ronda de limpieza por la cocina americana. Una taza de café, un vaso y un plato usados. Echó un vistazo al dormitorio. La cama solo estaba deshecha por un lado.

Se oyó sonar el móvil del huésped, que lo cogió, abrió la puerta deslizante de cristal y salió al balcón con baldosas y vistas a la playa.

Made lo oyó hablar en sordina mientras cambiaba las sábanas, quitaba el polvo de los muebles, arreglaba las cortinas y ahuecaba las almohadas. Tuvo curiosidad por saber de dónde era. Supuso que americano.

Metió el carrito en el baño. Repuso el champú, tiró a la basura una maquinilla usada y un envase de espuma de afeitar y cambió el rollo de papel higiénico. Después empezó con el minucioso proceso de limpiar las baldosas de las paredes y del suelo y frotar bien el inodoro. Por muy repugnante que fuera, cada día daba gracias a los dioses por su trabajo en Sanur.

Llegó desde el balcón la risa del hombre, grave y sonora, que por alguna razón le recordó a Wayan. Siempre había sido un bromista. Donde estaba él se oían siempre risas. Desde su muerte, el humor había desaparecido de la casa familiar.

Algo se movió a sus espaldas. Made dio un respingo y su cabeza chocó con la cisterna. Era el occidental, en el umbral del baño.

—Perdón —dijo él.

Made había visto bastantes películas occidentales para entenderlo. Sacudió la cabeza en señal de que se encontraba bien.

—¿Te has hecho daño? —preguntó él.

Made volvió a negar con la cabeza y siguió limpiando.

El hombre se marchó. Poco después volvió con un diccionario grande en las manos.

—*Anda sehat?* (¿Te encuentras bien?) —preguntó.

Made se apoyó en los talones y se rio en voz alta. Se tapó enseguida la boca con las manos, horrorizada por su impertinencia.

Podía denunciarla por maleducada, pero lo había dicho con un acento tan raro que a Made se le había escapado la risa.

–*Saya baik-baik saja, terima kasih* (Estoy perfectamente, gracias) –contestó despacio Made.

El hombre parecía encantado.

–No indonesio.

Durante un momento lo único que hicieron fue mirarse, sonriendo.

–Me llamo Gordon –dijo él.

Se acercó con cuidado por las baldosas húmedas y se puso en cuclillas con la mano tendida. Made se limpió la suya con un trapo antes de dársela.

–Made.

Volvió a sonar el teléfono.

–Trabajo –informó él–. Siempre trabajo.

Atendió y salió otra vez al balcón.

Made acabó de limpiar el baño y echó ambientador por todo el apartamento, arrugando la nariz: no le gustaba ese olor artificial.

Cerró la puerta al salir.

El día siguiente, en cuanto Made llegó a la Casa 12, Gordon abrió la puerta con una reverencia.

–*Selemat pagi, Made* (Buenos días, Made) –dijo.

Se le notaba orgulloso de su logro.

–Buenos días, señor –contestó ella en inglés.

–Gordon –dijo él–. Llámame Gordon.

Ella no dijo nada. La política del *resort* era tratar a los huéspedes de «señor» o «señora».

–¿Vuelvo más tarde?

–No, no, pasa.

Empezó la ronda de limpieza, mirándolo con el rabillo del ojo. Estaba sentado delante de la mesa, consultando el diccionario y escribiendo palabras en un papel. Parecía un ejercicio laborioso.

Veinte minutos después, justo cuando Made se disponía a irse, él la llamó por señas.

—¿Made?

Made se acercó a la mesa y miró lo que había escrito: *Anda tidak di pantai tadi pagi* (Esta mañana no estabas en la playa).

Made sonrió. Evidentemente, Gordon había vuelto a dar un paseo, como el día anterior, pero para Made había sido una mañana inhabitual. La noche antes, a pesar del cansancio, no había podido dormir. Al final había cerrado los ojos y había oído el canto lejano de un gallo. Parecía que solo hubiera pasado un momento y ya daba golpes a la puerta Ketut. Eran las siete menos cuarto. Made, presa del pánico, había salido de la cama, se había puesto el uniforme y se había presentado al trabajo.

—*Besok* —dijo.

Gordon se encogió de hombros y le ofreció el bolígrafo.

Made lo tomó en su mano y escribió unas letras lo más claras que pudo: B-E-S-O-K.

Gordon hojeó el diccionario y sonrió.

—¿Mañana? Muy bien.

Parecía contento.

—Acabado —dijo ella.

Salió con el carrito al camino y cerró la puerta.

El día siguiente lo vio caminar por la arena antes del amanecer. También él la vio, pero esperó a una distancia respetuosa mientras Made hacía su ofrenda en la higuera de Bengala. Una vez finalizado el ritual, Made se giró hacia él.

—*Selamat pagi,* Gordon.

—*Selamat pagi,* Made.

Él llegó a su lado. Caminaron en silencio por la playa. Pasear en compañía de un occidental a quien apenas conocía parecía lo más normal del mundo. Era mayor, probablemente más que su padre, pero tenía una mirada bondadosa, y una boca que se curvaba hacia arriba incluso cuando no sonreía. No era tan corpulento ni intimidaba tanto como los otros hombres occidentales a quienes había visto en el *resort*.

Caminaron por la playa. En un momento dado Made tropezó con la arena mojada y Gordon la sujetó por el brazo para que no se cayera.

—Gracias —dijo ella.

—De nada.

Al llegar al espigón de madera del final de la playa volvieron hacia el *resort*. Los rayos del sol apenas empezaban a calentar la arena.

Made se preguntó si Gordon volvería la mañana siguiente. Cuando llegaron a la confluencia del camino de piedras que llevaba por un lado a la zona de empleados y por el otro a las casas de los huéspedes, juntó mentalmente las palabras en inglés.

—¿Gordon quedar mañana?

Gordon asintió.

—Sí, me quedo cuatro semanas. Por trabajo.

Made no podía estar segura de haberlo oído bien. ¿«Cuatro semanas»? Ya lo consultaría más tarde, al limpiar su casita.

—Ahora Made trabajar.

Señaló la zona de empleados.

—Yo también. Gracias por el… *jalan-jalan*.

Su esfuerzo hizo sonreír a Made.

—Sí, gracias por paseo.

Quince días después tomó prestado de Ketut un diccionario indonesio-inglés. Su visita diaria a la Casa 12 se había convertido en una agradable distracción de los aspectos más rutinarios de su trabajo. Gordon había empezado a escribir cada vez más frases en indonesio, que leía en voz alta para que Made pudiera corregir su pronunciación. Made averiguó que era australiano, no americano, que era ingeniero de caminos y estaba contratado para trabajar en la construcción de un gran centro comercial en Legian, y que le gustaba su trabajo, pero no tanto como el surf.

Ella, a su vez, había empezado a escuchar un CD para aprender inglés en un reproductor pequeño que le había dado Gordon. Cada noche se ponía los auriculares y, acostada en la cama, pronunciaba en silencio las palabras extranjeras. Se imaginaba a Gordon haciendo lo mismo con el CD de *Indonesio para principiantes* que se había comprado.

Sus paseos matinales se convirtieron en algo cotidiano para Made. Gordon siempre la esperaba al lado de la higuera de Bengala, y la veía preparar la ofrenda en silencio. Siempre hacían el mismo recorrido, pero nunca dejaban de descubrir alguna novedad: una concha plateada que reflejaba la primera luz del sol, un trozo muy viejo de madera traído por las olas, un solo zapato con un billete de un dólar enrollado en su interior…

Un sábado por la mañana estuvieron a punto de tropezar con una pareja occidental medio desnuda en la arena. Ella se retorcía encima de él, en un aire cargado con el olor punzante del alcohol. En su espalda bronceada había un tatuaje en espiral compuesto de letras violetas que formaban una palabra desconocida para Made: P–U–R–E–Z–A.

Se sonrojó, violenta, al rodear a la pareja. De pronto era muy consciente de la presencia de Gordon.

Él sacudió la cabeza.

–*Bules* –dijo mientras seguían caminando.

Made se lo quedó mirando. ¿Cómo sabía esa palabra coloquial y un poco despectiva para llamar a los occidentales? Ella no se la había enseñado, seguro.

–Los *bules* no educados –dijo él.

Made asintió con la cabeza, aliviada por que fueran del mismo parecer.

Tras su primera estancia de un mes, Gordon volvía a Pantai Raya cada pocas semanas. Para Made siempre era una desilusión ver que se iba, y un alivio ver que regresaba. Entre visita y visita practicaba el inglés, y se daba cuenta de que también él había hecho lo mismo con el indonesio. Sus conversaciones se volvieron menos entrecortadas y más naturales. Una mañana de julio, a los ocho meses de haberse conocido, Gordon le dio un papelito con estas palabras: *Umur saya 47 tahun. Made berapa?* (Yo tengo 47 años. ¿Tú cuántos tienes?).

Pensando en la diferencia de casi treinta años, Made decidió no escribir ninguna frase, sino solo los números 2-0.

—¿Tienes veinte años?

Asintió. Después tomó el bolígrafo.

Bapak saya berumur 47 tahun juga, escribió; pero no tiene el pelo tan blanco como tú, pensó.

Gordon estudió las palabras, consultó su diccionario y las tradujo lentamente por escrito.

Soltó una carcajada.

—¿Tu padre también tiene cuarenta y siete años?

Sus dedos corrieron por las páginas del diccionario, buscando más palabras.

—*Saya tua* —dijo finalmente—. *Rambut saya putih sekali* (Soy viejo. Mi pelo es muy blanco).

Ella se rio, culpable. ¿Le había adivinado el pensamiento?

Gordon se puso muy serio y dijo algo en inglés que Made no comprendió. Después metió la mano en su bolsillo trasero y sacó una cartera de piel negra con una foto muy gastada en uno de los compartimentos. Era de una mujer en una playa, levantando hacia la cámara a un niño pequeño. Era un niño maravillosamente regordete, como casi todos los occidentales. La mujer sonreía orgullosa.

Made asintió educadamente.

—Mi mujer —dijo Gordon— y mi hija.

Made bizqueó, esforzándose por mantener una expresión neutral mientras la boca de Gordon formaba más palabras. Solo había limpiado a medias, pero tuvo que irse.

—Made se va.

Atravesó la puerta de espaldas, arrastrando el carrito.

Oyó que Gordon la llamaba, pero no se giró.

Ahora que sabía que Gordon tenía familia, Made no quiso verlo más. Se sentía tonta. Gordon tenía edad suficiente para ser su padre, y era un occidental, de otro mundo. ¿Cómo se había encariñado tanto de él en solo ocho meses? Habían compartido paseos matinales, no más de una hora al día. Nada más, se recordó. Él no le había dado motivos para la esperanza. Sin embargo, Made se había acostumbrado a su presencia. Esperaba con ganas sus conversaciones, la risa de Gordon y su mano protectora cuando caminaban por la playa. Cuando no estaba él en Bali, la vida de Made parecía vacía. Pero si solo soy una limpiadora, se recordaba. Mi destino está aquí, en Pantai Raya.

La próxima vez que vio a Ketut le preguntó si podían cambiarse las zonas de limpieza durante las tres semanas que le quedaban a Gordon en Bali.

—¿Estás bien? —preguntó Ketut, que la conocía de sobra.

—He sido una estúpida.

—¿Cómo de estúpida?

Made movió la cabeza.

—Tanto no. —Ya sabía en qué problemas podía pensar Ketut—. Pero es que… me interesa alguien a quien no puedo tener.

Ketut bajó la voz.

—¿Un huésped?

Made asintió.

—¿Un *bule*?

Volvió a asentir.

—Sí que es una estupidez, sí. Por eso pueden despedirte. Mañana mismo cambiamos.

La ronda de limpieza de Ketut llevó a Made a la otra punta del *resort,* más cerca de la discoteca y de las zonas de restauración. Allá los huéspedes eran más jóvenes y escandalosos, y dejaban las habitaciones desordenadas. Media hora por casa era todo un desafío, pero al menos la distraía de pensar en Gordon.

Ya no volvió por las mañanas a la playa. Le pidió a Ketut que llevase ella la ofrenda a la higuera de Bengala.

No era lo mismo.

Una semana después, mientras barría el patio de la Casa 39, concentrada en el ritmo de la paja en el cemento, la llamó una voz conocida.

—Made.

Al girarse vio a Gordon en el camino de piedras, detrás del seto. El sol se ponía a sus espaldas.

—Made —repitió—, ¿puedo hablar contigo?

Made hizo gestos hacia un pabellón de bambú debajo de una palmera, mientras miraba incómoda a su alrededor con la esperanza de que Ibu Margono no anduviera cerca, haciendo una de sus comprobaciones.

Gordon le tocó el brazo. Made dio un respingo.

—*Made yang manis…* (Dulce Made…) —empezó a decir él.

Made se ruborizó.

Gordon sacó un papel de su bolsillo y empezó a leer en voz alta.

—*Saya minta ma'af karena mengejutkan Made minggu yang lalu* (Siento haberte asustado la semana pasada).

Made se resistía a mirarlo a los ojos. Gordon siguió leyendo.

—*Isteri dan anak perempuan saya mati dalam kecelakaan. Sudah lama kecelakaan itu. Saya masih membawa foto mereka dalam dompet saya* (Mi mujer está muerta. Mi hija también. Fue un horrible accidente que pasó hace mucho tiempo. Aún llevo una foto de las dos en la cartera).

Made lo miró inquisitivamente.

A Gordon le brillaban los ojos.

—Lo siento —dijo ella.

Tomó las manos de Gordon entre las suyas, marrón sobre blanco.

Se quedaron con las manos enlazadas en el pabellón hasta que se hizo de noche a su alrededor.

Dos semanas después Gordon pidió a Made que se casara con él. Fue un momento como de ensueño. Made pasó de estar limpiando el lavamanos a estar fuera, en el patio, viéndolo desenrollar una hoja enorme de papel de dibujo donde ponía *Nikahlah aku, Made* (Cásate conmigo, Made).

Gordon la tomó de las manos y sonrió.

—Te quiero.

Ella lo miró a la cara, pensando en su familia. Su madre, tan trabajadora. Su hermana, tan inteligente. Su hermano muerto. Su abatido padre. Su querida abuela. Era como si estuvieran todos a su lado, observando aquel momento. Gordon no le provocaba las mismas palpitaciones enloquecidas que sentía en la aldea al pasar junto a Kadek, pero ocho meses le habían demostrado que era un hombre bueno, honrado y trabajador. Kadek era guapo, pero sus perspectivas no iban más allá de la media hectárea situada tras la casa de su familia. Made sabía que Gordon le ofrecía mucho más.

—*Gordon perlu minta izin bapakku dulu* (Primero tienes que pedírselo a mi padre).

Gordon asintió.

—¿Cuándo?

—*Besok.*

El día siguiente era martes, su día libre. Podían ir juntos al pueblo.

La presencia de un *bule* hizo que la mitad del pueblo buscara algún motivo de visita. Al final recayó en su hermana Komang la misión de quedarse en la entrada de la casa y ahuyentarlos.

—Tiene cosas importantes que hablar con mi padre —explicaba sin faltar a la verdad—. Volved más tarde, por favor.

Se sentaron en el suelo del pabellón central, mirándose. La madre de Made temblaba al servir vasos de té caliente. Era el primer occidental que conocía. Su padre, en cuclillas, evaluaba a Gordon a través de las columnas de humo que sacaba por la nariz. Después de que Gordon se hubiera bebido la mitad de su té, el padre de Made le ofreció un cigarrillo.

—No, gracias —dijo Gordon con un gesto de la mano izquierda.

Made se dio cuenta de que su padre estaba ofendido.

—*Orang asing tidak merokok* (Los extranjeros no fuman) —explicó.

Su padre gruñó.

—Bueno, ¿de qué va esta visita?

Made le hizo un gesto con la cabeza a Gordon, tal como habían acordado. Era el momento.

—Señor Putu —dijo Gordon con expresión solemne—, deseo pedirle la mano de su hija.

El padre de Made entornó los ojos. Su madre los miró a los dos.

—*Bilang apa, dia?* (¿Qué ha dicho?) —preguntó su padre.

—Te ha pedido permiso para casarse conmigo —contestó Made.

Su madre se llevó las manos a la boca. Su padre abrió los ojos de sorpresa. El susurro delator de un *sarong* indicó a Made que Komang lo estaba escuchando todo desde la zona de cocina.

Su padre empezó lentamente a sonreír.

La primera en hablar fue su madre.

—No estás obligada, Made.

Made miró a Gordon, aliviada de que no lo entendiera.

—No me obliga —contestó.

Su madre no parecía convencida.

—Pero si es un viejo —dijo—. Míralo. Harías mejor en elegir a alguien de tu edad.

—¿Mejor? —replicó su padre—. ¿Qué te crees, que es mejor que Made se case con nuestro vecino Kadek solo porque es joven? No, no es mejor. —Dio una última calada al cigarrillo y lo tiró al jardín—. Yo creo que con esta decisión Made demuestra que es muy sabia. Mucho, sí.

Made cambió de postura en el cojín. El tono de su padre la incomodaba.

Gordon se giró hacia ella.

—¿Va todo bien?

—Dile que tiene mi permiso para casarse contigo —dijo su padre. Sus labios se curvaron en una sonrisa rígida—. Pero dile también que para nosotros será una pena muy grande perder a nuestra hija mayor. Querrá llevarte a su país, ¿no? Espero que esté preparado para... compensarnos por nuestra pérdida.

Made tragó saliva. Ni sabía ni quería traducirlo al inglés.

—¿Qué? —dijo su padre—. Díselo.

Su madre se levantó y empezó a recoger los vasos. En un momento dado se detuvo, se acercó a Gordon y se arrodilló ante él.

—Dile —dijo mirándolo a la cara— que yo lo único que quiero es que mi hija sea feliz.

Miró a su marido con mala cara antes de levantarse y salir de la habitación.

Made se giró hacia Gordon, que los miraba a todos.

—Madre dice que ella feliz si Made feliz. —Vaciló, buscando las palabras correctas en inglés—. Pero padre dice... que si llevas a Made a Australia familia tiene problema de dinero.

Gordon se quedó pensativo. Miró asintiendo al padre de Made.

—Vendremos cada poco tiempo a Bali —dijo, mirando la casa de Made—. Y podemos ayudar económicamente a tu familia. Me ocuparé de que lo hagamos. Dale las gracias a tu padre, por favor.

Made le sonrió, agradecida.

Se giró hacia su padre.

—Gordon te agradece tu permiso y promete ayudar a nuestra familia mandando dinero desde Australia.

Por lo visto casarse con un *bule* abría con mucha más facilidad las puertas de la burocracia que si Gordon hubiera sido indonesio. Con la ayuda de un abogado experto en inmigración, un javanés muy serio que se llamaba Jono Sugianto, en menos de tres semanas estuvo todo arreglado. Durante la primera reunión en el despacho de Jono, en Denpasar, claustrofóbico y sin ventanas, el abogado describió la gran cantidad de documentos que se necesitaban para legitimar su matrimonio.

—Tendrán que presentar los dos un atestado de intención matrimonial en el registro civil de Sanur —dijo, haciendo girar su bolígrafo entre el pulgar y el índice—. Después, usted, señor, tendrá que presentar una carta firmada por un funcionario del consulado australiano en la que se acredite que no hay impedimentos y un certificado de registro policial. —Jono se giró hacia Made—. Por lo que a usted respecta, necesitamos una acreditación de soltería firmada por el jefe de su pueblo, y... —Tosió discretamente—. Supongo que no ha cumplido usted los veintiuno.

—Los cumplo el mes que viene —contestó Made.

—Entonces todavía necesitará una carta de consentimiento paterno firmada por su padre.

Made se quedó perpleja con la terminología y a la vez impresionada por la capacidad de Jono de saltar sin problemas del indonesio al inglés.

—Claro que a cambio de los honorarios pertinentes puedo arreglarlo todo yo —añadió Jono, y se pasó un pañuelo blanco almidonado por la frente.

Gordon se inclinó en su silla.

—Sí, en eso estaba pensando, en los costes.

Jono agitó una mano en el aire como si matara un mosquito.

—No, no, de eso ya hablaremos más tarde. En primer lugar, según la ley, en Indonesia el matrimonio solo es legítimo si se hace cumpliendo las leyes de las fes religiosas de los implicados.

Made esperó una explicación. Jono los miró.

—Ahora tendrán que decidir cuál de los dos se convierte. ¿Se hará usted cristiana, Made, o se hará hinduista Gordon?

Made frunció el ceño. No se había planteado el aspecto religioso. Se miró las manos mientras Jono traducía sus palabras al inglés para Gordon. Ignoraba las creencias religiosas de este último, pero de algo estaba muy segura: hinduista no era.

Gordon se echó hacia atrás, asimilando las palabras de Jono. Finalmente se inclinó.

—Ah, bueno —dijo—, pues muy fácil, me haré yo hinduista. —Se giró hacia Made—. Sé lo importante que es para ti la religión, pero yo soy agnóstico.

Made nunca había oído hablar de aquella religión.

—Quiere decir que no se ha decidido —explicó Jono—. No tiene religión, así que se convertirá a la de usted.

Era algo poco menos que inaudito en Indonesia. Todo el mundo tenía alguna fe.

Made se giró hacia Gordon.

—¿Por qué Gordon no tiene Dios?

Gordon se quedó un momento callado.

—Cuando falleció mi mujer dejé de creer en Dios. —Se encogió de hombros—. La vida es demasiado injusta. No puedo fingir que creo, Made.

Ella asintió con la cabeza, recordando los largos días que había pasado durante la enfermedad de Wayan en el templo del pueblo, rezando por su recuperación. En vano.

—¿Ahora tú hinduista? —preguntó, sin hacerse ilusiones de que su conversión fuera algo más que nominal.

Gordon sonrió.

—Para ti, y para el registro civil, hinduista.

Su falta de fe turbaba a Made, que tuvo ganas de tomarlo de la mano y decirle que la fe en Dios no era nada infundado, que la vida no era puro azar; que entre todos los caprichos, bellezas y dolores de la vida, todos los seres que reptaban, se arrastraban y caminaban por la tierra en realidad entonaban alabanzas al Creador.

Sin embargo, no conocía las palabras ni era el momento adecuado. Tenía todo el resto de la vida para enseñárselo.

—Gracias, Gordon —se limitó a decir.

Se casaron un lunes por la tarde considerado de buen augurio por Pak Tulu, un sacerdote hinduista contratado por Jono para encargarse de la ceremonia. Una vez recuperada de la impresión de que un *bule* pidiera la mano de Made, Ibu Margono les ayudó en todo lo que pudo. De hecho, se lo tomó como algo muy personal, como si fuera responsable de la relación, y para estupor de Made les brindó el uso gratuito del mayor salón de actos del *resort* y acceso al *catering*.

Los ventanales del salón de actos, que cubrían toda la pared, daban a la parte de la playa donde diez meses antes Made había conocido a Gordon. Era una sala demasiado espaciosa para los pocos invitados que se reunieron para asistir a la ceremonia: los padres de Made y Komang, sus tíos y Ketut, sus abuelos, Jono Sugianto, Ibu Margono y varias integrantes del equipo de limpieza que estaban de turno.

Tras verificar la conversión de Gordon al hinduismo, la ceremonia pasó a otro rito más complejo como era el del matrimonio. Pak Tulu recitó bendiciones e hizo varias ofrendas, después de lo cual roció a los novios con agua sagrada. El tintineo de una campana de plata señaló el final del rito. En ese momento se levantó un adusto funcionario del registro civil para cumplimentar la documentación necesaria. Terminadas las formalidades, compartieron una modesta comida a base de arroz, *satay* de pollo y pastas.

Por la noche Made y Gordon se despidieron de sus invitados en la entrada de la Casa 12. Habían empezado a salir las primeras estrellas, mientras se oscurecía el cielo.

Komang abrazó a Made.

–Sé valiente, hermana –le susurró–. Tienes un buen marido.

Se acercó su madre y le dio un beso en cada mejilla.

–Eres una buena chica, Made.

Por un momento Made flaqueó en su determinación. ¿Por qué renunciaba a la vida y la familia que tanto quería para casarse con un hombre mucho mayor que ella? Las oportunidades de un país lejano parecían muy distantes de las comodidades del mundo que conocía. Se abrazó a su madre y le dio un beso, respirando su olor dulce y conocido. Luego se interpuso entre ellas su padre.

—Déjalos ya —ordenó, haciendo señas a su madre de que se alejara.

Gordon le dio la mano. Después tomó la de Made para llevarla hacia el umbral.

En el momento en que Gordon cerró la puerta, Made tuvo un atisbo de su madre contemplando el mar, quieta como un centinela de piedra en un templo costero.

Lo primero que llamó la atención de Made en Australia fue la luz. Era marzo, principios de otoño, pero la luz tenía una nitidez cristalina que la hizo entornar los ojos. Durante el recorrido en coche entre el aeropuerto de Sídney y la casa de Gordon, cerca del mar, Made tuvo la impresión de que el aire fresco y seco le tensaba la piel. Apoyó la cara en la ventanilla del taxi, preguntándose dónde estaba la gente. Era miércoles, poco antes de mediodía. ¿Por qué estaban tan vacías las carreteras? Pasaban coches y camiones a gran velocidad, pero no vio una sola moto.

Dentro de ella el bebé cambió de posición. Made se puso la mano en la barriga. No pasa nada, pequeñín. Es el principio de nuestra nueva vida juntos.

Gordon, que iba delante, se giró y le sonrió.

—¿Qué te parece Sídney?

Señaló con un gesto el paisaje urbano que pasaba al otro lado de la ventanilla: relucientes edificios plateados contra un cielo de un azul inverosímil.

—Muy limpia —contestó ella—. Aire huele a nuevo.

Él se rio.

—Aquí no tenemos mucha contaminación.

Llevaban ocho meses casados. Gordon volvió a Australia poco después de la boda, y viajó tres veces a Bali por trabajo. Cada vez que regresaba a Australia le dejaba a Made un teléfono móvil y la llamaba cada día. Aunque Jono Sugianto había presentado la solicitud de residencia permanente la semana después de la boda, el proceso tardó mucho más de lo esperado. Mientras tanto, Made había seguido con su trabajo de limpiadora, y cada semana había vuelto al pueblo para pasar el día con su familia.

Ya hacía siete meses que crecía el bebé en su interior cuando por fin llegó Gordon a Bali y le anunció que Jono Sugianto le había conseguido el visado australiano.

Despedirse de su madre y de Komang fue lo más difícil que Made había hecho nunca.

—¿Cuándo volverás a Bali? —le susurró su madre en el último abrazo.

—No lo sé, *bu*.

—Tienes que volver para la ceremonia de los ciento cinco días, por el bien del bebé. Prométemelo, Made.

Made asintió con la cabeza.

Después su madre los despidió desde la puerta, apretando los labios por saber que se llevaban a otro mundo a su primer nieto.

Made siguió mirando fijamente por la ventanilla del taxi. Qué distinto era el paisaje... La gente le resultaba completamente ajena. Se tocó la barriga y se acordó de la cara de su madre, pálida y cargada de preocupaciones, al irse del pueblo Gordon y ella.

Sea lo que sea lo que me deparen los dioses en Australia, pensó, tengo que hacer que valga la pena esta separación de mi familia.

—Es lo que se llama un hemangioma —dijo el pediatra, señalando el bulto rojo con manchas que tenía el bebé encima del labio.

Wayan apenas tenía cuatro horas de vida, pero Made nunca había sentido un vínculo tan hondo con nadie ni con nada. Era como si de repente hubiera descubierto una parte olvidada de su ser, revelada en la carne de otra persona. Comprendía instintivamente el territorio del cuerpo de Wayan, desde los pliegues carnosos de los tobillos y las muñecas hasta el rojo e hinchado diamante que le tapaba el labio superior. Cuando lo vio por primera vez en el ala de maternidad, lo besó con fervor y reverencia.

—Es una masa de vasos sanguíneos anómalos que forma un bulto debajo de la piel. La verdad es que no sabemos por qué salen, pero en el ochenta por ciento de los casos desaparecen antes de la edad escolar.

Made miró a Gordon para que se lo aclarase. Él se encogió de hombros en señal de ignorancia. Made cambió de postura en la cama del hospital. Había sido un parto largo. La cabeza de Wayan era demasiado grande para su pelvis. La matrona dijo que a las asiáticas les pasaba a menudo, sobre todo si se casaban con caucásicos. Al final el obstetra había usado fórceps.

—En el caso de Wayan —siguió explicando el pediatra—, como el hemangioma está en el labio hay más riesgo de que se ulcere a causa de la fricción entre superficies húmedas. Probablemente tengan problemas para alimentarlo. Tendremos que buscarles ayuda especial. ¿Dónde viven? —El pediatra consultó la ficha—. ¿En Freshwater?

Gordon asintió con la cabeza.

—Hay un centro de salud infantil. No dejen de ir para los controles, ni de asistir a los grupos de madres y esas cosas.

Made miró cómo Gordon escuchaba al pediatra. Sabía que después se lo explicaría con una mezcla de indonesio e inglés. Se recostó en las almohadas y miró a Wayan, que dormía al lado de la cama, en el moisés. Sabía lo que diría su familia sobre su defecto facial: que era la consecuencia kármica de algún error de una vida anterior. Made siempre había sido una hinduista devota, pero ahora, al mirar a Wayan, no podía aceptar que no fuera perfecto.

—También le pediré a uno de nuestros cirujanos pediátricos que le eche un vistazo a Wayan cuando haya cumplido los seis meses —les informó el médico—. Para entonces lo más seguro es que el hemangioma haya crecido todo lo que pueda crecer. Así podrá valorar las opciones de tratamiento, incluida, si hace falta, una posible intervención.

Se giró hacia Made.

—A muchas mujeres les cuesta aceptar el aspecto de su hijo cuando se hace más grande el hemangioma, sobre todo si la gente se lo queda mirando o hace comentarios. —Le puso un folleto en la mano—. Esto debería serle útil.

Made leyó el encabezamiento: «Criar a un hijo con una cara que parece diferente».

—Gracias, doctor.

Miró a Wayan. A mí me pareces perfecto. Sin embargo, dio gracias por que hubiera nacido en Australia, donde el sistema de salud era enormemente superior. Si hubiera nacido en su pueblo no habría tenido ningún médico a su lado. ¿Qué habría sucedido entonces, con los problemas que había tenido Made? Ni fórceps ni nada. Tuvo escalofríos solo de pensarlo. La deformidad del labio de Wayan no ponía en peligro su vida. Podría haber sido muchísimo peor.

El pediatra se levantó.

—Voy a pedirle a una enfermera que avise a una consejera de lactancia para que venga pronto a verla.

Made asintió.

Gordon acompañó al pediatra hasta la puerta. Se quedó con él al otro lado, hablando en voz baja.

Made bajó los pies al suelo y se levantó para inclinarse hacia Wayan, que descansaba envuelto en una manta de algodón azul.

—Eres el niño más guapo de todo el mundo —susurró.

Los ojos oscuros de Wayan se movieron hacia ella. De repente se puso a llorar.

—No, cielito —lo consoló ella—, no llores. ¿Tienes hambre?

Levantó a Wayan del moisés y se lo puso en el pecho. Lo había visto hacer cien veces en el pueblo. En las últimas veinticuatro horas sus pechos se habían vuelto tersos y turgentes. Exudaban un espeso calostro amarillo.

Cuando se puso a Wayan contra el pecho, el bebé empezó a chupar ruidosamente. El ruido, y la sensación nada desagradable de su boca al tirarle del pezón, hicieron sonreír a Made.

—Así, Wayan, bebe.

Se recostó en la almohada y miró cómo mamaba. Era a la vez tan vulnerable y tan fuerte... Nacido de su cuerpo pero con su propio destino en la vida. Qué gran privilegio tenerlo a su cargo, y qué responsabilidad... Pensó en su madre, que tan duro y durante tanto tiempo había trabajado para la familia, y en los mil pequeños sacrificios que debía de haber hecho. Decidió mandarle una carta a Komang nada más salir del hospital y pedirle que se la leyera en voz alta a su madre. Una carta en que explicase lo que había aprendido al empujar a Wayan fuera de su cuerpo: que tener un bebé era como acercarse a Dios.

Lo primero que hizo Made la tarde en que volvieron del hospital fue una ofrenda en el pequeño santuario que había montado en el rincón noreste del jardín. Aquella doble columna de ladrillos rojos amontonados entre el garaje y la valla que delimitaba el terreno del vecino parecía una incongruencia. Había sido toda una hazaña construirlo embarazada de ocho meses. Un día en que Gordon estaba trabajando, Made movió uno por uno los ladrillos mal amontonados al lado de la barbacoa y, después de elegir un lugar propicio del jardín, los apiló para crear cuatro recias columnas. Luego buscó por el cobertizo de Gordon hasta encontrar un rollo de tela metálica y una escalera. Por último, sacó de su maleta una tela *poleng* de cuadros blancos y negros y una sombrilla de bambú. Con la tela envolvió la base de las columnas, y acto seguido puso la sombrilla abierta en lo más alto del santuario, en la tela metálica.

En el hospital fue un consuelo pensar que la esperaba el santuario.

Ahora doy gracias a antepasados por Wayan –le anunció a Gordon, y salió descalza al jardín.

Se estaba acabando la tarde. Cerca del horizonte había una fina luna creciente. Made sabía que era la misma que velaba por su familia en Bali, pero por alguna razón parecía distinta. Acarició a Wayan, muy pegado a ella en el portabebés. Después se puso delante lo que se había llevado de la cocina: una galleta, un puñado de arroz y varios palos de incienso. Empezó a hacer una cesta, usando las hojas anchas de una melaleuca plantada en el lado sur del jardín. Puso dentro la galleta y el arroz y echó por encima algunos pétalos blancos y suaves que había recogido de una planta de flor que creía cerca de la puerta trasera. Camelia, la llamaba Gordon. A Made le gustaba la suavidad del nombre. Si alguna vez tenían la dicha de ser padres de una hija, sería un nombre muy bonito.

De pie ante el santuario se puso las manos unidas en la frente y murmuró una oración de gratitud. Llegó a ella el dulce olor del incienso, el embriagador aroma de su tierra natal. Se imaginó que bajo ella palpitaba la tierra, pletórica de gusanos y hojas en putrefacción, un humus que se descomponía y renovaba al mismo tiempo. Como nos pasa a todos, pensó: viviendo y muriendo a la vez.

Se sintió el cuerpo más suelto, más liviano, hasta quedar flotando en una confortable oscuridad, al otro lado de los párpados. De pronto vio el rostro de una anciana, la figura sagrada con quien se había topado en la playa de Sanur.

–Perdón.

Una voz brusca la estorbó en sus oraciones.

Abrió los ojos, desorientada. A su derecha, por encima de la valla de madera, había una cabeza. Después aparecieron un cuello y dos brazos. Era el rostro de una mujer madura, que la estaba mirando. Con toda probabilidad su vecina, la señora Carter. Gordon le había hablado de ella, pero en los tres meses transcurridos desde su llegada Made nunca la había visto.

—Hola, soy Made. —Sonrió y bajó la vista hacia el portabebés—. Este mi hijo, Wayan. Vinimos del hospital hoy.

—¿Y eso qué es, si se puede saber?

La mujer señalaba el santuario.

—Es que… rezo —explicó Made.

No sabía muy bien por qué parecía irritada la mujer.

—Ah —espetó esta última—, pues en Australia rezamos en iglesias.

Miró a Made con mala cara.

De pronto apareció Gordon junto a su esposa.

—Señora Carter —dijo cordialmente—. Quería presentarle a mi mujer, pero últimamente no la he visto. ¿Estaba fuera?

La pregunta la pilló desprevenida.

—He pasado unos días en el campo, con mi hermana, que no se encontraba bien.

—Me sabe mal —dijo Gordon.

Puso una mano en el hombro de Made, que se encontró enseguida mejor.

La señora Carter los miró a los dos.

—Pues le estaba diciendo a su mujer que no es un barrio donde estemos muy… acostumbrados a las tradiciones extranjeras. —Entornó los ojos—. Caramba, qué joven se la ve… Casi podría ser su hija.

Sus labios insinuaron una sonrisa.

Gordon se la quedó mirando un momento como si estuviera a punto de decir algo. Después le pasó un brazo por la espalda a Made y la llevó a la casa.

Cerró la puerta con una fuerza insólita.

Made se sentó en el sofá, y se puso a Wayan en el pecho. Le latía muy fuerte el corazón. No había entendido del todo las palabras de la señora Carter, pero su actitud hablaba por sí sola. Made no era bienvenida, ni siquiera en el jardín de Gordon.

Lo miró. Tenía la cara roja. ¿Por vergüenza de ella?

—Lo siento, Gordon —empezó a decir.

—Pero Made, si soy yo el que tiene que sentirlo. —Gordon tomó asiento a su lado en el sofá y le pasó un brazo por los hombros—. Parece que estemos en un pueblo del interior, no en las playas del norte. Y luego dicen que esto es tan cosmopolita. ¡Joder!

Made no sabía muy bien qué había querido decir.

—No pasa nada. Es que me subleva la gente corta de mente. —Gordon la arrimó a él y le dio un beso en la mejilla—. La señora Carter ha estado muy grosera. Lo siento.

Made se reclinó en su pecho.

Tenía razón su hermana Komang. Gordon era un buen marido.

A pesar de todo, echaba tanto de menos a su familia que le dolía en el alma. Cada parte de Wayan evocaba otra: la suavidad del pelo de su madre al secarse al sol de la mañana, la sonrisa tímida de su padre, el dulce gesto de Komang al ponerle una mano en el brazo, el brillo descarado de los ojos de su hermano… A pesar del hemangioma, Wayan era un niño feliz, que no parecía enfadarse por nada, pero a Made la entristecía que sus pequeños triunfos cotidianos no pudieran ser presenciados por su familia.

A menudo se sentaba en los escalones de cemento que bajaban al jardín y, con Wayan en brazos, se imaginaba la residencia familiar. Su madre, doblada por la cintura, barriendo el patio con largas pasadas de su escoba de ratán. Allá estaba también su padre, mascando hoja de betel y tomando té al pie del papayo. Komang hacía la colada en la gran alberca plateada donde habían jugado los tres hermanos de niños. Después se imaginaba a Wayan dentro de la escena: sus abuelos columpiándolo por el patio en un *sarong,* o los mimos de su tía Komang, con edad todavía para hacer de hermana mayor.

Los padres de Gordon habían muerto hacía tiempo, y su única hermana, mayor que él, vivía en un país frío del hemisferio norte. Al pensar en su familia, que no estaba tan lejos, a Made le picaban los ojos, aunque hacía lo posible por que Gordon no se diera cuenta.

De noche, sin embargo, la perseguía su madre en sueños. A veces se sentaba en la cama casi sin haberse despertado, buscando la forma de su madre más allá de los confines de la cama.

—*Bu? Bu?* —decía en la oscuridad, convencida de su presencia.

—Estás soñando, Made —le susurraba entonces Gordon, buscando su mano.

Made se acostaba, parpadeando para no llorar.

Como antídoto contra la añoranza iba sin falta a todas las sesiones del grupo de madres. Al principio el concepto la tenía confusa. En Indonesia no hacían falta grupos de madres, porque en los pueblos siempre había bastantes mujeres para compartir la carga de la cría de los hijos. En cambio en Australia los barrios estaban compartimentados por altos muros, verjas de seguridad y perros hostiles. Era necesario presentar entre sí a las nuevas madres a través del centro de salud infantil. De lo contrario quizá no se encontrasen nunca en aquellos enormes barrios despoblados de las afueras.

Al principio quedaban en el quiosco de Beachcombers para beber tazas y tazas de café mientras hablaban de los hijos. Cuando empezó a sentirse el invierno, pasaron a reunirse en sus casas, donde compartían galletas caseras y teteras humeantes.

Una semana, en primavera, Miranda se ofreció a recibirlas en su casa. La primera en llegar, justo después de las dos, fue Made, que en cinco paradas de autobús se plantó en casa de Miranda, en el Freshwater Basin. Le recordó Pantai Raya por su proximidad a la playa.

—Pasa —la invitó Miranda en la puerta, sonriente—. Digby se ha dormido. Por fin. Rory está aquí al fondo.

Mientras la seguía, con Wayan en brazos, Made abrió mucho los ojos al ver lo grandes que eran los pasillos de la casa de Miranda. Enormes lienzos de arte moderno y finos objetos de cristal y acero inoxidable adornaban el blanco austero de las paredes. En comparación con la casa de ladrillo rojo con dos dormitorios donde vivía Made, la de Miranda era palaciega. ¿Qué hacía con tantas habitaciones?

—Aquí está —dijo Miranda al señalar con la cabeza una mullida alfombra gris que cubría las baldosas de pizarra del salón. En el centro estaba Rory de espaldas, haciéndole ruiditos a una jirafa de peluche colgada sobre él en un gimnasio infantil—. ¿Wayan ya puede tocar el suelo con los pies?

Made sonrió.

—Sí, semana pasada hicimos ceremonia en Bali.

Made puso a Wayan al lado de Rory, y observó cómo se miraban. De repente Rory rodó hasta quedar boca abajo, y Wayan se rio del movimiento.

—Ah, claro —dijo Miranda—. Ya no me acordaba de que habías ido. ¿Qué tal? Debió de estar muy bien volver a ver a tu familia.

Made asintió con la cabeza.

Habría sido demasiado difícil explicarle a Miranda lo que había sentido al reunirse por primera vez con su familia desde el nacimiento de Wayan: la felicidad del reencuentro con su madre en contraposición con el susto y la consternación de la familia al ver el hemangioma de Wayan. El místico a quien habían llamado para que averiguase la razón kármica de aquel defecto y los largos rituales posteriores —durante la ceremonia de los ciento cinco días de Wayan, realizada varios meses después a cuando correspondía, el médium había arrojado el veredicto de que en realidad Wayan era una reencarnación del hermano muerto de Made—. La piel de gallina que le había durado varios días… Era todo demasiado difícil de expresar en inglés.

—Siéntate —dijo Miranda, señalando un sillón brillante de cuero que estaba contra la pared.

Made prefirió quedarse cerca de Wayan. Después de haberlo llevado tanto tiempo en brazos se le hacía extraño estar físicamente desconectada de él. Era como si el sacerdote balinés que lo había bendecido hubiera cortado un segundo e invisible cordón umbilical.

Le llamó la atención una mancha de color en la repisa de la chimenea: una foto con marco dorado, sola en la bruñida superficie.

Miranda siguió su mirada.

—Está hecha en París —explicó—, cuatro meses antes de nacer Rory.

En la foto salía Miranda delante del Arco de Triunfo, recortado en los colores del crepúsculo. Tenía las mejillas rojas, por el frío o el esfuerzo. Con una mano sujetaba la de Digby y con la otra se tocaba la barriga.

—¿Fue vacaciones felices?

—Mucho —respondió Miranda—. Entonces la vida era mucho menos complicada.

Made asintió con la cabeza.

Unos golpes en la puerta anunciaron la llegada de alguien más.

—Adelante, adelante —contestó Miranda.

Al rato entró Ginie en el salón, con su velocidad habitual, seguida por Cara.

—Dios mío, Miranda —exclamó Ginie—. Lo de al lado de la puerta de entrada es un Arthur Boyd, ¿verdad?

Miranda se puso roja de satisfacción.

—Sí, la última adquisición de Willem. Es que en Sotheby's no hay quien lo pare.

Ginie levantó a Rose de su cochecito y dejó al bebé boca abajo junto a Wayan y Rory. Hizo rodar hacia los tres una pelota blanda.

—Pues dile a Willem que ha hecho bien. A Daniel le encantaría.

—Pero qué sabihondas sois —dijo Cara mientras dejaba el cochecito al otro lado del salón—. Yo no sabría diferenciar entre un Boyd y mi trasero. —Levantó a Astrid y la puso en la alfombra—. Hola, Made. ¿Cómo estás tú, Wayan?

A Made le encantaba la manera que tenía Cara de saludar a todas las personas de una habitación, incluso a los bebés.

En veinte minutos llegaron Pippa y Suzie, y la especie de museo que era la sala de estar de Miranda se vio transformada en una guardería por el bullicio de seis bebés. Hubo el clásico trajín, complicado porque ahora casi todos los bebés estuvieran sentados o rodando por el suelo. Astrid, incluso, había empezado a arrastrarse como soldado cuerpo a tierra, impulsándose con los dos brazos y arrastrando los pies.

A pesar del ruido y de la actividad, Made no dedicó mucho tiempo a conversar con las demás. Siempre era sí, pensó: estaban todas demasiado atareadas para hablar. No era como estar en el pueblo con su madre, su hermana, sus tías y sus primos. No había silencios cómodos, ni locas carcajadas nacidas de años de familiaridad. Se dijo que quizá viniera con el tiempo.

Con quien más a gusto estaba era con Cara, que siempre procuraba incluirla en los debates del grupo. También era fácil hablar con Suzie, que apenas parecía respirar. En cuanto a Pippa, era todo un desafío descifrar sus palabras, por lo bajo que hablaba. Casi nunca miraba a Made a los ojos.

—¿Alguna conoce a un buen fotógrafo de niños? —preguntó de golpe Ginie. Se guardó el iPhone en el bolso y miró al grupo—. Es que queremos que nos hagan unas fotos profesionales de familia, en blanco y negro. En casa hay una pared muy grande que pide a gritos unos cuantos cuadros, pero no conocemos a nadie especializado en niños.

—Yo sí —respondió Miranda—. Aquí en la zona hay una muy buena que trabaja por su cuenta, Stephanie Allen. Hace cosas muy bonitas en la playa de Freshie. Sale un poco cara, pero vale la pena.

Ginie volvió a sacar su iPhone para introducir los detalles.

Made observó a Miranda y Ginie mientras hablaban. A menudo sus conversaciones se extendían a ámbitos totalmente desconocidos, desde el arte y los restaurantes a la ropa y el menaje. A lo sumo, Made captaba el rumbo general de la conversación.

—¿Ya te has leído el próximo libro del club de lectura, Made? —preguntó Pippa al ponerse en cuclillas a su lado y sentar a Heidi junto a Wayan.

Made sonrió y negó con la cabeza. No había podido con *Comer, rezar, amar,* y el siguiente libro —una propuesta de Ginie, *Tenemos que hablar de Kevin*— era mucho más grueso y tenía la letra mucho más pequeña.

—¿Es bueno? —preguntó.

Pippa lanzó una mirada hacia Ginie.

—No —dijo, casi susurrando—. Bueno, bien escrito está, pero como madre preferiría no haberlo abierto nunca. Ojalá pudiera borrar todas las imágenes que se me han grabado en el cerebro.

—Ah. —A Made la alivió no haber intentado leerlo. Estudió la cara de Pippa—. El libro te pone... ¿triste?

Pippa se apoyó a Heidi en una rodilla.

—Bueno, te enseña lo poco que controlamos a nuestros hijos y lo mal que pueden salir las cosas. —Hizo una mueca—. A mí me ha dado miedo. No lo leas.

Made sacudió la cabeza.

—Demasiado difícil para mí. Club de lectura semana que viene, ¿no?

—Sí, en casa de Cara —dijo Pippa.

Se acercó Suzie.

—¿Estáis hablando de *Kevin?*

Pippa asintió con la cabeza.

—¿A ti tampoco te ha gustado?

Negó con un gesto.

—Ya —dijo Suzie, como si cobrara ánimos—. ¿Y no se podría aplazar el club de lectura? —Miró a las demás—. Es que *Kevin* es tan denso que me está costando acabarlo.

Ginie se quedó desconcertada.

—¿Denso? Bueno, en el fondo trata del debate entre naturaleza y educación, ¿no? ¿Les fastidiamos la vida a nuestros hijos o nos la fastidian ellos a nosotros?

Suzie se puso roja, Made no supo si de vergüenza o rabia. Parecía que Ginie siempre la irritase.

—A lo mejor con más tiempo yo lee también un poco —añadió Made, más que nada por Suzie.

—Lo siento, pero yo tampoco lo he leído —confesó Cara—. Quizá mi idea del club de lectura fuera demasiado ambiciosa. Me parece mentira decirlo. Yo, que antes leía un libro por semana… —Se rio—. Bueno, ¿y si más tarde os paso un mensaje con las nuevas fechas?

—Vale —contestó Miranda—, pero ¿por qué en vez de eso no salimos el viernes que viene por la noche? De copas, o algo así.

—Por fin alguien que me entiende —se mostró de acuerdo Ginie—. El puñetero de Daniel siempre se va a tomar unas cervezas con su mejor amigo, Chris. Está clarísimo que ahora me toca a mí.

—Suena bien —afirmó Cara. Se giró hacia las demás—. ¿Qué os parece, chicas?

—Bien.

Pippa no parecía muy entusiasmada.

—¿Podríamos salir por aquí cerca? —preguntó Suzie—. Es que se tendrá que quedar alguien con la niña.

—Podríamos ir al nuevo bar de vinos de Manly —propuso Ginie.

—¿No es un poco caro? —preguntó Suzie.

Ginie se encogió de hombros.

—Tampoco tanto. Venga, Suzie, vive un poco la vida.

Suzie se la quedó mirando un momento. Luego pareció que se irguiera unos centímetros.

—Soy madre soltera —dijo con algo de temblor en la voz—. Voy justa de presupuesto. Puede que tú no lo entiendas, Ginie, pero es la verdad.

Ginie abrió la boca y volvió a cerrarla.

–Vale –dijo–, pues invito yo a las dos primeras rondas.

Suzie se quedó en suspenso, como si esperase que Ginie dijera algo más. Después asintió con una sonrisa que tenía algo de triunfo y se giró hacia Freya.

–¡Uf, pero qué peste tienes, señorita! ¿Puedo usar tu cambiador, Miranda?

Miranda le enseñó el cuarto de Digby.

–¿Y tú, Made? –preguntó en voz baja Cara, girándose hacia ella–. ¿Podrás venir el viernes por la noche?

–Creo que sí –respondió Made–, pero si despertará Wayan con hambre me recoge Gordon. Yo no conduce.

Gordon la había animado a sacarse el carné de conducir, pero la idea de ir por carreteras australianas la intimidaba. Demasiadas reglas para estudiar.

Con gesto ausente, Made le limpió la boca a Wayan con una toallita, absorbiendo la saliva que goteaba de la cavidad permanente de encima de su labio.

–Claro, claro –dijo Cara–. ¿Cómo va el… problema de Wayan?

Made agradeció que no le diera miedo el tema. Las otras casi nunca se lo preguntaban. Estaba claro que les resultaba violento.

–Ahora empieza a tomar sólidos –contestó Made–. Come muy bien.

–Genial –dijo Cara–. ¿Tu médico está contento?

–Tiene cita jueves, cuando viaja Gordon a extranjero por trabajo.

–¿Qué quieres decir, que irás tú sola? –Cara puso gesto de preocupación–. Si quieres te acompaño. El jueves no tengo planes.

Made estaba nerviosa por la visita al pediatra. Al estar fuera Gordon, temía perderse información fundamental sobre la salud de Wayan. Miró al pequeño, boca abajo en la alfombra gris, moviendo los brazos y las piernas como una tortuga marina en unos bajos. Qué indefenso estaba su hombrecito, pero qué valiente era...

Le sonrió efusivamente a Cara.

—Gracias, Cara —dijo—. Tú muy amable.

—Dame la dirección y estaré... estaremos. —Cara miró hacia Astrid—. ¡Uy! Ya está la peligrosa con malas intenciones.

Se levantó para ir a buscar a Astrid que, rodando y reptando, había conseguido llegar al otro lado de la sala y ahora estaba dejando huellas pegajosas en una vitrina.

Había mucho ambiente en el bar de vinos, lleno de gente que iba o venía de la barra con bandejas de bebidas caras. Varios grupos de hombres trajeados, con la corbata floja y la camisa arremangada, hablaban con mujeres muy maquilladas, con vestiditos negros.

Made se preguntó qué hacía de día toda aquella gente tan ruidosa y que tanto se reía. La vida de ella giraba en torno a los ritmos sosegados de Wayan, entre largas sesiones de televisión diurna y clases informales de inglés en CD. Estaba orgullosa de haber terminado el tercer nivel de los diez que había.

Vio al grupo de madres en una mesa del fondo. Vestidas así, para salir, le parecieron muy distintas. Ginie, directa de la oficina, daba perfectamente el tipo de abogada de empresa, con un traje chaqueta gris marengo de lo más elegante. Por alguna razón, el pintalabios, intensamente rojo, la hacía parecer más joven que en las reuniones informales de los viernes por la mañana. Cara llevaba un vestido blanco veraniego, sandalias marrones de piel y pendientes de aro. Normalmente se hacía una coleta no muy apretada, pero ahora llevaba el pelo suelto, y le caía ondulado hasta los hombros. Se estaba riendo. Sus dientes, muy blancos, brillaban en contraste con su piel bronceada. Miranda llevaba sus vaqueros ceñidos marca de la casa, pero con una blusa verde esmeralda que le resaltaba los ojos. Pippa se había presentado de negro, como siempre, pero se notaba que había hecho un esfuerzo a la hora de peinarse y maquillarse. Su pelo castaño estaba moldeado con secador y había fijado el flequillo por detrás de la oreja con un clip verde brillante. También parecían más brillantes sus ojos marrón claro. En cuanto a Suzie, Made a duras penas la reconocía. Parecía Marilyn Monroe.

Ginie la llamó.

—¿Tú qué tomas, Made?

Se llevó las manos a la boca para que se la entendiera mejor.

—Mmm…

Made encontró sitio junto a Pippa. Nunca había nadie a su lado. Miró qué tomaban las demás. Había llegado con más de una hora de retraso, retenida por Wayan, que había tenido una tarde intranquila. Cara tomaba una copa de vino tinto, al igual que Suzie. Pippa se estaba tomando un cóctel verde muy elaborado, de los que había visto Made en Pantai Raya, aunque en sus manos parecía fuera de lugar. Ginie y Miranda compartían una botella de champán.

—Mmm… —Vio al lado de Miranda un vaso casi vacío de agua con gas—. Yo como Miranda, agua mineral.

Miranda se rio.

—No es agua mineral, Made, es vodka con soda. Es que Ginie y yo hemos llegado temprano y nos hemos tomado un aperitivo. Ahora lo estamos combinando con champán. ¿A que sí, Gin? —Levantó su vaso con una risita—. Salud.

—Ah…

Made estaba sorprendida por la cantidad de alcohol que tomaban los australianos. En Bali era poco habitual que bebieran los hombres, y aún menos las mujeres. Ella solo había probado una vez el alcohol, en uno de los cinco bares del *resort* de Pantai Raya. A instancias de Ketut se había tomado un trago de una botella medio vacía de champán de unos huéspedes, y le había dado tanto asco que lo había escupido en la arena.

—¿Qué tal una margarita con jalapeño? —Ginie movió la cabeza hacia Pippa—. Están de miedo. Antes le he pedido una a Pippa para que le hiciera juego con el clip.

Made se giró a mirar a Pippa. El comentario de Ginie había sonado más bien sarcástico. Claro que en inglés nunca podía estar segura de lo que era sarcástico.

–Para mí es un poco picante. –Pippa parecía cohibida–. Creo que debería haberme quedado con el agua mineral.

–Venga ya –protestó Ginie–. ¡Que es nuestra noche libre!

–Para mí no. –Pippa hablaba en voz baja–. Yo me pasaré el resto de la noche levantándome por Heidi, si es que Robert ha conseguido que se duerma.

Cara hizo un sonido compasivo.

–¿Todavía te cuesta que duerma?

Pippa asintió con la cabeza.

–Me levanto cinco veces cada noche. Robert ya no la oye llorar.

Su tono era de resentimiento. Ginie puso los ojos en blanco.

–Os juro por Dios que los hombres son unos ineptos. –Miró a Pippa–. No te ofendas, Pippa, pero es que es el pan de cada día, joder… Los hombres y su puñetera sordera selectiva. A Daniel le pasa lo mismo. A la hora de concebir están la mar de atentos, pero luego se les pasa el interés. –Ginie se pegó un lingotazo de champán–. Bueno, pues… dos aguas minerales para Pippa y Made. ¿Alguien más necesita una copa? –Miró por la mesa–. Suzie, tú casi te la has acabado. ¿Otro tinto?

Suzie negó con la cabeza. Su melena rizada estaba más cuidada y brillante que de costumbre. Llevaba un vestido rojo cruzado, con un pronunciado escote, y se notaba que había dedicado mucho tiempo a arreglarse.

–No, la verdad es que no me conviene –respondió–. Todavía doy el pecho.

Ginie se encogió de hombros.

–Tú misma.

Se fue hacia la barra con paso decidido.

–En realidad… –Suzie se inclinó conspirativamente hacia el resto del grupo–. No puedo beber mucho porque luego he quedado con alguien. A cenar.

—¿Con un hombre?

Cara le dio un codazo teatral. Suzie asintió. Su sonrisa era eufórica.

—¡Anda con la picarona! —dijo Miranda mientras se acababa el champán—. ¿Y desde cuándo?

—No hace mucho. Solo nos conocemos desde hace unas semanas. —Suzie soltó una risa aguda—. Pero cuando me pidió salir esta noche no pude negarme. De hecho, ya me había buscado una canguro, o sea, que ha encajado todo bien, pero dentro de poco me tendré que ir a la cita con él.

—¡Pero cómo! ¿Te vas a perder unas copas con nosotras por un hombre? —dijo Miranda en broma.

—Que tengas suerte —dijo Cara—. ¿Cómo se llama?

—Bill.

—¿Quién es Bill? —Era Ginie, que volvía a la mesa—. Las aguas minerales están de camino, señoras.

—Suzie tiene novio —aclaró Miranda.

—No es mi…

—Uy, uy, uy…

Tampoco esta vez tuvo claro Made si Ginie lo decía con sarcasmo.

—Vales más que yo, Suzie —dijo Miranda—. Yo sería incapaz de volver a salir. —Se llenó su copa y echó el resto de la botella en la de Ginie—. Tanto depilarse y tanto acicalarse, y todo lo demás… Para eso ya no tengo fuerzas.

—Bueno, es que hacía mucho tiempo —dijo en voz baja Suzie—. Esta noche he disfrutado arreglándome.

—No, si en mi caso también hacía mucho tiempo, y estoy casada. Ya me ves. —Miranda se señaló los vaqueros negros—. Es lo más arreglada que he ido en bastante tiempo. De hecho, me los he limpiado de vómito.

Todas se rieron.

—Tú siempre vas perfecta, Miranda —apuntó Cara.

Era verdad, pensó Made.

—Pues es gran un engaño —dijo Miranda—, porque casi siempre estoy hecha polvo. —Sacudió la cabeza—. Es que no duermo bastante. Encima ahora Willem ha vuelto al dormitorio conyugal. Estaba en el de invitados desde que nació Rory. Seguro que se cree que ahora conseguirá un poco de marcha. —Miranda se retorció el anillo de boda—. Pero la verdad es que es en lo último en que pienso.

Ginie se rio.

—¿O sea, que no soy la única que ya no se ve con ganas? Menos mal.

—De hecho creo que es bastante habitual —dijo Cara. Se le movían los aros de las orejas al hablar—. Yo la verdad es que tampoco he vuelto del todo a la brega, por decirlo de algún modo.

Se oyeron risas por la mesa, pero la sonrisa de Pippa parecía forzada. Manoseó la caña de su cóctel. Made adoptó una expresión de cierta perplejidad, como si no lo entendiera del todo. Sabía que estaban hablando de sexo, pero ella no quería divulgar detalles de su vida íntima. En la cama Gordon era tierno y atento, como en todo lo demás. Eso no lo había cambiado Wayan. Ahora bien, Made no había experimentado esos éxtasis sublimes de los que hablaban en voz baja sus amigas del pueblo.

Miró de refilón a Pippa. Prácticamente no había bebido nada con alcohol, y su agua mineral seguía intacta en el vaso. Hacía seis meses que habían nacido sus bebés, y cuatro que asistían al grupo de madres, pero Pippa se mantenía al margen, sin sonreír ni reír casi nunca. Made se preguntó por qué seguía acudiendo cada semana. Echó un vistazo al perfil de Pippa, parcialmente borroso por la poca luz del bar, y por un momento le pareció ver la cara de otra persona: un rostro sabio y nudoso que flotaba en la niebla de la playa de Sanur. Made aún se acordaba de cuando se había abierto la niebla y había aparecido aquella anciana con su ofrenda, irradiando luz desde su enjuto cuerpo. Su mensaje sobre la primacía del amor más allá de las apariencias externas.

Quizá Pippa sea como yo, pensó de pronto Made, y eche de menos otro mundo.

Parpadeó.

—En Bali piensa así —empezó a explicar con cierto nerviosismo—. Sexo es manera humana, pero amor verdadero viene de dioses. Sexo puede hacer cualquiera. Amor de verdad es mucho trabajo. —Se inclinó. Era difícil hacerse oír con el barullo que las rodeaba—. Ahora somos madres… Quizá menos sexo para esposo, ¿no? Pero trabajamos mucho por amor. A veces es dolor para nosotras. Sacrifica muchas cosas. Damos más amor a esposo y a bebé, y a veces pierde a nosotras mismas. —Hizo una pausa—. Pero balineses dicen que esfuerzo no es inútil. Los dioses ven el trabajo de mujeres. Nos ayudan a seguir. Nos dan su bendición.

Por un momento nadie dijo nada. Made miró de reojo a Pippa. Le brillaban los ojos en la oscuridad.

—Made, tienes el don de la palabra —dijo de pronto Ginie, levantando su copa de champán—. Brindo por ti.

—¡Eso, eso! —dijo Cara.

Las otras levantaron sus vasos y los hicieron chocar.

—¡Por más amor y menos sexo! —Se rio Miranda—. Con la excepción de Suzie, que ahora mismo lo tiene todo de cara.

Suzie soltó una risita y miró su reloj.

—Por cierto, tengo que irme. He quedado con Bill. —Se colgó el bolso al hombro—. Me va a llevar a Saltfish.

—¡Oooh, qué maravilla! —exclamó Miranda—. Me llevó Willem antes de que naciera Rory. Se come muy, pero que muy bien. —El codo de Miranda resbaló de la mesa, tirando el champán—. ¡Uy!

Soltó una carcajada.

—Bueno, chicas, hasta el viernes que viene —dijo Suzie—. Y gracias por la idea de esta noche, Miranda. A ti también, Ginie. Ha estado bien charlar sin los bebés.

Ginie le hizo el gesto de que se fuera. Miranda estaba demasiado ocupada en secar el champán con un fajo de servilletas para darse cuenta de que se iba.

Made vio que Suzie se abría camino hacia la puerta por el sudoroso, palpitante y ruidoso mar de humanidad que inundaba la barra. No podía estar más lejos de su casa en las montañas de Bali.

Bebió agua mineral. No, aquel grupo de madres no era su familia. Jamás podrían sustituir a Komang, ni a Ketut, ni a su querida madre, ni el consuelo y el compañerismo de la vida de pueblo, pero a fin de cuentas tampoco eran tan diferentes de ella. Y aparte de Gordon, y del pequeño Wayan, en esos momentos eran lo mejor de su vida en Australia.

Era extranjera, estaba lejos de su hogar y aquellas mujeres eran sus amigas.

Suzie

Suzie metió la mano en la cesta caqui de cáñamo que llevaba a todas partes y rebuscó entre galletas orgánicas, pañales de tela de repuesto y gel de aloe vera. Finalmente encontró su billetero, abrió el compartimento de las monedas y sacó la tarjeta de visita azul pastel que buscaba.

—Toma —dijo al dársela a Pippa—. Es el mejor naturópata al que he ido. Empecé poco después de que se fuera Nils. —Hizo una mueca al acordarse de la ruptura. Entonces tenía veintisiete años, estaba de siete meses y dependía económicamente de él—. Estaba tan estresada... Me ayudó un montón.

Pippa inspeccionó la tarjeta por ambos lados. Tenía mal aspecto: los ojos inyectados en sangre, la piel cetrina y las mejillas chupadas.

Suzie paseó la vista por la mesa. Hoy estaban todas muy calladas. Era la última semana de primavera, pero más allá de las sombrillas blancas de Beachcombers llovía a cántaros.

—Es increíble lo que llega a hacer —prosiguió Suzie—. Solo con mirarme a los ojos ya me dice lo que necesito. La primera vez que fui estaba baja de zinc y hierro. Me mezcló ahí mismo unas hierbas y en tres semanas ya me...

—Gracias —dijo bruscamente Pippa sin dejarla seguir.

—Se llama iridiología —añadió Suzie—. Sabe cuál es el problema solo con mirarte a los ojos. Deberías probar.

Pippa parecía levemente irritada.

—No estoy muy segura de que puedan ayudarme las terapias naturales.

Suzie se encogió de hombros. ¿Pero qué le pasaba a Pippa? Cada vez que Suzie hacía avances amistosos se erizaba como un puercoespín. Y no podía decirse que Suzie no hubiera intentado que se abriera. Las demás igual, pero Pippa se lo ponía tan difícil... Ni siquiera Cara llegaba muy lejos con ella, y eso que se hacía amiga de todo el mundo. Ahora rechazaba el consejo de Suzie de manera seca y desagradecida. Pues yo ya lo he intentado bastante, pensó Suzie. Tengo demasiadas razones para sonreír.

Freya berreó, estirando las correas del carrito.

—Shhh, señorita —dijo Suzie, dándole una galleta.

Sus bebés, tan obedientes antes, tenían ya seis meses y ejercitaban sus personalidades. Astrid se retorcía en las piernas de Cara, trataba de lanzarse al suelo y chillaba de indignación por que la retuviesen. Rose estaba al lado de Ginie, en una trona portátil, masticando una nube rosa. Fuera, en el parque, se formaban charcos debajo de los juegos infantiles. Digby estaba al lado de Miranda, tristemente encorvado en un taburete, pinchando con una pajita a Rory en su carrito. Made intentaba darle cucharadas de puré de verdura a Wayan, pero la mayoría se caía por el hueco retorcido de encima de su labio.

Suzie no se acordaba del nombre médico de la enfermedad de Wayan, pero hacía poco que Made había ido a ver a un especialista que, al parecer, le había dicho que cuando Wayan tuviera tres años sería inevitable operarlo. El bulto del labio crecía por semanas. Suzie lo miraba sin poder evitarlo. También a Made le había dado la tarjeta de su naturópata, pero no había ido a verlo, al menos que supiera. Pensó que si la gente le diera una oportunidad a la medicina alternativa hasta podría aprender algo.

Su bolso vibró debajo de la mesa. Bajó la mano y sacó el teléfono, en el que parpadeaba un aviso.

«Ya he vuelto de Tokio. ¿Sigue en pie lo del masaje de esta noche?»

Se sonrió.

—¿Bill? —preguntó Cara.

Suzie asintió con la cabeza.

—Acaba de volver del extranjero.

—Y qué, ¿funciona lo vuestro?

Intentó aguantarse la sonrisa.

—Bueno, aún es pronto.

Su primera cena con Bill le había demostrado que era todo lo que nunca había sido Nils: atento, generoso y fuerte. Los primeros meses de Freya habían sido duros, de esfuerzo en soledad. Era algo que en el fondo no podía entender ninguna otra madre del grupo. Ahora, sin embargo, aparecía Bill en su vida como un caballero blanco saliendo al galope de una niebla gris, y le recordaba lo bueno de la vida. Estaba impaciente por verlo.

Se topó literalmente con él en el café-lavandería adonde iba cada mañana durante su paseo con Freya. Suzie había llegado media hora antes de lo habitual, justo después de las seis y media. Se agachó a la vuelta de la esquina para sacar un oso de peluche del compartimento de debajo del cochecito. Al dárselo a Freya le alisó el pelo y le pellizcó con disimulo las mejillas con la esperanza de inyectar un poco de color en su palidez. Hacía semanas que intentaba alargar sus conversaciones con el chico que hacía los cafés. Solía estar distante, pero un día, a finales de invierno, había llegado a preguntar por Freya, y desde entonces Suzie tenía la esperanza de que volviera a hacerlo.

—Hola —saludó al acercarse a la barra con el cochecito.

—¿Lo de siempre? —preguntó él.

Suzie asintió.

El encargado de la cafetera empezó a espumar la leche para su capuchino desnatado.

—¿Cuánto caminas cada día? —preguntó.

Suzie sonrió, encantada de que se interesase.

—Ir y volver desde mi casa, ocho kilómetros. Así salgo y empiezo bien el día. —Miró cómo echaba la leche en el vaso de cartón. En cualquier momento, se acabaría la conversación—. En total tardo más o menos una hora.

Él le acercó el café.

—Tres dólares con cincuenta, por favor.

Suzie los sacó del monedero y pagó el precio exacto.

—Gracias.

Buscó algo más que decir.

Al dar un paso atrás chocó con un hombre alto y moreno con traje oscuro de raya diplomática, y se le derramó por la mano derecha el café caliente que salió por el agujerito de la tapa.

—Perdón.

No se dio cuenta de que había alguien detrás, ya que toda su atención estaba enfocada en el guapo camarero.

—¿Estás bien? —preguntó el hombre.

—Sí —contestó ella—. No te había visto.

—¿Hoy qué le pongo, señor? —preguntó el camarero, ignorando a Suzie.

No usaba la palabra porque sí. Aquel hombre inspiraba respeto. Aparte de que su traje parecía de los caros, su actitud emanaba autoridad.

—Un *macchiato* corto —dijo—. Es de esas mañanas.

Movió el dedo por su BlackBerry, consultando mensajes.

Suzie tomó varias servilletas de la barra y empezó a limpiarse la mano.

El hombre levantó la vista de su BlackBerry.

—Deja que te invite a otro, se te ha caído la mitad.

Suzie lo miró, sorprendida.

—Muy amable.

—¿Qué quieres?

Contestó impulsivamente.

—Lo que estás tomando tú. Nunca he probado el… ¿cómo se llamaba? Algo corto.

A él se le relajó la cara y sonrió. Tenía los dientes blancos y bien alineados, como los dentistas de los anuncios de dentífrico.

—Un *macchiato* corto —repitió.

—Sí, por favor, que me gusta probar cosas nuevas.

Suzie se acomodó los rizos rubios por encima del hombro.

El camarero se dispuso a preparar los cafés.

El hombre guardó la BlackBerry en el bolsillo del traje y se giró a mirarla.

—Ocho kilómetros al día es mucho. Son cuarenta kilómetros a la semana, sin incluir el fin de semana. Caminas cada semana una maratón. ¿Cómo lo haces?

Suzie se ruborizó. No solo había oído su conversación con el camarero, sino que se acordaba de lo que había dicho.

—Caminar una hora al día es fácil en comparación con… —Lanzó una mirada a Freya, que estaba dando golpes con el oso de peluche en un lado del cochecito—. En comparación con ser madre a tiempo completo. —Bajó la vista—. Es que no tengo pareja.

Aunque hubieran pasado ya ocho meses desde su separación de Nils, le daba vergüenza confesarlo. Entendió lo del estigma de ser madre soltera justo después de que se fuera él: los silencios de reproche, las suposiciones desconsideradas, los comentarios insinuantes de personas a quienes apenas conocía… Se preparó para algún tipo de censura por parte del hombre.

—No me imagino lo duro que debe de ser.

Levantó la vista con sorpresa.

—Mi hermana tiene dos niños de menos de tres años —añadió él—. Está casada, y aun así no entiendo cómo lo hace.

Suzie le sonrió efusivamente.

—Aquí están —dijo el camarero, empujando hacia ellos dos tazas en miniatura de café con leche.

—Ah —dijo Suzie—. ¿No es para llevar?

—No. —El hombre sonrió—. Los *macchiatos* cortos están pensados para beberlos como los italianos: de pie en el bar, mientras se disfruta de una animada conversación.

Levantó su taza hacia Suzie.

—Salud —dijo. Se lo tomó de un solo trago, sin quitarle la vista de encima—. Esto sí que te activa.

Suzie sonrió al llevarse la taza a los labios. «Igual que los italianos.» Su manera de decirlo tenía algo que hacía pensar en una cita.

—Venga, bébetelo de golpe.

Suzie echó la cabeza hacia atrás y se tragó el café con una mueca. Estaba acostumbrada a que hubiera más leche.

—Bueno, pues ya está —dijo al dejar la taza en la barra—. Hoy ya he hecho algo nuevo.

Él sonrió.

—Vuelve mañana y probaremos un *doppio*. Eso sí que es para expertos en café.

Suzie lo miró con incredulidad. Eso sí era una invitación.

Freya berreó y tiró al suelo su oso de peluche.

—Mejor que me vaya —dejó caer ella, recogiéndolo—. Gracias por el café.

—Ha sido un placer.

El día siguiente despertó temprano a Freya para asegurarse de salir de casa a las seis, igual que el día anterior. Intentó aguantarse los nervios mientras hacía el recorrido habitual hasta el café. ¿Volvería de verdad el apuesto desconocido?

Se paró en la esquina y miró su reloj: exactamente las seis y media. Se aguantó las ganas de buscarlo con la mirada. ¿Dónde estaría, dentro del bar, en un coche aparcado o llegando a pie? O en ningún sitio, dijo una voz en su cabeza. Estaba acostumbrada a las decepciones.

Se agachó para buscar debajo del carrito el nuevo cocodrilo Fisher Price con garras giratorias y cola extensible. Lo había comprado la tarde anterior, a sabiendas de que la novedad tendría ocupada a Freya al menos un cuarto de hora. Estaba desesperada por volver a ver al desconocido y, si lo veía, no quería que la molestase nadie.

Se acercó a la barra con estudiada despreocupación.

—Hola —dijo al saludar con la cabeza al camarero.

—Creí que quizá esta mañana no vinieras.

Estaba detrás del camarero, en un taburete, al lado de una lavadora, leyendo la sección de economía de *The Australian*.

—Pensaba que quizá te hubiera asustado —añadió.

Suzie le sonrió.

—He vuelto a por mi *doppio*.

—Sabia decisión —añadió él—. El mejor café de las playas del norte. —Le hizo señas al camarero—. Dos *doppios,* por favor.

—Oído, jefe —contestó el camarero.

Sí que es el jefe, sí, pensó Suzie. Aquella mañana era la viva encarnación de un directivo, con una corbata a rayas plata y azul marino que resaltaba el impoluto planchado de su camisa blanca.

Él le indicó el taburete de al lado.

—Ni se te ocurra llevarte un *doppio*. ¿Tienes diez minutos? —No esperó la respuesta—. Que venga tu hija aquí.

Él salió a la calle y empezó a maniobrar el cochecito para meterlo en la zona de lavandería, detrás de la barra de cafés.

—No es la primera vez que lo haces —comentó ella al ver que lo aparcaba y echaba el freno con el pie.

—Mis sobrinos.

—¿Pasas mucho tiempo con ellos?

—No tanto como me gustaría. Viajo mucho por trabajo. —El hombre le ofreció el taburete—. Con permiso —dijo.

Su tono era seguro y convincente. Probablemente sea de marketing, pensó ella.

—Me llamo Bill. —Le tendió la mano—. Encantado de conocerte.

—Suzie —contestó ella, que de repente se sentía violenta.

Tenía una cara simétrica, con rasgos de escultura renacentista. Le llevaba a Suzie unos diez años. Su pelo negro estaba salpicado de canas plateadas, que eran su único defecto visible. Aparte de eso, todo lo que veía Suzie era perfección divina. Ojos marrones y dulces, labios carnosos, piel tersa… Pensó que con toga habría parecido un dios romano. Bill se levantó para sacarse del bolsillo la BlackBerry. Suzie captó el olor de su *aftershave*. Nils nunca se ponía *aftershave*. Le daba urticaria. Bill se puso la BlackBerry sobre la rodilla.

—Perdona —dijo señalándola con la cabeza—. En teoría estoy de servicio a todas horas. Me temo que es el mal de nuestro tiempo: una cultura de comunicación instantánea.

Suzie sonrió. Bill usaba un lenguaje sofisticado. No creyó poder ser bastante inteligente para él.

Él levantó la vista como si le hubiera leído el pensamiento.

—Suzie, ¿a qué te dedicabas antes de ser madre?

Por suerte el camarero les sirvió los cafés.

—Que los disfrutéis —dijo al volver a la barra.

—Es minúsculo —comentó ella, mirando la taza y el plato en miniatura que tenía delante.

—Pero lo pequeño puede ser bonito —contestó él sin apartar la vista de sus ojos.

Suzie se ruborizó, atreviéndose a esperar que lo dijera por ella. Siempre había estado preocupada por su estatura. Desde los catorce medía un metro sesenta. Durante los años de la adolescencia había esperado un estirón que no se había producido. A menudo la gente decía que tenía «muchas curvas», lo cual, en lo que a ella respectaba, era un eufemismo de rechoncha. A los veintiocho años todavía envidiaba a las altas y esbeltas como Miranda, que estaba elegante con cualquier cosa.

—En respuesta a tu pregunta —dijo, viendo girar la ropa en una de las lavadoras—, antes de que llegara Freya era masajista.

—Eso sí que es un talento que merece un respeto.

Levantó la mirada hacia él.

—Estudiaba naturopatía a distancia, pero después de Freya tuve que aparcarlo. Aún tengo la intención de acabar el curso. Siempre me ha interesado la medicina natural. Lo que pasa es que es un curso bastante caro, y ahora mismo cuidar a Freya me ocupa todo el día.

—Natural.

Bill se echó hacia atrás en el taburete con los brazos cruzados, observándola. Suzie tenía la impresión de que su mirada se le clavaba.

—Antes hacía masajes en casa —continuó—, pero a los pocos meses de que naciera Freya tuve que mudarme a una casa más pequeña en Dee Why, y... se puso todo un poco cuesta arriba. Freya empezó a despertarse en mitad de las sesiones y al final decidí que era demasiado difícil.

—¿Y no puedes buscarte a nadie que te ayude en casa? —preguntó él—. Para seguir con tu negocio.

Ella negó con la cabeza.

—Mis padres viven en Brisbane. Soy de Queensland.

Sonrió al pensar en sus padres y en la casa de Sunnybank donde vivían, de madera y con dos habitaciones. Los echaba de menos. También a Tanya, su hermana. Al irse Nils sus padres la habían invitado a que volviera y se trajese a Freya, pero Suzie sabía que habría sido abusar. Tanya aún ocupaba el dormitorio que habían compartido de niñas. Aunque su madre dijera que ya se las arreglarían, Suzie no acababa de ver cómo, así que había decidido quedarse en Sídney hasta decidir el camino que tomaba.

—A quien tengo cerca es a mi suegra... —continuó—. Bueno, a la madre de mi exnovio, pero con ella es complicado.

Se quedó callada al darse cuenta de que solo hablaba ella.

—¿Y tú, Bill? ¿A qué te dedicas?

—Soy director ejecutivo de la división de servicios a particulares del Federation Bank.

Suzie asintió, impresionada.

—Es todo de lo más prosaico, te lo aseguro. Mucho menos divertido que los masajes. —Bill le guiñó un ojo—. Quizá pueda hacerme cliente tuyo. A mí me da igual que llore tu hija. Con mis sobrinos estoy acostumbrado. Ahora mismo tengo muy tensos los hombros y el cuello. Si lo haces bien podría recomendarte.

Suzie no estaba segura de que lo dijera en serio, ni de que ella quisiera que lo hubiera dicho en serio.

—¿Te lo plantearías? —Bill observó su cara—. Eso sí, tendría que ser un poco tarde. Que, por cierto, podría ser una manera de paliar el problema de que llore el bebé. Vivo cerca de ti, en Collaroy.

—Pues…

Suzie no conocía de nada a aquel hombre; claro que al empezar con los masajes había puesto un pequeño anuncio en los clasificados del *Manly Daily* y había aceptado como clientes a desconocidos. Al menos con Bill ya había hablado.

—Primero, si quieres, te invito a cenar para demostrarte que no soy un psicópata.

Suzie se rio.

—Bueno, no sé…

—Muy bien —dijo Bill, levantándose de la mesa—. Dame tu número y te llamo para organizarlo. ¿Qué tal la semana que viene, cuando vuelva de Melbourne? Iremos a algún sitio que esté bien. —Empezó a pulsar botones en su BlackBerry—. Suzie Tal y Cual… ¿Me dices tu apellido?

—Raymond —contestó ella.

—¿Y tu número?

Lo recitó.

—Perfecto.

Bill se sacó del bolsillo unas monedas y unas llaves. Suzie se fijó en el llavero, brillante, de Lexus. Bill dejó ocho dólares encima de la barra.

—¿Y tu apellido? —preguntó ella.

—White —contestó él—. De lo más vulgar. ¿Te ha gustado el *doppio?*

—No tanto como el *macchiato* corto.

—Veo que aprendes deprisa. Ya te llamaré. Adiós, pequeñina —dijo, pellizcando a Freya en la mejilla.

—Freya —le recordó Suzie—. Se llama Freya.

—La diosa escandinava del amor —dijo él—. Vaya, vaya, pues sí que eres interesante…

Suzie se quedó sin habla en su asiento mientras Bill salía rápidamente del bar.

Para Suzie, cenar con Bill en un restaurante tan exclusivo como Saltfish era como un sueño. Bill reservó la mejor mesa, con vistas al puerto. Compartieron una fuente de marisco y un vino caro mientras él contaba divertidas anécdotas de las ciudades que frecuentaba en sus viajes al extranjero: Pekín, Shanghái, Londres, Mumbai… Suzie nunca había salido del país. Fascinada, apenas se atrevía a interrumpirlo. A la hora del postre se tomaron de las manos y Bill le dio *mousse* de chocolate con la cuchara, deteniéndose con picardía en sus labios.

La llevó a su casa de Dee Why y la acompañó a la puerta.

—Qué guapa eres, Suzie —dijo.

Se inclinó hacia ella y la besó con suavidad.

Suzie se quedó con ganas de algo más.

—¿Me reservas el masaje para dentro de un par de semanas, cuando vuelva de Tokio?

Habría preferido no esperar tanto.

—Sí, encantada —respondió.

Llegado el momento, aunque le doliera, llamó a Monika. Mientras marcaba el número procuró relajarse. Inspira, espira…

—¿Diga?

Le daba grima el mero hecho de oír su voz, aquel tono algo cáustico. En tiempos mejores siempre se había reído de Monika con Nils, de la gran broma cósmica de que alguien tan estirado, un auténtico hueso como Monika, hubiera dado a luz a un hijo tan relajado y desinhibido como Nils.

—Hola, Monika, soy Suzie.

El silencio hablaba por sí solo.

—¿Cómo estás? —preguntó, adoptando un tono alegre.

—¿Cómo está Freya? —preguntó Monika, ignorando la pregunta.

—Muy bien, gracias. Genial. De hecho te llamaba por eso. Había pensado que…

—Ha pasado mucho tiempo —la interrumpió Monika—. Varias semanas.

—Ya, ya lo sé. Lo siento —dijo Suzie—. Es que estaba muy ocupada.

Se aguantó las ganas de puntualizar que podría haber sido Monika quien la llamara a ella por teléfono. Siempre había sido así, incluso antes de Freya. Siempre les había correspondido a Nils y Suzie ponerse en contacto con Monika, y nunca al revés. Y si tardaban demasiado ella siempre les hacía saber que se sentía desairada.

—Monika, quería saber si podrías ayudarme. —Suzie hizo una mueca al decirlo—. Es que quiero volver a empezar con lo de los masajes. Es difícil subsistir solo con las ayudas públicas.

No mentía. La exigua cantidad que se brindaba a las madres solteras apenas le daba para vivir. Desde que Nils comulgaba —y bien que le iba— con el socialismo agrario en la comuna, alegaba no tener dinero para contribuir a la manutención de Freya. Desesperada, Suzie se había informado en la consultoría jurídica social del barrio. Resultaba que la pensión, supuestamente obligatoria, no se aplicaba en el caso de Nils, y no se le podía exigir.

—Lo dicho. —Interpretó el silencio de Monika como que le daba permiso para seguir—. Me gustaría empezar con pocas sesiones, dos noches por semana. Como ahora Freya duerme de un tirón… Y quería saber si podrías quedártela las noches de los martes y los jueves.

Monika soltó una especie de bufido, que Suzie no supo si expresaba sorpresa o indignación.

—Pues claro —respondió.

Suzie parpadeó en espera de las condiciones. Monika no dijo nada.

—Ah, pues gracias, Monika. ¿Podríamos empezar el jueves que viene, o es demasiado pronto?

Se aguantó la respiración.

—Pues claro —repitió Monika.

Suzie no daba crédito a su suerte.

145

—Vale, pues ya te prepararé la maleta. Un poco de mi leche congelada, por si acaso, una muda, la cuna de viaje, las sábanas… Te la dejaré a las seis, bañada y cenada. Así no dará ningún problema. Si quieres paso a buscarla por la mañana antes de que vayas a trabajar.

Monika era profesora de autoescuela, algo de lo que se habían reído en privado Suzie y Nils, imaginando sus arengas al volante a los pobres adolescentes.

—Vale. Me parece todo… muy bien. Gracias, Suzie.

Suzie se quedó de piedra.

—No, Monika, gracias a ti. Hasta entonces.

Colgó el teléfono y movió la cabeza. Nunca había sido tan fácil conseguir que Monika dijera que sí a algo.

El jueves siguiente dejó a Freya a las seis en punto en casa de Monika, resistiendo las ganas de quedarse. Irá todo bien, se repitió. Monika piensa en todo. Sin embargo, el solo hecho de dejar a Freya en sus brazos a sabiendas de que no veía a su hija en doce horas la desconcertaba. Era la primera vez que la dejaba toda la noche con alguien. Y con Monika, ni más ni menos, una mujer que nunca le había inspirado ningún cariño, ni siquiera cuando iban bien las cosas con Nils. Lástima que sus padres vivieran a mil kilómetros.

Más vale que Bill lo valga, pensó.

A las ocho, nada más abrir la puerta, supo que sí. Bill se apoyó con naturalidad en el marco, con una botella de vino en una mano y un ramo de rosas en la otra. Le tendió a Suzie ambas cosas.

—Espero que tus otros clientes no vinieran con regalos.

Suzie sonrió. Bill olía a recién duchado, y su *aftershave* era una mezcla embriagadora de almizcle y sándalo. Se notaba que no venía directamente del trabajo, contrariamente a lo que había dicho.

—He pasado por el gimnasio —explicó—. Tenía clase de boxeo.

Era fácil imaginárselo dando puñetazos a una pera.

—No me extraña que tengas tensos el cuello y los hombros —lo regañó Suzie.

Bill la miró de la cabeza a los pies.

—Estás muy guapa.

El estómago de Suzie dio un vuelco delicioso de ansiedad.

Después de dejar a Freya con Monika había vuelto rápidamente a su casa para darse un baño de limoncillo. Luego se había dado friegas de aceite de almendra en todo el cuerpo y se había puesto un vestido ceñido de color morado. No se había maquillado; solo se había pintado un poco los labios, y se había dejado sueltos los rizos rubios, que caían por los hombros.

—Gracias —dijo—. Adelante.

Se había preparado meticulosamente para aquel momento. La cama de masajes estaba en la penumbra de la sala de estar, justo en medio, donde estaba normalmente la mesa de centro. Le había costado un poco trasladarla sin ayuda a la habitación de Freya, pero lo había conseguido. Si algo le había enseñado ser madre era autosuficiencia. Había tres toallas sobre un gran radiador. Junto a la mesa de masajes, en una mesita, flotaban velas en un cuenco de cristal lleno de plumerias recogidas del jardín del vecino de al lado. El aire olía a *ylang ylang* y flores de naranjo, aromas que acompañaba una grabación de sitar indio a bajo volumen. También había una botella grande de aceite de aguacate en un cuenco de agua caliente.

—Bienvenido —añadió Suzie.

Él se empezó a desabrochar la camisa, sin decir nada. Suzie se giró hacia la cocina. Según el protocolo tenía que irse de la habitación.

—No te vayas.

Esperó sin moverse a que Bill se quedara en calzoncillos negros, y se imaginó enseguida con las piernas enroscadas a su cuerpo.

Él le sonrió bajo la media luz que deslizaba sombras por su pecho desnudo.

—¿Boca arriba o boca abajo?

—Abajo —contestó Suzie, tragando saliva con dificultad.

Esta noche va a haber sexo, pensó.

Hacía más de nueve meses que no se acostaba con nadie, y más de un año que no lo disfrutaba. Durante los últimos meses de su relación con Nils el sexo se había vuelto rutinario. De hecho, con Nils siempre había sido decepcionante. Con lo prometedor que parecía al principio... Nils era un atractivo profesor de yoga interesado por el tantra, pero en su terca búsqueda del poder sexual cósmico —él la llamaba *kundalini*— no le salía bien ni lo más básico. La tocaba como un ama de casa siguiendo los pasos de una receta: metódicamente, leyendo en voz alta y comprobando siempre que los ingredientes eran los correctos. Sus incesantes preguntas mientras hacían el amor dejaban fría a Suzie, que no tenía ganas de explicar lo que quería, ni de dirigir los dedos de Nils hacia el lugar adecuado. Para estar tan en contacto con su lado femenino, la verdad era que Nils había descuidado totalmente el de Suzie. En cambio Bill exudaba una confianza sexual primitiva. Era la quintaesencia del macho alfa.

Se puso boca abajo en la camilla de masajes. Suzie le pasó una toalla caliente por toda la espalda, rozándole las nalgas. Después aplicó otra a sus piernas. Le sujetó un momento las plantas de los pies, mientras hacía un esfuerzo por no respirar tan deprisa. Intentó centrarse, como siempre que se disponía a hacer un masaje, imaginaba que bajaba del cielo un rayo de luz blanca que le limpiaba el cuerpo y el espíritu. Después visualizó alrededor de su cintura una cuerda larga y gruesa que se clavaba en el centro de la tierra y la anclaba a su núcleo de fuego. Se le difundió un calor por todo el cuerpo. Abrió los ojos y miró a Bill, tendido boca abajo frente a ella.

Ya estaba lista.

Al acabar se quedó tumbada en el sofá con la espalda contra Bill y todo el cuerpo palpitante. Notó que él se apoyaba en un codo y le pasaba el otro brazo por la cintura.

—Toma —dijo Bill.

Le puso la mano delante de los labios, juntando el pulgar y el índice.

—¿Qué?

—Después del sexo hay que fumar. —Se llevó los dedos a la boca y dio una calada a un cigarrillo imaginario—. Prueba.

Acercó la mano a Suzie, que sonrió.

—Mmm... Vale.

Fingió tomar el cigarrillo de sus dedos y aspirar ruidosamente.

—Vaya, qué hierba más buena.

Él se rio y se puso encima de ella, sujetándola por los hombros. Sus caras estaban a pocos centímetros.

—Ha sido un polvo principesco. Me siento como un rey.

Suzie respondió con una risita. Nunca le habían hablado así, y le gustó. Se acordó de cómo solía terminar el sexo con Nils: con sus gruñidos de eyaculador prematuro, seguidos por la pregunta de si ella había tenido un orgasmo. O no.

A Bill no le hacía falta preguntarlo. El clímax de Suzie había sido volcánico. Como el de él.

Bill se sentó y bajó los pies al suelo.

—También ha sido un buen masaje. Te recomendaré a mis amistades. Siempre que no te los cepilles. Te quiero solo para mí.

Se puso los calzoncillos y se subió la cremallera de los pantalones. Al abrocharse el cinturón se le cayó la BlackBerry del bolsillo. La recogió y echó un vistazo a la pantalla.

—Mierda —dijo—. La cena tendremos que dejarla para otro día. Tengo trabajo.

—¿A las nueve y media de la noche?

Suzie había preparado una ensalada de judías verdes y papaya antes de que llegase Bill.

—Sí, en mi trabajo es normal: se me puede contactar a todas horas.

Se abrochó los botones de los puños y se pasó los dedos por el pelo. Después metió la mano en el bolsillo de atrás y sacó las llaves del coche y la cartera. La abrió, contó seis billetes de cincuenta dólares y los dejó en la mesa de masajes.

—Gracias por el masaje. Me noto los hombros mucho mejor.

Suzie se quedó mirando los billetes. Trescientos dólares era el triple de lo que cobraba normalmente.

—No soy ninguna prostituta.

—¿Qué?

Apartó la vista.

—¿Por quién me tomas, Suzie? —exigió saber él—. Ven.

Suzie se acercó, un poco asustada por el tono.

Bill la hizo levantarse, apretándole los hombros con sus enormes manos.

—Eso no lo digas nunca. —Enfadado parecía más alto—. Eres una mujer muy guapa y una excelente masajista. Por lo que te pago es por el masaje.

Recogió los billetes y se los puso en la mano derecha. Después le recorrió la cara con las manos.

—Qué guapa —repitió—. Tengo suerte.

Se inclinó y le dio un beso con lengua, buscando la suya.

—Repite conmigo: el polvo ha sido gratis.

—Sí —musitó Suzie—, sí que lo ha sido.

La mañana siguiente, al ir a recoger a Freya, apenas podía concentrarse en la carretera. Se regodeaba, canturreando, en la maravilla de sensualidad que había sido la noche anterior. Bill había rendido culto en el templo de su cuerpo, abriendo sus secretos con los labios y las manos. Suzie nunca se había sentido tan femenina.

Monika abrió la puerta sin darle tiempo de llamar.

—¡Hola, Suzie!

No solía estar tan efusiva. La imagen de Bill se desvaneció.

—Hola, Monika. ¿Cómo está Freya?

—Bien, bien. —El tono de Monika era de ir al grano—. Ahora mismo está mirando un DVD de Play School.

—Ah...

Suzie respiró hondo. ¿Cuántas veces le había dicho a Monika que no le parecía bien que los niños de menos de tres años vieran la tele? ¿Y cuántas veces había dicho Monika que sí con la cabeza, como si lo entendiera?

La siguió por el pasillo.

—Esta noche solo se ha despertado dos veces para el biberón —le dijo Monika, que iba detrás.

¿Solo dos? ¿Para el... biberón? Hacía cinco semanas que Freya dormía de un tirón hasta las cinco y media de la mañana. Suzie solo había puesto la leche congelada en la bolsa como medida de emergencia.

Entró en la sala de estar. Freya estaba delante de la tele, apoyada en un cojín grande. Estaban echadas las cortinas y le parpadeaba en la cara la luz de la pantalla.

Suzie fue a la ventana y abrió las cortinas. Entró el sol en la sala.

—Hola, cielo, ¿cómo estás?

Fue a la tele y la apagó. Después se puso en cuclillas al lado de Freya.

—Dios mío...

La levantó, le miró fijamente la cabeza y se volvió hacia Monika.

—Le has cortado el pelo.

—Solo un poco.

—¿Solo un... poco?

La voz de Suzie temblaba.

—Es que se le caía en los ojos.

Suzie levantó a Freya del cojín.

—Yo no quería cortárselo —dijo—. Tampoco estaba tan largo. Además, la que tiene que hacerlo soy yo.

Empezó a recorrer con paso firme las habitaciones para recoger las cosas de Freya. Al irse Nils, Suzie se resignó a no tener más hijos. No tenía ninguna necesidad de que Monika le robara primeras experiencias impagables, que no se podrían repetir.

En la cocina sacó del fregadero el biberón vacío y la tetina. Al meterlos en una bolsa de plástico le llamó la atención un bote de leche en polvo sobre la encimera. Se lo quedó mirando y abrió de golpe la puerta del frigorífico. Sus dos bolsas de leche materna, que tanto le había costado sacarse, aún estaban congeladas, al lado de los palitos de pescado.

—Costaba demasiado descongelarla en plena noche —le explicó Monika.

Suzie se giró hacia ella, furibunda.

—Claro, y tú siempre tienes a mano un bote de leche en polvo, ¿no?

Monika sabía perfectamente lo contraria que era Suzie a la lactancia mixta. Se había jurado que nunca pasaría leche en polvo por los labios de Freya.

Suzie salió como una fiera de la casa, con Freya en un lado y varias bolsas en el otro hombro.

—Te ayudo a cargar el coche —se ofreció Monika.

—No, gracias.

Suzie dio un portazo.

La semana siguiente, en el grupo de madres, contó toda la historia. Era una mañana soleada de verano, a principios de diciembre, y parecía que los niños estuvieran irascibles a causa del calor.

—¿Que tu suegra le cortó el pelo a Freya sin pedirte permiso? —repitió Cara con incredulidad.

—Y encima le dio leche en polvo —añadió Suzie—, cuando yo le había dado bolsas de leche materna.

—Caray, pues sí que es un problema, sí —dijo Cara. Le hizo señas al camarero detrás del mostrador—. ¿Otra ronda, chicas?

Él asintió con la cabeza. Después de tantas reuniones del grupo de madres en Beachcombers casi se sabía el pedido de memoria.

Suzie se secó los ojos con un pañuelo de papel. Cara le pasó un brazo por los hombros.

—No debería disgustarme tanto —explicó Suzie—. Tampoco es que me extrañe mucho. Es justo el tipo de cosas que hace siempre Monika, o sea, que no sé de qué me sorprendo. —Se sonó la nariz—. Supongo que de alguna manera esperaba que fuese todo bien. Ahora no le pienso dejar a Freya nunca más.

—No te preocupes, Suzie, que yo te entiendo perfectamente —intervino Miranda—. La madre de Willem casi siempre mantiene las distancias, pero cuando viene a vernos es el infierno en la tierra. Si hasta pasa el dedo por encima de los marcos de las puertas y me enseña el polvo… Y Willem no me ayuda. Solo me dice que no le haga caso. Los hombres siempre se ponen del lado de sus madres.

—¡Hay que ver! —Se rio Ginie—. Yo lo que me pregunto es si estas mujeres no han tenido suegras.

—No siempre son tan malas, Ginie —observó Cara—. La verdad es que la mía está bastante bien, aunque no la vemos mucho. Tiene demasiado trabajo cuidando al padre de Richard.

—Padece Alzheimer, ¿no? —preguntó Miranda.

Cara asintió.

—Por desgracia no le deja mucho margen para los nietos. Mi padre está igual. De hecho, fue como nos conocimos Richard y yo: nuestras madres van al mismo grupo de apoyo. No es que sea una primera cita muy romántica, a diferencia de la de Suzie… —Cara se giró hacia ella—. Por cierto, ¿cómo va con Bill?

Suzie intentó no sonreír. No quería parecer pagada de sí misma.

—Genial. Nos entendemos muy bien.

—Me alegro. —Ginie se rio—. Buena falta te hará cuando conozcas a su madre.

Suzie ni siquiera lo había pensado. Bill no había hecho ningún comentario sobre sus padres u otros miembros de su familia, a excepción de una hermana con dos hijos. Teniendo en cuenta los antecedentes con Monika, la idea de acabar con dos suegras era horrible.

Made carraspeó.

—Mi hermana pequeña, en Bali, llama Komang. Mes pasado casa con marido y ahora vive con madre de él.

Todas gimieron.

—No puede ser verdad —dijo Ginie—. ¿Y qué edad tiene tu hermana?

—Ahora diecisiete.

—¿Y eso es legal?

Made asintió con la cabeza.

—En Bali es normal. Nuestra cultura dice mujer cuando casada tiene que ir vivir con familia de marido. Madre de marido ayuda a cuidar hijos. En la residencia de familia todos ayudan: tías, tíos, primos... —Hizo cosquillas en el pie a Wayan, que soltó una de sus risas guturales y contagiosas—. Mi hermana Komang ahora menos libre. Madre de marido le dice qué hace. Cocina, limpia y hace muchas cosas para madre de marido. En Australia mujeres tienen mucha suerte.

Suzie se puso roja, un poco avergonzada por la comparación. Quizá hubiera exagerado un poco con Monika.

—En otros países es igual —añadió Cara—. En la universidad tuve un amigo indio a cuya hermana la quemó su suegra por la dote.

—Santo cielo —exclamó Ginie, sacudiendo la cabeza—. ¿Y nosotras de qué narices nos quejamos?

—No lo sé, la verdad —dijo Pippa de sopetón. Le brillaron los ojos—. A mí no me parece que podáis quejaros de nada. Bebés sanos, maridos con trabajo, parientes que ayudan... ¿Qué más podéis pedir?

La amargura de su tono era palpable.

Nadie dijo nada. Las miradas saltaban de cara en cara en busca de consejo.

Pippa tenía las mejillas muy rojas. Le tembló la mano al remover el café. De repente dejó caer la cuchara, que hizo mucho ruido al chocar con el plato. Empezaron a correrle lágrimas por la cara y a mojarle la blusa, la mesa y hasta la cabeza de Heidi. Abrazó a la niña con más fuerza, escondiendo la cara en su pelo.

Suzie miró alarmada a las demás. Estaban todas en estado de *shock,* era evidente, pero nadie se movía. Si hubiera sido cualquier otra del grupo, Suzie quizá hubiera hecho algún gesto, pero percibía la rabia que había tras el llanto de Pippa.

Después de unos momentos que se hicieron eternos, Cara tendió la mano por encima de la mesa y la apoyó suavemente en la de Pippa.

Suzie dejó de aguantarse la respiración. Menos mal que estaba Cara.

—¿Todo bien? —preguntó en voz baja Cara.

Pippa sacudió la cabeza. Tenía los hombros encorvados, con una actitud de derrota.

—Dentro de dos semanas tengo que ir al hospital —dijo finalmente—. Me quedaré más o menos una semana, y no sé cómo se las arreglará Robert. Nunca lo he dejado solo con Heidi más de dos horas. —Levantó la vista y volvió a llorar—. Ojalá pudiera recurrir a algún pariente o a quien fuera.

—Te ayudaremos nosotras, por supuesto —dijo enseguida Cara—. ¿Estás bien?

Pippa se ruborizó aún más.

—Lo estaré —contestó—. Tienen que operarme… para arreglar las secuelas del parto. —Cerró los ojos—. Tuve un desgarro grave que me produjo incontinencia.

—Oh, no —dijo Cara. Miró al resto del grupo como si buscara apoyo—. Bueno, yo tampoco es que sea la de antes, en lo que a abajo respecta —Astrid lo forzó todo, pensó—, pero no hasta el punto de la incontinencia. Debe de ser un horror.

Pippa fijó la vista en los juegos infantiles. El cajón de arena desprendía una bruma de calor.

—Más vale que os lo cuente todo —dijo—. Total, ¿qué sentido tiene seguir escondiéndolo? —Se puso el pelo grasiento por detrás de las orejas—. Tengo incontinencia desde que nació Heidi. No puedo controlar la vejiga. Ni los intestinos.

Suzie se tapó la boca con la mano. Había oído que algunas mujeres tenían problemas con el suelo pélvico después del parto, pero había dado por supuesto que la mayoría salían indemnes, como ella.

—Esperé demasiado tiempo —siguió explicando Pippa—. Siempre pensaba que mejoraría. —Se tapó la cara con las manos—. Los médicos dicen que es una de las razones de que tenga… depresión posparto.

—Oh.

Fue una exclamación que a Suzie le salió sin querer. Nunca se había imaginado que Pippa pudiera esconder algo así bajo su armadura de espinas.

Al oírla, Pippa levantó la vista.

—Sí. —Asintió, mirándola—. Me ha costado establecer el vínculo con Heidi. Es injusto con ella, pero es que cuesta sentirse positiva cuando no es que te preocupe cambiarle el pañal a tu bebé, es que te preocupa cambiarte el tuyo.

Tenía las mejillas muy rojas y una mirada de angustia.

Suzie se sentía fatal. Había pasado por alto los indicios del sufrimiento de Pippa. Había sido demasiado difícil relacionarse con ella. Se preguntó qué habría hecho ella con el suelo pélvico hecho trizas. Salir con Bill no, seguro. Se le saltaron las lágrimas solo de pensarlo.

Durante un rato nadie dijo nada.

—Dios mío —exclamó Cara. Le pasó un brazo a Pippa por la espalda—. Pobrecita mía. ¿Por qué no nos lo habías contado?

Pippa se apoyó un momento en ella, y luego se encogió de hombros.

—Estabais todas disfrutando de vuestros bebés. No quería desanimaros. —Se sorbió la nariz y se irguió, apartándose de

Cara–. Ahora ya me ayudan como tienen que ayudarme. Me medico para la depresión posparto, y la operación mejorará la… –De repente parecía incómoda–. Me sabe mal haberos contado todo esto. Sería genial que me ayudaseis en lo que pudierais mientras esté en el hospital.

Estaba recuperando su máscara habitual, desprovista de cualquier emoción. Suzie se inclinó hacia ella y le ofreció una bandeja de galletas. Era consciente de que como gesto era muy pobre, pero ¿qué otra cosa podía decir, o hacer?

Pippa movió la cabeza.

–Tengo que irme. Tengo cita con el médico dentro de media hora. –Se levantó y aseguró a Heidi en el carrito–. Nos vemos la semana que viene.

La vieron irse, empujando el cochecito hacia el aparcamiento por la cuesta de hierba.

Un momento después, Ginie tosió.

–Bueno, ahora se explican muchas cosas, ¿no?

–Sí –añadió Miranda–. Ojalá lo hubiera sabido antes. Podría haber intentado ayudarle.

–No es que se haya dejado mucho –apuntó Ginie.

–Ya, pero… –suspiró Cara–. Yo desde el principio ya sospechaba que algo no iba bien, pero no he llegado a hacer nada.

–Yo igual –admitió Suzie–. Saltaba a la vista que algo le pasaba.

–Yo cree que aún podemos ayuda, ¿no? –intervino Made.

Suzie asintió con la cabeza. Sabía lo que era estar sola, sin apoyo familiar.

–Tienes razón, Made –dijo–. Aún no es demasiado tarde.

Una semana después Suzie tenía preparado un plan, y ya había hecho circular un correo electrónico entre el grupo de madres. El asunto era: «Proyecto Pippa». Pedía voluntarias. Quedó encantada al ver que todas tomaban a su cargo alguna tarea para apoyar a Pippa mientras estuviera en el hospital. Ginie brindó los servicios de su niñera en la cocina, para que Robert tuviera cena congelada para toda la semana. Miranda se ofreció a cuidar de Heidi por las tardes, para que Robert pudiera visitar a Pippa. Suzie decidió aplazar sus cafés matinales con Bill e ir a casa de Pippa para colaborar en la rutina de dar el desayuno a Heidi. En enero, cuando Pippa ingresó en el hospital, ya estaban cubiertos todos los días de su ausencia.

Tres días después de la operación de Pippa, Suzie y Cara fueron juntas al hospital. Era un día despejado de finales de enero. Milagrosamente, cuando llegaron, tanto Freya como Astrid dormían en sus respectivos cochecitos. Suzie compró un enorme ramo de girasoles en una floristería de la planta baja, mientras Cara averiguaba el número de habitación.

Llamaron a la puerta.

—Adelante.

Suzie miró por la pequeña ventana rectangular. En la vasta extensión de sábanas que la envolvía, blancas de lejía, Pippa parecía muy pequeña, casi una niña. Les hizo señas de que entrasen.

—De parte del grupo de madres. —Suzie le puso los girasoles en las manos—. Aunque veo que ya ha pasado Made.

Señaló con la cabeza el cesto trenzado de encima de la mesa camilla, con flores frescas que adornaban sus anchas hojas, y un pequeño pastel.

—Sí, me lo he encontrado al despertarme de la anestesia —dijo Pippa—. Preciosos los girasoles, gracias. Robert ya me ha contado todo lo de las comidas, los cafés, lo de que vaya Heidi a jugar a otras casas… La verdad, no sé qué habría hecho sin vosotras.

Cara señaló a Suzie.

—Lo ha organizado ella. El resto solo somos sus esclavas.

Suzie sonrió y se sentó en el borde de la cama.

—También te hemos traído esto. —Le dio a Pippa un sobre rosa—. ¿Hoy cómo te encuentras?

Pippa sonrió.

–Bueno, me traen la comida, el periódico por la mañana, duermo siempre que quiero… He dormido más tiempo seguido en las últimas setenta y dos horas que en los últimos ocho meses. Si no fuera por el dolor lo consideraría unas vacaciones.

Cara se rio.

–¿Te duele mucho?

–Acostada no. Cuando me muevo duele un poco. Esta mañana me quitarán el catéter.

–Abre el sobre –la instó Suzie.

Pippa levantó la solapa y sacó una tarjeta donde ponía: «¡Que te mejores pronto!», en letra rosa fluorescente. Se le cayó un vale en el regazo. Al girarlo estuvo a punto de gritar: era un vale de cuatrocientos dólares para un servicio de comida *gourmet* a domicilio.

–¡Oh!

Se la veía atónita.

–Hemos pensado que al volver a casa no tendrías ganas de cocinar –explicó Suzie–. Debería servir más o menos para un mes. Además… –Respiró hondo–. Tengo que disculparme. No sabía lo mal que lo pasabas. Si vuelve a suceder algo grave… espero que nos lo cuentes. –Miró a Pippa–. Bueno, ya sé que no siempre tendrás ganas de contárnoslo. En el grupo de madres somos todas bastante diferentes. Sin los bebés quizá no fuéramos amigas. Pero tenemos que cuidarnos.

Miró al suelo, preguntándose si había hablado demasiado.

Cuando levantó la vista, los ojos de Pippa estaban llenos de lágrimas. Tomó a Suzie de la mano.

–Gracias. –Le temblaba la voz–. Eres muy buena.

Se quedaron un momento tomadas de la mano sin hablar. Suzie se admiró de lo natural que parecía.

Se oyeron golpes bruscos en la puerta, que se abrió. Al girarse Suzie vio a un médico alto y de tez morena con un estetoscopio colgado del cuello.

–Buenos días, señora Thompson –dijo–. Soy uno de los cirujanos.

Cara no reconoció su acento.

—Ah, tiene visitas. —El médico saludó con la cabeza a Suzie y Cara—. Ya volveré más tarde…

Se paró y se quedó mirando a Cara. Suzie, confundida, vio que la expresión seria del médico se convertía en una sonrisa deslumbrante.

—¿Cara? —preguntó—. ¿Eres tú?

Cara se levantó de la silla.

—¿Ravi?

El médico miró a Pippa.

—Perdone —dijo—. Es que Cara y yo somos viejos… amigos.

—Ah —dijo Pippa.

Hubo un momento de silencio incómodo.

—Mmm… ¿Queréis hablar fuera? —propuso Suzie.

Cara se giró hacia ella.

—Ah —dijo con tono de nerviosismo—. Perdona. Sí, buena idea.

El médico abrió la puerta. Cara pasó a su lado.

Transcurrieron más de cinco minutos antes de que se abriera de nuevo la puerta y reapareciese Cara.

—¿Un viejo «amigo»? —preguntó Suzie con una mueca.

Cara se sonrojó.

—Fuimos juntos a la universidad, pero la verdad es que a… salir no llegamos. —Miró hacia la puerta con los ojos brillantes—. Bueno, mejor que nos vayamos, que Ravi está esperando para visitar a Pippa.

Recogió su bolso. Pippa asintió con la cabeza.

—Bueno, pues muchas gracias por venir.

—Si podemos hacer algo más nos avisas —dijo Suzie—. Yo volveré mañana.

Pippa sonrió.

—No te lo podría agradecer bastante.

Abrieron la puerta y volvió a entrar el médico, que al pasar sonrió a Cara.

–Señora Thompson. –Volvía a ser la viva imagen de la profesionalidad–. Soy el doctor Nadkarni. Ayer ayudé al doctor Sturgess en la intervención.

Se cerró la puerta.

El viernes siguiente, cuando Suzie volvió a su casa tras la reunión del grupo de madres, encontró un gran ramo de gerberas naranjas en el felpudo. Sonrió. Qué atento era Bill. Abrió el sobre y leyó la tarjeta: «Lo siento. A veces me paso de la raya. Monika».

Se metió la tarjeta en el bolsillo trasero. No había hablado con Monika desde el incidente del corte de pelo. En Navidad y Año Nuevo había sido fácil evitarla, porque Suzie había ido a ver a sus padres a Queensland. El primer cumpleaños de Freya había sido alegre y caótico, celebrado en la calurosa casa de madera de sus padres. Después de las tres semanas en Sunnybank, Suzie no tenía ganas de separarse de su familia, pero la perspectiva de ver a Bill ya era incentivo suficiente. A principios de enero, al regresar a Sídney, la decepcionó descubrir que ya habían enviado a Bill al extranjero; en una semana, sin embargo, tenía que volver, y Suzie contaba los días.

Sacó a Freya del cochecito y lo aparcó debajo de la escalera interna que llevaba a los apartamentos del primer piso. En ese momento oyó pasos en la escalera.

–Flores bonitas para una chica bonita –dijo el señor Keogh, el viejo de la unidad cinco–. Espero que no sean de aquel granuja que te abandonó.

Suzie se giró y miró hacia arriba por la escalera.

–Hola, señor Keogh.

Estaba apoyado en la baranda, con una bolsa de basura en una mano y un bastón en la otra.

La noticia del abandono se difundió rápidamente por el edificio. El señor Keogh ponía sus peros en voz alta y aprovechaba cualquier oportunidad para hacer comentarios sobre el comportamiento de Nils. Lo hacía con buena intención, claro, pero después de un tiempo era crispante. Iba siendo hora de darle otro tema de conversación.

—Pues mire, no, son de mi nuevo novio —remarcó Suzie—, que me trata como una reina.

Al señor Keogh le brillaron los ojos.

—Vaya, vaya.

Suzie recogió las gerberas y metió la llave en la puerta.

—Es la hora de la siesta de Freya. Hasta luego, señor Keogh.

—Me alegro por ti —respondió él.

Suzie sentó a Freya en la alfombra y agitó cerca de ella un sonajero. Freya se echó sobre el lado derecho agitando las piernas como loca y luego se puso a cuatro patas. Suzie sonrió y la azuzó moviendo el sonajero justo donde no alcanzaba.

—Venga, cielo, a por él.

Freya se lo quitó de las manos y rodó de espaldas.

—¡Muy bien! —aplaudió Suzie.

Freya soltó el sonajero para imitarla y aplaudir con una gran sonrisa. De las encías sobresalían ocho dientes. Le habían salido los primeros antes que al resto de los bebés.

—De bebé te queda poco, ¿eh?

Se acordaba de cuando ni siquiera se sabía sentar. Ahora Freya casi tenía nueve meses, el tiempo pasaba más deprisa de lo que se pudiera haber imaginado Suzie. Al poco de nacer Freya, la gente la paraba por la calle y miraba dentro del carrito, antes de explayarse en comentarios: «Disfruta ahora que puedes, que esto pasa enseguida». Pensó que tenían razón. Su pequeña crecía.

Se levantó para ir al teléfono y respiró hondo antes de marcar el número de Monika. Se reconciliaría con ella por Bill.

Abrió la puerta en albornoz.

—Hola —saludó.

Le caía agua del pelo mojado por la nuca. Freya había estado quejosa al dejarla en casa de Monika, y Suzie tuvo que quedarse más de lo previsto para ayudar a distraer a la niña. Después de salir sin hacer ruido, llegó a casa con solo un cuarto de hora de margen antes de que llegara Bill. En la cocina no había nada preparado. No se había organizado tanto como de costumbre. Era un día de esos.

Bill la tomó de la mano.

—Esta mañana no estabas en el café.

Su tono era acusador.

—Es que tenía cita con el médico a primera hora —repuso ella—. ¿Te acuerdas de que te lo dije? Lo de los análisis de sangre para que ya no tengamos que usar...

Bill la tomó de la otra mano y la empujó más allá del umbral. Lo hizo con una firmeza innecesaria.

—Es de mala educación hacer esperar a la gente. He llegado tarde a una cita importante.

Suzie lo miró a la cara. Hacía una semana que le había dicho lo de los análisis y él había prometido que también se los haría. Encima Suzie se lo había recordado el día anterior en un mensaje al móvil.

—Tendré que enseñarte disciplina. Al suelo.

Arqueó una ceja.

—Ah. Vale.

Dejó que el albornoz se deslizara por sus hombros hasta que cayó a sus pies, en el felpudo.

—A cuatro patas.

La primera vez le había dado un poco de miedo, pero ahora sabía qué esperar.

—Ya.

Bill la empujó hacia el felpudo.

—Ay —se quejó ella, frotándose las muñecas.

—Cállate.

Se planteó la posibilidad de levantarse e interrumpirlo, diciéndole que se esperase hasta después de haber cenado, o como mínimo de haberse tomado una copa. Salían desde hacía tres meses, con el café de la mañana como encuentro fijo, y otros menos fijos en el piso de Suzie. Durante las primeras semanas de su relación, Bill la invitaba a cenar a restaurantes pijos. Transcurrido un mes, justo antes de Navidad, habían ido al cine y se habían sentado muy juntos en la última fila. En cambio ahora Bill prefería el piso de Suzie. Era un experto en la cama, y nunca dejaba de satisfacerla, pero Suzie quería más. Quería preliminares del tipo cerebral. Había propuesto actividades al aire libre los fines de semana, un picnic en el parque o un paseo junto al mar, pero cuando Bill no estaba de viaje por trabajo lo que menos le apetecía era salir. Solo quiero disfrutar de ti, decía, y tenerte para mí solo.

Oyó a sus espaldas el ruido del cinturón al deslizarse por las trabillas y el de los pantalones de Bill al chocar con el suelo.

Cerró los ojos con fuerza.

Suzie se estremeció al cambiar de postura en la silla de madera. Una vez más, la disciplina de Bill había sido excesiva. El grupo de madres había vuelto a reunirse en Beachcombers, pero con más tranquilidad que de costumbre: estaban a finales de febrero, se habían acabado las vacaciones escolares y empezaban a desaparecer las hordas estivales. Todos los bebés gateaban y rodaban sobre las alfombras de cuadros para picnic que Cara había puesto cerca, en un trozo de césped. Ahora casi era imposible hacer que se quedaran en la trona o en el cochecito.

Las constantes llamadas de trabajo que recibía Ginie en la mesa habían decantado la conversación hacia temas laborales. Ginie, estresada, hacía malabarismos con varios clientes. Cara estaba disfrutando de varios encargos como periodista *freelance*. Miranda barajaba posibilidades de cara a abril, cuando se le acabara la baja maternal. En cuanto a Made, que por lo que sabía Suzie era ama de casa, no echaba de menos ningún tipo de trabajo remunerado. Y yo, pensó Suzie, tengo tanta suerte de que me apoye económicamente Bill... Gracias a la generosidad con la que le pagaba los masajes, Suzie no tenía que buscar trabajo como dependienta, que en el fondo era lo único para lo que estaba capacitada. A menudo pensaba en lo horrible que habría sido estar en el lugar de Ginie, una vida como una olla a presión. La ayuda de Bill le permitía elegir.

—Ahora que me he operado, yo también me estoy planteando volver pronto a trabajar —dijo Pippa al finalizar la llamada de Ginie—. Bueno, físicamente no es que esté al cien por cien, pero sí mucho mejor. Y mal no nos irían unos ingresos extras. —Miró a Ginie—. Oye, Ginie, estoy pensando en buscarme a una niñera cuando vuelva al trabajo, en vez de la guardería. ¿Puedes darme el número de la agencia en la que conseguiste a la tuya?

Ginie levantó la vista de su iPhone.

—Sí, claro.

—Gracias. —Pippa pareció vacilar—. ¿Me equivoco o no has tenido ningún problema con Nicole?

Ginie se encogió de hombros.

—Es lo mejor que he decidido nunca.

Pippa removió su café.

—¿Nunca te ha preocupado un poco que haya otra mujer en casa? Ya me entiendes, con tu marido…

Ginie puso cara de perplejidad.

—¿Por qué?

Pippa empezó a sonrojarse.

—Pues que él pudiera…, no sé…, que le gustase ella, o algo… Como se leen tantas cosas de maridos que se enamoran de niñeras.

Ginie resopló por la nariz.

—Si fuera una diosa brasileña no te digo que no, pero Nicole es un espanto de irlandesa.

Pippa asintió pausadamente, no muy convencida, pensó Suzie.

—Yo no creo que la infidelidad tenga mucho que ver con el atractivo físico —intervino Suzie—. El que es infiel lo es y punto.

Se acordó de la mujer de quien se enamoró Nils en la comuna. A él no le había importado que no fuera nada especial. La infidelidad fue síntoma de un problema más general en la relación.

—O sea, que hay que fiarse, ¿no?

Pippa parecía inquieta.

—Puede —dijo Ginie con una sonrisa mordaz—, pero la confianza es un bien que escasea. Algún poder disuasorio tiene que tener contratar a una niñera fea.

Suzie sonrió por educación. Estaba un poco mareada. Bill decía que estar con ella era lo que más le gustaba del mundo, pero Suzie ya no estaba segura de creérselo. Aparte de unos polvos de vértigo no había gran cosa. Él se deshacía en promesas de salidas que nunca llegaban a cumplirse. Si tanto escaseaba la confianza, quizá hubiera llegado el momento de forzar la situación con Bill.

Estuvo dos semanas dándole la lata a Bill sin éxito. Él alegaba que su resistencia a prometerle una salida era por miedo a que Suzie se llevara una decepción cuando se trastocasen los planes por motivos de trabajo, como ocurriría con toda seguridad. Su razonamiento era acogido con un silencio pétreo.

Un domingo por la mañana de principios de marzo, el día en que Freya cumplía los diez meses, se presentó sin avisar.

Suzie había vestido a Freya para su visita habitual a los mercados de granjeros de Manly. Justo cuando iba a asegurarla en el cochecito, notó que tenía a alguien detrás. Al girarse vio a Bill con un gran cesto de mimbre en una mano y una manta de picnic en la otra.

—Creía que estabas en Perth —dijo ella.

—Volví anoche en avión, porque me han cancelado la reunión del lunes por la mañana —respondió Bill—. He pensado que podríamos ir de picnic a Shelly Beach.

Suzie sonrió de oreja a oreja.

—Pasando por los mercados, claro —añadió él—. Hola, pequeñina.

Se agachó para darle un beso a Freya y frotar sus narices.

—Suena perfecto.

Fueron a Manly en autobús, pero esta vez el recorrido se vio transformado por la presencia de Bill. En vez de lloriquear y no quedarse ni un momento quieta, Freya iba encima de la rodilla de Bill, con la cara contra la ventanilla, gritando cada vez que él señalaba algo. Al llegar a Manly fueron al mercado de granjeros por The Corso, la avenida pavimentada que unía el puerto con las playas. Anduvieron entre el gentío del fin de semana turnándose con el carrito. Suzie, del brazo de Bill, levantaba la cara hacia el sol de verano. Marzo era su mes favorito. Ya había pasado lo más desagradable del calor estival, pero aún no se respiraba el otoño en el aire. Y por fin había llegado el momento con el que soñaba desde que había conocido a Bill. Era una salida familiar. Ni estaba Monika de canguro ni Bill tenía que trabajar. Eran una pareja normal que disfrutaba del fin de semana. Estaba en el séptimo cielo.

En el mercado se aprovisionaron de exquisiteces que Suzie nunca había comprado: frutos secos, quesos caros, embutidos, pastas rellenas de nata… Buscaron zumos frescos por los puestos, pero como no los encontraban optaron por un *tetra brick* de zumo de naranja de una tienda de veinticuatro horas. Después encajaron la cesta en el carrito y caminaron hasta Shelly Beach con Freya en los hombros de Bill.

Eran las diez. La gran extensión de arena lisa de Shelly Beach ya se estaba llenando de familias. Eligieron un lugar al sol, bajo las ramas de una vieja y majestuosa higuera, y extendieron la manta sobre los restos de hojas. Suzie sentó en ella a Freya y le puso varios juguetes al lado. Después se quitó por la cabeza su holgado caftán blanco, bajo el que apareció un biquini rojo.

—Toma ya —dijo Bill sin quitarle la vista del pecho.

Suzie se tumbó al sol junto a Freya, arqueando la espalda para mayor efecto.

—Es una injusticia —dijo Bill. Se agachó y le susurró—: Si aquí no hubiera un ambiente tan familiar te follaba ahora mismo.

Cerca de ellos había un grupo de indios que jugaban animadamente al críquet en la hierba, hablando en hindi. Sus estridentes discusiones hicieron sonreír a Suzie. Bill empezó a sacar lo que habían comprado y a ordenarlo todo bien en platos desechables. Abrió el zumo de naranja y lo sirvió en dos vasos de plástico.

—Un momento —dijo, sonriendo—. Sin esto no sabría igual.

Se sacó de la mochila un enfriador de vino y abrió la cremallera.

—¡Guau! —exclamó Suzie al ver que sacaba una botella de champán—. Eso es muy caro.

—Para ti, solo lo mejor. —Bill la descorchó con un gesto teatral—. Esta mañana celebramos dos cosas. La primera es que Freya tiene diez meses.

Suzie sonrió.

—Te has acordado.

—Y la segunda, que hace exactamente cuatro meses que nos conocimos.

Llenó los vasos con champán.

—Eres un pedazo de mujer, Suzie. Brindo por ti.

Suzie se puso roja.

—Gracias.

Freya acercó la mano a un cruasán.

—No son para ti, pequeñina —dijo Bill.

—Le he traído unos copos de avena —repuso Suzie.

Buscó la bolsa de la comida de Freya al fondo del carrito.

—Ya se los doy yo —dijo Bill—. Tú descansa.

—¿De verdad?

—Ya sé cómo se hace. —Se rio—. Tampoco es que sea física nuclear.

Se puso a Freya encima de las piernas y le ató el babero al cuello. Después aguantó la cuchara entre los dientes para desenroscar un bote de papilla orgánica y se colocó a Freya en el hueco del brazo. Freya se lo quedó mirando con sus ojos azules bien abiertos y llenos de interés, mientras él le iba metiendo cucharadas de papilla en la boca. Cada vez que la niña tragaba, Bill hacía ruido con los labios y un «mmm» exagerado. Freya echó las manos hacia arriba y se rio, encantada de que le dedicaran tanta atención.

—¿A que nunca habías desayunado así? —preguntó Suzie, riéndose—. Creo que tendrás que hacerlo más a menudo, Bill.

—Bi bi bi bi —balbuceó Freya, sonriendo a Bill.

—¡Dice tu nombre! —A Suzie se le atragantó la voz—. Nunca había dicho ningún nombre aparte del mío.

Los otros hitos —la primera sonrisa, el primer diente, la primera noche sin despertarse— habían sido momentos solitarios de alegría. Compartida con Bill, esa alegría se multiplicaba.

Él sonrió.

—Qué niña más alegre, ¿eh?

Suzie asintió con la cabeza.

—Nunca me ha dado problemas, aunque no tengo referencias para comparar, aparte de los otros bebés de mi grupo de madres.

—Mi hermana va a uno de esos grupos —comentó Bill—. Se pasa el día con ellas. ¿Tú te llevas bien con las demás?

Suzie asintió con la cabeza.

—Ahora sí, aunque al principio fue un poco difícil. Yo era la única sin marido.

Recordó su vergüenza al llorar por Nils durante la primera reunión. Desde entonces nunca se había sentido del todo cómoda con el grupo de madres. Le sentaba mal oírlas hablar sin descanso de maridos olvidadizos o descuidados. La más irritante era Ginie, que siempre estaba entrando en detalles sobre los defectos de Daniel. Pues prueba a no tener marido —tenía ganas de gritarle Suzie—, a ver si lo ves igual. Últimamente, desde que tenía a Bill, ya no eran tan fuertes esas ganas.

—Ahora está muy bien —continuó—. Quedamos cada semana en el mismo bar y en nuestras casas. Ahora son de mis mejores amigas.

Freya empezó a gimotear.

—Ya no quieres más, ¿eh? —Bill le limpió la boca con el babero—. ¿Por qué no dejas que mamá descanse y vamos a mirar aquel perrito?

Señaló un gran danés atado a un banco.

—Me estás mimando demasiado —dijo Suzie.

Bill levantó a Freya.

—Vamos, pequeñina.

Suzie se tumbó de espaldas en la manta de picnic, contemplando las grandes ramas que quedaban sobre ella. No recordaba haber estado nunca tan feliz. Se puso boca abajo y miró a su alrededor. Formamos parte de esta escena de domingo, pensó: nuestra pequeña familia.

Le llamó la atención un movimiento brusco. La estaba saludando una mujer. Detrás de ella iba un hombre con un niño. Suzie sonrió y correspondió al saludo.

—Ya me parecía que eras tú —dijo Cara al acercarse por la hierba.

—Qué casualidad encontrarnos aquí.

—Para nosotros es una tradición familiar: cada mañana de domingo, a Shelly Beach —contestó Cara—. A Richard lo conocías, ¿verdad?

Cara hizo señas al hombre que la seguía. Richard saludó a Suzie con la mano.

—Sí. Hola, Suzie. Nos conocimos en la sesión de padres y parejas, cuando nuestros bebés eran bebés de verdad.

Se rio y dejó deslizarse hasta la hierba a Astrid, que intentaba soltarse, y que se tambaleó un poco antes de dar algunos pasos inestables.

—¡Por Dios! —exclamó Suzie—. ¡Pero si camina! Qué precoz, ¿no?

—Bueno, es que es la mayor de nuestro grupo —explicó Cara—. De abril, ¿te acuerdas? De todos modos, ya sabes que no se pierde una.

—Sí. Lleva pocos días —añadió Richard—. Muy lejos no llega, por suerte.

Volvió a levantar a la niña.

—Os voy a presentar a Bill —dijo Suzie—. Mi novio —añadió para conocimiento de Richard.

—¡Así que el famoso Bill! —dijo Cara—. Me muero de ganas de conocerlo.

Suzie se levantó.

—Venid.

Fueron hacia el banco donde Bill estaba en cuclillas con Freya, justo donde no llegaba el gran danés. El perro estiraba la correa, emocionado. A Suzie le alivió que Bill no intentara acariciarlo. A su modo de ver, con niños no podía fiarse uno del todo de los perros.

—Bill —llamó.

Él no levantó la vista.

—Bill —repitió con más fuerza.

Se giró y sonrió con Freya en brazos.

—Bill, esta es Cara, de mi grupo de madres. ¿A que hace un rato estábamos hablando sobre el grupo de madres? Y estos son el marido de Cara, Richard, y la pequeña Astrid.

—Mucho gusto —dijo Bill mientras le daba la mano a Richard—. Qué día más bonito, ¿no?

—Precioso —secundó Richard—. ¿También vives en Freshwater?

Bill movió la cabeza.

—No, un poco más arriba en la península.

—Me suenas mucho —dijo Cara—. ¿Dónde nos hemos visto antes?

—Lo dice mucha gente —contestó sonriendo Bill—. Debo de tener una cara muy normal. —Se giró hacia la manta de picnic—. Me parece que a Freya hay que cambiarle el pañal.

—Ah, gracias —dijo Suzie, encantada de que se hubiera dado cuenta.

Vieron que Bill se llevaba a Freya a la manta de picnic.

—Caray, qué experto —dijo Cara.

Astrid se quejó en brazos de Richard y quiso lanzarse al suelo.

—¿Quieres volver a bajar? —Richard la dejó en la hierba. Astrid se alejó tambaleándose como un borracho—. Creo que quiere ir a ver a Freya.

—Ya avanza en serio —dijo Suzie.

Cara asintió con la cabeza.

—Sí, estoy alucinada. Freya no tardará. Les falta poco para el año. Celebraremos nuestro primer Día de la Madre. ¿Verdad que el tiempo vuela?

Suzie vio a lo lejos que Bill buscaba en la base del cochecito.

—Mejor que vaya a ayudarle.

—Claro, claro, os dejamos a lo vuestro —dijo Cara—. Adiós, Bill.

Bill se apoyó en los talones y agitó la mano.

—Parece muy simpático —comentó Cara—. Hasta el viernes.

Tras despedirse de ellos con la mano, Suzie se giró hacia la manta de picnic. Bill, que se había puesto al móvil, estaba en cuclillas al lado de Freya. Suzie llegó a la manta. Bill la miró con el teléfono en la oreja y una expresión curiosa. Por trabajo no podía ser, seguro... Suzie se agachó para levantar a Freya, que estaba destrozando con los dedos una toallita desechable. Oyó por el teléfono una voz distorsionada. Era una mujer, y no parecía muy contenta.

Se llevó a Freya a la higuera y la acostó en la hierba. Mientras le fijaba un pañal de tela con un imperdible, volvió a mirar a Bill, que estaba inmóvil en la manta de picnic, apretando la mandíbula.

Bill se levantó y se metió su BlackBerry en el bolsillo.

—Lo siento —dijo al ir hacia Suzie—. Era mi secretaria. Ha salido algo en la oficina. Tengo que irme.

Despejaron la manta en silencio.

Por un momento, Suzie sopesó la posibilidad de enfrentarse con él.

Dímelo, Bill: ¿es tu novia, o tu mujer?

—Oye, que lo siento muchísimo —insistió él, tomándole las manos—. Te prometo que te compensaré.

Su tono era suave, de arrepentimiento. Pasó una mano por cada mejilla de Suzie, como siempre.

—No pasa nada —masculló ella.

172

Recogió de la hierba su caftán y se lo pasó por la cabeza. No soportaba que Bill la siguiera mirando.

La semana siguiente se confesó a Cara.

Era un viernes por la mañana, con cielo nublado y aire fresco, otoñal. El grupo se había reunido en casa de Pippa por temor a que lloviese. Los bebés jugaban en el suelo de la sala de estar, gateando, gritando y rodando sobre los juguetes. Astrid caminaba con más seguridad y muchas ganas de explorar el resto de la casa. Cara salía riendo en su persecución.

—De eso nada, mi pequeña fugitiva —decía al ponerla de nuevo en la alfombra.

En una ocasión, Astrid llegó hasta la cocina, y cuando Cara se levantó en su búsqueda Suzie fue tras ella.

—¿Podemos hablar un momento? —susurró, lanzando una mirada hacia la sala de estar.

—Pues claro —contestó Cara.

Apartó a Astrid de debajo de la barra para desayunar.

—No sé a quién más decírselo.

Los ojos de Suzie se llenaron de lágrimas.

—Oh, Suzie… —Cara le puso una mano en el hombro—. ¿Estás bien?

Suzie negó con la cabeza.

—Creo que Bill me miente.

Cara frunció el entrecejo.

—¿Por qué?

—El domingo pasado, después de veros en Shelly Beach, lo llamaron por teléfono, y era una mujer. No oí lo que decía, pero sonaba cabreadísima. Como una novia.

Cara la miró.

—Bueno, pero podía ser cualquiera.

—No —contestó Suzie—. Era algo raro. —Se puso el pelo por detrás de las orejas—. Mira, llevamos saliendo más de cuatro meses y no he estado ni una vez en su casa. Encima se pasa el día de viaje o trabajando a horas raras. Empiezo a pensar que he hecho el tonto de mala manera.

Sonar tonta sí que sueno, pensó. Nunca se había permitido quedarse con lo negativo de las cosas. No quería ser de las que lo veían todo negro, como Ginie. Sin embargo, ahora que le confesaba a Cara sus sospechas, sentía aumentar su incertidumbre. Sonaba todo tan absurdo… ¿Por qué había esperado tanto tiempo?

—No sé qué hacer —susurró—. ¿Tú qué harías?

Cara vaciló.

—No es un tema en el que sea muy experta, pero a mí no me pareces tonta, Suzie.

Astrid intentó soltarse. Cara la dejó otra vez en el suelo de la cocina.

—Es que no quiero que vuelvan a hacerme daño. Después de lo de Nils…

—Me lo imagino. —Cara le pasó un brazo por la espalda—. No te hace ninguna falta. Bastante tienes con lo que hay.

Los ojos de Suzie volvieron a empañarse. Cara lo entendía. Siempre lo entendía todo.

Después de un momento de silencio, Cara la miró.

—¿Has buscado en los bolsillos de Bill, por si encuentras algo?

Suzie negó con la cabeza.

Cara se encogió de hombros.

—No, es una idea tonta. De película. —Le dio a Suzie otra palmada en el hombro—. Si ya no te cuadran las cosas, Suzie, yo diría que es mejor que sigas tu intuición. ¿Y si dejas de verlo durante una temporada?

Suzie asintió.

—Eh —dijo Ginie en voz alta desde la sala de estar—, ¿qué susurráis, par de conspiradoras?

Suzie se puso tensa.

Cara contestó inmediatamente.

—Ideas para el primer cumpleaños de los bebés, que no es que falte tanto, ¿eh?

Fue a la puerta y se apoyó en el marco para taparle la visión de la cocina a Ginie.

—¡Caray, qué organizadas! —exclamó Ginie.

—Se nos ha ocurrido hacer una fiesta en grupo, en vez de cada una por su cuenta —añadió Cara—. Podría ser en Manly Dam, donde hay una zona de barbacoa y espacio para que corran los críos. Podríamos invitar a las parejas, la familia extensa y todo eso. ¿Qué os parece?

—Suena fenomenal —respondió Ginie.

—Cualquier excusa es buena para tomarnos juntas un champán. —Miranda se rio.

—Podríamos hacerlo el Día de la Madre —sugirió Pippa—, y así celebramos las dos cosas a la vez, ¿no? Su primer año de vida y el nuestro como madres.

—Es el segundo domingo de mayo, ¿no? —Ginie estaba consultando el calendario en su iPhone—. Pues sí, lo tengo libre.

—Me aseguraré de que Willem no esté en la otra punta del país —comentó Miranda—. Avisar ocho semanas antes debería ser bastante.

Made se anotó la fecha en su agenda marrón de batik y sonrió.

—Está bien que bebés nuestros hacen juntos cumpleaños. Primer cumpleaño muy importante en cultura balinesa.

—Sí. Ah, y muy buena idea, Pippa —dijo Cara—. No se me ocurre ninguna manera más bonita de pasar el Día de la Madre que con las madres más estimulantes que conozco. Bueno, vamos a repartirnos lo que traerá cada una, ¿vale?

Miró por encima del hombro a Suzie, que sonrió agradecida. Después Suzie se secó los ojos con un pañuelo de papel y se acercó a la puerta.

—Podríamos contratar un payaso, o uno que pinta caras, o algo —dijo.

Se reunieron con las otras en la sala de estar.

–Tengo que irme, sexy. Tengo una reunión a primera hora.

Miró a oscuras su reloj. Solo eran las seis y media. Pensó en Freya, que dormía en casa de Monika.

Bill tendió la mano hacia la mesita de noche, donde había dejado su cartera. Sacó un grueso fajo de seis billetes de cincuenta dólares y se los dio a Suzie.

–Cómprate algo bonito, que te lo mereces.

–Gracias.

Los dejó en la mesita.

Gracias a la generosidad de Bill, Freya había tenido cosas que Suzie no habría podido permitirse. Le había encantado comprar ropa y juguetes nuevos en vez de rebuscar en las estanterías de la tienda del Ejército de Salvación. Un fin de semana en que Cara invitó al grupo al zoo de Taronga, Suzie pudo aceptar a pesar de que el precio fuera prohibitivo. Tampoco había vacilado en comprar entradas para una pantomima infantil en la Ópera. La contribución periódica de Bill había sido tan útil que a Suzie le había resultado cómodo olvidarse de las dudas que la concomían.

Lo vio levantarse e ir desnudo al baño. Oyó el chirrido familiar del agua al abrirse camino con dificultad por las tuberías de cobre. Entre las láminas de sus persianas empezaba apenas a filtrarse luz. Al acercarse el invierno las mañanas se oscurecían. Recordó su té matinal en Shelly Beach, cuando Freya se acercó a Bill a gatas y él la lanzó por los aires como un padre. Qué maravilloso había sido sentirse los tres tan unidos, una familia sobre una manta de picnic, bebiendo zumo barato y champán francés… Antes de la llamada y de la voz de mujer.

Volvió a mirar la cartera de Bill en la mesita. Después lanzó una mirada hacia el baño, se acercó y la abrió. Buscó su carné de conducir, o cualquier cosa por la que pudiera saber dónde vivía. Nada. Respiró más deprisa al sacar un fajo de papeles escondido detrás del compartimento para los billetes. Un carné de un gimnasio, una tarjeta del seguro del coche y otra donde ponía «Soy donante de sangre». Y detrás de todo, un papelito de color rosa. Lo desdobló, mientras oía que Bill apagaba la ducha. Un vale por un masaje. Cruzando el papel, letra cursiva de mujer en tinta plateada: «Feliz cumpleaños. Besos, M».

Volvió a doblar el papelito y dejó la cartera exactamente como la había encontrado. Después se acostó y se tapó con una sábana.

Bill salió del baño con una toalla atada a la cintura. Suzie se puso boca abajo y cerró los ojos. Lo oyó vestirse: calzoncillos, camisa, pantalones, gemelos, cinturón, corbata, calcetines, zapatos y americana.

Por último, Bill se sentó al borde de la cama, al lado de Suzie, bajó la sábana, se agachó y posó los labios en la columna vertebral. Después le pasó los dedos por las nalgas amoratadas.

–Pero cómo me excitas, joder.

Suzie tuvo náuseas.

Bill se levantó.

–Nos vemos el jueves en el bar. Dale a Freya un beso de mi parte.

Suzie gruñó como si estuviera medio dormida.

–Adiós, sexy.

Oyó cerrarse la puerta.

Abrió los ojos y empezó a llorar.

Después de acostar a Freya estuvo una hora en la mesa de la cocina para redactar el mensaje de texto. Sabía que esa noche Bill estaba en Melbourne. Al menos era lo que había dicho. En parte Suzie quería telefonearlo y exigir saber más, entender qué significaba para él la otra. Tenía ganas de insultarlo y experimentar el subidón catártico de quien se siente en posesión de la verdad. De algún modo, sin embargo, le tenía miedo. Bill estaba acostumbrado a ganar y salirse con la suya. Ella nunca le había dicho que no, por miedo a su reacción. Se dijo que en el fondo no lo conocía. Avergonzada, apoyó la cabeza en las manos. Bill prácticamente le había pagado a cambio de sexo. «M» podía ser perfectamente su mujer. Aquello se tenía que acabar.

Se decidió por dos frases sencillas: «Sé lo de «M», la otra mujer de tu vida. No quiero volver a verte».

Se quedó sentada en la cocina hasta después de medianoche, esperando una respuesta que al mismo tiempo temía, y se durmió con la cabeza apoyada en los brazos.

Por la mañana miró su teléfono.

«M es mi madre».

Se quedó mirando el mensaje con ganas de creérselo, pero su intuición le dijo que Bill mentía, que desde el principio le había mentido sobre todo. Sacudió la cabeza y contestó con otro mensaje.

«Se ha acabado, Bill».

Sonó el teléfono en la oscuridad. Suzie se incorporó de golpe en el sofá y miró a su alrededor con los ojos muy abiertos. No sabía qué hora era, ni cuánto tiempo había dormido. Aún estaba encendida la tele, sin volumen. Miró la identificación de llamada. Era Monika.

—¿Diga? —contestó con voz ronca.

—Suzie, ¿te he despertado?

—Estaba dormida en el sofá.

Monika se quedó un momento callada.

—¿Estás bien, Suzie? Me tienes preocupada.

Suzie se apoyó en un cojín y se apretó los ojos con fuerza. Monika casi nunca le preguntaba cómo estaba. Sus labios empezaron a temblar.

—Pues… del todo bien no estoy —reconoció.

—¿Puedo ayudarte en algo? Si quieres esta semana me quedo a Freya otra noche, para que puedas descansar.

—Gracias.

Era la primera vez que no la sacaba de quicio la propuesta. Sabía que la intención de Monika era buena. De hecho, aparte de las mujeres de su grupo de madres, Monika era de las poquísimas personas a quienes les importaba algo Suzie. También era la única persona del mundo dispuesta a dejarlo todo si Freya lo necesitaba.

—¿Me oyes, Suzie?

—Sí. —Suspiró—. Escucha, Monika… Estaba pensando… Si pudieras venir y hacerme compañía una noche de esta semana… Podríamos ver un DVD, o algo…

Se le hacía difícil volver a estar sola por las noches.

—Ah… —Detectó sorpresa en la voz de Monika—. Pues sí, me gustaría. Si quieres el viernes, llevo yo la cena. ¿Ponemos que a partir de las seis y media?

—Vale —respondió Suzie—. Pues entonces hablamos.

Colgó el teléfono.

Monika es igual que yo, pensó. Una mujer sola en el mundo.

Sin los ingresos extras de Bill, Suzie prescindió de todas las actividades que acababa de iniciar: clases de natación, Gymbaroo, música… En vez de eso empezó a ir en tren a Chatswood una vez por semana. Era una diversión barata para Freya. Primero tomaban un *ferry* desde Manly y luego un circular urbano que las llevaba a Wynyard. Desde ahí hasta Chatswood solo había siete paradas. Se traían bocadillos caseros y quedaban con Monika durante la pausa de la comida en un parque cercano a la autoescuela. La excursión costaba menos de diez dólares y siempre volvían a casa a tiempo para la siesta de Freya.

Suzie no sabía muy bien qué era lo más divertido, los picnics con Monika en el parque o el viaje en tren a Chatswood. Freya veía acercarse el tren y aplaudía su entrada en el andén. Después empezaba a hacer sonidos graves y sibilantes, que imitaban el motor y el deslizarse de las puertas. Siempre se sentaban en el vagón accesible, que era el mejor para maniobrar el cochecito, y veían pasar el mundo al otro lado de las ventanillas. Hasta los objetos más banales cautivaban a Freya: una bolsa de plástico intensamente azul que se hinchaba debajo de un asiento, un carro de la compra a cuadros, un anuncio cursi de chicles…

Al llegar a Chatswood caminaban un poco hasta el parque y esperaban a Monika. Suzie tendía la manta de picnic y seguía a Freya, que gateaba detrás de las palomas o jugaba con las hojas del otoño. Monika solía llegar a mediodía, y siempre traía algún regalo para Freya: una pegatina en forma de corazón, un libro con ventanas, un juguete de peluche…

Un jueves de abril, mientras se comían los bocadillos sentadas en la manta de picnic, Monika sacó una piruleta de una bolsa de papel marrón y se la tendió a Suzie, que la giró y miró la etiqueta.

—Se llama Nature-Pop. La he comprado en una tienda de comida sana —explicó Monika—. No lleva colorantes ni conservantes artificiales. Se ve que la miel de manuka también tiene propiedades medicinales. ¿Puede comerse una Freya después del bocadillo?

Suzie se ruborizó, contenta de que se lo preguntara. Monika había hecho un esfuerzo considerable por elegir una golosina como las que pudiera comprar ella. Meses atrás no habría hecho nunca un gesto así. A Suzie le dio que pensar que hubiera cambiado tanto. Que hubieran cambiado tanto las dos.

—Sí, claro —respondió—. Qué detalle más bonito.

Monika se encogió de hombros, quitando importancia al elogio.

—Estos bocadillos están un poco… chiclosos —observó—. ¿Qué llevan?

—Tahini.

—No me suena de nada.

Suzie suspiró. En algunas cosas Monika nunca cambiaría. Quien sí podía cambiar era ella, como había aprendido durante las semanas de soledad posteriores a la desaparición de Bill. Monika no era perfecta, pero ella tampoco. Además, Monika había vivido treinta años más que ella y eso se merecía un respeto. Había tenido su propia vida, con sus propias dificultades, y como abuela quería a Freya como la que más.

Al verlas juntas, Suzie lamentaba que sus padres vivieran en Brisbane, tan lejos. Ahora que ya no estaba Bill, Freya no tenía modelos masculinos en su vida, ni siquiera el de un abuelo. El grupo de madres se había vuelto aún más importante para Suzie, ya que brindaba oportunidades sociales insólitas y necesarias para ambas. Tenía la esperanza de que con el paso del tiempo hubiera más actividades en grupo con maridos y abuelos, reuniones como la fiesta primer cumpleaños-Día de la Madre que estaba ayudando a organizar a Pippa. Con más ocasiones así, al menos Freya podría tener algún contacto con adultos del sexo masculino.

A finales de abril, una noche de frío, el grupo de madres celebró finalmente la sesión del club de lectura que aplazaba desde hacía meses. Por invitación de Suzie se reunieron en su piso de Dee Why.

Cara, Miranda y Ginie se apretujaron en el desvencijado sofá de dos plazas, mientras Made se cruzaba de piernas en una alfombra peluda, Pippa se sentaba en una silla plegable, traída de su casa, y Suzie se hundía en su puf de *patchwork* marrón.

En ausencia de los niños, y con varias botellas de vino de por medio, la conversación era animada, a menos que fuera por el libro... Suzie no estaba segura. Por su parte había acabado *Tenemos que hablar de Kevin* la noche anterior, y la había horrorizado de principio a fin. La escena final, en que un sociópata adolescente cometía una matanza en el instituto, le pareció profundamente turbadora. El grupo de madres llevaba más de una hora dando vueltas a lo mismo y el debate empezaba a acalorarse.

—A mí me ha parecido un poco descabellado —adujo Suzie, mientras hacía circular en dirección a Made una bandeja con queso y galletas saladas. Se adivina desde el principio que Kevin es un asesino. El libro lo presenta como una especie de niño monstruoso, hasta en pañales. Lo que no me he creído es que Kevin sea tan malo como se lo imagina su madre. Es un niño insoportable, eso está claro, pero a medida que avanzaba en el libro he ido pensando que su madre también tenía problemas, y graves, como cuando maltrata físicamente a Kevin.

–Pero qué dices, Suzie –gimió Ginie–. Eso no es maltratar. Es una excepción. Además, se lo merece. No digo que esté bien, pero entiendo perfectamente que le pegue.

–Pues si es aceptable que una madre dé un modelo de violencia –replicó Suzie–, ¿por qué no va acabar Kevin así? –Ella misma se dio cuenta de su tono estridente, pero no era capaz de moderarlo–. Como madre tiene una parte de culpa de la masacre.

Ginie movió la cabeza.

–No estoy de acuerdo. No se pueden atribuir a los padres todas las atrocidades que hacen los niños. Ellos también toman decisiones.

–Pero lo que los moldea es la manera de educarlos, Ginie –contestó Suzie–. A muchos malos padres les resulta más fácil y más cómodo echar la culpa a algo externo, como la genética, el Gobierno o tener un trabajo muy duro, que asumir la responsabilidad de su papel en la conducta de su hijo.

Suzie se preguntó si Ginie había captado la indirecta. Hacía meses que le extrañaba que Ginie estuviera tan dispuesta a externalizar la educación de Rose en una niñera cuando se sabía tan poco de las repercusiones a largo plazo para los niños.

Intervino Cara.

–Yo te entiendo, Suzie; la escena en que Eva le parte el brazo a Kevin es horrible, pero también me pasa como a ti, Ginie, que entiendo por qué lo hace… ¡y me he sentido fatal por compadecerla! Luego he pensado que quizá sea una de las intenciones de la autora. Quizá sea un recurso para que las lectoras, madres como nosotras, cuestionen las ideas tradicionales sobre lo que se supone que tienen que pensar y sentir las madres.

Suzie reflexionó sobre las palabras de Cara entre sorbos de vino. Le resultaba todo un poco abstracto. Miró a su alrededor en espera de que contestase alguien más. Había puesto seis grandes velas en la librería y había apagado la lámpara principal. Sin ser desagradable, el parpadeo de las velas en el techo distraía. Flotaba un suave aroma de cítricos que, sumado a la escasa luz, le recordó a Bill. Apretó los ojos para expulsar la imagen de su cerebro.

—¿A ti qué te ha parecido el libro, Miranda? —preguntó Cara, rompiendo el silencio.

Miranda no había dicho nada en toda la velada.

—¿Más vino? —ofreció Ginie, inclinando hacia ella la botella.

Miranda asintió con la cabeza, puso la nariz sobre la copa y aspiró. Suzie se había enterado de que Miranda y Willem sabían mucho de vino y de comida. Miranda y Ginie se pasaban el día intercambiando críticas de restaurantes.

—Yo creo… —Miranda hizo una pausa—. Bueno, es que muchas ya habéis dicho lo que pensaba decir.

—No cuela —protestó Ginie—. Venga, sigue.

—Vale, vale.

Miranda se bebió un buen trago de vino y alargó la mano hacia su botella de Evian. Apoyó la espalda en el sofá, vencida.

—Bueno, ya sé que os habéis centrado todas en el papel de Eva, la madre, y en su responsabilidad en los problemas de Kevin —empezó a decir—, pero a mí me ha interesado más el papel del padre. Da la impresión de que entre Eva y Franklin quedan muchas cosas sin decir. Siempre que Kevin hace alguna barbaridad, Franklin se queda cruzado de brazos. A partir de un momento he empezado a pensar: un segundo, siendo un tío inteligente, ¿por qué Kevin siempre lo sorprende? Pero es que Eva tampoco se esfuerza mucho en ayudarle a entender toda la magnitud del problema. No sé, puede que no quiera fallarle a Franklin. La cuestión es que he pensado muchas veces que si se hubieran sentado a hablar sinceramente, entre los dos podrían haber evitado la tragedia. El título del libro es interesante, porque es justo lo que nunca hacen.

—¡Vaya! —exclamó Suzie, impresionada—. ¿Has estudiado literatura en la universidad?

183

A ella el título del libro le había parecido raro, pero no le había dado más vueltas. Nunca se le habría ocurrido.

Miranda pasó por alto el cumplido.

—No, bellas artes.

Suzie se giró hacia Made para no dejar a nadie al margen.

—¿A ti qué te ha parecido, Made?

—Solo acabo primero capítulo —contestó Made en son de disculpa—. Aunque he tenido más tiempo. Lo siento.

El grupo había aplazado varias veces la fecha límite del club de lectura. Aun así, a más de una le había costado llegar hasta el final del libro.

—Pero me pregunto algo —añadió Made—. Desde primero capítulo.

El grupo esperó.

—Me pregunto por qué la autora hace que protagonista es de Armenia. Se llama… —Abrió el libro por la primera página—. ¿«Kha-tcha-dour-ian»? —Pronunció lentamente cada sílaba y paseó la mirada por el grupo—. El libro va de América, ¿no? De problema americano con armas de fuego, y de familias americanas, y de la sociedad. ¿Entonces por qué la madre no es americana?

Suzie cambió de postura en el puf, pensando que estaba bien visto.

—Muy interesante —dijo Cara—. Cuando ves las noticias sobre matanzas de instituto en Estados Unidos, como la de Columbine, los culpables suelen ser blancos, anglosajones, de clase media y hombres… —Hizo una pausa para acabarse la copa—. ¿Sabes qué te digo, Made? Que me parece que has hecho la mejor observación de la noche, y eso que no te has acabado el libro.

Made sonrió con timidez, como si le diera vergüenza.

—En serio —continuó Cara—. Nos hemos pasado todo el rato analizando hasta qué punto son culpables la madre y el padre de Kevin de sus actos, pero puede que el libro esté diciendo algo sobre que los seres humanos siempre buscan chivos expiatorios culturales. Eso de que los culpables de un crimen siempre sean de otro sitio, no de la propia zona.

Made asintió, pensativa.

–Para mí es libro triste, porque habla de culpa. En Bali cuida mucha gente a niños. Los padres, pero no solo padres. Si el niño hace algo malo se pone tristes muchos en el pueblo, no solo padres. Se siente responsable muchos.

–Sí –dijo Cara con vehemencia–. Quizá *Tenemos que hablar de Kevin* no hable en absoluto de la responsabilidad individual. En el fondo es posible que denuncie la incapacidad de las sociedades occidentales modernas para prestar el debido apoyo a los padres, como lo que conocéis en Bali. Ya me entiendes: la idea de que haga falta todo un pueblo para criar a un niño.

–Pues para mí –intervino de pronto Pippa con mirada seria–, mi pueblo sois vosotras. Sin vosotras no habría podido superar los últimos once meses. En serio. Sois mi único apoyo aparte de Robert. –Recorrió la sala con la vista–. Me acuerdo de cuando era adolescente y pensaba que algún día me casaría y tendría hijos, y que sería todo una especie de proceso natural. –Se tomó un sorbo de vino–. Pues no ha sido así, en absoluto. No tenía la menor idea de en qué consistía realmente la maternidad: cómo ha cambiado mi cuerpo, cómo ha afectado mi relación con Robert... Vaya, que a Heidi la quiero muchísimo, por supuesto, pero no tenía ni idea de lo agotada que me sentiría.

–Tiene gracia, ¿no? –observó Miranda–. Todo lo que no te explican sobre la maternidad. Es como una especie de secreto entre madres. Muchas de mis amigas ya habían tenido hijos, pero ninguna me había explicado nunca que fuera tan difícil. Ahora se lo pregunto y me dicen: «Sí, claro, pero a una embarazada no puedes explicarle la parte negativa». Es como si hubiera un código de silencio.

–Para que luego hablen de que somos como hermanas –apuntó Pippa–. A mí el especialista me dijo que después del parto una de cada tres mujeres tiene problemas graves con el suelo pélvico, pero a menudo les da demasiada vergüenza pedir ayuda y acaban operadas de prolapso a los sesenta años. –Se sonrojó–. Durante este último año ha habido momentos en que tenía la sensación de no poder seguir. La verdad es que lo único que me ha permitido superarlo ha sido este grupo de madres.

Made se inclinó hacia delante.

–Sí, yo igual. –Sonrió–. Gordon es buen marido, pero venir a vivir a Australia es difícil. Ahora más fácil para mí con amigas como vosotras.

Ginie carraspeó.

–Bueno, yo reconozco que al principio era un poco escéptica con los grupos de madres. –Se acabó la copa–. Pero ahora le digo a la gente que es como tener mi propio consejo de dirección para bebés.

Se rieron todas.

–Y teniendo en cuenta lo distintas que somos –añadió Suzie con una sonrisa dirigida a Ginie– es muy bonito que hayamos podido apoyarnos mutuamente. A mí me hacía mucha falta. Entre que se fue Nils y todo lo demás… Y ahora que ya no está Bill… –Se mordió el interior de la boca, haciendo un esfuerzo para no llorar. Parecía ser la única del grupo que lo hacía con tanta facilidad–. Es estupendo teneros como amigas.

Cara se levantó.

–Bueno, visto el contenido negativo del libro de esta noche, me alegro de acabar con una nota optimista. Creo que nos hemos puesto de acuerdo en que para criar a un hijo hace falta todo un pueblo, y que nos encomendamos mutuamente esa tarea. Creo que se merece un brindis.

Levantó su copa hacia el grupo.

Todas hicieron chocar las suyas.

Miranda

4:57 a.m.

Miranda se fijó en el despertador a media luz. Debería dar gracias, razonó. Al menos no son las 3:57. Hacía media hora que Willem había salido para el aeropuerto, deslizándose por el suelo de madera con sus calcetines de algodón egipcio y haciendo el menor ruido posible al recoger sus cosas; esfuerzos fútiles, naturalmente, porque Miranda estaba acostumbrada a despertarse al menor ruido. Sobresaltada por el susurro de la cremallera de la maleta, se había quedado en la cama, oyendo cómo Willem se duchaba y se afeitaba: preparativos para el liberador momento en que podría cerrar la puerta de la vida familiar, ponerse recta la corbata, subir a un taxi e ingresar en un mundo más fácil.

Para variar, no se oía nada en el cuarto de Rory. Solía despertarse antes del amanecer y hacer ruiditos en la cuna hasta que entraba Miranda de puntillas con el biberón. Era un silencio inhabitual. Aun así se resistió al impulso de ver si estaba bien. Quien sí se había despertado era Digby, que la llamó nada más cerrar Willem la puerta. Miranda había entrado en su cuarto con sigilo y le había dicho en voz baja, pero con rotundidad, que aún era hora de dormir. Milagrosamente, Digby había cambiado de postura y había vuelto a meterse el pulgar en la boca, arrebujado en su raída manta azul. Miranda lo había tapado hasta los hombros y se había agachado para darle un beso en la mejilla, caliente de dormir. Al rozarle la piel con los labios había tenido un súbito momento de ternura, pero al cerrar la puerta la emoción que la dominaba era el alivio.

187

Se preguntó si era como se sentían los soldados cansados de luchar.

Movió la cabeza, reprochándose la analogía. Yo no sé lo que es tener una vida dura, pensó. Además, Digby no es el enemigo.

Se metió otra vez en la cama, refugiándose del alba entre las mantas.

Volvió a llamarla Digby, esta vez con más insistencia.

Miró el reloj.

5:13 a.m.

A esas horas siempre le costaba fabricar alegría. Apartó las mantas y se sentó en la cama. ¿Por qué no podía dormir Digby un poco más? Miranda tenía dolor de cabeza y parecía que no se le fuera de la boca el regusto de los ravioli de la noche anterior. Había dedicado varias horas a la receta, preparando láminas de pasta casera y esmerándose en formar delicados paquetitos de espinacas y feta. Willem, sin embargo, hizo una mueca al probar el primero y luego suspiró, dejando el tenedor sobre la mesa.

—¿Qué pasa? —le preguntó ella.

—Has usado feta, no *ricotta*. —Willem arrugó la nariz—. Así no lo haría nunca un italiano. Demasiado salado.

A Willem le encantaba remitir a su ascendencia italiana, cuando no soltaba palabras en neerlandés. Su padre, Marco, nacido en Australia pero hijo de inmigrantes italianos, conoció a su madre, Hendrika, una azafata guapísima de la KLM, en un vuelo de Roma a Ámsterdam. Después de prometerse, Hendrika no puso pegas a vivir en Australia, pero a su primer hijo le habían puesto Willem, como su padre. Era evidente que Willem había heredado los rasgos latinos de su abuelo, y no la rubia y holandesa belleza de Hendrika.

Miranda abrió el primer cajón de la mesilla y buscó a tientas la caja de aspirinas que tenía guardada bajo un revoltijo de calcetines, revistas de arte y listas inacabadas. Sacó tres tabletas del envoltorio de papel de aluminio y las echó en el vaso de agua que siempre tenía junto a la cama. Escuchó el reconfortante burbujeo que hacían al deshacerse.

—Mamá. Mamá. Mamá. Mamaaaaá. Mamaaaaá.

La eterna cantinela de Digby iba tomando impulso.

El cuerpo de Miranda se había acostumbrado al cansancio que lo embotaba, pero su cerebro seguía rebelándose. Antes de ser madre había sido devota del yoga y de los retiros de meditación, en que a menudo se sentaba con la espalda muy recta, sobre duros suelos de madera, a las horas más intempestivas de la mañana. Entonces parecía tan virtuoso... Se aplaudía a sí misma por su fortaleza mental y física. Ahora, a lo sumo, fantaseaba con aquella soledad, y con el placer de sentir en la base de la espalda la presión de los fríos tablones de madera. Una hora, solo una hora de gozosa contemplación, seguida por un soso cuenco de gachas para desayunar. Volver a estar sola, sin pensar en nada más que en la evolución de su alma. Qué delicia.

—Mamaaaaaá. Mamaaaaaá.

Metió los pies en las Birkenstock y se dirigió al baño. Se dejó caer en la taza del váter con la cabeza entre las manos. Su orina olía mal. Era acre y amarilla. Hoy tengo que acordarme sí o sí de beber más agua, pensó. Era una resolución diaria que nunca cumplía. Se levantó de la taza y puso las manos bajo el agua fría, mientras se miraba fijamente al espejo. A los treinta y tres años su cara ya no era la misma. Tenía la piel mate y los ojos enrojecidos, y habían empezado a aparecer vagas arrugas en su frente. No hacía mucho que Willem aún le decía que era guapa.

—Mamaaaaaaá.

La voz de Digby había despertado a Rory. Miranda lo oía moverse en la habitación de al lado.

Abrió la puerta de la de Digby.

—Buenos días —susurró—. Por favor, ¿podemos hablar en voz baja, que Rory aún duerme?

189

—¡Noooooo! –chilló él.

Miranda no dijo nada. Según los manuales para padres que había devorado, los dos pilares para gestionar la conducta de los niños pequeños eran, en primer lugar, ignorar las conductas negativas y, en segundo, el arte de la distracción. Optó por el segundo.

—Me gustaría saber qué tiempo hace, Dig. ¿Lo miramos?

Empezó a abrir las cortinas.

—¡Lo hago yo! –berreó Digby mientras salía de debajo del edredón y se lanzaba hacia la ventana.

Cerró el puño alrededor de la cortina y empezó a estirarla hacia el suelo.

—Así no se abren las cortinas, Digby. Suéltala, por favor.

—¡No! –volvió a gritar él.

—Déjame enseñarte cómo se hace, para que no se rompa nada. Luego lo pruebas tú.

—¡Noooooo!

—Digby, cariño –dijo ella con firmeza–, voy a contar hasta tres, y luego quiero que sueltes la cortina. Si no, mamá tendrá que pedirte que vuelvas a empezar el día. Es mejor no estirar la cortina hasta que se rompa. Por favor, Digby. Ahora empiezo a contar. Uno… dos…

Digby la miró, expectante.

—Tres –dijo ella–. Vale, pues venga, acuéstate. –Le abrió las manos a la fuerza para que soltara la cortina–. Tenemos que empezar el día otra vez.

Digby empezó a lloriquear.

—Yo no quiero empezar el día otra vez.

—No es momento para discusiones, Digby. Te he pedido amablemente que no tiraras de la cortina y te he dicho lo que pasaría si no me hacías caso. Ahora acuéstate.

Era previsible de principio a fin: mala conducta, advertencia, repetición de la mala conducta, acción. La clave era ser coherente con las consecuencias. Era lo que decían los manuales.

Intentó acostar a Dibgy.

—Noooooo.

Él se apartó de la cama y corrió hacia la mesa del tren para rodar por debajo y pegarse a la pared.

—Lala, lalalala, no me pillas —cantó.

Miranda se puso a cuatro patas.

—Digby, ahora tengo que darle el biberón a Rory. Cuando estés preparado para empezar el día otra vez me avisas.

Se levantó y fue hacia la puerta.

—Te odio, mamá —berreó él.

Yo no soy tu mamá, pensó ella al cerrar la puerta.

5:*26 a.m.*

Rory estaba de espaldas, mirando el móvil de arco iris colgado sobre su cuna.

—Hola, cielo.

Se giró hacia la voz de Miranda y sonrió, como siempre. Tenía once meses y acababa de aprender a gatear, un paso que habían dado mucho antes todos los otros bebés del grupo de madres. Algunos, como Astrid, ya se arrastraban en plan comando a los seis meses y subían por los escalones y las sillas, o se metían en los armarios. En cambio Rory parecía resistirse a ingresar en el mundo de los bípedos. A Miranda no le preocupaba. Quería saborear el mayor tiempo posible la primera infancia de Rory y disfrutar mientras fuera un bebé. De él le encantaba todo: su sonrisa traviesa, sus ojos vivos, su placidez, su aceptación serena del mundo que conocía, tan injustamente monopolizado por el hiperactivo Digby...

—¿Cómo has dormido? —preguntó Miranda mientras se inclinaba y le hacía cosquillas en los pliegues de debajo del mentón.

—Ma-ma-ma-ma.

Rory sonrió enseñando sus pocos dientes. A Miranda le encantaba que la llamase mamá.

Lo levantó de la cuna y se lo llevó al cambiador. Quedó claro de inmediato que el pañal estaba sucio.

–Uf… Ese olor solo puede gustarle a una madre. Vamos a cambiarte.

Rory se rio, dando patadas en el aire.

–Mamaaaaá, ya estoy listo para empezar el día otra vez –dijo Digby en voz alta desde su cuarto.

Miranda suspiró. Había tenido la esperanza de que se quedara un poco más de tiempo enfadado en su cuarto, dejándola disfrutar de Rory.

–Vale, Dig –contestó.

Levantó a Rory y lo estrujó un poco.

–Vamos a buscar a Digby.

Giró el pomo de la habitación de Digby y se apartó para dejar que saliera corriendo.

–Tú eres la excavadora y yo el bulldozer –gritó él, yendo hacia la sala de estar.

Miranda puso los ojos en blanco.

–Dig, es que estoy cambiando a Rory. Ahora mismo vengo a jugar contigo.

Desde que había cumplido tres años la actividad favorita de Digby era lo que en los libros sobre ser padres se llamaba «juegos imaginativos». Inevitablemente, siempre había algún juego de rol en el que Miranda se veía en el papel de un objeto inanimado. Había dedicado horas a conversaciones soporíferas con Digby como excavadora, barco a vapor o pantalla de lámpara. A veces Digby elegía objetos domésticos –«tú eres el recogedor y yo la escoba»– o artículos de jardinería –«tú eres el rastrillo y yo el escobón»–. Una tarde de lluvia levantó la vista de una actividad de dibujo y le enseñó un lápiz. «Tú eres la cera roja y yo la azul», le dijo con una sonrisa. Miranda estuvo a punto de echarse a llorar por la frustración. Antes era alguien, había pensado. Me pedían mi opinión personas importantes. Nunca se había sentido tan lejos de su vida anterior a los niños, cuando comisariaba exposiciones y dirigía una galería.

Mientras volvía a depositar a Rory en el cambiador, Digby apareció en la puerta.

—¿Rory ha hecho mucha caca?

—Aún no lo sé, Dig. Ahora mismo lo averiguo. —Quería que saliera de la habitación—. ¿Tú no tienes que ir al lavabo? —lo incitó con la esperanza de que se sintiera estimulado a hacerlo.

—Qué va.

Digby se acercó tranquilamente al cambiador y empezó a trepar por un lado.

—No subas, Digby, por favor.

Miranda tiró el pañal sucio a un cubo de tapa de apertura a pedal.

—Es que quiero darle un beso a Rory.

Miró al niño, no muy convencida.

—Vale.

Digby, con los pies apoyados en la estantería inferior, frunció los labios y se inclinó. Rory le sonrió con la adoración confiada de los hermanos pequeños. Cuando Digby le puso la boca en la cara, Rory gritó. En su grito se palpaban el susto y la indignación. Miranda apartó a Digby y se quedó boquiabierta al ver marcas de dientes en la mejilla de Rory.

—Digby. —Le tembló la voz—. Vete ahora mismo a tu cuarto.

—Qué va.

Se le escapó la rabia.

—¡Pero tú qué te has creído!

Levantó a Rory del cambiador y lo dejó en el suelo. Después tomó a Digby por los hombros, lo llevó a la fuerza hasta su cuarto y lo empujó a la cama.

—¡Ahora te quedas aquí hasta que hayas aprendido a portarte bien! —gritó.

Digby saltó enseguida de la cama y corrió hacia la puerta. Miranda lo pilló por el pijama y lo estampó en la cama, sacudiéndolo mientras el niño rebotaba en el colchón.

—¡Mamaaaaaaaá! —chilló él—. Suéltame, mamá.

Su tono de pánico no pasó desapercibido a Miranda, que se quedó quieta, horrorizada por lo que hacía. La adulta soy yo, se recordó.

Respiró profundamente.

–Lo siento, Digby. Lo que ha hecho mamá está mal.

Tendió una mano hacia su cara. Él se apartó como si tuviera un hierro de marcar. En la habitación de al lado se oían las quejas de Rory, que seguía en el suelo sin pañal. Miranda confió en que no se hiciera pipí en la alfombra.

–Lo siento –repitió–, pero es que me has enfadado tanto al morder a Rory y ponerlo triste…

Miró a Digby, encogido en la cama. A él le daba igual el porqué. No quería oír sus razones. Solo sabía que su madre lo había maltratado. Miranda se sintió fatal.

–La boca se usa para hablar y sonreír, Digby –siguió explicando–, no para morder.

Digby sacó el labio inferior y empezó a llorar.

Su llanto competía con el de Rory en la habitación contigua. En momentos así, cuando lloraban los dos niños, Miranda tenía ganas de encerrarse en el armario de la limpieza.

–Tengo que ir a ayudar a Rory –dijo–. Habrá que ponerle hielo en el moflete. Tú quédate aquí, por favor, y piensa en lo que ha pasado.

–Noooooo –protestó Digby–. Quiero un mimo.

Los gritos de Rory iban a más.

–Es que ahora mismo no puedo, Dig. Tengo que ayudar a Rory. Si quieres luego te hago un mimo. Tengo muchas ganas.

Miranda no se creía su propia propaganda; Digby tampoco, a juzgar por su expresión.

–¡Te odio! –berreó–. Te odio de verdad.

Miranda salió, cerrando la puerta.

El reloj antiguo del pasillo dio las seis.

Se sentó con Rory en la cara *chaise longue* de piel que Willem había insistido en comprar. No le gustaba nada de la casa, ni del mobiliario. Willem se enorgullecía de su sensibilidad artística y, tras aceptar Miranda su petición de matrimonio, anunció su intención de comprarle la casa de sus sueños. Y cumplió su palabra, solo que los sueños eran los de él. A Miranda no le había sorprendido la pasión de Willem por el diseño de interiores; lo que sí era desconcertante era su voluntad de dejar su sello hasta en los acabados más pequeños, desde la grifería hasta los váteres. Es como estar prometida con mi madre, le había dicho entre risas a una amiga. No escatimaba en detalles decorativos.

Aplicó una gasa a las comisuras de los labios de Rory, para que no se escapara ni una sola gota del biberón. Sabía por experiencia lo desagradable que podía ser que Willem descubriera alguna mancha en el cuero. Willem daba mucho valor a tener una casa ordenada y elegante, y entre ellos dos siempre iba todo mejor si Miranda lo respetaba. Contener a Digby, un desastre ambulante, era todo un desafío. Rory era más previsible.

—Mamaaaaaá —la llamó Digby.

Rory solo se había tomado la mitad del biberón. Digby tendría que esperar.

Sonrió a Rory, que mientras succionaba la tetina le tocaba las manos con las suyas, tan pequeñas. A menudo la gente comentaba que se parecía mucho a Willem, por su frente abultada, sus llamativos ojos y su barbilla cuadrada. Miranda sabía que era verdad, pero le gustaba pensar que había heredado algunos rasgos de su personalidad. Era afable y relajado, lo cual, teniendo en cuenta que Digby siempre estaba cerca, como un buitre dando vueltas encima de su presa, era un milagro.

Cerró los ojos. Tengo que ser más positiva con Digby, pensó. Otra resolución diaria que parecía incapaz de cumplir.

Willem nunca le escondió la existencia de Digby, fruto de su primer matrimonio. Cuando se conocieron apenas tenía un año, y cuando se casaron, solo dieciocho meses. Por alguna razón Miranda pensó que el hecho de que fuera tan pequeño podía facilitarle el papel de madrastra. Ni en un millón de años se habría imaginado que pudiera ser tan duro. De todos modos, aunque le hubieran explicado las dificultades –que, por cierto, era lo que había intentado su madre, con su discreción habitual–, por aquel entonces Miranda era incapaz de razonar. Estaba total y absolutamente seducida por Willem y el estilo de vida que representaba.

Se expresaba muy bien, y era un hombre viajado y carismático, por no hablar de su físico imponente y esa sonrisa que desarmaba. Un tópico ambulante –alto, moreno y guapo–, pero con un cerebro capaz de abarcar mil temas a la vez. Su capacidad de digerir y destilar información financiera le había granjeado un éxito tan descomunal en sus inversiones que a menudo Miranda se preguntaba si no tendría dotes de adivino.

La sedujo desde el primer momento, por completo. La tarde de lluvia en que irrumpió en la galería en busca de una obra de arte para su hermana, Miranda no dio crédito de su suerte.

–Tiene hijos y no trabaja –explicó él–. Siempre me dice que se sube por las paredes, así que se me ha ocurrido colgar algo decente en ellas.

Miranda soltó una carcajada.

Estuvieron más de una hora recorriendo la galería. Willem no paraba de hacerle preguntas sobre formas, texturas y composiciones. Miranda hizo un gran esfuerzo por demostrar su profundo conocimiento de los artistas y sus obras, una selección ecléctica de acrílicos, técnicas mixtas y óleos.

Al final Willem eligió dos de las obras de Estelle Umbria que más le gustaban a ella: óleo, grafito y cera sobre tela.

–Una para ella y otra para mí –remarcó–. ¿Podríais enviármelas?

Miranda se apuntó su dirección, una calle prestigiosa de Manly, a la orilla del mar.

–Cárgamelo aquí –dijo Willem, dándole una tarjeta de crédito platino–. El arte nos saca de la monotonía. Solo por eso ya vale la pena la inversión.

Ella sonrió y lanzó una mirada de reojo al nombre de la tarjeta mientras procesaba el pago: *Willem J. Bianco.*

–Gracias, señor Bianco.

Se esmeró en pronunciar el apellido con cierto acento italiano, idioma que había estudiado en el instituto.

–Llámame Willem. –Él firmó ceremoniosamente el recibo con una pluma de plata sacada del bolsillo interior de su americana Ralph Lauren. Era una firma atrevida y resuelta–. ¿Puedo preguntarte tu nombre?

–Miranda Bailey. –Ella notó que se ruborizaba–. Soy la directora.

–Ya me he dado cuenta.

Willem apartó la mirada justo cuando se hacía incómoda.

–Bueno, Miranda, ha sido un auténtico placer. –Se puso el abrigo sobre los hombros y salió a la calle mojada–. Adiós.

Miranda vio cómo se iba, dando zancadas y esquivando charcos.

Naturalmente, no fue un adiós. Willem llamó por teléfono a las dos horas de la compra.

–Miranda –dijo con voz melosa y grave–, soy Willem.

A ella le gustó que combinara los dos nombres con tanta naturalidad y familiaridad.

–Estoy en mi sala de estar –añadió él–, perdido sobre dónde cuelgo exactamente *El depredador*. ¿Podrías ayudarme?

–Por supuesto –contestó ella–. Tenemos un servicio de ubicación e instalación profesional para nuestros clientes. –Consultó su agenda–. Lo más pronto que podríamos enviar a alguien sería el viernes a las cuatro. Iría Bruno, nuestro instalador con más experiencia.

–Ya.

Se dio cuenta de que no estaba satisfecho.

–No hay sobrecostes –aclaró para tranquilizarlo–. Es un servicio gratuito.

–¿Pero y si quiero que lo hagas tú, no Bruno?

Miranda se ruborizó.

–Ah… Claro, claro. Yo no sé tanto como Bruno, pero te ayudaría con mucho gusto.

—Muy bien. Mi dirección ya la tienes. ¿El viernes a las cuatro, entonces?

—No acabo hasta las cuatro y media. —Tuvo miedo de contrariarlo—. ¿Las cinco y media sería demasiado tarde?

—Aún mejor —dijo él.

Willem abrió la puerta con un niño pequeño en brazos.

Miranda enmudeció decepcionada.

—Este es Digby —dijo él—. Digby, saluda a Miranda.

Levantó uno de los brazos fofos del bebé y lo agitó a guisa de saludo. El niño se quedó mirando impasible a Miranda.

—Es un poco tímido con los desconocidos, pero es que solo tiene trece meses. Lo más seguro es que a esa edad yo también fuera tímido.

El niño empezó a quejarse.

—¡Yasmin! —llamó Willem por encima del hombro.

Apareció una morena guapísima, descalza por la alfombra beis, y sonrió a Miranda antes de tomar a Digby de los brazos de Willem y alejarse con paso majestuoso.

—Tenemos todo el día a Yasmin desde que se murió la madre de Digby. —Willem la vio irse—. Se le da muy bien toda la secuencia de la cena y del baño, que aunque me sepa mal decirlo puede ser tremenda.

A Miranda le dio vueltas la cabeza al procesar la información.

—Lo siento.

No sabía muy bien qué decir.

—Yo también, pero la vida sigue. Pasa. —Willem señaló la zona de estar—. Bienvenida a mi casa, por ahora. Estoy a punto de sacarla al mercado.

—Ah.

Miranda se preguntó para qué necesitaba un servicio de colocación de obras de arte si tenía planes de vender la casa. Cruzó el recibidor detrás de él, procurando no quedarse pasmada. Era un monumento en dos niveles al cristal, la madera y la luz, con vistas al mar en Fairy Bower. Una paleta minimalista de marfil y gris aportaba el lienzo neutro para las espectaculares obras de arte que se sucedían por las paredes. Miranda contempló el Brett Whiteley y el Albert Tucker como si los viera todos los días en colecciones privadas, pero no pudo disimular su entusiasmo con el Emily Kngwarreye.

—¡No será lo que pienso!

Miró boquiabierta el gran lienzo con rayas.

—Sospecho que sí. Lo compré hace diez años en Sotheby's por una cantidad ridícula. Si lo sacase ahora a subasta conseguiría diez veces lo que pagué.

Movió la cabeza maravillada.

—He decantado una botella de Mount Mary Quintet —anunció él—. ¿Puedo ofrecerte una copa mientras pensamos dónde colgar *El depredador?*

Levantó una copa de cristal de Burdeos y la hizo girar entre el pulgar y el índice.

Miranda sonrió.

—Gracias.

Normalmente no bebía en horas de trabajo, pero no tenía prisa por volver a su piso vacío de dos habitaciones de Darlinghurst, encima de una panadería vietnamita.

De hecho, no volvió del todo.

Cuando abrió otra vez la puerta de Digby, eran casi las seis y media. Salió con su ímpetu habitual, como si la pausa obligatoria no hubiera hecho ninguna mella en él. Miranda tuvo que recurrir a toda su determinación para llamarlo. No quería otro choque de voluntades, pero tampoco podía permitir que no se disculpase. Entre todos los principios que intentaba consagrar en el hogar, uno de los más básicos era la coherencia.

—Digby —lo llamó—, ven aquí, por favor.

Él arrastró los pies.

—¿Has pensado por qué no ha estado bien morder a Rory?

Asintió mirando el suelo.

–¿Por qué?

–Porque Rory no es una galleta.

Se le arrugaron los ojos por el chiste. Durante un momento Miranda tuvo la tentación de reírse, pero se acordó de las lágrimas de Rory al ponerle una bolsa de hielo en la mejilla. Digby tenía que pedir perdón.

–Digby. –Bajó la voz–. Los niños mayores, los de tres años, como tú, saben lo que está bien y lo que está mal. ¿Qué tienes que decirle a Rory, por favor?

–Tururú.

Eran esos los momentos en que habría querido poder llamar a alguien del grupo de madres para que le prestara apoyo moral o práctico. La mayoría de sus amistades vivían al otro lado de Harbour Bridge y era difícil coordinar encuentros. A pesar de su proximidad, en el fondo nadie del grupo de madres entendía lo que era ocuparse de dos niños. Algunas lo intentaban y se ofrecían a hacer una o dos horas de canguro, pero nunca era suficiente; en la batalla que estaba librando no había treguas. A veces, cuando las otras madres se quejaban de cansancio, Miranda tenía que recurrir a toda su fuerza de voluntad para quedarse callada y no gritar: «Al menos puedes acostarte durante el día, porque solo tienes que cuidar a un hijo». Todas se mostraban admiradas de lo fuerte que era y de lo bien que lo hacía, pero desde el punto de vista de Miranda eran palabras vacuas.

–Digby. –Se apoyó en una rodilla para acercar su cara a la de él. Había leído en algún sitio que cuando un adulto les hablaba a su nivel los niños pequeños se sentían respetados–. ¿Y el mimo que querías antes?

Digby arrugó la nariz. Miranda vio que se lo estaba pensando.

–Venga, Dig.

De repente se apoyó en ella y le echó los brazos al cuello.

–Oh –dijo ella, estrechándolo y sintiendo la fragilidad de su cuerpo–. Qué abrazo más mono.

Digby se apartó.

—Rory está en la sala de estar, sobre la alfombra de juegos —dijo ella—. Le encantaría jugar con su hermano mayor, pero tienes que prometerme que primero le dirás algo. Tienes que pedirle perdón por haberle mordido. Se ha quedado triste.

Digby la miró inexpresivamente antes de dar media vuelta y marcharse hacia la sala de estar haciendo sonar sus pisadas.

Se puso en cuclillas al lado de Rory, más cerca de lo que le habría gustado a Miranda, que se aguantó las ganas de insistir en que se apartase. Digby se inclinó hacia la cara de Rory.

—Perdooona que te haya mordido —dijo, como cantando.

Miranda suspiró, cansada. Ya no le quedaba margen. De nada serviría insistir en que Digby volviera a disculparse, pero de corazón. Decidió dejar las cosas como estaban. Hay que elegir las batallas, decían los expertos.

«Digby 1-Mamá 0.»

—Vamos a leer un libro antes de desayunar —propuso.

—¡*Huevos verdes con jamón!* —bramó Digby.

—¿No podríamos elegir otro? —le rogó ella, aunque él ya se lo estuviera poniendo en las manos.

Sentó a Rory en sus piernas y pasó un brazo por la espalda de Digby.

—Vale —dijo—, pues *Huevos verdes con jamón*, del doctor Seuss.

Prácticamente podía recitarlo dormida. Digby se rio en los pasajes de siempre. Parecía que nunca se cansara.

6:48 a. m.

Al preparar el desayuno pensó en Willem, de camino a Perth. Debía de estar sobrevolando la Gran Bahía Australiana de los huevos, o GBAH, como decía él, mientras aceptaba café de segunda en clase *business* de una azafata gruñona de Qantas. Como cofundador y director de inversiones de Stanford Investments, una asesoría pequeña y exclusiva para clientes de élite, trabajaba en un mundo que Miranda no acababa de entender, aunque lo que entendía le daba miedo: ser responsable de más de ochocientos cincuenta millones de dólares de otras personas. Era algo que la horrorizaba cada vez que fluctuaban los mercados, aunque Willem parecía encantado de dirigir con celo casi evangélico su pequeño equipo de analistas y operadores. Gran parte del tiempo se lo pasaba de viaje por Australia y el resto del mundo para intentar entender todas las facetas de los negocios en los que invertía. Eran visitas que consumían al menos dos semanas al mes, y que se le daban muy bien. El éxito de la empresa —cuyos impulsores eran solo dos, él y su socio, Adam Tran, un amigo de la universidad— le había permitido figurar en un plazo de diez años entre las grandes fortunas de Australia.

El año en que se conocieron, 2008, *annus horribilis,* la corrección de los mercados que Willem predecía desde hacía años se produjo al fin. Cuando cayeron las bolsas en picado, los clientes de Stanford Investments sobrevivieron al bajón, y Willem se vio recompensado con creces. Poco después le regaló a Miranda un anillo de compromiso de diamantes de cuatro quilates y una casa nueva en los acantilados del sur de Freshwater Beach.

Removió la avena y la apartó del fuego. A Digby le gustaba tibia y con un chorrito de miel. Empezó a pelar una pera que mezcló con un plátano blando para hacerle a Rory un puré. Digby apareció en la entrada de la cocina.

—¿Ya está preparado el desayuno?

—No del todo, Dig, pero casi.

Rozó el marco con la zapatilla.

—Es que no tengo nada que hacer —se quejó—. Me aburro.

Miranda sonrió.

—Estará dentro de tres minutos. ¿Por qué no juegas con tus bloques y haces el edificio más alto del mundo?

Él la miró con mala cara.

—No quiero hacer ninguna torre. Eres tonta.

—No me hables así, por favor.

—¡Perdón, perdón, perdón! —gritó mientras se iba corriendo.

Tampoco esta vez se había disculpado con sinceridad. Miranda no sabía qué hacer con él.

Se acordó de que lo había predicho su madre.

Siguió con el puré de frutas.

Pobre mamá. Se le llenaron los ojos de lágrimas. Había predicho muchas cosas.

Hacía casi un año que había muerto, víctima de un cáncer de pecho con metástasis en el cerebro, el hígado y los pulmones, exactamente un mes antes de que naciese Rory. Se acordó de aquel día, del momento en que se dio cuenta de que su madre estaba muerta. De los tópicos de la enfermera de que ya no sentía dolor, de que había pasado a mejor vida, y de lo plácidamente que había muerto. De que pocos tenían la suerte de morirse en casa. Miranda había tenido ganas de pegarla. Lo único que sabía ella era que su confidente de toda la vida, la única persona que la entendía mejor que ella misma, ya no estaba. Y desde entonces todo lo que la rodeaba parecía una falsificación barata de otro mundo, más auténtico, en el que había vivido.

Willem apareció en la vida de Miranda justo después de que le dieran el diagnóstico a su madre, que a lo largo del noviazgo se volvió crispada e irascible, perdiendo el sentido del humor. A Miranda le costaba decidir si era su madre la que se oponía a Willem o era la quimioterapia. Durante la última semana le había hecho compañía junto a su cama, en la casa de su infancia. Las arboladas calles de Strathfield siempre parecían otro mundo, totalmente distinto a la vida en el centro. Allá los recuerdos eran reconfortantes: de cenas navideñas y sombreros de fiesta, de huevos de Pascua escondidos en el césped, de urracas alzando el vuelo desde majestuosas jacarandas… Y aquel día en concreto, por motivos que no entendía ni ella misma, se había acostado al lado de su madre y la había estrechado entre sus brazos, deseando en lo más hondo que viviera. Después había tomado una de sus frágiles manos y se la había puesto en su barriga de embarazada.

—¿Notas las patadas del bebé? —le preguntó.

Las comisuras de la boca de su madre se torcieron hacia abajo.

—No dejes que Digby intimide al bebé —murmuró.

—¿Qué?

—Ya me has oído. —La voz de su madre era un mero susurro—. Los niños pequeños son muy egoístas. Quiero que disfrutes de ser madre por primera vez. Pídele ayuda a Willem. No dejes que rehúya sus obligaciones.

Miranda asintió, tratando de disimular su nerviosismo.

Tres días después, al empezar oficialmente la baja por maternidad, Willem despidió a la niñera sin consultárselo a Miranda y, al atreverse ella a preguntar por qué, le hizo un gesto despectivo con la mano.

—Bueno, es que después del parto tardarás como mínimo un año en volver a trabajar. Sería una exageración que cuidaseis a los niños Yasmin y tú a la vez.

Una semana más tarde también su madre se había ido.

7:08 a.m.

—Mamaaaaaá. —Digby entró lanzado en la cocina—. Rory se está comiendo uno de mis juguetes.

Miranda no le hizo caso.

—Bueno, Dig, es hora de desayunar. Levántate, por favor.

Lo llevó al comedor y fue a buscar a Rory, que estaba en su parquecito.

Al asomarse a la baranda se dio cuenta enseguida de que tenía algo en la boca. Se le veía un bulto en el moflete, y le colgaba hasta el suelo un hilo de saliva. Miranda lo puso boca abajo, le separó los labios y le provocó una arcada. Rory resolló al escupir una pequeña clavija de madera, de las ocho que tenía Digby en un kit de herramientas en miniatura.

—No, cielo, que esto no se come —dijo al levantarlo.

De camino al comedor trató de contener su rabia. El kit de herramientas lo había guardado la noche anterior, como siempre, alineando los ocho clavos de madera al lado del martillo y el destornillador. El único que podía haber abierto la caja era Digby. Sabía que a Rory no le dejaban tocar aquel juguete, porque las piezas eran demasiado pequeñas y obviamente había peligro de asfixia, pero de todos modos lo había hecho. Cabía suponer que le hubiera dado un clavo a Rory a través de los barrotes. La mayoría de las veces Digby no pasaba de ser un niño exasperante, pero algunos actos como aquel parecían premeditados.

Miranda lo ignoró al sujetar a Rory en la trona.

—¿Dónde está mi avena? —exigió saber Digby.

—¿Cómo se piden las cosas?

—¿Dónde está mi avena… por-fa-vor?

Digby soltó una risita. Miranda tuvo un deseo incontenible de echársela por la cabeza.

—Ecs —dijo él cuando se la puso delante.

—¿Cómo?

—Ecs, ecs, ecs —cantó él.

Miranda le quitó el cuenco del mantel individual y se lo puso al lado del suyo. Después empezó a meter cucharadas de puré de plátano y pera en la boca de Rory.

—¿Quieres probar la avena de Digby, Rory? Es que Digby no la quiere… Venga, Rory… ¡Mmmmm!

Cargó de avena la cuchara. Rory se inclinó hacia ella.

—¡Pero si es mío! —gritó Digby.

Miranda lo miró.

—Pues mira, Digby, si quieres que te devuelva la avena te aconsejo que busques otras palabras para cuando desayunamos en la mesa.

Digby hizo morritos.

—Como por ejemplo «gracias, mamá».

Volvió a acercarle el cuenco.

Digby lo levantó con las dos manos y lo arrojó por la mesa con un gesto brusco. El cuenco se estrelló contra la pared detrás de Miranda. Empezó a caer avena por el borde de uno de los Namatjira de Willem. Rory rompió a llorar.

Miranda se levantó y sacó a Digby de la trona. Intentó resistirse a su peso, mientras el niño se debatía entre sus brazos y le daba patadas en las piernas. Los músculos de su estómago ya no eran los de antes, y desde que tuvo a Rory le faltaba tiempo para concentrarse en la reconstrucción de su núcleo. El esfuerzo físico diario de lidiar con Digby, que ya pesaba nada menos que dieciocho kilos, le castigaba la base de la espalda, ya sensible de por sí.

Arrojó a Digby a su cama con toda la fuerza que pudo.

—La comida no se tira —dijo con voz sibilante—. Y los clavos de madera no se dan de comer a los bebés. Piénsalo.

Echó las cortinas, apagó la luz y dio un portazo.

—Mamaaaaaá —lloriqueó Digby—. Está oscuro.

Miranda volvió a la sala de estar hecha una fiera y se sentó. Le temblaban las piernas y las manos. Cerró los ojos e intentó respirar de forma acompasada. La estremecieron los gemidos lastimosos de Digby. Sabía que tenía miedo de la oscuridad, pero ¿qué otra manera había de inculcarle que las cosas tenían consecuencias?

Abrió los ojos y sonrió a la fuerza, mirando a Rory.

—Bueno —dijo mientras recogía su cuchara de plástico—, vamos a acabar de desayunar.

7:32 a.m.

En su cuarto, Digby se había callado. Miranda supuso que estaba escondido debajo del edredón. Rory gateaba por su parque, dando manotazos al sinfín de juguetes que daban vueltas, zumbaban y giraban de acuerdo con su voluntad. Miranda estaba sentada en el banco de la cocina, cortando patatas en dados para la cena. Su jornada era un ciclo interminable de planificar y preparar comidas, recoger y fregar, salpicado de riñas con Digby: que si odiaba tal cosa, que si odiaba tal otra… Que si esto estaba demasiado caliente, que si esto demasiado frío… Que si esto era baboso, que si esto tenía un aspecto asqueroso… O quería solo fruta, o no quería nada de fruta. Willem no entendía que a Miranda la afectase tanto. Pero claro, era normal: él nunca estaba en casa tres comidas al día y siete días por semana.

Se preguntó cómo habría tratado su madre a Digby. Había tenido a sus dos hijos muy seguidos. Por otra parte, se dijo Miranda, no había tenido la experiencia de ser madrastra. Alguna diferencia tenía que haber. Lo que estaba claro era que si su madre se hubiera recuperado del cáncer todo habría sido distinto para todos: para su padre, que vivía solo en Strathfield y casi no salía de casa; para su hermano, que sin los dulces consejos de su madre se había distanciado de la familia, y para Miranda, sin la menor duda.

Recogió del fregadero las mondas de patata y las tiró a la basura para concentrarse en las zanahorias. Willem no tenía ni idea de lo mucho que trabajaba ella en casa. De hecho, solía establecer un contraste entre el frenesí de su vida laboral y la aparente sencillez de las tareas hogareñas de su esposa. La noche antes, sin ir más lejos, la había ofendido al protestar por la semana de trabajo que tenía por delante.

—Lo que daría yo por una semana sin viajar ni nada, solo con los niños… —suspiró durante la cena, mientras se apoyaba en el respaldo para acabarse su copa de pinot—. Si es que el mundo de ahí fuera, el de verdad, es un puto caos.

Miranda se rebotó.

—A mí personalmente me encantaría una semana en un despacho. O en avión.

Él puso cara de dolido.

—Ya sé que lo pasas mal, Miranda.

—¿Seguro?

Apartó la silla de la mesa para irse a la cocina. Miranda le oyó descorchar otra botella de vino. Willem volvió con la botella y dos copas limpias. Después le sirvió una copa de shiraz y se la puso en la mano.

—¿Cómo te crees que podemos permitirnos todo lo que tienes? —preguntó.

Ella parpadeó, herida por la indirecta.

—No sabía que mi ritmo de consumo fuera tan excesivo.

—Venga, Miranda, que ya sabes lo que quiero decir. No trabajo tanto solo para mí.

Miranda lo dudaba. Era testigo del fervor de su mirada al hablar de la siguiente inversión que tenía entre ceja y ceja, con la deliciosa emoción del cazador. A menudo había pensado que casi era una especie de modalidad oficinesca del juego, una adicción socialmente aceptada a ganar dinero.

Willem esperaba su respuesta, pero ella no dijo nada.

La verdad era que no veía el momento de que se marchara otra vez por la mañana. Al principio, justo después del compromiso, esperaba impaciente su regreso. Se preparaba con antelación: iba a la peluquería, a la esteticista y a la pedicura, en espera del momento delicioso en que Willem la echara en la cama y le hiciera el amor. Era tan seguro y hábil en la cama como en todas las otras facetas de su vida; con un gusto por la experimentación que nunca había tenido Miranda, era aficionado a los juguetes sexuales y los juegos de rol. Al principio ella vacilaba, sintiéndose ridícula con los disfraces, pero al superarlo se había sorprendido de su propia audacia.

La situación dio un vuelco al quedarse embarazada, dos meses después de la boda. Pese a lo que decían las revistas sobre los placeres de la intimidad sexual durante el embarazo, Miranda no lo soportaba. Willem había empezado a viajar más, en un esfuerzo para que no lo pillara la crisis económica mundial, y Miranda había llegado a conocer más a Yasmin de lo que deseaba, al menos hasta que él la despidió. El cuento de hadas se estaba destiñendo.

Dio un respingo. Se había hecho un corte en el borde del dedo con la cuchilla del pelapatatas, manchando de sangre la punta de una zanahoria. Puso el dedo debajo del grifo del fregadero y vio diluirse la sangre. Pensó involuntariamente en

Sandra, la primera mujer de Willem. Se recordó que su marido había vivido una tragedia de una gravedad desconocida para ella. Tenía que darle algo de margen.

7:50 *a.m.*

Al tener las zanahorias preparadas las sumergió en un cazo de agua fría. Ya habían hecho efecto las aspirinas y la segunda taza de café, y se sentía lo bastante persona como para ser generosa una vez más con Digby. Aseguró a Rory en el cochecito y abrió la puerta del cuarto de Digby.

—Venga, que salimos —anunció.

Digby había arrimado la mesa del tren a la ventana y estaba con la cabeza bajo las cortinas, llorando con la nariz contra el cristal. Miranda se preguntó cuánto tiempo llevaba así, en pijama, viva imagen de la vulnerabilidad, y cuántos transeúntes lo habían visto.

—Que nos vamos al parque, Dig. De camino, si te vistes bien, te compro una bolsa de pasas.

No le gustaba nada recurrir al soborno, pero acostumbraba a ser la única estrategia que funcionaba.

Digby bajó de la mesa del tren.

—Vale.

Iban casi todos los días al parque, incluso con lluvia. Poco después de que se fuera Yasmin, Miranda había descubierto que si Digby no hacía ejercicio por la mañana, no dormía por la tarde, y a la hora de la cena daba vueltas por la casa como un león furioso.

Durante el recorrido de siempre hasta el parque, un hombre mayor sentado en una parada de autobús llamó a Digby.

—Hola, chaval —dijo.

Digby escondió enseguida la cara detrás de las piernas de Miranda.

—Por favor, Digby, saluda al señor.

Siguió pegado a su pierna sin querer mirarlo.

—Lo siento. —Miranda se encogió de hombros—. Es que aún es temprano.

Excusas, excusas. Se pasaba el día inventándose excusas para Digby y justificando su conducta.

Para un simple observador como aquel hombre daban la imagen de una familia ideal: la madre de la mano del mayor y empujando el cochecito del bebé. Cantando, dando palmadas, parándose a mirar las flores, los pájaros, las piedras… Nadie sabía nada de la exasperación y el resentimiento de Miranda, que no tenía ganas de ir al parque ni disfrutaba caminando a la velocidad de un glaciar. Dedicaba el día a actividades de las que, en caso de poder elegir, habría preferido abstenerse. Pero elegir formaba parte del pasado. Era un capricho de su vida anterior a ser madre.

Una vez en el parque hizo lo de siempre: vigilar a Digby en la red de escalar, hacer chocar sus manos cuando bajaba por el tobogán y empujarlo en el columpio. A veces se entretenía con las otras madres, que acompañaban a sus hijos de juego en juego. ¿Había alguna que, bajo sus gafas de sol y sus sonrisas forzadas, sintiera lo mismo que ella?

Desde que Rory había empezado a gatear, el parque presentaba mayores desafíos. Ahora había que vigilarlos a los dos. Como nunca podía fiarse al cien por cien de que Digby respondiera a las órdenes verbales, tenía que estar constantemente a la distancia necesaria para sujetarlo a él y a su hermano. A veces, los días en que Digby atendía a razones, dejaba sentarse a Rory en su regazo al bajar del tobogán.

—¿Y si jugáis a trenes Rory y tú en el tobogán? —propuso.

Digby dio una patada a las cortezas de pino de debajo del columpio.

—Vale.

—Gracias, Dig.

Subió hasta el principio del tobogán y esperó a que Miranda le pusiera a Rory encima de las piernas.

—Uno, dos… ¡tres! ¡Chu, chu! —gritó Digby con los brazos alrededor de la cintura de Rory.

Rory chilló de alegría durante la bajada. Llegaron con los brazos y las piernas enredadas. Rory se reía con un alborozo reservado en exclusiva para Digby. Miranda también se rio, y echó mano de la cámara para inmortalizar su alegría.

Después de una hora en el parque consultó su reloj.

9:30 a.m.

—La hora del café —anunció.

Volvieron por el mismo camino, parando en el bar favorito de Miranda, en Freshwater Village.

—*Ciao, bella* —dijo Alberto, el maduro camarero.

Ella sonrió, pese a sentirse cualquier cosa menos *bella*.

Mientras Alberto le hacía la espuma para el capuchino, buscó monedas en el bolsillo del cochecito. Digby empezó a lloriquear, como era previsible.

—Quiero una nube.

Miranda no le hizo caso hasta que intentó subirse a la barra. Entonces le hizo bajar.

—Lo siento, Dig, pero eso es un extra. Las nubes no se comen cada día.

—¡Pero yo quiero una nube! —berreó él.

Alberto fijó la tapa del café. Miranda le acercó cuatro dólares. Después él se agachó detrás del mostrador y reapareció con un bote de nubes.

—Ten, *bambino* —dijo mientras desenroscaba la tapa.

Digby metió la mano en el bote, moviendo los dedos por las masas rosadas y blancas.

—Solo uno, Dig —avisó Miranda.

Sacó tres y empezó a chuparlas.

—¿Te las puedo pagar? —preguntó ella, incómoda.

—No, no —contestó Alberto con una sonrisa—. Invito yo.

Miranda se giró hacia Digby.

—¿Qué se le dice a Alberto, Digby?

Los lados de la boca de Digby se curvaron hacia arriba. Su mirada se volvió traviesa. Dio un paso hacia delante. Dilo, por favor, dilo, por favor, venga, Dig.

—Tururú.

Miranda tiró del brazo de Dig, apartándolo de la barra. Fue un movimiento tan brusco que los pies del niño resbalaron y se cayó de rodillas con todo su peso en las baldosas.

Berreó indignado. La gente se giró a mirar.

—No, no, *Signora*, no… —Alberto agitó las manos—. Es pequeño…

Miranda se puso roja, humillada por la conducta de Digby, por haber perdido los estribos en público y por el claro reproche de Alberto. Sabía que en Europa no lo hacían así. Hendrika y Marco siempre le daban todos los caprichos a Digby.

Arrastró al niño de la mano.

—Gracias, Alberto —murmuró.

9:45 a.m.

Empujaba tan deprisa el cochecito que a Digby le costaba no quedarse rezagado. Oía sus pequeñas deportivas sobre el pavimento, varios pasos por detrás, y sus pequeños gruñidos de esfuerzo. Aun sabiendo que era infantil, tenía ganas de castigarlo. Al bar ya era impensable volver, ni el día siguiente ni ninguno. Era una parte más de su vida estropeada por Digby.

Al acercarse a una parada de autobús se fijó en una mujer con medio cuerpo metido en una camioneta aparcada ilegalmente en una zona de carga y descarga. Tenía encendidas las luces de emergencia, y entre el ruido intermitente del tráfico se oía un sonido estridente, como un grito. Otra madre con un bebé, pensó Miranda.

Cuando estuvo más cerca de la puerta abierta de la camioneta, vio el objeto de las atenciones de la mujer. Un joven en silla de ruedas, con espasmos que le contraían los brazos y las piernas, chillaba de indignación al intentar llegar al vaso con pajita que le tendía ella.

–Aquí lo tienes, cariño. –Oyó decir Miranda a la mujer.

Por detrás vio que tenía canas y manchas de edad en el dorso de las manos. No podía bajar de los cincuenta años. Aun así era maternal en todo: en la paciencia de su tono, en la suavidad con que tocaba la mandíbula del joven y en la inclinación de su cabeza. Se dio cuenta de estar asistiendo a un momento de gran intimidad entra una madre y su hijo.

Bajó la vista y empujó a Rory más allá de la camioneta.

–Venga, Dig –dijo, girándose para tomarlo de la mano.

Las lágrimas le nublaban la vista.

Qué afortunada soy, pensó. Qué afortunada soy. Tengo que acordarme.

Se paró y se arrodilló ante el cochecito para ponerse a Digby encima de las piernas e inclinarse hacia la cara de Rory, que le estiró el pelo con los puños. Digby sonrió y apartó las manos del bebé.

–Suelta el pelo de mamá –dijo entre risas.

Miranda apartó con suavidad las manos de Rory, se las llevó a la boca y les dio un beso.

–Os quiero a los dos –susurró, apretando contra el pecho a Digby–. Más que nada en el mundo.

Digby se apoyó en ella.

Después Miranda se levantó, se enjugó las lágrimas tras las gafas de sol y siguió empujando el cochecito hacia casa.

10 *a.m.*

Aún es demasiado temprano, pensó.

Encendió la tele y llamó a Digby. Todas sus buenas intenciones sobre limitar las horas de televisión habían quedado en nada. Era la única manera de tener un poco de calma y de paz.

–Están poniendo *Play School* –dijo en voz alta, mientras apilaba cojines delante del televisor–. Si quieres puedes verlo con Rory.

—¡Yupi!

Digby nunca respondía con ese entusiasmo a ninguna de sus otras propuestas.

Miranda sentó a Rory a su lado, apoyado en un cojín. Se quedaron los dos hipnotizados, siguiendo el movimiento y los colores con la vista. Miranda se dijo que solo era media hora. Volvió a la cocina y estudió la lista de cosas pendientes sujeta a la puerta de la nevera.

Levantó el teléfono y marcó el número de Computerworld. Hacía una semana que se le había estropeado el portátil, justo después de que lo tirara Digby de la mesa de centro. Era donde tenía guardadas todas sus fotos y sus vídeos, así como sus archivos de arte, sus listas de contactos y sus documentos importantes. Había sido tan tonta que nunca había hecho ninguna copia de seguridad.

—Chris —dijo—, soy Miranda Bianco. ¿Hay alguna novedad sobre el portátil?

—Nada bueno, Miranda.

Computerworld era una recomendación de Ginie. Otra de las ventajas de estar en un grupo de madres: si buscabas algo siempre tenían alguna idea. Durante el último año había encontrado así a un fontanero, una mujer de la limpieza y un jardinero paisajista. Por eso, al ver que no se le encendía el ordenador, mandó un mensaje de texto para todo el grupo: «Se me ha muerto el ordenador. ¿Conocéis a alguien que pueda ayudarme a recuperar mi vida?». Tres minutos más tarde contestaba Ginie, mandándole el número de móvil de Chris Moran y el siguiente mensaje: «Chris es el mejor amigo de Daniel. Lleva muchos años dedicado a la informática. Es experto en recuperación de datos. Suerte».

—El disco duro tiene un problema interno grave de *hardware* —informó Chris—. No funcionan los cabezales o funcionan mal. Puede que consigamos recuperar parte de los datos, pero ha pasado lo peor que podía pasar, me sabe mal decirlo. Que el jefe de técnicos entre y lo pruebe costará al menos tres mil, y no te garantizo que consiga algo. Para empezar a trabajar necesitaremos un depósito de mil dólares, y luego, al terminar, los otros dos mil.

—Ah…

Miranda esperaba mejores noticias.

—¿Quieres que te dé tiempo para pensártelo? —preguntó Chris.

—Supongo que tendré que decírselo a mi marido. Tres mil dólares… Daría para comprarse uno nuevo.

—Ya, ya lo sé —afirmó Chris—. Lo siento, pero responde a la complejidad de la reparación. Como eres amiga de Ginie te he rebajado el precio al máximo. Normalmente cobro cuatro mil. Supongo que depende de si en el disco hay datos indispensables.

Miranda suspiró. En aquel disco estaban casi todas las fotos que tenía de su madre. Tres mil dólares era poco a cambio de recuperarlas. No le hacía falta hablar con Willem.

—Mira, ¿sabes qué te digo? Que lo pongas en marcha, Chris. Te daré el número de mi tarjeta de crédito para el depósito.

Willem volvía el viernes. Ya se lo diría entonces.

10:30 a.m.

—¡Que empiezan los *Wiggles!* —gritó Digby en la sala de estar.

Miranda sopesó sus opciones: apagar la tele y reanudar el combate con Digby o gozar de media hora más de paz. No había color.

—Vale, Dig —contestó en voz alta—. ¿Rory aún está contento?

—Sí.

Fue a la puerta de la cocina y se asomó a la sala de estar para verificarlo. Rory estaba fascinado, con los ojos reducidos a ranuras. En media hora pediría siesta. No pasaba nada porque se relajase un rato más.

Volvió a la cocina y se dejó caer en un taburete. No hacía mucho que había roto a hervir el agua. Preparó la cafetera de émbolo, echó cuatro cucharadas de café molido y añadió agua caliente. Mientras se colaba el café hojeó el *Manly Daily* y echó un vistazo a las ofertas de empleo. Contabilidad, telemarketing, magisterio en prácticas, ayudante de panadería… Vertió el café en un tazón gigante. Su amargura le arrancó una mueca.

Le dolía su dependencia económica. Willem alegaba no tener ningún derecho sobre ella. Decía que ahora simplemente le tocaba cargar con el trabajo mientras ella se ocupaba de los niños, pero antes Miranda siempre había tenido ingresos propios y le incomodaba el cambio de situación. Le daba mucha rabia tener que pedirle dinero. Cada mes Willem estudiaba con interés forense los extractos de la tarjeta de crédito, y cualquier apunte fuera de lo habitual daba pie a un interrogatorio. «¿Qué es CG Express, Narrabeen?». «Noventa y un dólares en Ho Vanh. ¿Es una tienda de ropa?». «¿Qué te compraste en Rebel Sports?»

Le sentaba mal tener que responder hasta de los gastos más pequeños, sobre todo cuando se los podían permitir. Tenía ganas de arremeter contra Willem y llamarlo tacaño. En general se quedaba callada, pero desde hacía un tiempo él se había dado cuenta de su frustración.

—No sé por qué te has vuelto tan susceptible en este tema —decía con cara de perplejidad—. Solo hago un seguimiento de nuestros gastos. Si no se cuantifican no se pueden gestionar, ya lo sabes.

Ella asentía con la cabeza, esposa dócil por fuera, rabiosa por dentro. Ojalá tuviese alguna manera de ganar dinero, pensaba. Así podría tener su propia tarjeta, gastar lo que quisiera y no tener que rendir cuentas a nadie.

A veces fantaseaba al respecto. Se había planteado volver a la galería cuando Rory cumpliera un año, pero el cargo de directora era a jornada completa. Ella andaba a la busca de media jornada, o de repartirse el trabajo con otra persona, pero el dueño se resistía. Había dejado muy claro que le guardarían el puesto durante la baja maternal, pero que solo se lo ofrecerían con las mismas condiciones que antes: cinco días por semana y ocho horas al día. Y Miranda no quería dejar a Rory todo el día en otras manos, y los viajes de Freshwater a Paddington saldrían caros. Por lo visto, había cambiado ella, pero no el resto del mundo.

Había trabajado mucho para llegar al cargo de directora de una galería. Después de sacarse un máster en Artes Visuales había vivido cuatro años en Reino Unido y en Europa y había vuelto a Australia enriquecida por el conocimiento de primera mano de las mejores galerías y museos del mundo. En Sídney había encadenado varios contratos por obra en el Australia Council hasta conseguir el trabajo de sus sueños como directora de una galería de arte contemporáneo para artistas australianos emergentes. Cuando conoció a Willem, y quedarse embarazada, solo llevaba dos años en el cargo. Parecía imposible que ahora fueran a desaprovecharse quince años de estudios y desarrollo profesional.

11 *a.m.*

Una melodía irritante y mecánica marcó el final del programa. Digby entró corriendo en la cocina.

—¿Y mi bocadillo? —exigió.

—Un momentito, Dig. Voy a buscar a Rory.

Se sentaron en el banco de acero inoxidable: Rory en su trona y Digby al lado de Miranda, haciendo equilibrios en un taburete. Rory se frotaba los ojos sin comerse el sándwich de huevo. Digby, hambriento por haber jugado en el parque, devoraba el suyo.

—¿Puedo comerme el de Rory? —preguntó al tragarse el último trozo de pan.

—Vale, Dig. Me parece que Rory no se lo comerá. —Miranda le pasó el plato a Digby—. Ahora voy a acostar a Rory, ¿vale? Toma, agua.

Digby bebió de un trago el agua del vaso de plástico que le daba.

Cuando Miranda metió a Rory en su saco de dormir, se le cerraban los ojos.

—Shhh, shhh, shhh —susurró, aunque no hiciera falta calmarlo; al cerrar la puerta ya había girado la cabeza a un lado, su postura habitual para dormir. Qué ángel, pensó ella.

1:30 p.m.

Miró furiosa su reloj. Hacía más de una hora que había acostado a Digby, pero aún no dormía. Lo oía rondar por su cuarto, tirando al suelo libros y juguetes, encendiendo y apagando la lámpara de la mesilla y abriendo y cerrando la puerta corredera del armario. Había manifestado todos los síntomas habituales de sueño, pero, como iba siendo la tónica, hacía un esfuerzo para no dormir. ¿Y por qué no descansaba al menos en la cama, con sus libros ilustrados? Pronto se despertaría Rory.

Miranda, en la isla de cocina, apoyó la cabeza en las manos. Estaba exhausta. Por lo visto, el panorama mejoraba cuando los niños tenían unos ochos años. Al menos era lo que le había dicho su cuñada. La idea de esperar cinco años más era desmoralizadora. Para entonces ya tendría casi cuarenta. Además, sospechaba que el propio concepto de «respiro» era una pura fantasía; seguro que cada edad tenía sus problemas. Más le valía descartar los próximos veinte años.

Sonó el teléfono. Era su suegra, Hendrika. Casi cuarenta años en Australia no habían suavizado su acento.

—¿Los niños duermen?

—No del todo —respondió Miranda—. Están en sus cuartos, pero…

—Pues entonces es como si durmieran.

Miranda no dijo nada. Su suegra tenía la manía de acabarle las frases.

—¿Digby aún está resfriado?

Hendrika pronunciaba Digby como «Dickby», para exasperación infinita de Miranda.

—No, ya está mucho mejor, gracias.

A menudo Digby tenía mocos y Hendrika lo atribuía a que no iba lo bastante abrigado. No servía de nada llevarle la contraria.

—El domingo es el cumpleaños de Willem.

Como si Miranda no lo supiese. Ya le había dado un vale por un masaje con más de un mes de antelación, para obligarlo a que lo usara, aunque con tanto trabajo dudaba de que encontrase el momento. Era incapaz de dar prioridad a la relajación.

—He pensado que quizá os gustara salir el domingo a celebrarlo —continuó Hendrika—. Los dos solos. Yo puedo quedarme a Digby y a Rory, o como mínimo a Digby.

—Ah —respondió Miranda—. Pues muy amable, gracias.

Se sintió culpable por ser tan negativa con Hendrika. Era evidente que quería ayudar.

—Pero solo por la mañana —añadió Hendrika—. Es que por la tarde jugamos al golf.

Por supuesto. Miranda cerró los ojos. Parecía difícil convencer a Willem de que se levantara de la cama un domingo por la mañana para algo que no fuera trabajo.

—Gracias, Hendrika. Se lo comentaré a Willem. Vuelve el viernes. El domingo quizá vuelva a trabajar. Ya lo conoces.

—Sí, es que trabaja tanto… Así de entregado no lo es todo el mundo.

Su tono era de orgullo maternal.

—Te llamo el sábado por la mañana para confirmarlo —dijo Miranda—. Gracias otra vez, Hendrika.

Miranda colgó y se quedó mirando la isla de cocina. Rory la llamaba desde la cuna y Digby lo imitaba con voz de pito en su cuarto.

Suspiró. Aquella tarde no descansaría.

Abrió la nevera y sacó la botella de Evian. Aborrecía el «turno de tarde», como lo llamaban en el grupo de madres: la larga espiral de tensión entre las dos y las siete que desembocaba incvitablemente en rabietas y lágrimas. Vació la botella de agua y la dejó en la isla de cocina. Después volvió a mirar su reloj: las dos y diez. Cerca de las dos y media, se dijo.

Abrió la nevera y sacó la botella de vodka que tenía Willem en la puerta. Él no se había fijado en cuántas veces la había repuesto Miranda, porque solía preferir el vino a los destilados. Era fácil esquivar su radar: cada vez que hacía la compra por Internet, Miranda incluía una botella de vodka en el pedido. En el extracto de la tarjeta no había ninguna entrada que la delatase. Willem aceptaba sin más los gastos de supermercado, dando por supuesto que su mujer compraba cosas imprescindibles para la casa. Nunca había inspeccionado ningún recibo, ni había visto llegar los pedidos, que Miranda siempre programaba para cuando estuviese en el trabajo. Siempre tenía una botella sin abrir en la despensa, escondida en un *tupper* grande con accesorios para adornar pasteles.

Desenroscó el tapón y usó un embudo de plástico para decantar el vodka en la botella de Evian. Después volvió a dejar el vodka en su sitio y cerró la puerta. Se quedó un momento con la espalda contra la nevera y el pulso acelerado. Aunque hubieran pasado tantos meses, se sentía una ladrona. Se acercó la botella de Evian a los labios mientras escuchaba las llamadas de Rory y Digby. Ninguno de los dos estaba especialmente enfadado. Cerró los ojos con el vodka en la boca, inhalando el conocido fuego de sus fosas nasales. Al tragar sintió el calor en su garganta, antes de que se derramase por su pecho. Suspiró de alivio y abrió los ojos.

4 *p.m.*

Se sentía el cuerpo libre y las articulaciones y los ligamentos flexibles. Su estado de ánimo era optimista, incontenible.

—Bueno, vaquero —dijo con el mejor acento americano que pudo—, a ver qué sabes hacer.

Rory estaba atado a su espalda en el portabebés y se reía de entusiasmo. Digby era la viva imagen de la concentración al alinear la pelota de fútbol entre los dos viejos limoneros del jardín. Miranda se había puesto delante, haciendo ver que era el portero. Digby retrocedió varios pasos antes de correr hacia la pelota y chutarla con un pequeño gruñido. Miranda simuló que intentaba detenerla y la dejó pasar entre sus piernas.

—¡Gol! —exclamó.

Digby aplaudió y dio patadas en el suelo.

—¡Gol! ¡Gol! ¡Gol!

Rory se reía en el oído de su madre.

Miranda se agachó detrás del limonero, recuperó la pelota y la empujó hacia Digby, que empezó a preparar su siguiente lanzamiento, el vigésimo séptimo desde que Miranda había empezado a contar. Aparte de eso tenía la cabeza agradablemente en blanco. Se notaba a la vez presente y ausente: lo suficiente presente como para participar, pero con la distancia necesaria para que le diera todo igual. Digby se había tirado varias veces al suelo por alguna pataleta, pero Miranda había mantenido el equilibrio.

Le enseñó el pulgar.

—¿Listo, vaquero?

Él asintió con la cabeza.

—Eres la mejor, mamá.

—Oh, Dig. —Se le empañaron los ojos por el cumplido inesperado—. Qué bien que me lo digas.

Sabía que Digby, a su manera belicosa, la quería. Seguro que tarde o temprano Miranda encontraría la manera de manejarlo mejor.

—Vale, Diggy-Dog, enséñame cómo sabes chutar.

Se sentía impenetrable, intocable. A prueba de balas.

7:50 *p.m.*

Estaba exhausta, tirada en el sofá. Le pesaban los brazos y las piernas. ¿Lo llamarían «pedal» por eso? Se rio sola. Tras el circo nocturno de cena, baño y libros, había llevado a los niños a la cama. La cocina era zona catastrófica, pero ya habría tiempo de limpiar mañana. Cuando estaba en casa, Willem no toleraba que quedaran platos sucios en el fregadero durante la noche.

Tampoco le habría parecido bien la cena: un paquete de palitos de pescado de emergencia después de que a Miranda se le quemara el pastel de carne casero. Para alborozo de Digby había servido los palitos con montañas de salsa de tomate y había invitado a los niños a comer con las manos.

Rodó en el sofá hasta quedar de espaldas al calefactor. Aún tenía la ropa mojada de bañar a los niños, que siempre era una vorágine de brazos y piernas, esponjas y manoplas, vasos de plástico y animales para la bañera a los que Digby llamaba por su nombre. Como de costumbre, Rory se había quedado en el asiento de baño, cautivado por Digby, y Miranda, como siempre, había tenido que interpretar el papel de dos grandes patos de goma bautizados por Digby como *Amarillo* y *Submarinista,* mientras Digby hacía de capitán Crabclaw. A Miranda le costaba inventarse cada noche una nueva y emocionante aventura para *Amarillo* y *Submarinista,* pero si no lo hacía era imposible que Digby quitara el tapón del desagüe.

—A la mierda con los patos de goma —dijo en voz alta con otra risita.

Sonó el móvil a su lado. Pensó que sería Willem, para que le contase cómo había ido el día. Sacó el teléfono de debajo del cojín y leyó el mensaje: «Retraso en Mumbai. ¡Nos han hecho estar tres putas horas en la pista!».

Pensó en qué contestar mientras la invadía la irritación.

Retraso permanente. ¡Hoy he estado tres putas horas haciendo el mismo rompecabezas con Digby!

Al final borró el mensaje de Willem sin mandar respuesta y cerró los ojos.

Tengo mucho que hacer, pensó.

10:30 *p.m.*

Se levantó del sofá y dio tumbos hacia el cuarto de Digby. Se paró al lado de su cama, confundida. ¿No la había llamado?

Digby estaba boca arriba, con la manta azul enroscada en la mano. Miranda le apartó un mechón de pelo oscuro que se le había cruzado en los ojos. Dormido casi parecía un ángel.

Retrocedió hacia la puerta de puntillas y la cerró.

Le dolía la cabeza. Fue a la cocina y bebió de golpe varios vasos de agua junto al fregadero. Después llenó de agua la botella de Evian y se la llevó a su dormitorio con un vaso limpio para la aspirina de la mañana siguiente.

Se acostó y pensó en Willem y en su vuelo de aquella noche. Hacía meses que no le preguntaba por sus itinerarios.

Mañana será otro día, pensó. Mañana no abriré la nevera.

Cerró los ojos, cansada de buenos propósitos.

El sábado por la tarde, cuando volvió Willem, en lugar del viernes por la noche, como había prometido, ya era demasiado tarde para pedirle a Hendrika que les hiciera de canguro.

—Lo siento muchísimo, cariño —dijo él durante la cena, mirando por encima de su copa de vino—. Mañana por la mañana tengo que ir a la oficina. ¿No podría ser el fin de semana que viene?

Miranda se puso tensa.

—¿Ni siquiera puedes tomarte el domingo libre? ¿Para tu cumpleaños? Había pensado en ir de picnic. Algo sencillo.

Movió por el plato la pierna de cordero hecha a fuego lento, uno de los platos favoritos de Willem. Había dedicado gran parte de la tarde a prepararlo, en vez de conformarse con un cuenco de *muesli,* que habría sido más fácil.

—Suena bien —repuso él—, pero es que le he prometido a Adam que me pasaría mañana. Tenemos que repasar el plan estratégico antes de la reunión general de cada año, y es nuestra única oportunidad de terminarlo.

Miranda se encogió de hombros. En el fondo le daba igual por qué no estaría disponible.

—¿Y el fin de semana que viene? —insistió él.

–Vale.

Ella evitó mirarlo a los ojos.

Willem se levantó de la mesa, se acercó al respaldo de Miranda y le pasó un brazo por los hombros.

–Gracias por cuidar a Digby y Rory. Lo haces tan bien…

Miranda arrugó la nariz al sentir su aliento en el cuello. Ni se te ocurra pensar en sexo esta noche.

–No, qué va –contestó–. Estoy cansada.

Fue consciente de haber dicho una obviedad, pero ¿qué más podía decir? Estoy aburrida. Estoy frustrada. A Rory lo quiero, pero a Digby a veces me dan ganas de matarlo.

Buscó las palabras adecuadas, sinceras.

–Ser madre es lo más difícil que he hecho en la vida —dijo mirándose las manos.

Nunca había tenido las uñas tan cortas, ni el pelo. Formaba parte de ser madre: el pragmatismo mandaba. Últimamente ni siquiera se ponía la alianza, porque solía chocar con los brazos y las piernas de Digby, siempre en movimiento.

Willem se apartó y la miró.

–Sí, claro, a veces es duro –dijo–, pero hay más placer que dolor, ¿no?

¿Y tú qué sabes?, pensó ella. Tu experiencia de la paternidad siempre pasa por mí.

–Mmmm –murmuró.

Willem se sirvió otra copa de vino y también rellenó la de Miranda.

–Hoy he mirado el extracto de la tarjeta de crédito –dijo de repente–. ¿Qué es Computerworld?

–Ah, sí, te lo iba a comentar. Es una empresa de recuperación de datos.

–¿Y nos cuesta mil dólares recuperar tu disco duro?

Su tono lo decía todo.

Miranda se armó de valor.

–No, eso es la fianza. Costará tres mil. Si quieres te envío por correo electrónico el informe de diagnóstico. El disco duro está…

—No me hace ninguna falta ver el puto diagnóstico —replicó él—. Te han tomado el pelo.

Miranda se apoyó en el respaldo, escarmentada. No le gustaba nada que Willem dijera palabrotas.

—No es verdad. —Lo dijo con calma—. El que lo hace es amigo de Ginie.

Willem apretó los labios.

—O sea, que si ha participado alguien de tu grupo de madres no tiene que sentarme tan mal que me timen, ¿no?

Miranda se levantó. Le temblaban las piernas.

—Hombre, muchas gracias por ser tan comprensivo. Tengo media vida en ese ordenador, que tan bien ha sabido destrozar tu hijo, como siempre.

Willem entornó los ojos.

—¿Qué se supone que quiere decir eso?

—Tú sabrás —contestó ella—. ¿Cuánto te gastaste en tu último traje de Armani? Seguro que más de tres mil dólares. Pero claro, yo el precio exacto no puedo saberlo, porque no vigilo tus gastos como un puto halcón.

Estampó con tal fuerza la copa de vino en la mesa que se partió la base. Después se fue a su dormitorio hecha una furia.

Aquella noche Willem la pasó en el cuarto de invitados.

¿De verdad que solo son las once?

Llevaba despierta, con Rory, desde una hora tan intempestiva como las cinco menos cuarto. Rory se había despertado llorando y Miranda no había conseguido que volviera a conciliar el sueño. A las siete y media había pasado Willem de largo para ir a trabajar. La había ignorado, y ni siquiera se había despedido de los niños. Miranda había sonreído alegremente a Digby, como si no pasara nada.

Fue a la despensa y sacó el pan, la mantequilla de cacahuete y la pasta de levadura. Había aprendido por las malas que los ingredientes más sofisticados —aguacate, alfalfa, *hummus* o zanahoria rallada– eran sistemáticamente ignorados o, en el peor de los casos, lanzados por la mesa o el suelo.

–Es la hora de los bocadillos –dijo en voz alta.

Entró Digby saltando en la cocina.

–¡Mantequilla de cacahuete, mantequilla de cacahuete, mantequilla de cacahuete!

–Vale, Dig, siéntate, que voy a buscar a Rory.

Miranda entró en la sala de estar, se inclinó hacia el parque y levantó por los aires a Rory.

–Hola, guapetón –dijo, lanzándolo por encima de su cabeza.

Rory se desternilló, encantado. Ojalá tuvieran más tiempo para los dos solos… Quizá entonces la vida no pareciera tan opresiva.

Al volver a la cocina se quedó de piedra. Digby había trepado a la isla y estaba encaramado al fregadero, con un cuchillo de mango largo en la mano derecha.

–Digby –dijo Miranda sin aliento–, deja eso, que es peligroso.

–¡Ya ya ya! –Se rio él, levantándolo por encima de su cabeza.

Miranda sentó a Rory en su trona y se acercó cautelosamente a Digby, como un cuidador de zoo a una cobra. ¿Cómo había trepado a la isla en cuestión de segundos?

–Dig, no quiero que te caigas y te cortes –le avisó.

–Joder, joder.

–¿Qué has dicho?

–Joder, joder –repitió él.

Miranda estaba horrorizada.

–¿Dónde has aprendido eso?

–De papá –dijo Digby–. Lo dice por teléfono. Joder, joder.

Miranda se quedó con los brazos caídos. Nunca había oído que Willem usara la palabra en presencia de Digby.

–Bueno –dijo en voz baja–, pues me da igual lo que diga papá. No está bien. Ahora deja el cuchillo y te ayudo a bajar.

–No.

Dio un paso hacia él.

Pasó como a cámara lenta. Digby levantó el brazo y lanzó el cuchillo con la maestría de un ninja consumado. El cuchillo pasó silbando al lado de la oreja de Miranda, y se clavó en la bandeja de la trona de Rory, aterrizando a pocos centímetros de sus dedos. Rory, ajeno al peligro, observó interesado cómo temblaba el cuchillo delante de él como una flecha en una diana. Miranda se arrojó sobre el cuchillo y lo soltó para ponerlo a buen recaudo.

Se giró hacia Digby y lo levantó de la encimera sin decir ni una palabra. Lo llevó a su cuarto y lo sentó en su cama. Se le había disparado la adrenalina. Estaba sudando y le temblaban las piernas.

–Digby –dijo–, voy a llamar ahora mismo a papá. Tiene que saber lo que ha pasado. Los cuchillos no se tiran nunca, nunca. Tampoco se dicen palabras de mala educación. Por favor, acuéstate y haz la siesta. Cuando te despiertes estará aquí papá para hablar contigo.

Retrocedió de espaldas hacia la puerta.

–Noooooo. Noooooo. ¡Quiero un bocadillo de mantequilla de cacahuete!

A Digby se le habían abultado venas de color azul claro en las sienes.

–Hoy no hay comida –repuso ella sin alterarse–. Acuéstate y descansa, por favor.

Cerró la puerta sin hacer caso a sus gritos. Después volvió a la cocina a preparar el bocadillo de Rory; le temblaron las manos mientras cortaba la corteza. Puso cuatro cuadrados perfectos en la mesa de la trona.

–Aquí tienes, cariño –dijo con calma–. Ahora mamá tiene que llamar a papá.

Levantó el teléfono.

Se desmoronó al oír la respuesta de Willem.

–Me da igual lo importante que sea tu trabajo –gritó por el teléfono–. Tienes que venir a casa ahora mismo.

Solo después de haber estampado el auricular en la base hizo una pausa.

Habría jurado que se oían voces de niños al fondo.

227

Llegado el día de la primera fiesta de cumpleaños de los bebés, en mayo, las aguas habían vuelto a su cauce en la pareja.

Desde el incidente del cuchillo, en marzo, Miranda era más contundente con Willem.

—¿No te das cuenta de lo que necesita Digby? —le había preguntado con voz chillona—. Ver más a su padre y menos a su madrastra. O te implicas, Willem, o yo me lavo las manos.

Equivalía a un ultimátum. Al principio Willem se había mostrado callado e irritable, casi resentido, pero al cabo de unas semanas, como Miranda se resistía a sus avances sexuales, había empezado a hacer esfuerzos sistemáticos por pasar más tiempo en casa. Después de dos meses, Miranda estaba impresionada por los recortes que había logrado hacer en su trabajo.

Ella, a cambio, se había dejado tocar, casi como señal de buena voluntad, pero la urgencia y brusquedad de Willem le resultaban incómodas. Dos cuerpos chocando a oscuras. Al menos aquella mañana Willem se había tomado la molestia de traerle después el desayuno en una bandeja; era el Día de la Madre. Digby y Rory habían trepado al borde de la cama y se habían lanzado sobre los cruasanes.

—De eso nada, chavales, que son para mamá —había protestado Willem, aunque al final les había cedido la bandeja.

Miranda era consciente de que Willem necesitaba acostumbrarse a dar una prioridad que nunca le había dado a la vida familiar, pero lo veía esforzarse y eso la tranquilizaba.

2:50 p.m.

Miró su reloj.

—Bueno, Dig, casi es la hora de ir a la fiesta de cumpleaños de Rory —dijo por la puerta trasera.

Willem estaba chutando con Digby entre los limoneros.

Miranda abrió la nevera sin quitarles la vista de encima y sacó el vodka. Al rellenar la botella vacía de Evian se le cayó un poco en

228

la encimera. Se metió la botella en el bolso con una cajita de pastillas de menta que siempre llevaba encima. El olor del vodka era relativamente fácil de disimular. Con las pastillas parecía que Miranda se hubiera hecho un enjuague bucal.

—Venga —dijo desde la puerta trasera—, que no podemos llegar tarde. Tú puedes llevar el pan de colorines, Digby.

Digby chutó la pelota hacia el jardín y entró al galope.

—¡Viva! ¡Pan de colorines!

Lo seguía Willem con cierta reticencia.

—Solo es de tres a cinco —le recordó Miranda—. Igual es divertido. Así conoces a algunos otros padres.

Él asintió sin entusiasmo. Nunca le había interesado el grupo de madres. Miranda sospechaba que lo veía como una especie de club social para amas de casa aburridas.

Levantó a Rory.

—Muy de gala vas tú con tu ropa de cumpleaños, guapo. ¿A que sí?

Ni Willem ni Digby respondieron.

Llegaron con casi veinte minutos de retraso a Manly Dam. Era uno de los sitios de picnic más concurridos de toda la península. Antes de que naciera Rory, Miranda salía cada semana a pasear por los campos de alrededor de la presa. Era como una isla rural en un mar de urbanizaciones, un refugio para los amantes de la natación, la pesca y la bicicleta de montaña.

La primera en saludarlos desde la parcela que habían reservado en la zona de picnic, bastante cerca de los juegos infantiles, fue Pippa.

—¡Eh! ¡Feliz Día de la Madre! —dijo en voz alta, agitando un enorme ramo de globos rosas de helio—. Y feliz cumpleaños, Rory. —Sonrió a Willem—. Tú debes de ser Willem. Yo soy Pippa. ¡Qué bien conocerte después de tanto tiempo! Me alegro de que hayas venido, porque necesitamos a alguien alto. —Miró a Digby—. ¿Qué tal, Dig?

Digby no dijo nada, como siempre. De repente le sacó la lengua.

—¡Blej! —escupió.

—Venga, Dig, sé educado, por favor —le exhortó Miranda.

Digby se fue corriendo, perseguido por Willem. Miranda se encogió de hombros a modo de disculpa. Aunque Willem pasara más tiempo en casa, la conducta de Digby seguía dejando mucho que desear. Hacía poco, en la sesión del club de lectura sobre *Tenemos que hablar de Kevin,* Miranda había tenido que hacer un gran esfuerzo para no airear sus problemas. Yo tengo un Kevin —había tenido ganas de decir—. Es calculador y cizañero, y posiblemente sea un sociópata. Vivo con él pero no soy de su familia. Y según la secta de la maternidad tendría que quererlo.

Willem trajo a Digby a rastras.

—Pídele perdón a tu madre, por favor —le ordenó.

Digby puso mala cara y arrastró los pies por el polvo. Willem tenía mucho que aprender sobre la disciplina eficaz.

Pippa se puso en cuclillas delante de Digby.

—Tengo un trabajo muy importante para ti y papá —dijo—. ¿Te ves capaz de colgar estos globos?

Señaló con la cabeza la pérgola de madera que cubría varias mesas al lado de la barbacoa.

—Vale —respondió Digby, tomando los globos de su mano—. Ven, papá.

Se fue corriendo hacia la pérgola.

Willem sonrió a Pippa.

—No es la primera vez que lo haces.

Siempre tan encantador en público, pensó Miranda.

Pippa se giró hacia ella.

—Robert está haciendo las salchichas. —Señaló hacia la barbacoa—. Y Suzie se ha ido a buscar algunas sillas más a su coche. ¿Te parece bien si le pido a Willem que le ayude cuando haya acabado con los globos?

Miranda asintió con la cabeza.

–Pippa, Suzie y tú lo habéis organizado todo muy bien. ¡Y qué guapa estás!

Se quedó mirando los *leggings* azul eléctrico que llevaba Pippa debajo del vestido suelto azul marino, con unas zapatillas como de ballet. Desde su operación había ganado peso y había perdido su característica palidez.

Pippa sonrió de oreja a oreja.

–Gracias; aún me falta mucho, pero me encuentro muchísimo mejor.

Al menos una, pensó Miranda.

Palpó su botella de Evian. Había bastante gente y a la mayoría no la conocía. Varios niños mayores se perseguían entre risas y tiraban serpentinas. Había abuelos sonrientes en sillas plegables, comiendo sándwiches sin corteza en platos de papel. Una pintora de caras había desplegado su instrumental en una mesa de picnic y estaba ocupada en convertir a Wayan en abejorro. Made estaba en cuclillas a su lado, con un vestido balinés de colores vivos, y Gordon hacía fotos de aquí para allá.

Ginie y Daniel estaban al lado de la nevera de las bebidas, charlando con un grupo de gente que Miranda supuso que serían los padres de Ginie y su extensa familia. Los niños correteaban entre la gente, persiguiéndose. En la hierba había un *patchwork* de mantas de picnic por el que gateaban algunos de los bebés, perseguidos por sus entregados familiares: tías, tíos, primos y padrinos, reunidos todos para celebrar el primer cumpleaños del primogénito.

Miranda sintió envidia. Ella no había podido invitar prácticamente a nadie. Su padre, como era previsible, no había querido venir, y su hermano no había contestado. Su cuñada estaba de vacaciones en las Seychelles. Los padres de Willem habían dejado muy claro que les iba fatal el domingo por la tarde, como si Miranda hubiera programado expresamente la fiesta para que coincidiese con el golf de todas las semanas. Aún no estaba segura de si vendrían o no. Si hubiera estado viva su madre,

Miranda no habría podido impedirle por nada del mundo que viniese.

Tomó varios tragos de su botella de Evian y enroscó con fuerza el tapón.

Rory gruñó, forcejeando contra los cinco puntos de sujeción de su arnés.

—Ya está —dijo ella, bajándolo del carrito—. Mira.

Sacó varias pelotas de plástico de colores que se había llevado de casa y las hizo rodar por la hierba. Rory persiguió enseguida una verde con pinchos. Astrid gateó en pos de una pelota roja de topos hasta que se detuvo y señaló una bandada de patos que chapoteaba y graznaba a lo lejos, en el borde de la presa.

—¡Pa-pa-pa!

Se los quedó mirando, maravillada.

Tras ella llegó Cara.

—Sí, Astrid, son patos. Muy lista. —Sonrió a Miranda—. Hola —dijo—. Qué buena tarde para nuestro primer Día de la Madre, ¿eh?

—Preciosa —confirmó Miranda—. ¿Y Richard?

—Ha ido a buscar a sus padres. Primero ha dejado aquí a los míos. —Señaló con la cabeza a un hombre sentado en una silla de ruedas, cerca de un banco de arena de la orilla, con una bufanda de cuadros en el cuello. A su lado había una mujer que le metía una manta por debajo de las piernas—. Ya los conocías, ¿verdad?

Miranda asintió con la cabeza.

—De aquella vez que fuimos al zoo. ¿Cómo está tu padre?

—Peor de la demencia. Ahora casi no se mueve.

Miranda forzó la vista para ver al anciano de la silla de ruedas. Incluso de lejos se veía la flaccidez delatora de su mandíbula y la ausencia innatural de movimiento. La madre de Cara le ponía bien la gorra y le alisaba las solapas de la chaqueta.

—Es tan triste… —suspiró Cara—. Uy, que la imparable va a armar otra.

Fue hacia Astrid, que caminaba a trompicones hacia la zona de barbacoas.

Miranda se alegró de que Rory aún no caminase. Parecía que esto conllevaría aún más trabajo.

Miró la zona de picnic. Era una tarde espléndida de otoño. Soplaba algo de brisa que traía los aromas de la tierra: banksia, eucalipto, grevillea… Por la superficie reluciente de la presa trazaban círculos con languidez los patos. Sus graznidos, perezosos y roncos, enmascaraban el rumor de risas infantiles de la zona de juegos. Levantó la cara hacia el sol, cerró los ojos y se vio transportada fugazmente al optimismo espontáneo de la adolescencia, cuando empezaban las vacaciones de verano, con sus posibilidades aparentemente inagotables y sus semanas que se sucedían hasta el infinito, sin nada que hacer.

Al abrir los ojos vio a Suzie en el aparcamiento, con Freya apoyada en una cadera y varias sillas en la otra. Saltaba a la vista que necesitaba ayuda.

Miró la pérgola, donde estaba Willem sobre una caja de leche, atando el último globo. Digby, a su lado, sujetaba un ovillo de cuerda.

—Willem —llamó en voz alta—, ¿podrías ayudar?

Señaló con la cabeza a Suzie, que había dejado las sillas en el aparcamiento. Tomó a Rory en brazos y se acercó a Willem.

—Es que no tiene a nadie más para ayudarle —explicó en voz baja—. Es madre soltera. Ya vigilo yo a Digby.

—Vale —contestó Willem—. Aguántame esto.

Le pasó una cajita de chinchetas con las que había colgado los globos y empezó a ir hacia Suzie.

Miranda hablaba con Robert a la vez que intentaba mantener a Digby lejos de la barbacoa.

—Esto casi está, chaval —dijo Robert, sonriendo a Digby.

—Es que yo quiero una salchicha.

—Cuando estén hechas te daré la primera —afirmó Robert—. Te lo prometo.

—Venga, Dig, ve a jugar con Rory a la pelota —propuso Miranda para distraerlo.

Tiró de su mano hacia las mantas de picnic, sintiendo que el esfuerzo hacía protestar la base de su espalda.

Justo cuando dejaba a Rory encima de una de las mantas y le echaba a Digby una pelota de fútbol apareció a su lado Cara. Parecía que le faltara un poco el aliento, como si acabara de correr.

—Miranda, ¿puedes vigilar a Astrid un momento? —le pidió. Dejó a la niña en la manta y le pasó una pelota amarilla—. Es que ha pasado un amigo a saludarme, pero no puede quedarse mucho.

Miranda miró hacia el mismo sitio que Cara. Al lado de la zona de juegos había un hombre alto y moreno.

—Sí, claro.

—Un millón de gracias.

Cara apretó rápidamente el paso al acercarse a él.

Miranda buscó a Willem con la vista al otro lado del área de picnic. Hacía siglos que lo había mandado al aparcamiento para que ayudase a Suzie. ¿En qué se podía haber entretenido?

Sacó del bolso la botella de Evian y se bebió otro trago.

Astrid y Rory empezaron a gatear juntos por la manta en persecución de la pelota amarilla. Digby estaba cerca, escalando por una roca enorme. Subió jadeando a la parte de arriba, que era lisa.

—¡Soy el rey del castillo y tú un maldito truhán, je je je!

Miranda sonreía y saludaba con la mano, simulando interés.

Justo entonces los vio: Suzie y Willem, a un lado, más lejos del aparcamiento, junto a los lavabos. Parecían muy enfrascados en una conversación. Aunque Willem estuviera de espaldas, Miranda se dio cuenta por su lenguaje corporal de que algo raro pasaba. Hasta de lejos se notaba el enfado de Suzie. ¿Qué ocurría? ¿Había dicho Willem alguna inconveniencia? A menudo era demasiado franco, y si de algo pecaba Suzie era de susceptible.

—¿Un bocadillo de salchicha? —preguntó Robert, poniéndole una bandeja en las narices.

—No, gracias.

El estómago de Miranda dio un vuelco.

—¿No? ¿Con lo que me ha costado hacerlas?

—Bueno, vale.

Robert le pasó una servilleta y movió unas pinzas por encima de la bandeja.

—¿Cuál quieres?

—Me da igual.

Miranda volvió a mirar a Suzie y a Willem. Su actitud, su forma de mirarse fijamente, había algo de íntimo. Suzie gesticulaba. Willem se apartaba de ella y miraba hacia Miranda por encima del hombro. Era un gesto furtivo y temeroso.

—Aquí lo tienes —dijo Robert, ofreciéndole una salchicha en un panecillo largo—. ¿Salsa? Tengo de tomate, barbacoa o chile dulce.

Miranda movió la cabeza y le hizo señas de que se fuera.

Su campo visual empezó a oscurecerse por los bordes mientras miraba a la pareja. Suzie y Willem. Fue como si desapareciese todo lo demás. Le brotó un sabor a bilis en la boca.

Willem volvió a girarse. Esta vez coincidieron sus miradas.

Miranda lo comprendió todo enseguida. Suzie. Willem. *Bill*.

—¡Mamá, mírame! —dijo Digby al saltar de la roca y caer en la hierba con un golpe sordo—. Ay —se quejó, aguantándose la rodilla derecha.

A Miranda le costaba respirar.

Se le fue la salchicha de la mano. Cayó de rodillas y empezó a vomitar, echando vodka y bilis por la boca y la nariz.

—¡Madre mía! ¿Te encuentras bien?

Era Pippa, agachada a su lado.

—Agua…

Miranda necesitaba quitarse de la boca aquel sabor tan repulsivo. Pippa le pasó la botella de Evian. Miranda la apartó.

235

Unos dedos pequeños le apretaron el hombro. Levantó aturdida la mirada.

—¿Mamá?

Digby estaba pálido y parecía asustado. Le sangraba la rodilla.

Rory empezó a gatear hacia Miranda por la manta de picnic.

Miranda volvió a vomitar.

Se habían acercado varios desconocidos que la miraban con curiosidad.

Se levantó, avergonzada.

—Me habrá sentado algo mal.

—Pobrecita… Toma —dijo Pippa, pasándole unas toallitas de bebé—. ¡No estarás otra vez embarazada!

Miranda negó con la cabeza y miró hacia los lavabos. Willem y Suzie habían desaparecido. ¿Dónde estaban? ¿Juntos en algún sitio? ¿Y qué se suponía que tenía que hacer ella?

Le temblaron las manos al limpiarse la boca. Digby rompió a llorar.

—Tranquilo, Dig —dijo ella, apoyada en los talones—. Es que mamá se ha mareado un poco, pero no pasa nada. —Le tocó la rodilla—. Ahora te pongo una tirita.

Eran palabras y acciones que le salían automáticamente de algún sitio.

—Yo tengo un botiquín —dijo Pippa, y se fue hacia una de las mesas.

De repente llegó Willem, en dirección de los lavabos. Digby se recuperó enseguida, soltó la mano de Miranda y corrió hacia él con la emoción de un cachorrillo.

—¡Mírame, papá! —dijo en voz alta, mientras trepaba a la roca y volvía a saltar.

—Muy bien, chaval —contestó Willem.

Se acercó tranquilamente a Miranda.

—Eh —dijo, levantando a Rory de la manta de picnic—, ¿qué pasa? Pareces un poco mareada.

Miranda le quitó a Rory de los brazos y miró a su alrededor. No había nadie que pudiera oírlos.

Se acercó hasta que sus caras casi se tocaban.

–Siempre impacta descubrir que tu marido tiene una puta. Y que es una de tus amigas del grupo de madres.

Él abrió la boca, pero no dijo nada.

–No te molestes –dijo ella con voz sibilante–. Tantos viajes de trabajo… –Hablaba en voz baja, inaudible para los demás–. Pero qué imbécil soy, joder.

–Miranda, no tenía ni idea de que Suzie fuera…

–Cállate, joder.

No soportaba estar cerca de él.

–¡Mirad! –exclamó Digby–. ¡Un payaso!

Cerca de la pérgola se había formado un grupo de gente alrededor de un payaso sobre zancos de madera, con una sonrisa roja de marciano que le llegaba hasta las orejas. Se quitó una chistera muy brillante y fingió sorpresa al sacar de ella un conejo. Se oyeron gritos de admiración seguidos de aplausos.

Miranda vio que Suzie se había incorporado al grupo y levantaba a Freya para que viera el espectáculo. Poco después coincidieron sus miradas. Suzie se ruborizó, con una mezcla de miedo y vergüenza en su expresión.

Aun así Miranda no apartó la vista.

Quédate a Willem, pensó, y a Digby también. Así de golpe tendrás una puta familia.

De pronto volvía a tener a Cara al lado, sonriente, con las mejillas sonrosadas.

–¿Dónde está Astrid? –preguntó.

Miranda echó un vistazo a la manta de picnic.

–Estaba aquí.

Cara puso cara larga.

–Pero si… justo ahora la estaba vigilando –dijo Miranda–. No puede estar lejos.

–¿Astrid? –llamó Cara, mirando de grupo en grupo–. ¿Quién tiene a Astrid?

Miranda empezó a mirar al otro lado y se giró hacia Willem.

–Haz algo de provecho –le espetó.

Se unieron otras a la búsqueda. Pippa miró detrás de la barbacoa y debajo de las sillas. Ginie lo hizo más lejos, entre los arbustos y los árboles. Made salió corriendo hacia el borde este del área de picnic, e hizo señas a un hombre con un uniforme verde. Un guarda forestal, tal vez, o un jardinero. Tras buscar un minuto Cara se giró lívida hacia Miranda.

—¿Pero dónde está?

—Pues…

Miranda miró a ambos lados, primero hacia el campo y después hacia la presa. Tan lejos era imposible que llegara una niña de su edad.

—¿Está con tu marido? —preguntó Daniel, que estaba cerca con Rose en brazos.

—Mi marido aún no ha llegado.

La voz de Cara era aguda. Sus ojos se movían sin descanso, escrutando el área de picnic.

—Antes he visto por aquí a un hombre moreno —dijo una mujer mayor con Freya en brazos—. Era paquistaní, o algo por el estilo, y nos miraba fijamente.

Daniel asintió.

—Sí, yo también lo he visto.

—No, no —dijo Cara con voz temblorosa—. Era mi amigo Ravi. Acabo de estar con él.

Se llevó las manos a la boca.

Empezó a formarse un grupo alrededor de ellos.

Gordon puso una mano en el brazo de Cara.

—¿Cuánto tiempo hace que no la ves?

Cara miraba a todas partes, confusa.

—No lo sé, unos diez minutos… La he dejado jugando con el grupo. —Miró hacia Miranda—. Con Miranda.

Miranda sentía los latidos de su corazón en los oídos. Tenía la sensación de que iba a tragársela la tierra.

Gordon se giró hacia ella.

—¿Qué ha pasado, Miranda? ¿Has visto a alguien con Astrid?

A Miranda le daba vueltas la cabeza. De un momento a otro, Astrid había pasado de jugar tranquilamente al lado de Rory a no estar donde estaba. ¿Cómo iba a saber ella lo que había pasado? No era culpa suya. Era culpa de Suzie. Y de Willem. Y de Cara. Y de todos los que no se habían molestado en vigilar a Astrid mientras Miranda estaba de rodillas, vomitando.

–Estaba aquí mismo… –dijo con voz ronca y suplicante.

Se le doblaron las rodillas y se cayó al suelo. Nadie se brindó a ayudarle a que se levantara.

Cara hizo un ruido extraño, gutural, y empezó a hacer señas hacia el otro lado del área de picnic.

–Voy a avisar a la Policía.

Gordon marcó los tres dígitos en su móvil.

Made se acercó con el guarda forestal. Algunas de las mujeres empezaron a llorar. Otras se pusieron a hablar en voz alta, interrumpiéndose. Miranda tuvo ganas de taparse las orejas para no oírlas.

Se puso a Rory en el regazo y hundió la cara en su pelo, que tan bien olía.

Cerró los ojos y deseó estar muy, muy lejos.

Ojalá pudiera volver a empezar ella el día.

Pippa

Pippa dio un respingo al oír la sirena. Había intentado consolar a Cara, pero sin conseguirlo. Volvió a mirar el área de picnic, desesperada por ver alguna señal de Astrid. Un grito repentino de alivio: «¡Está aquí!», pero todo era silencio salvo los roncos sollozos de Cara.

—Respira, Cara —le dijo mientras bajaban de un coche dos policías jóvenes y se acercaban al grupo—. Toma un poco de agua.

Le tendió la botella de Evian de Miranda, pero Cara se apartó.

Pippa se la llevó a los labios.

Su boca se llenó de un líquido ardiente, que escupió entre toses.

Examinó la botella y se la acercó a la nariz. Ginebra o vodka, no estaba segura. Volvió a enroscar el tapón y observó a Miranda, que estaba encogida sobre Rory en una manta de picnic.

¿Quién toma alcohol a palo seco en una botella de Evian?

—¿Cuándo ha desaparecido?

Levantó la vista hacia un hombre con uniforme marrón que estaba junto a Made.

Él se quitó el sombrero y se secó el sudor de la frente.

—Soy guarda forestal.

Pippa le hizo señas de que se apartasen.

—No lo sabemos muy bien —contestó en voz baja—. Hará diez minutos o un cuarto de hora.

Él asintió con la cabeza, mientras veía que Gordon llevaba a los policías hasta donde estaba Cara. Después de unos minutos de conversación salpicada de sollozos uno de los policías fue al coche patrulla con paso decidido y comunicó algo por la radio.

Volvió y habló con su compañero.

—Ahora viene el sargento de servicio. Están movilizando un equipo de búsqueda y han avisado a los inspectores. Ahora mismo viene una ambulancia para la madre.

Su compañero asintió y se levantó.

—Bueno, vamos a ver —dijo—. Ha desaparecido una niña y necesitamos los nombres y direcciones de todos los presentes. Dentro de un momento vendrán más policías para ayudarnos, pero es necesario que no se mueva nadie. —Los miró a todos—. ¿Alguno ha visto que se fuera alguien del grupo?

Varias personas sacudieron la cabeza.

Dios mío, lo están tratando como el lugar de un crimen.

—Yo sí he visto que se iba alguien —intervino Monika, la suegra de Suzie, moviendo a Freya en sus brazos—. Uno moreno que solo se ha quedado un ratito. Parecía que tuviera prisa. —Se acercó a los policías—. Y conocía a Astrid.

—¿Sabe cómo se llama, señora?

Uno de ellos había abierto una libreta negra y hacía anotaciones.

—Se llama —dijo de repente Cara— Ravi Nadkarni y es médico.

Pippa dio un respingo. Era el que había participado hacía cuatro meses en su operación.

—Es un amigo de la universidad —añadió Cara—. ¿Cuántas veces os lo tengo que decir? —Tenía manchas en la cara, y su pecho subía y bajaba como si estuviera respirando demasiado deprisa—. Ravi no ha tocado a Astrid. Ni siquiera la ha visto. Solo me ha visto a mí. Me ha traído un regalo para ella por su cumpleaños.

Se deshizo en lágrimas. Made la abrazó y le acarició el pelo con dulzura.

El policía asintió inexpresivamente.

—Bueno —dijo al levantar la vista—, vamos a tomarles a todos los datos. Empezaremos por usted.

Hizo una señal con la cabeza a Monika, que al ser interpelada pareció erguirse.

—¿Ha mirado alguien en la presa?

Era la voz del guarda forestal, que sonó con urgencia en el oído de Pippa.

Ella se giró y se lo quedó mirando.

—No puede haber ido tan lejos. Solo tiene un año.

El ruido de una sirena se aproximaba, sin duda la ambulancia para Cara.

—De todos modos iré a mirar.

Ya había empezado a dar zancadas por la hierba en dirección a la presa, con la camisa verde mojada en la espalda.

Pippa fue tras él y echó un vistazo a Robert, que estaba sentado con Heidi al borde de la zona de barbacoas. Menos mal que a ella no le ha pasado nada, pensó. Acto seguido se regañó por ser tan egoísta. Ha desaparecido la hija de una amiga.

Se cruzaron con la señora Bainbridge, la madre de Cara, que estaba empujando la silla de ruedas de su marido hacia el grupo.

—¿Qué ha pasado? —preguntó.

Dios mío, no lo sabe. Y es la abuela.

Pippa le puso una mano en el brazo.

—Mire, en realidad aún no sabemos nada, pero Astrid… ha desaparecido.

La anciana se llevó las manos a la boca.

—Ha venido la Policía, que lo tiene todo controlado —mintió Pippa—. ¿Le importaría llamar a Richard? Es que Cara está muy angustiada.

La señora Bainbridge empezó a hurgar en el bolso.

—Ha ido a buscar a sus padres —balbuceó.

—Ya lo sé.

Pippa echó a correr detrás del guarda forestal. Sus bailarinas le hacían daño en los talones y se le metía el pelo en los ojos. Por la mañana se lo había lavado y secado con cuidado, sin imaginarse que fuera a correr como en aquel momento. Dio alcance al guarda en una zona de transición entre arena y piedras. Detrás había un montículo de hierba con juncos alrededor. Por la turbia superficie de la presa flotaban nenúfares que parecían tazas con sus platos.

Justo al lado parloteaban entre ellos decenas de patos, que se impregnaban de sol en la pendiente de hierba que bajaba al agua.

Pippa miró atentamente la gran superficie de agua, protegiéndose los ojos con una mano. El sol se reflejaba con dureza en el embalse. Bajó la vista.

Fue cuando la vio, boca abajo en una manta de espuma sucia, detrás de unos juncos. Tenía los brazos extendidos, en estrella, y el vestido hinchado a su alrededor.

Oyendo el grito ahogado de Pippa, el guarda se giró.

Se metió hasta las rodillas en el agua.

—Madre de Dios —exclamó, gruñendo por el esfuerzo.

La arrancó del agua y se tambaleó hacia atrás, momento en que se cayó uno de los zapatos de la niña y se hundió en el agua turbia con un brillo de lentejuelas rosas. El guarda se plantó ante Pippa, empapado, respirando con dificultad, con Astrid contra el pecho. La niña tenía los ojos cerrados, los labios abiertos y la piel pálida.

Pippa vio moverse la boca del guarda en el vacío mudo que los envolvía. Sus labios dibujaban formas. Apareció una mancha blanca de saliva en un lado de su boca. Su cabeza se movía hacia arriba y hacia abajo. Era absurdo, como ver la tele sin sonido.

Y de repente asaltaron mil ruidos en su cerebro. Sirenas, motores de coches, la pulsación de un bajo en la distancia, el murmullo incoherente de una multitud, el clamor demencial de los patos. Un lamento agudo y feroz. Al girarse vio correr a Cara hacia ellos por la cuesta. Que no se muera, que no se muera.

Pippa oyó que el guarda le gritaba que fuera corriendo en busca de ayuda, pero no le respondían las piernas. Hipnotizada, lo vio depositar a Astrid en la fría hierba. Tenía pegados al cuello sus rizos mojados de bebé, y el tinte rosa de su vestido de fiesta se corría por sus pálidas piernas. El guarda empezó a presionar su pechito con dedos de salchicha.

Cara se cayó al suelo y tomó en sus manos la cabeza de Astrid. Dios, por favor, que no se muera.

De pronto Pippa echó a correr más deprisa que nunca en su vida; subió por la hierba y por la larga cuesta que iba hasta las barbacoas, y a duras penas se dio cuenta de que le corría la orina por las piernas.

Más tarde ya no se acordaba de lo que le había dicho al grupo de gente, pero los de la ambulancia corrieron inmediatamente junto a Astrid y al cabo de unos minutos transportaron en una gran camilla su pequeño cuerpo hasta la ambulancia. Un silencio artificial se apoderó del grupo. Solo lo rompían los aullidos de Cara al lanzarse al interior de la ambulancia detrás de Astrid. Después se cerraron las puertas de golpe y la ambulancia se fue a toda velocidad.

Al apagarse los ecos de la sirena empezaron a hablar todos a la vez.

—La ha ahogado aquel hijo de puta —dijo alguien—. A saber si también abusó de ella.

Un hombre mayor agitó el puño hacia los policías.

—¿Por qué habéis empezado a apuntar nombres antes de mirar bien por todas partes, tontos del culo? —bramó.

Una mujer, desconocida para Pippa, se lamentaba en el suelo, doblada sobre sí. «Por qué, por qué, por qué.» En medio del caos, Pippa se quedó muy quieta, buscando a Heidi y a Robert con la vista. Al final los encontró cerca de la barbacoa y corrió hacia Heidi para estrecharla contra su pecho.

—Menos mal que estás bien —susurró—. Menos mal.

Llegaron otros cuatro coches con agentes de uniforme e inspectores de paisano. También apareció una furgoneta de Urgencias, con personas de expresión bondadosa y chalecos fluorescentes que sirvieron vasos de té con grandes termos y consolaron a los afectados. Un equipo forense acordonó la zona de picnic con cinta azul y blanca. A Richard y a sus padres, demacrados y llorosos, los subieron a un coche patrulla para seguir a Cara al hospital. Habían llegado tarde, esperando una fiesta de cumpleaños en su apogeo, y en vez de eso Richard había recibido la terrible noticia. Se había dejado caer de rodillas, deshecho en alaridos, mientras intentaban consolarlo. Pippa nunca había oído un ruido tan salvaje y atroz en un hombre adulto.

El interrogatorio de la Policía duró varias horas. Las sombras de la tarde se fueron alargando mientras declaraban los invitados. Al oscurecerse el cielo empezaron a marcharse los que ya habían sido entrevistados. Arrastraban los pies hacia sus coches, encorvados, con los ojos hinchados. Los primeros en marcharse fueron Daniel y su parentela, seguidos por Made y Gordon con Wayan, Suzie, Freya y Monika, el guarda forestal, la pintora de caras y el payaso.

La Policía, por último, tomó declaración a Pippa, justo antes de ponerse el sol. El inspector se identificó como Warren Haydon y abrió su gran carpeta negra con gesto cansado. Pippa tuvo que esforzarse para oírlo por encima del zumbido mecánico de un helicóptero de informativos que sobrevolaba la presa a poca altura. El inspector anotó su nombre, dirección y fecha de nacimiento.

—Cuénteme qué ha visto, señora Thompson.

Pippa lloró al explicarle su descubrimiento al borde de la presa.

—No sé cómo ha llegado tan lejos —dijo.

—Y dígame, señora Thompson, ¿por qué ha bajado a buscar a Astrid a la presa?

—Por el guarda forestal. Ha sido idea suya. Al llegar lo he visto trabajando cerca de los senderos. Lo ha traído Made para que nos ayudase. Supongo que todos los demás solo pensaban en quién podía haberse llevado a Astrid. Ha sido todo tan rápido. —Parpadeó para no llorar—. Si es que estábamos aquí, justo aquí. Y había tanta gente…

El inspector la observó un momento.

—Los accidentes pasan en cuestión de segundos. —Carraspeó y volvió a consultar su carpeta—. Señora Thompson, ¿quién estaba con Astrid justo antes de que desapareciera, que usted sepa?

Pippa tragó saliva.

—Que yo sepa, Miranda… Miranda Bianco. Una de las mujeres de mi grupo de madres.

Se le fue la vista sin querer hacia la silueta de Miranda, que seguía encorvada en una de las mantas de picnic. Llevaba horas sin moverse. Willem se había llevado a casa a Digby y a Rory.

—¿Cómo sabe que estaba con ella Miranda?

—Porque he oído que Cara le pedía que vigilase a Astrid mientras iba a hablar con un amigo. Y luego he visto a Miranda con su hijo Rory y con Astrid en aquella manta de allá.

Señaló con la cabeza la que ocupaba Miranda.

—¿Y después qué ha pasado?

—No lo sé, la verdad. —Los ojos de Pippa se llenaron otra vez de lágrimas—. Cerca de la barbacoa había un payaso que hacía trucos de magia y me he distraído, supongo que como muchos.

El bolígrafo negro del inspector rasgó la página.

—¿Ha visto algo que se saliera de lo normal en algún momento, señora Thompson?

Pippa vaciló.

—No sé si viene al caso… —empezó a explicar—. He visto a Miranda vomitando y he ido a ayudarle. He pensado que quizá estuviera embarazada. —Hizo una pausa—. Le he ofrecido agua de su propia botella.

Enseñó la de Evian.

—Pero al beber yo, he descubierto que lo de aquí dentro no es agua. Es alcohol.

El inspector la miró atentamente.

—¿Cree usted que quizá no estuviera en condiciones de cuidar de un niño?

Pippa se encogió de hombros.

—No lo sé… Un par de copas de champán nos las habíamos tomado todos. Era una fiesta de cumpleaños y de celebración del Día de la Madre.

Se le quebró la voz.

El inspector se sacó del bolsillo una bolsa de pruebas, la abrió y metió la botella.

—¿Algo más en la conducta de la señora Bianco que pudiera indicarle que no se encontraba en plena posesión de sus facultades físicas o mentales?

Pippa sacudió la cabeza.

—Solo que haya vomitado —dijo—. Francamente, no me ha parecido borracha.

—Muchas gracias, señora Thompson. De momento nada más. Quizá necesitemos hacerle más preguntas a medida que avance la investigación.

Asintió con la cabeza.

El inspector le hizo señas a un compañero.

Pippa empezó a recoger sus cosas, tomando conciencia de repente de que en el aparcamiento había cámaras de televisión. Vio a Robert y Heidi en un banco de madera del lado sur de la presa. Por lo visto Robert le estaba dando de comer a Heidi en el cochecito. Pippa miró su reloj de pulsera. Ya hacía tiempo que había pasado la hora a la que solía cenar Heidi. De repente se llevó las manos a la boca por el impacto físico de pensar en Cara y Richard en el hospital, con Astrid en brazos.

Se acercaron dos inspectores a Miranda. Uno de ellos le tocó el hombro. Ella apenas levantó la cabeza.

—Señora Bianco —oyó Pippa que decía el inspector—, tenemos que hablar con usted sobre lo que ha pasado y nos gustaría hacerlo en la comisaría. ¿Puede acompañarnos para una entrevista?

Miranda estaba atónita.

—¿Me detienen?

—No —contestó el inspector—. Tampoco tiene ninguna obligación de acompañarnos, pero teniendo en cuenta lo que ha pasado nos gustaría interrogarla de manera formal.

Miranda los miró a los dos.

—¿Puedo…, puedo llamar a mi marido?

–Claro que sí.

Se sacó el móvil del bolsillo y empezó a marcar el número. De pronto se paró y volvió a meterlo en el bolsillo.

–Los acompaño –dijo.

Los inspectores le ayudaron a levantarse.

Al ver a Miranda en la penumbra, Pippa tuvo el deseo incontenible de hacer algún gesto.

–Miranda –la llamó–, si necesitas algo, dímelo.

Pero Miranda se limitó a mirarla inexpresivamente, como si no existiese.

Robert le apretó la mano en el sofá mientras esperaban las últimas noticias de la noche. Era el segundo titular del día, después de un reportaje sobre unas inundaciones catastróficas con más de trescientas víctimas mortales en Brasil. Primero apareció una foto de Astrid sonriendo sobre el titular «Tragedia en el día de la Madre». Después salió una reportera joven en el aparcamiento de Manly Dam, con media melena rubia y un pintalabios que llamaba demasiado la atención. El área de picnic estaba iluminada con grandes lámparas halógenas bajo las que seguía trabajando un equipo forense.

«Los investigadores forenses trabajan hasta altas horas de la noche tras la trágica muerte de una niña de un año, Astrid Jenkins, en una zona recreativa de las playas del norte de Sídney muy frecuentada por familias –anunció la reportera–. La Policía no puede confirmar si se pondrá en marcha una investigación criminal, pero se sabe que Astrid estaba al cuidado de su familia y sus amigos cuando apareció boca abajo en aguas de poca profundidad. El equipo de la ambulancia no pudo revivir a la niña, que según el dictamen médico ingresó cadáver en el hospital de Mona Vale. Según algunos testigos que se encontraban en el lugar de los hechos, es posible que a la niña se la llevase de su fiesta de cumpleaños un hombre sin identificar. La Policía no ha podido confirmar estas acusaciones.»

El siguiente plano era de un policía medio calvo y de mediana edad que fue identificado como el inspector jefe Russell Bale, superintendente del centro de mando local de Manly.

«Hoy se ha producido una tragedia y no especularemos con lo sucedido —informaba—. El caso será remitido al juez de instrucción, y mientras tanto siguen las investigaciones.»

La periodista rubia miraba fijamente el objetivo.

«Varios testigos han observado que la presa donde apareció la niña no estaba vallada. —Hizo una pausa—. Jocelyn Farrell, Channel Nine News.»

Pippa apagó la tele. Se quedaron varios minutos en silencio.

—¿Te apetece hablar del tema? —preguntó Robert.

Ella negó con la cabeza.

—Deberíamos acostarnos —sugirió él—. Ha sido un día muy largo.

Pippa se imaginó a Cara y a Richard en las habitaciones silenciosas de su confortable hogar y se preguntó qué estarían haciendo. ¿Pero qué se podía hacer cuando se te moría un hijo?

—Bueno, yo me voy a dormir —dijo Robert. Le puso una mano debajo de la barbilla—. No te quedes pensando hasta muy tarde. Es horrible, pero tienes que dormir.

Señaló la habitación de Heidi. Tiene razón, pensó Pippa. Hay otra vida que depende totalmente de mí.

Cuánta vida, y cuánta muerte… Qué mundo tan arbitrario y desolador.

Aquella noche no podría dormir. Imposible.

—Eh.

Se le había formado una mancha de humedad al lado de la boca, y tenía el brazo derecho dormido.

—Eh.

Abrió los ojos. Robert, en ropa de trabajo y botas, estaba en cuclillas a su lado, bajo la primera luz del día.

—Son las seis —dijo—. Has dormido toda la noche aquí.

Había pasado casi toda la noche en el sofá, repasando los hechos. ¿Se le podía reprochar alguna negligencia? ¿Podría haber hecho algo para impedir la muerte de Astrid? Había oído hablar a Cara con Miranda. ¿Por qué no había vigilado también ella a Astrid? Solo había sucumbido al sueño, cansada de sus propios pensamientos, al oír la bienvenida de los pájaros al alba.

—Yo tengo que irme a trabajar. —Robert la tomó de la mano—. ¿Estarás bien?

Pippa asintió con la cabeza.

—¿Seguro?

Volvió a asentir.

—¿Podrías…? No sé, llamar a tu psiquiatra, o algo… Y explicarle lo de ayer. Lo digo porque como viste sacar a Astrid del agua…

Algo parecido le había aconsejado un miembro de los servicios de emergencia.

—Estaré bien.

Robert no se movió.

—Justo ahora que empezaba a mejorar un poco tu estado de ánimo, y lo demás… No me gustaría que…

Pippa se lo quedó mirando con incredulidad.

—¿Que esto nos estropee la vida? —Sacudió la cabeza—. No creo que tengamos que preocuparnos demasiado por el impacto que pueda tener en nosotros la muerte de Astrid, Robert. Piensa en Cara y Richard. Sus vidas nunca serán como antes.

Empezaron a brotarle lágrimas al borde de los párpados.

—Yo solo…

No dejó acabar a Robert.

—¿Pero tú has llegado a entender que se ha muerto una niña? ¿La hija de una amiga mía?

Él puso cara de ofendido.

—Pues claro —dijo en voz baja—. Yo también estaba. —Se levantó y se restregó las botas en silencio—. Cada uno tiene su manera de procesar estas cosas.

Toda la rabia de Pippa se disipó al exhalar. Miró los ojos cansados de Robert, y le tocó la cara.

—Perdona —se disculpó—. Tienes razón.

—Tengo que irme —dijo él, dándole un beso en la mano—, pero cuando vuelva a casa quiero que me digas que has pedido hora en el psiquiatra. Es importante, Pip. ¿Me lo prometes?

—Te lo prometo.

Mucho camino había recorrido aquel novio suyo del instituto para adquirir tanta inteligencia emocional. Siempre había sido una persona de carácter físico, un as del deporte en el instituto, alguien que llevaba el cuerpo al límite. Había ido a un colegio católico solo para niños de Manly, y ella al de niñas. Se conocieron en doceavo curso, compitiendo en un carnaval regional, y se atrajeron mutuamente por ser los dos tan físicos. Durante los primeros años su relación se había definido por proezas de resistencia compartidas. Senderismo por el Kokoda Trail, kayak por el río Murrumbidgee, bicicleta por Nullarbor Plain… La petición de mano de Robert había sido en la cumbre del monte Kosciuszko, en vísperas de su quinto aniversario, cuando tenían los dos veintitrés años. Por aquel entonces él acababa de terminar su aprendizaje como carpintero y ella estaba en el último año de un grado en psicología organizativa.

—Mucha teoría —se burlaba él de sus estudios—. Yo prefiero mil veces lo que se puede tocar.

Sus familias estaban encantadas con la boda. Robert era el menor de los siete hijos de una familia obrera de Narrabeen. Su padre era mecánico y tornero y su madre dependienta. Justo cuando la menguante economía familiar amenazaba con interrumpir su educación, había tenido la suerte de que le dieran una beca para pagarse los últimos dos años de escolarización.

En cambio Pippa, hija única de un matrimonio de clase media de Fairlight, nunca había aspirado a gran cosa. Había sido una sorpresa, un milagro tardío en la vida de sus padres. Cuando nació, a su padre le faltaba poco para jubilarse, y su madre era, por decirlo en sus propias palabras, «una vieja de cuarenta y cinco».

Ahora pasaban ella de los setenta y él de los noventa, y vivían en un piso de dos habitaciones de Fairlight con un gato persa, un periquito y un patio con violetas africanas. Aunque llamaban cada semana por teléfono a Pippa, diversos achaques les impedían visitarla. Ahora, se decía ella a veces, parecían más bien sus abuelos.

Pippa y Robert habían empezado a buscar el hijo nada más casarse, después de tres años prometidos. Robert era un católico mucho más practicante que Pippa, cuya draconiana educación prácticamente había acabado a mazazos con su fe. Él iba a misa todos los viernes y domingos, y era contrario al aborto, la eutanasia y la contracepción. Pippa no había puesto pegas. Tenía veintiséis años y estaba preparada para ser madre. No quería aplazarlo demasiado y acabar como sus padres, demasiado mayor para disfrutar plenamente de sus hijos.

Las cosas, sin embargo, no salieron como planeaban. Para gran sorpresa y creciente consternación de Robert, la suma de sus cuerpos no daba fruto. Al cabo de tres años consultaron a un especialista. Después de varias pruebas quedó claro que Pippa sufría de fibromas en el útero, la misma dolencia que su madre. «La diferencia —le aseguró el especialista— es que hoy en día tiene solución.»

Había hecho falta una operación y nueve onerosas fertilizaciones in vitro para que al cabo de tres largos años se vieran bendecidos por un embarazo.

Quizá fueran las dificultades y el esfuerzo que había comportado concebir a su primer hijo. Quizá fuera la temeraria sensación de alivio de los dos al llegar finalmente a término el embarazo. Fuera cual fuese la razón, ninguno de los dos estaba preparado para lo que sucedió después de nacer Heidi.

Fue todo muy rápido. Cuando Pippa dilataba seis centímetros, las ganas de empujar se hicieron incontenibles.

—¡No empujes! —la regañó la comadrona, mirando entre sus piernas—. Tienes que esperar un poco más. Aún no estás lista.

Pero Pippa no podía esperar. Empujó dos veces con todas sus fuerzas. El bebé salió disparado a las manos de la comadrona.

Pippa no notó el desgarro ni la intervención reparadora que hizo el obstetra con anestesia local. Estaba demasiado eufórica para que le importase. Con Robert acostado a su lado en la sala de partos, acunó a su bebé llorando de alegría. La hija que siempre había deseado.

—Heidi —susurró, dándole un beso en la mejilla viscosa.

Tres días después le daban el alta y recibía de la comadrona un folleto informativo titulado «Cuidados del desgarro vaginal», junto con un primer paquete de compresas absorbentes.

—Durante una temporada tendrás un poco de sangrado vaginal e incontinencia —le explicó la comadrona—. Los puntos se absorberán solos en un plazo de seis semanas. Si tienes alguna pregunta, llámame.

Durante las primeras semanas Pippa estuvo demasiado inmersa en su delirio de felicidad y demasiado centrada en las necesidades de Heidi para fijarse en las propias. La hemorragia se detuvo en tres semanas, aunque se le quedó el perineo hinchado como una pelota de tenis. Seguían saliendo hilillos de orina y heces en las compresas para incontinencia. La cantidad era sorprendente; el olor, repulsivo.

Cuando Heidi tenía seis semanas, Pippa llamó por teléfono a la maternidad y describió sus síntomas. La comadrona consultó su historial y le aconsejó esperar.

—Tuviste un bebé muy grande, de más de cuatro kilos —afirmó—, o sea, que tampoco es que los síntomas sorprendan demasiado. Las cosas pueden tardar mucho en curarse del todo. ¿Han empeorado las pérdidas?

—No, han sido más bien constantes —respondió Pippa.

—Bueno, pues yo te aconsejo que esperes un poco más. Tener un hijo es algo muy fuerte para el cuerpo, sobre todo la primera vez. A veces pasan seis meses hasta que vuelve todo a la normalidad.

De modo que las compresas para incontinencia pasaron a ser algo fijo en la lista de la compra semanal de Pippa. Al cabo de tres meses, harta de lavar su ropa interior con lejía, encontró una web especializada en artículos para la incontinencia y pasó de las simples compresas a pañales para adultos, que le permitían salir de casa durante un período corto sin tener que ir siempre aprovisionada. Pedir por Internet paliaba el mal trago de hacer cola en la caja del supermercado y poner en la cinta cajas con nombres tan chirriantes como «Confianza», «Segura» o «De-Fiar».

−Será algo pasajero −le explicó a Robert la primera vez que él la vio quitarse la falda y quedarse con el pañal−. Heidi era tan grande que pueden pasar hasta seis meses para que se normalice todo, según me ha dicho la comadrona del hospital.

Robert asintió con una expresión rara. Pippa la reconoció enseguida: era repugnancia.

A medida que crecía Heidi lo hizo también la distancia entre Pippa y Robert. Siempre habían tenido buena sintonía sexual, pero ahora hacer el amor era algo tenso. A ella le daba demasiada vergüenza hablar del tema, y entendía la aversión de su marido. A fin de cuentas a ella también le repugnaba su propia incontinencia.

Empezó a reducir las cantidades que comía, sobre todo en público. Al principio Robert se lo reprochaba, porque siempre habían disfrutado saliendo a comer juntos.

−Pero Pippa, por Dios −dijo a los cuatro meses de nacer Heidi−, no podemos evitar el mundo el resto de la vida.

−No puedo controlar lo que sale de mí −replicó ella−, pero sí que puedo controlar lo que entra.

La expresión de Robert se suavizó.

−Lo siento… Supongo que en el fondo no lo entiendo.

No era de extrañar. Robert tampoco entendía que no quisiera salir a correr, una actividad que antes del embarazo les había gustado mucho a los dos. Su suelo pélvico ya no era el de antes. Ahora el mero hecho de levantar la cesta de la ropa sucia o de subir un tramo de escaleras, podía causar un brote alarmante entre las piernas.

Robert empezó a aceptar más encargos para mitigar la falta de ingresos de Pippa. Tenían que pagar la hipoteca, el préstamo del coche y la tarjeta de crédito. ¿Pero cómo iba a volver ella a trabajar, estando como estaba? En su puesto de asesora de recursos humanos de una empresa pequeña especializada en «transiciones laborales» –un eufemismo de expedientes de regulación de empleo y reestructuraciones–, pasaba la jornada laboral muy cerca de otras personas. Hacer entrevistas, dar noticias difíciles, consolar a los abatidos… Al principio habían planeado que se reintegrase al mundo laboral cuando Heidi tuviera cuatro meses, pero ahora sus problemas médicos la obligaban a alargar hasta doce meses la baja maternal.

Para compensarlo, Robert encajaba trabajos extras al principio y al final del día, y también los fines de semana. En las playas del norte siempre había trabajo para un carpintero de confianza. Había muchas familias que reformaban la casa y jubilados orgullosos de su hogar que necesitaban a un manitas. Casi todos los días Robert salía de casa a las seis y no volvía hasta después de las ocho de la tarde. Estaba cansado, y se le notaba.

Pippa intentaba ser la mejor ama de casa posible. Parecía de justicia. Una vez acostada Heidi, volvía a montar las ruinas del día en previsión del regreso de Robert. Le calentaba la cena en el horno, limpiaba la cocina, ordenaba la sala de estar, pasaba un trapo por el lavabo y bajaba las sábanas, haciendo lo posible por no estar molesta a causa de las muchas tareas domésticas que de algún modo, con toda naturalidad, habían pasado a constituir su destino. La rueda inacabable de lavar, secar, doblar, planchar… Yo no soy una criada, pensaba a veces al colgar y ordenar en pulcras hileras los diminutos peleles, camisetas y calcetines de Heidi. A menudo se paraba debajo de la cuerda de tender, alzaba la vista hacia el cielo nocturno y se quedaba mirando cómo se deslizaban las nubes por delante de la luna. ¿Cómo pueden moverse tan deprisa, se preguntaba, si mi vida se mueve tan despacio?

A pesar de su cansancio le costaba conciliar el sueño. Se acostaba junto a Robert y escuchaba su respiración mucho después de que se hubiera dormido; y mientras la pérdida iba acercándose furtiva a sus caderas, se acordaba de su vida de antes. Los paseos a pie o en bicicleta, el sexo... ¿Dónde estaba ahora todo eso? Pippa se había convertido en lo que nunca había imaginado poder ser, una persona en cuyos bolsillos y bolsas se multiplicaban hasta el infinito toda clase de objetos: pañales, toallitas, crema, anillos de morder, juguetes blandos, libros de tela... Infinitas montañas de cosas, el sueño de una tienda de bebés embutido en los huecos de su existencia.

De noche, cuando se despertaba Heidi —algo que sucedía inevitablemente—, Pippa cerraba los puños y los apretaba con tal fuerza en el colchón que se le clavaban las uñas. Al final se incorporaba e iba a la habitación de Heidi, sintiendo entre las piernas el peso de su pañal. Odiándose. Aborreciendo su vida.

Robert seguía durmiendo. Como siempre.

Por eso nunca la veía al pie de la cuna, inmovilizada mientras Heidi gritaba sin parar. Ignoraba la fuerza con que a veces Pippa estrechaba contra su cuerpo a Heidi, temblando de ganas de zarandearla. Nunca la oía escupirle obscenidades al cambiarla, darle de mamar, acostarla y volverla a acostar. Sin embargo, las palabras que decía antes del amanecer siempre volvían por la mañana para acusarla. ¿Cómo podía tratar tan mal a aquel ser humano diminuto y perfecto, el bebé que tanto habían anhelado?

El sentimiento de culpa era devastador.

Fue Robert quien la incitó a acudir a aquella sesión de madres.

—Familia que nos ayude casi no tenemos —le dijo, como era obvio—, y a tus amigas ya no las ves tanto como antes.

En eso tenía razón. La incontinencia la había vuelto una persona antisocial.

–Podría irte bien un grupo de madres. Ve un par de meses, y si no te gusta lo dejas.

Pippa le hizo caso, a pesar de la ansiedad que la debilitaba. ¿Estaba teniendo pérdidas? ¿Manchaba la silla? ¿Se le veía el pañal bajo la falda? En la primera sesión del grupo de madres propuso expresamente un sitio al aire libre para sus futuras reuniones, con la esperanza de que ninguna de las otras percibiera su olor. Le daba rabia tener que pensarlo. Que ella supiese no había nadie más del grupo que tuviera un problema parecido. Eran todas de lo más «normales».

Aparte del grupo de madres tenía pocas válvulas de escape social. En su piso de Fairlight, sus padres no eran de gran ayuda, aunque no fuera su culpa. Siempre que iba a verlos le cantaban canciones a Heidi o la hacían saltar en las rodillas, pero en términos prácticos su apoyo no iba más allá. Ya eran mayores y siempre le pedían alguna ayuda a Pippa: cambiar una bombilla, ir a comprar, reprogramar los canales de la tele… Y aunque a Pippa no le molestaran sus peticiones, lo que necesitaba era un respiro. Al tener problemas propios con los que lidiar, empezó a evitar a sus padres. Se sentía culpable, pero ¿qué iba a hacer? Las pérdidas nunca le permitían relajarse.

Lo que hacía era recorrer una y mil veces el pasillo de su casa con Heidi llorando en el carrito o hacer cientos de circuitos del recuadro de cemento al que Robert llamaba jardín. A partir de un momento se atrevió a ir algo más lejos y empezó a pasar días enteros paseando a Heidi sin rumbo fijo. Una semana hizo de tripas corazón, fue al centro comercial de Warringah y se pateó todos los pisos, aprovechando el aire acondicionado, pero un incidente humillante en una librería la hizo volver rápidamente a casa: una sonora ventosidad mientras compraba *Comer, rezar, amar*. La había traicionado su cuerpo. Odiaba su imperfección. Decidió, por lo tanto, caminar sin descanso, adelantándose al repugnante olor que imaginaba dejar a su paso. Iba de Freshwater a Curl, Dee Why o Manly.

Cada día, hiciera el tiempo que hiciese. Se le quedaron grandes los vaqueros y se le demacró la cara. No conseguía mantener su peso.

—Mañana te vas a la esteticista —anunció Robert una noche, cuando Heidi tenía seis meses—. Tratamiento facial a las diez. Lo he pagado y me he tomado el día libre para cuidar a Heidi. Con que te presentes ya está.

Pippa se incorporó sorprendida en el sofá. Nunca había visto que Robert se tomara un día libre.

—Necesitas descansar —le dijo él—. Mírate, si estás más flaca que un palo. Estás tan ocupada con Heidi que no piensas en ti misma.

Pippa lo miró como si fuera la primera vez. Sí, era Robert, el mismo hombre que le hacía regalos de cumpleaños prácticos —calcetines, ropa interior, material deportivo—, y eso cuando se acordaba. Llevaban catorce años juntos y hasta entonces nunca la había sorprendido con un regalo espontáneo.

Pues sí que debo de haberme descuidado.

Se le llenaron los ojos de lágrimas. Hacía seis meses que no tenían relaciones sexuales, una situación que ninguno de los dos habría creído posible antes del nacimiento de Heidi. A Pippa le daba repelús solo de pensarlo: si llegamos a hacerlo podría acabar destrozada o tener pérdidas encima de ti. Sin la intimidad física habitual se había instalado un clima de incomodidad, una brecha que ninguno de los dos sabía suturar. La generosidad de Robert era abrumadora.

Empezó a llorar a chorros.

—¿Qué pasa? —preguntó Robert, confundido—. ¿No quieres el tratamiento?

Pippa hizo un esfuerzo por recomponerse.

—Gracias —susurró—. Para mí es muy importante.

Era la primera vez que dejaba a Heidi, la primera. Al subir al coche y girar la llave de contacto se aguantó unas ganas avasalladoras de volver corriendo a casa, arrebatársela a Robert y refugiarse en la sala de estar. Robert dijo adiós con la mano desde la ventana del dormitorio, sujetando a Heidi con el otro brazo, mientras el coche salía en marcha atrás. Pippa miró de nuevo por encima del hombro al salir a la carretera. Estará bien, pensó. Solo son dos horas.

Antes de haber llegado al final de la calle sonó el móvil. Era un mensaje de texto.

«Estaremos bien. Disfruta.»

Se rio en voz alta.

Sin Heidi en la sillita de bebé, conducir era una experiencia diferente. Quitó el CD de *Baby Meets Mozart* y sintonizó una emisora de FM en la que estaban acabando las noticias de las diez. Hacía meses que no seguía la actualidad. El mundo había seguido girando sobre su eje. Por el contrario, ella había sufrido un cambio radical. Motivado irrevocablemente por la mezcla de embriaguez y desolación que había supuesto tener a Heidi. Hasta el pronóstico del tiempo sonaba de otra manera.

Al acabarse las noticias empezó a escucharse una canción conocida, un himno de su juventud. Subió el volumen y movió la cabeza al ritmo de la música. Se acordaba de haber cantado «Forever Young» en la sala de estar de su casa, con amigas del colegio, usando un cepillo como micrófono, mientras bailaban con calcetines fluorescentes y camisetas de «Choose Life». Hace veinticinco años, se sobresaltó al pensar. Bajó la ventanilla y, prescindiendo de su cautela habitual, cantó a grito pelado, siguiendo la letra: «*Let us die young or let us live forever/ We don't have the power but we never say never/ Sitting in a sandpit, life is a short trip/ The music's for the sad men…*».*

---

* Es la letra de «Forever Young», canción del grupo Alphaville: «Muramos jóvenes, o vivamos para siempre/ No tenemos poder, pero nunca decimos de esta agua nunca beberé/ Sentados en un cajón de arena, la vida es un viaje corto/ La música es para los tristes». *(N. del T.)*

Mientras estaba parada en un semáforo en rojo miró el coche del carril contiguo. Un operario le guiñó el ojo por la ventana abierta de su furgoneta. Pippa dejó de cantar, avergonzada. Él hizo una mueca de decepción.

Pippa abrió mucho los ojos. Dios mío, está flirteando conmigo.

Sujetó el volante con fuerza, intentando no sonreír.

El semáforo se había puesto en verde. El operario aceleró con un chirrido de neumáticos.

Pippa sonrió durante todo el resto del camino a la esteticista.

Miró tres veces el móvil antes de iniciar el tratamiento facial.

—Perdona —dijo, poniéndolo en modo silencio—. Es que es la primera vez que dejo a mi hija sola con mi marido.

La esteticista se rio.

—No, tranquila, si te entiendo. Yo siempre llamo a mi marido cuando se queda de canguro con los niños. ¿A que cuesta relajarse? Pero también hay que tener un poco de tiempo para una.

Pippa se echó en el sillón reclinable, pensando en las palabras de la esteticista.

Cuando se queda de canguro con los niños…

Sí, pensó, es exactamente así. Cuando una mujer cuida a sus hijos, hace de madre. Cuando los cuida su marido, hace de canguro.

La esteticista le puso una cinta de pelo en la frente y le aplicó una toalla caliente en la cara. Pese a sus preocupaciones —¿Durará tanto tiempo la compresa? ¿Nota el olor la esteticista?—, Pippa se sintió flotar bajo sus manos.

¿Por qué no lo había hecho antes?, se preguntó.

Se despertó de golpe al sentir en el hombro los golpecitos de la esteticista.

Sonrió. Tenía la sensación de haber dormido una semana.

—Ya hemos acabado, Pippa. No tengas prisa en levantarte.

La esteticista empezó a ordenar la sala, enroscando los tapones de los frascos y exprimiendo las esponjas.

—Oye, no es que quiera preocuparte —añadió—, pero antes ha llamado tu marido.

Pippa se incorporó como un resorte.

—¿Por qué? ¿Qué pasa?

La esteticista le puso una mano en el brazo para tranquilizarla.

—Solo quería saber a qué hora se acababa el tratamiento.

Pippa frunció el ceño. ¿Y por qué llamaba, si no pasaba nada? Bajó rápidamente de la camilla.

—Gracias —dijo—, ha estado genial.

Buscó el móvil en el bolso. Cuatro llamadas perdidas, todas de Robert. Su corazón dio un vuelco.

Nada más poner el pie en la calle llamó a Robert. No contestaba. Corrió al coche y salió a toda velocidad de la plaza de aparcamiento. Durante los siete minutos que tardó en llegar a casa le pasaron por la cabeza cientos de posibilidades, a cuál más horrible.

Al abrir la puerta ya oyó llorar a Heidi. Era un gemido grave, inhabitual. Corrió por el pasillo, abrumada por el pánico. Robert estaba en la cocina, pelando patatas. Pippa se detuvo, perpleja. No veía a Heidi en ninguna parte.

—¿Dónde está Heidi? —preguntó.

Robert dejó el pelapatatas.

—En la habitación —respondió—. Se ha dado un… golpecito. Ha llorado un poco, y como se frotaba los ojos la he acostado. Llevará unos diez minutos. Como no se dormía he pensado que tenía hambre.

Señaló las patatas.

Heidi se lo quedó mirando sin habla. Después dio media vuelta y volvió por el pasillo.

Robert la siguió.

—No te preocupes, que está bien. ¿Qué tal el tratamiento?

Pippa no contestó. Abrió la puerta de Heidi y se le cortó el aliento.

Heidi estaba en la cuna, con la cara roja y un reguero de saliva en la boca. Tenía un bulto grande en forma de huevo sobre el ojo derecho.

—Dios mío.

La sacó de la cuna, la puso en el cambiador y se agachó para inspeccionar el bulto. La superficie estaba llena de vasos sanguíneos rotos, de color morado.

Se giró hacia Robert, que se había quedado en la puerta.

—¿Cómo ha sido?

—Estaba en el sofá —empezó a explicar Robert.

—¿Qué?

A Pippa le pareció increíble que hubiera puesto a Heidi en algún sitio que no fuera el suelo.

—Yo estaba justo al lado —explicó él—, pero ha sonado mi teléfono y se me ha escapado. Lo siento.

—¿Que se te ha escapado? —Pippa se lo quedó mirando sin entender nada—. ¿Cómo, exactamente, si estabas justo al lado?

Robert parecía cansado.

—Oye, que ha sido un accidente. He recibido una llamada de trabajo. Tenía una mano encima de Heidi. He cogido el teléfono y se me ha escapado…

Pippa puso de nuevo a Heidi en la cuna y se giró hacia Robert, presa de una rabia que nunca había sentido. Al acercarse a él tuvo la sensación de caminar por arenas movedizas. Toda la tortura de los últimos siete meses palpitaba en su interior: lo indigno de su incontinencia, la humillación de la repugnancia de Robert y todos, todos los paseos largos y solitarios que había dado con Heidi. ¿Había soportado tres años indignos de fertilización in vitro para que se le cayera a Robert su precioso bebé al suelo, como una caja de huevos?

Le dio una bofetada cuya fuerza los dejó a los dos estupefactos.

—Me llevo a Heidi al hospital —informó—. Podría tener una conmoción.

Robert, con la mano en la mejilla, la miraba como un perro apaleado.

—Ahora mismo —dijo Pippa al apartarlo.

Recogió el bolso cambiador, su cartera y las llaves del coche. Después, con Heidi en un brazo, sacó el cochecito por la puerta de la casa y dio un portazo.

No tuvo que esperar mucho tiempo en urgencias. Tanto Heidi como Pippa estaban lo bastante angustiadas como para que la enfermera encargada les diera prioridad. En diez minutos las hicieron pasar a una consulta atendida por un especialista joven.

—Hola —saludó el médico, sonriendo a Heidi—. Soy el doctor Lee. Bueno, a ver, ¿qué le ha pasado a Heidi?

Pippa respiró hondo.

—Se ha caído del sofá y se ha dado un golpe en la cabeza. La estaba vigilando mi marido. Ha sido hace unas dos horas.

El doctor Lee tomó unas cuantas notas.

—Bueno, vamos a examinarla. De momento puedes ponértela en la rodilla.

El doctor Lee pasó las manos por la cabeza y el cuello de Heidi, le palpó las extremidades, le comprobó los reflejos con el martillo y le tomó la presión. Mientras el doctor la miraba a los ojos, Heidi quiso tocar el oftalmoscopio. El doctor Lee sonrió y le dio un golpecito en el pecho con el instrumento. Heidi se rio.

—Bueno, yo la veo bien —dijo finalmente el médico—. Se ha dado un golpe y se ha asustado, pero nada más. Le daré una dosis de paracetamol para bebés y así estará más tranquila. También tendréis que quedaros cuatro horas en observación. Es el protocolo cuando viene un niño con una herida en la cabeza.

Pippa asintió.

—De acuerdo.

—Has dicho que en el momento de la lesión a Heidi la estaba vigilando tu marido. —El doctor Lee hizo una pausa—. ¿Es la primera vez que pasa?

–Sí. Me siento tan mal… Es la primera vez que dejo a Heidi con otra persona.

Heidi empezó a retorcerse encima de sus piernas, mordisqueando un anillo de dentición. Pippa cambió de postura en la silla. Con lo dramático de la situación se había olvidado de cambiarse la compresa. La humedad empezaba a ser incómoda.

El doctor Lee levantó la vista del portapapeles.

–¿En casa hay algún tipo de violencia?

Pippa se quedó aturdida.

–¿Se refiere a mi marido?

El doctor Lee asintió.

–No, claro que no.

Siguió mirándola, y a ella se le pusieron rojas las mejillas.

–Mi marido no, imposible.

El doctor Lee levantó una ceja.

–Lo que quiero decir es que… –Pippa tartamudeaba–. Hoy, cuando a mi marido se le ha caído Heidi, me he enfadado tanto que me han dado ganas de matarlo. –Se puso el pelo por detrás de las orejas–. Le he dado una bofetada. Nunca le había pegado a nadie en mi vida.

Notó que se le empañaban los ojos.

Clavó la vista en su regazo, avergonzada. Se arrepentía de haberlo dicho. El doctor Lee le pasó una caja de pañuelos de papel. Pippa sacó uno y se secó las comisuras de los párpados.

–¿Y en general cómo lo llevas? –El doctor Lee dejó el portapapeles–. La transición a la maternidad puede ser difícil. ¿A ti cómo te ha ido?

Pippa se apoyó en el respaldo y lo observó. Aquel médico tan bien afeitado no podía pasar de los veintiséis años. Recién salido de la universidad. Y aun así le había hecho una pregunta que hasta entonces nadie se había tomado la molestia de hacer; ni Pat en el centro de salud infantil, ni las mujeres de su grupo de madres, ni su propio marido. Durante los últimos siete meses ninguno de ellos le había preguntado cómo se las arreglaba.

Exhaló.

—No lo llevo muy bien. Lo de hoy me lo ha demostrado. —Se le estaba filtrando la humedad a la falda. Lo notaba—. Necesito una compresa para incontinencia —dijo a bocajarro—. ¿Aquí tienen alguna?

El doctor Lee ladeó la cabeza.

—Todavía tengo pérdidas por el parto —le explicó Pippa—. Heidi era un bebé grande. Tuve un desgarro tremendo.

El doctor Lee recuperó el portapapeles.

—Pero eso fue... hace seis meses. A estas alturas ya deberían haber desaparecido los síntomas. —Hizo más anotaciones—. No me extraña que lo lleves mal. ¿Te encuentras triste o nerviosa con frecuencia?

Casi permanentemente, pensó ella.

—Bueno, muchas veces no es que esté muy contenta.

—Con estos síntomas es comprensible —aseguró él—. ¿Cómo se llama tu ginecólogo?

—No tengo. El parto de Heidi fue aquí, en la sala de partos de la planta baja. —Pippa a duras penas se acordaba de aquella noche—. Las comadronas me dijeron que esperase seis meses a que se recuperase del todo mi cuerpo.

El doctor Lee asintió.

—Mira, yo soy médico de urgencias —señaló—, y hoy la paciente es Heidi, pero estoy convencido de que deberías pedir una segunda opinión sobre la causa de tu incontinencia. Y una evaluación mental. No es nada inhabitual que las mujeres en tu situación padezcan depresión posparto. Yo puedo remitirte a especialistas de este mismo hospital. ¿Te gustaría?

Pippa se lo quedó mirando, mientras asimilaba sus palabras. Daño no podía hacer una segunda opinión sobre su incontinencia, pero ¿depresión posparto? Nunca se le había ocurrido que lo que vivía pudiera tener una etiqueta así.

—Vale.

Mientras el doctor Lee tramitaba las derivaciones, Pippa estrechó a Heidi contra su pecho. Pensó en Robert y en la cara que había puesto después de la bofetada. ¿Cómo podría arreglarlo?

—Toma —dijo el doctor Lee al darle los volantes—. Bueno, dentro de dos horas pasaré para ver cómo está Heidi. Dos horas más tarde os haré otra visita. Les pediré a las enfermeras que te traigan compresas, y unos cuantos juguetes para Heidi. En el pasillo hay té y café. —Señaló la puerta con un gesto de la mano—. Fuera también hay un teléfono, por si tienes que llamar a alguien.

—Gracias.

El doctor Lee se levantó.

—Hasta ahora.

Se fue y cerró la puerta.

Pippa sacó el móvil del bolso y marcó el número de Robert.

Cuando el especialista le dijo que tenía un desgarro de cuarto grado que solo podía curarse con una operación, Pippa lloró silenciosamente de alivio.

—Te programaremos la operación cuanto antes —dijo el doctor Sturgess—. Se debería haber hecho mucho antes, pero después de la intervención, si todo va bien, notarás enseguida la diferencia.

Robert le apretó la mano.

Pippa se imaginó volver, juntar todas las ayudas contra la incontinencia de la casa —las compresas, el protector de colchón, los pañales para adultos— y quemarlas en el jardín.

—¿En qué consiste la operación?

El doctor Sturgess le dio varios folletos.

—Léetelo en casa —indicó—. Repararemos los músculos y ligamentos de la zona. A veces hay que esperar a que esté la paciente en la mesa de operaciones para hacerse una idea exacta de lo que necesita, pero en tu caso creo que será una combinación de refuerzo de vejiga y de recto. En el quirófano estaremos yo, otro cirujano, un anestesista y una enfermera.

—¿Cuánto dura la recuperación? —quiso saber Robert.

—Ah, lo que siempre preocupa a los maridos. —El especialista sonrió—. En una semana tendrías que haberte levantado de la cama, y a la sexta hacemos una visita de control. ¿Quieres pedir hora a mi secretaria?

—Sí, por favor.

A Pippa no le hacía falta hablarlo con Robert. Le daba igual cuánto costase.

—¿Alguna pregunta?

Negó con la cabeza.

—Gracias, doctor Sturgess.

La primera noche en casa después de abandonar el hospital, al acostarse, hizo una mueca de dolor. Parecía que Robert ya dormía. Estaba claro que lo habían agotado sus seis días como principal cuidador de Heidi. Pippa había llegado del hospital aquella misma tarde, animada por el apoyo del grupo de madres y todas las atenciones que habían tenido con ella: comidas y cafés preparados y entregados a Robert, encuentros con otros niños para Heidi, visitas, flores y vales de regalo.

Pero qué deprisa, se dijo, vuelve a ser todo como antes... Era como si no se hubiera ido de casa. En el fregadero había un montón de platos sucios, en el cuarto de la lavadora al menos cuatro cargas, y era necesario reponer la despensa. No había jabón en el dispensador, ni papel higiénico en el portarrollos ni leche en la nevera.

Tendió el brazo para apagar la lámpara de la mesilla, pero de repente Robert rodó hacia ella y la tomó en sus brazos. Pippa recibió su aliento cálido en la cara. Hacía meses que sus cuerpos no estaban tan cerca.

—No me había dado cuenta de lo duro que es —dijo él, muy serio—. Me refiero a Heidi.

Pippa lo miró a la luz de la lámpara.

—Bueno, sabía que te daba trabajo —continuó él—, pero no he sabido cuánto hasta que te han ingresado. Y tampoco es que lo haya hecho yo solo. Las mujeres de tu grupo de madres han estado increíbles. No he tenido que hacerme ni una vez la comida, y a Heidi tampoco. Normalmente también lo haces tú.

Le acarició la mejilla.

—Lo siento mucho, Pippa, de verdad. No te ha ayudado nadie, ni siquiera estando enferma. Yo no sabía qué hacer con las... heridas después del parto. No sé, pensaba que se curarían solas. Y pensaba que había bastante con que me quedara en casa los fines de semana. No he sabido valorarte. Lo siento.

La cara de Pippa se llenó de lágrimas. Era la primera vez en meses que se sentía comprendida.

Pensó en el día del tratamiento facial y en la bofetada que le había dado a Robert. Desde entonces no habían hablado del tema.

—Yo también lo siento —susurró—. Hice tan mal en pegarte. No lo haré nunca más. No sé qué me pasó.

—Yo sí —afirmó Robert—. Protegías a tu hija. La cagué, se hizo daño y reaccionaste. Estos últimos ocho meses has tenido mucha presión.

Pippa asintió con la cabeza.

—Ya, pero podría haberlo llevado mejor. Saldré de este bache, Robert, te lo prometo.

Él la miró con dulzura.

—Saldremos los dos. Lo haremos juntos.

Y poco a poco lo hicieron. Fue como si la operación no sanara solo las heridas físicas de Pippa, sino otras más profundas, las de su corazón.

Empezó a ir a un psiquiatra especializado en depresión posparto, que le recetó antidepresivos y le propuso asistir a un grupo de apoyo semanal para depresión posparto. Al principio a Pippa le daba vergüenza, pero al oír hablar a otras mujeres de su pesadilla las entendía a la perfección. Necesitaba oír sus testimonios, y contar el suyo.

La operación no fue una cura milagrosa. Solucionó los peores síntomas, pero seguía teniendo la vejiga débil. Por consejo del especialista empezó a ir a un fisioterapeuta de suelo pélvico, y ocho semanas después volvió a acostarse finalmente con Robert. Fue algo vacilante, torpe. Pippa no sintió prácticamente nada, pero después lloró de alivio. Sí que hay esperanza, pensó mientras Robert la abrazaba en la oscuridad. He sobrevivido.

Dos semanas antes de la operación, al contar sus problemas al grupo de madres, sintió que se quitaba de encima aquel peso secreto. Empezó a conocerlas como no se lo había permitido previamente, y esperó que con el tiempo pudiera devolverles todas las atenciones que habían tenido con ella en el hospital.

Un miércoles por la mañana, cuando Heidi tenía nueve meses, se presentó la ocasión. Sonó el móvil de Pippa, que se levantó de la manta de juegos para contestar.

—¿Diga?

—Pippa, soy Ginie.

Había un ruido de fondo muy molesto, como si estuviera en un aeropuerto.

—Hola —respondió Pippa—. ¿No estabas en Melbourne?

—Sí, acabo de llegar. —El tono de Ginie era urgente—. ¿Puedo pedirte un favor?

—Claro.

—Normalmente no te molestaría, pero como vives a la vuelta de la esquina…

—Dime —contestó Pippa.

—Mira, es que hoy Rose tiene cita para las vacunas de los seis meses. Lleva más de tres de retraso, pero es que he estado tan ocupada… —La línea crepitó—. Perdona, es que estoy en una parada de taxis. Total, que la cita es a las once. El lunes se lo recordé a Daniel, pero seguro que se le ha olvidado. Lo he llamado seis o siete veces al móvil, pero no contesta. Con la niñera tampoco puedo contar, porque se ha ido de compras al centro.

Ginie hizo una pausa y habló en sordina con un taxista.

–Bueno –continuó–, el caso es que no quiero que Rose pierda la cita, porque dentro de dos semanas nos vamos al extranjero.

En la anterior sesión del grupo de madres Ginie había comentado que se iban de vacaciones en familia a Tahití, con niñera incluida. A Pippa, sin decirlo, le había dado envidia la idea de tumbarse en la playa mientras a Heidi la cuidaba otra persona.

–¿Es mucho pedir que pases por mi casa, des unos toques a la puerta y le recuerdes la cita a Daniel? –preguntó Ginie–. Lo más probable es que esté superado con Rose y no encuentre su teléfono. Los hombres no son multitarea.

Pippa se rio.

–Sí, claro, ahora mismo me paso.

La casa de Ginie estaba a menos de dos kilómetros de la de Pippa, a un agradable paseo por una calle arbolada que bajaba en línea recta hasta la costa. Aparcó el cochecito en la hierba, cerca del buzón, y sacó a Heidi. Con el bebé apoyado en la cadera fue hacia la entrada lateral, saltándose la principal. Había estado en bastantes sesiones del grupo de madres en casa de Ginie como para orientarse. Si llamaba a la puerta de la calle era difícil que Daniel la oyera. La mejor manera de llamar su atención era por la parte de atrás, donde una zona enorme de cocina y sala de estar daba a un gran jardín con vistas al mar. La familia pasaba casi todo el tiempo allí, y reservaba la parte delantera para ocasiones más formales.

Al bordear el seto que cerraba el jardín oyó una risa aguda. Reconoció la voz: era la risa contagiosa de Nicole, la niñera de Ginie. Debía de haber vuelto temprano de sus compras, pensó Pippa.

Rodeó el seto en la esquina sur del jardín y frenó en seco. Al fondo del patio, en la sala de estar, Nicole estaba sentada en un sofá con un vestido ceñido de profundo escote. Tenía los ojos cerrados. Delante de ella estaba Daniel, con los *shorts* muy bajos, mirando por una cámara de objetivo largo. Pippa oía los clics del obturador, mientras Daniel se movía alrededor de Nicole. Luego Daniel se inclinó hacia ella y le dijo algo en voz baja que la hizo reír otra vez. A Rose no se la veía por ninguna parte.

Pippa volvió enseguida al seto con el corazón a cien. Sobresaltada por el movimiento brusco, Heidi arqueó la espalda y rompió a llorar. Pippa se apretó a la niña contra el pecho para que no hiciera tanto ruido, pero solo sirvió para irritarla aún más. Oyó detrás del seto los susurros de pánico de Nicole y Daniel. Vaciló sin saber qué hacer. Su inclinación natural era volver corriendo por donde había venido, pero ¿cómo se lo explicaría a Ginie? Se decidió en menos de un segundo.

—¿Hola? —dijo con todas sus fuerzas.

Hizo una pausa para ganar tiempo. Después volvió a rodear el seto con Heidi apoyada en la cadera. Al cruzar el césped miró a su hija con grandes y estudiados aspavientos.

—¡Pero bueno —exclamó con tono de disculpa al detenerse ante la sala de estar—, qué alboroto hacemos!

Daniel estaba delante del sofá con los brazos cruzados en el pecho desnudo, y una mirada recelosa.

—Hola, Daniel —dijo Pippa, procurando adoptar un tono relajado—. Soy Pippa, una amiga del grupo de madres de Ginie. Nos conocimos en agosto, en la sesión de padres y parejas.

Él puso cara de perplejidad.

—Ah, sí.

Miró por encima del hombro, hacia el sofá. Pippa se preguntó si era donde se había escondido Nicole. Se moría de ganas de irse.

—Oye, que… esta mañana me ha llamado Ginie, porque no te localizaba por teléfono. —Se le fue la vista sin querer hacia el pecho de Daniel—. Debías de estar… en la ducha. —Carraspeó—. Me ha pedido que te recordase que Rose tiene hora a las once.

Daniel la miró como si no entendiera nada.

—Para las vacunas —continuó Pippa—. Como pronto os vais de viaje, Ginie no quería que os lo saltaseis.

—Ah. —La mandíbula de Daniel ya no estaba tan tensa—. No, es que estaba trabajando un poco. —Miró su reloj—. Bueno, será cuestión de ir saliendo con Rose. Gracias por avisarme.

—De nada. —Pippa sonrió y retrocedió hacia el seto—. Espero que Rose no lo pase demasiado mal. Cuando vacunaron a Heidi no fue muy divertido. ¿Verdad que no, señorita? —Le hizo cosquillas en las costillas a Heidi, que se retorció en sus brazos. La propia Pippa estaba sorprendida de poder ser tan habladora—. Bueno, adiós.

No esperó la respuesta de Daniel. Con Heidi contra el pecho, huyó por el camino lateral.

Aquella noche Robert se quedó en silencio al oírla describir lo que había visto.

—No sé qué hacer —concluyó Pippa—. ¿Cómo le dices a una amiga que su marido la engaña?

Robert se acabó la cerveza y dejó la botella.

—Pues no diciéndoselo.

Pippa frunció el ceño.

—¿Entonces? ¿Tengo que hacer como si no hubiera visto nada?

—Pues más o menos.

—Ya, pero yo en su caso —protestó— querría saber que mi marido se acuesta con la niñera.

—Es que no estás en su caso. Además, no tienes ni idea de cómo está la relación, Pip. Incluso suponiendo que hayas visto algo…

Pippa se quedó boquiabierta.

—¿Qué pasa, que te crees que me lo invento? ¿Que soy un ama de casa tonta sin nada mejor que hacer que inventarme cosas sobre los maridos de otras?

—Yo no he dicho eso, pero es que quizá no fuera exactamente lo que piensas.

Pippa resopló.

—¿Qué? ¿Ella por ahí retozando, haciendo morritos y riéndose? ¿Y él susurrando tonterías? No me imagino qué otra cosa podía ser.

—Él es fotógrafo. Quizá fuera una sesión de verdad.

—Pero bueno, por favor…

Robert apartó el plato de la cena.

—Mira, Pippa, cuando se trata de la vida de los otros hay que tener muchísimo cuidado antes de inmiscuirse.

—Pero si yo no tengo ninguna gana de entrometerme —replicó ella—. No he ido a dar problemas. He ido para ayudar a Ginie, pero he visto lo que he visto. La semana que viene se van de viaje y los acompaña la niñera de las narices. Daniel se pasará las vacaciones follándoselas a las dos. ¿Cómo va a ser aceptable que yo no se lo diga?

Robert se levantó.

—Mira, tú me has preguntado lo que pienso y te lo he dicho; pero no me hagas caso, que solo soy tu marido. —Le brillaron los ojos—. Tú no quieres saber mi opinión, Pippa. Lo que quieres es que te confirme la tuya. Si decides contárselo a Ginie, luego no me vengas llorando porque os hayáis tirado de los pelos.

Recogió el móvil y las llaves del coche.

—¿Adónde vas?

—Salgo un rato.

Dio un portazo.

Pippa se desplomó en la mesa del comedor.

Cuanto más pensaba en lo que había visto, menos segura estaba. Ya se sabe, pensaba, que los testimonios presenciales no son de fiar. Como licenciada en psicología lo sabía muy bien. ¿Y si a fin de cuentas se había topado por sorpresa con una inofensiva sesión de fotos? Eso no tenía nada de malo, como había señalado Robert.

Pero no, protestaba, de inofensivo no tenía nada. El lenguaje corporal, la proximidad, las risas… Demasiadas cosas juntas. En sí, el hecho de que Ginie pensara que Nicole había ido a pasar el día de compras ya era sospechoso. Aun así, cada vez que llegaba a la conclusión de haber pillado a Daniel en flagrante infidelidad, empezaba a preocuparse por cómo dar la noticia a Ginie. Después de ocho meses de reuniones del grupo de madres seguía sin sentir mucha afinidad con ella. Le molestaba su arrogancia. Era una mujer dogmática y segura de sí misma, en las antípodas de Pippa. La verdad era que le daba un poco de miedo. En conclusión, que iba dejándolo para más tarde en espera de la ocasión ideal para hablar.

Pero ningún momento era del todo perfecto. Siempre había demasiada gente que podía oírlas, y Ginie nunca se quedaba al final de las sesiones. Siempre salía disparada a algún sitio. Por otra parte, como trabajaba casi a todas horas, era imposible quedar con ella a solas. De hecho se perdía bastantes reuniones de los viernes por las exigencias del trabajo. En cuanto a la posibilidad de llamarla por teléfono, Pippa era incapaz de contemplarla. ¿Qué le diría? Hola, Ginie, soy Pippa. Te llamo para decirte que Daniel se ha enrollado con la niñera.

Pasaron semanas, meses. Cuanto más se imaginaba explicándole la escena a Ginie, más empezaba a acrecentar la fantasía. Ver la expresión horrorizada de Ginie al recibir la noticia… ¿Qué, Ginie, en qué ha quedado esa vida tuya tan perfecta? Solo de pensarlo se avergonzaba y se escandalizaba a sí misma. Será la depresión posparto, se decía. Según el médico no se verían todos los efectos de la medicación hasta cumplido un plazo mínimo de seis meses.

Una vez había intentado calibrar discretamente si Ginie sospechaba algo sobre Daniel y Nicole, con la falsa excusa de que se estaba planteando la opción de una niñera, pero que le daba miedo que surgiese una atracción entre Robert y la chica contratada. Ginie lo había descartado sin ambages. Al final Pippa se cansó de llevar el peso encima. Atenazada por la incertidumbre, decidió seguir el consejo de Robert y no contarle nada. Se decía que era lo mejor para todos. Como mínimo, Robert tendría la sensación de que por una vez le hacía caso.

Robert. Abrió los ojos, segura de haber reconocido el ruido de la camioneta en la entrada, pero era imposible. Solo eran las once de la mañana. Debía de haberse quedado dormida después de acostar a Heidi para la siesta de la mañana. Se sentó en el sofá, acordándose de la promesa de llamar al psiquiatra. Por el bien de ambos.

Se levantó del sofá y fue al final del pasillo. Al irse, Robert había metido el periódico local por debajo de la puerta. Lo recogió y regresó descalza a la cocina. Echó un vistazo a la rebanada de pan que había al lado de la tostadora. Ahora ya comía con normalidad, pero hoy no le apetecía desayunar. Se subió a un taburete y giró el periódico.

«Sigue el misterio de la trágica muerte del bebé», rezaba un titular mayor de lo normal sobre otro más pequeño en negrita: «Un descuido de la madre y desapareció la niña». Se quedó sin aliento al ver una foto hecha en Beachcombers de Astrid sonriendo en la rodilla de Cara. Llevaba el siguiente pie: «Cara y Astrid Jenkins en tiempos más felices».

El artículo era de un reportero de segunda que citaba sin nombrarlos a varios testigos presenciales. Pippa abrió mucho los ojos al leer la hipótesis de que alguno de los invitados podía haber abusado de Astrid y haberla ahogado. Lo peor de todo fue leer que «una amiga personal de Cara, de su grupo de madres, ha declarado: "Para empezar, no entiendo que dejara sola a Astrid. No es muy propio de ella"».

Le temblaron las manos mientras miraba fijamente el periódico. ¿Pero alguna de las del grupo de madres había llegado a hablar con la prensa? De no ser por la foto no se lo habría creído.

Se dejó caer sobre los antebrazos. Dios mío, pobre Cara.

Heidi empezó a llorar en la cuna. Un nuevo día convocaba a Pippa, con su concierto de banalidades. ¿Cómo cumplir con la rutina de cambiarle a Heidi el pañal, darle la papilla, cantarle canciones infantiles y acostarla, estando Astrid muerta? Sin embargo, no tenía alternativa. Ajenos a las necesidades de Pippa, los ritmos de la vida de Heidi continuaban. El mundo era del todo insensible con aquellos a los que abandonaba. La vida sigue, se esté o no preparado.

A lo largo del día aprovechó cualquier paréntesis en sus obligaciones con Heidi para seguir la cobertura informativa de la muerte de Astrid. A las tres, mientras la niña dormía, escuchó una tertulia radiofónica muy conocida e hizo una mueca al oír los primeros comentarios del presentador: «Estimados oyentes, aún no tenemos todos los datos, y la investigación policial sigue abierta, pero sabemos que la madre de la niña no estaba en la barbacoa en el momento de la desaparición. ¿Cómo hay que interpretarlo? No hay nada más importante que vigilar a un hijo. Espero sus comentarios».

La siguiente hora fue un torrente de llamadas, casi todas de mujeres que también tenían hijos y daban su más sentido pésame, aunque… «¿Cómo puede ser que una madre se desentienda de su hija? Nadie puede ser tan egoísta ni tan tonta. Es que hay mujeres que no están capacitadas para ser madres.»

Escuchó hasta apagar la radio de puro asco. Estáis hablando de Cara –tenía ganas de gritar–, de una mujer encantadora, generosa y buena, que no podría hacerle daño ni a una mosca.

Más tarde navegó por Internet y se quedó en *shock* al ver tantas referencias a la muerte de Astrid en artículos y blogs. Algunos eran comentarios vitriólicos que deploraban el descuido de la niña por parte de Cara; otros eran reproches al ayuntamiento por no haber vallado Manly Dam, y también había gente convencida de que era un caso de pedofilia, porque «¡no me diréis que habiendo tanta gente en la fiesta dejaron irse así como así a una niña!». Pippa lloraba al deslizarse por los *posts*.

A la hora de cenar, mientras metía salchichas con guisantes en la boca de Heidi, hizo *zapping* en la tele. Pese a la falta de novedades, en todas las cadenas comerciales se hablaba de la investigación policial.

Se acostó antes de que llegara Robert, pero se quedó despierta, reviviendo mentalmente el tratamiento informativo. Pasadas las nueve, finalmente, lo oyó entrar con sigilo en la habitación y se hizo la dormida. Para su alivio, Robert se limitó a meterse en la cama y apagar la luz. Pippa no habría aguantado tener que volver a contarlo.

Tres días después sus dedos se acercaron al teclado de su móvil por enésima vez desde el domingo.

Sabía que un mensaje de texto a Cara habría sido fútil. ¿Qué decir? ¿Cómo resumir el universo en los cien caracteres de un mensaje? No podía entrometerse tan pronto en su dolor. ¿Un mensaje a Miranda? A fin de cuentas, Pippa la había dejado sola con la Policía el domingo por la noche. Ahora era jueves y no sabía nada de ella. A saber qué había ocurrido en la comisaría, o qué había sido de la botella de Evian. Por otra parte, ¿sabía Miranda que era ella quien la había delatado?

Se acordó de toda la ayuda que le había prestado el grupo de madres durante su época más crítica. Seguro que entre todas podían resolverlo. Tenía que hablar con ellas, explicarles lo que había visto y enterarse de cómo lo llevaban. Sus dedos se movieron por el teclado del teléfono. «Todas las que quieran venir a mi casa mañana a partir de las 10 de la mañana serán bienvenidas», tecleó. Se le habría hecho raro quedar en Beachcombers. «Estoy muy triste», añadió. Luego lo borró.

Mandó la frase de invitación a todas menos a Cara. No tenía ni idea de quién aceptaría.

La primera en llegar fue Made, que se acercó para abrazar a Pippa en el umbral.

—Oh. —El sonido escapó de entre los labios de Pippa como el aire de un colchón inflable. Se apoyó en el cuerpo menudo de Made con la cabeza inclinada—. Es tan injusto.

Made asintió, acariciándole la espalda.

—Sin palabras —dijo—. Sin palabras.

Al final Pippa levantó la cabeza y le hizo señas para que pasaran a la sala de estar.

—¿Té? —preguntó, secándose los ojos.

—Gracias —contestó Made mientras sacaba a Wayan del carrito y lo dejaba en el suelo.

Heidi y Wayan empezaron a jugar con el entusiasmo de siempre, sin saber que faltaba uno del grupo y nunca volvería.

La siguiente en llegar fue Suzie, con Freya apoyada en la cadera. Tenía los ojos hinchados.

—¿Vendrá Miranda? —preguntó en voz baja al dejar a la niña en el suelo.

Pippa se encogió de hombros.

—No lo sé.

Como no sabía qué hacer le dio unas palmaditas torpes en el hombro. Estamos todas muy frágiles, pensó. No sé si ha sido buena idea.

Suzie se dejó caer en el sofá y se tapó los ojos con las manos.

—Voy a hacer té… —empezó a decir Pippa.

—No, gracias —dijo Suzie—. Todo lo que tomo lo devuelvo.

Justo entonces entró Ginie por la puerta. Llevaba en brazos a Rose, que saludó a los otros niños con la mano.

—Ah, pensaba que estarías…

—¿Trabajando? No. —Ginie miró a Pippa y le tembló la voz—. Me he tomado la semana libre. Tengo que estar cerca de Rose. No puedo perderla de vista.

Pippa asintió. Lo entendía muy bien. A ella le pasaba igual con Heidi.

Ginie se sentó en el sofá al lado de Suzie. Rose bajó inmediatamente de su rodilla y salió en persecución de una oruga verde de plástico.

—A Cara, lógicamente, no le he dicho nada —informó Pippa—. No me ha parecido…

—No, para ella sería demasiado duro —suspiró Suzie, señalando a los niños con un gesto—, aunque deberíamos…, no sé, intentar hacer algo por ella.

Se aguantó un sollozo.

—Ya, pero ¿qué podemos hacer? —preguntó Ginie—. A Astrid no puede devolvérsela nadie.

Pippa frunció el ceño.

—No sé, deberíamos apoyarla de alguna manera, para que sepa que no es su culpa…, que no está sola.

Pippa se acordó de lo aislada que se había sentido en otros tiempos respecto al grupo de madres, prisionera de su propio infierno.

—Pero es que es culpa suya, no hay vuelta de hoja. —Ginie habló sin levantar la voz—. No debería haberse apartado tanto tiempo de Astrid.

Suzie dio un respingo.

—¿Cómo puedes decir eso, Ginie? Lo único que hizo mal fue dejar a Astrid a nuestro cuidado, el de su grupo de madres. Todas lo hemos hecho alguna vez. Si tiene alguna culpa la tenemos todas.

—Venga ya —replicó Ginie—. Ni que fuéramos puericultoras diplomadas. Ninguna de nosotras tenía ningún tipo de responsabilidad oficial respecto a Astrid. Entiéndeme, no es que Cara no sea buena persona, pero a menos que a Astrid la secuestrase un pedófilo, culpable solo hay una, y es Cara, nos guste o no.

Pippa se tapó la boca. La conversación se les estaba yendo de las manos.

—Bueno, a ver, que estamos todas muy afectadas. Yo creo… que deberíamos respirar un poco. —Se le secó la boca—. Astrid murió el domingo pasado. No sabemos exactamente qué pasó. Deberíamos dejar que lo investigue la Policía antes de…

Su móvil avisó de que había un mensaje de texto. Bajó la vista. Era de Miranda. Lo leyó dos veces.

—Es Miranda —dijo en voz baja—. Está en un centro de rehabilitación.

—¿Qué?

El tono de Ginie era de incredulidad.

Suzie hizo un ruidito y se quedó con la boca abierta.

Pippa leyó el mensaje en voz alta.

—«Hoy no iré. Ayer me ingresaron en la unidad de drogas y alcohol del hospital Delamere. Se lo puedes contar a las demás. Willem está conmigo. A los niños los cuida Hendrika. Lo siento todo mucho.»

—¿Pero qué coño pasa?

Pippa vaciló, pensando en cuánto revelar.

—No estoy segura —dijo—, pero creo que Miranda podría ser alcohólica.

—No —protestó Ginie—, no me lo creo. —Su mirada se transformó en suspicaz—. ¿En qué te basas?

—¿Sabes aquella botella de Evian que siempre lleva encima? Pues dentro no hay agua. —Pippa notó que la mirada de Ginie la hacía sonrojarse—. Es que el domingo pasado la probé.

—¿Ah, sí?

—Y había alcohol. Vodka o ginebra.

—¿Y qué? —inquirió Ginie—. Quien más quien menos se toma una copa, ¿no? —Miró a las otras—. Y no quiere decir que seamos alcohólicas. Es una conclusión un poco fuerte.

Pippa suspiró.

—Mira, yo lo que sé es que el fin de semana pasado en la botella de agua de Miranda había alcohol, y que oí que Cara le pedía que vigilase a Astrid. El domingo por la noche la Policía se llevó a Miranda a la comisaría para un interrogatorio formal.

—¿Qué? —explotó Ginie—. ¿Tenía representación legal?

Pippa se encogió de hombros. De repente estaba cansada.

—Creo que no. Fue voluntariamente.

—¿Y lo del alcohol, se lo dijiste tú a la Policía?

Pippa tuvo la impresión de estar siendo sometida también a un interrogatorio. Asintió con la cabeza.

—Pero Pippa, por Dios, ¿a quién se le ocurre? —Los ojos de Ginie echaban chispas—. ¿Te das cuenta de que podrían acusar a Miranda de homicidio?

A Pippa se le hizo un nudo de miedo en el estómago. Ni se le había pasado por la cabeza algo así.

—Es que… me pareció que era mi obligación —balbuceó—. Contárselo todo a la Policía.

—¡Por favor! —Ginie sacudió la cabeza—. A mí me da igual lo borracha que estuviera Miranda. Ni ella ni nadie. Las madres solo tienen una obligación en la vida, que es vigilar a sus hijos. Es bastante fácil. Si no te vigila tu madre, ¿quién va a vigilarte? —Le corrió por la cara una sola lágrima, que se secó con un gesto de rabia—. El fin de semana pasado fue Cara la que se apartó de Astrid. Es triste, pero la culpa la tiene ella. De todos modos, Pippa, enhorabuena: puede que también le hayas destrozado la vida a Miranda.

Suzie empezó a llorar y se tapó la cara con las manos. Made estaba sentada en el suelo como una estatua, con la cabeza a un lado, como si escuchase algo casi inaudible.

A Pippa le retumbaba el corazón en los tímpanos. Casi oía entrar y salir el torrente sanguíneo entre sus cámaras. Nunca le habían hablado así.

—Yo solo…, yo solo le conté a la Policía todo lo que vi —dijo entrecortadamente—. Mis padres me enseñaron a decir la verdad.

Siempre había sabido que Ginie se exasperaba con la tontería, pero la última vez que se había sentido así era por culpa del matón del colegio.

—¿Sabes qué pienso, Ginie? Que lo que le pasó el domingo a Cara podría haberle pasado a cualquiera: a mí, a ti… Pero la empatía humana quizá te la dejaras en la facultad de derecho.

Le pareció increíble haberlo dicho y sentirse tan bien.

Ginie se la quedó mirando un momento.

—A ti seguro. —Lo dijo con frialdad—. Pero a mí no. Yo nunca habría dejado tan desprotegida a Rose. Ni yo ni ninguna madre sensata.

Pippa se encrespó.

—Ha hablado la que tiene niñera todo el día. Tú a Rose la dejas constantemente al cuidado de otra persona. Ve más Nicole a Rose que tú.

—Eso es un golpe bajo.

—Basta —dijo Suzie entre sollozos—. Parad ahora mismo las dos.

Made le acarició la mano, pero Pippa no había terminado. Durante todo un año había soportado los comentarios de Ginie y sus palabras de superioridad. Aquel ataque a Cara ya era el colmo. Se puso en pie y levantó a Heidi de detrás del sofá.

—No se puede controlar todo, Ginie —dijo—. A veces la vida se te escapa. Pasan cosas que no puedes prever. Puede que te creas que lo tienes todo previsto, pero no es verdad.

Ginie resopló por la nariz.

—Me gano la vida gestionando riesgos. La gente paga miles de dólares por mis servicios. Claro, ¿qué voy a saber yo?

La rabia de Pippa entró en erupción.

—Pues mira, si necesitas pruebas de que no lo tienes todo controlado, vete a casa y pregúntale a Daniel qué ha estado haciendo con la niñera.

El iPhone de Ginie se cayó al suelo.

—¿Qué has dicho?

Pippa la miró a los ojos.

—Ya me has oído. ¿Te acuerdas de cuando me acerqué a tu casa porque estabas en Melbourne y Rose tenía que vacunarse? Pues los vi juntos.

Ginie estaba lívida.

—No —repuso—. Daniel tiene muchos defectos, pero no es infiel.

Pippa se encogió de hombros.

—Vi lo que vi.

Ginie se la quedó mirando mientras se le movían los labios de manera casi imperceptible.

Después empezó a recoger sus pertenencias por la sala: los zapatos de Rose, el bolso cambiador y las llaves del coche.

—No sé qué crees que viste —dijo finalmente—, pero no olvidemos que te han diagnosticado una enfermedad mental.

Se miraron fijamente.

Ginie tomó a Rose en brazos y dio unas cuantas zancadas por la alfombra. Se giró al llegar a la puerta.

—Me das pena, Pippa —dijo—. Ya sé que lo has pasado mal con la depresión, pero no tengo ninguna necesidad de aguantar según qué chorradas.

Al momento siguiente ya no estaba.

Pippa se quedó conmocionada en el sofá. Al decirlo había experimentado una gran oleada de alivio. Se había sentido eufórica y victoriosa, una portavoz de la verdad, pero ahora, al ver irse a Ginie, no sentía nada. Era como un recipiente vacío, sin vida.

Suzie estaba sentada en el suelo con los ojos muy abiertos. Made, a su lado, inclinaba la cabeza. Al mirarlas, Pippa sintió de golpe todo el peso de lo que acababa de hacer, no solo a Ginie, sino al grupo de madres en su conjunto. ¿Cómo se había descontrolado todo tanto? Por alguna razón, lo que debería haber sido un momento de dolor y comprensión compartidos había degenerado en veneno y conflicto. Y era ella la culpable.

Momentos después rompió a llorar, tapándose la cara con las manos. Made fue al sofá y le pasó un brazo por la espalda.

—Lo siento, lo siento —repetía Pippa—. No debería haber dicho nada de lo que he dicho.

Suzie le ofreció un pañuelo de papel.

—No lo sientas, que todos somos humanos. Con Ginie tenía que pasar. Se veía venir desde hace tiempo.

Made estaba pensativa.

—Muerte es duro para gente —dijo—. Gente dice cosa equivocada porque al principio es demasiado duro, pero tiempo pasa y cosas cambian. Tal vez Ginie volverá algún día.

Pippa no se lo podía imaginar.

Un mes más tarde, por consejo médico, aumentó la dosis de antidepresivos.

—Solo es una medida temporal —le aseguró el psiquiatra—. No los tomarás toda la vida. Has pasado por un trauma importante. Tiene razón tu marido: ahora mismo necesitas un apoyo suplementario.

Antes de la muerte de Astrid estabas evolucionando muy bien, pero ahora tienes que poder superar la pena sin peligro. —Se calló y la miró atentamente—. Tienes que darte permiso para estar triste, Pippa. Uno de los motivos de tu depresión posparto fue que tu vida de antes de Heidi, la que tanto te gustaba, desapareció al nacer ella, y no te permitiste estar triste. Esta vez déjate llevar. Piensa cómo reconocerás tu pena y la respetarás. La única manera de aprender a desprenderse de la pena es respetarla.

El mismo día, al volver Robert del trabajo y sentarse a la mesa de la cocina, Pippa, que estaba delante, temió que discutiesen.

—No quiero volver a trabajar el mes que viene —anunció sin apartar la vista del mantel.

Se había tomado todo un año de baja maternal, más ocho semanas que le tocaban por vacaciones.

Robert se quedó boquiabierto por la sorpresa.

—Pero si... se te ha acabado la baja con derecho a sueldo. Y ya estás mejor. Creía que querías volver a tu vida de antes.

—Sí que quiero. Bueno, quería. —Pippa suspiró—. Es complicado.

Gracias a la ayuda del psiquiatra, a la medicación y al grupo de apoyo de depresión posparto, se estaba tomando la vida y la maternidad de una manera mucho más positiva. Era como si le hubieran dado otra oportunidad. De eso se trataba, justamente: ahora que le habían devuelto su vida, no quería vivirla trabajando.

—Rob, tengo la sensación de que solo ahora estoy empezando a ser madre de verdad —le explicó—. Es como si disfrutara de Heidi por primera vez. No quiero volver corriendo al trabajo y perderme sus primeros años. —Miró por la ventana de la cocina el huerto que acababan de plantar—. Heidi solo será pequeña una vez. A saber lo que traerá el futuro. Solo tenemos una oportunidad. Me lo ha enseñado Astrid. No quiero arrepentirme de nada. —Fijó la vista en la mesa de la cocina—. Ya sé que no es en lo que habíamos quedado, y que económicamente vamos muy justos. Si me lo pides volveré a trabajar.

Se le empañaron los ojos solo de pensarlo.

—Ya iremos trampeando —repuso Robert, tocándole la mano—. Llama mañana al trabajo y explícales la situación. Háblales de la operación y de Astrid. No saben nada, ¿no?

Pippa sacudió la cabeza.

—Pregunta si hay alguna posibilidad de que prolonguen la baja de maternidad, y si te dicen que no, ya encontraremos la manera. —Robert le apretó las manos—. Te mereces probar otra vez lo que es ser madre.

Sorprendentemente, la empresa aceptó seis meses más de baja sin sueldo.

Era como volver a vivir, como si se le hubieran caído de los ojos unas escamas que la cegaban. De repente lo veía todo: la increíble belleza de Heidi al dormir, el temblor de sus párpados translúcidos mientras soñaba; lo intensamente física que era despierta, cuando pugnaba por dominar su propio cuerpo y el mundo que la rodeaba; el pasmoso poder de su sonrisa, la belleza de sus dedos diminutos que exploraban espacios todavía más pequeños… El dolor insoportable de separarse de ella, superado tan solo por el placer del reencuentro. De Heidi percibía el olor, el sabor; la sentía incrustada en su mismo ser. Solo podía separarlas la muerte, una idea intolerable.

Se acordaba de los primeros meses de vida de Heidi, cuando la suya se le antojaba un erial en todos sus aspectos y nada le parecía bien ni normal. Ahora se le hacía de lo más natural querer para Heidi lo mejor. Sin ser creyente, de pronto recordaba el mensaje bíblico que le habían inculcado muchos años atrás en el colegio: «Porque tanto amó Dios el mundo que dio a su único Hijo, para que todo el que crea en él no perezca, sino que tenga vida eterna». Solo ahora, como madre, tenía para ella algún poder aquel concepto. Si existía Dios, pensaba, lo más apropiado era que fuese padre. ¿Qué podía ser el amor divino sino paterno? Un amor tan intenso, tan predispuesto al sacrificio, tan abnegado y perdurable… El amor entre adultos, hermanos o amigos palidecía hasta la insignificancia en comparación con el amor materno. Pippa habría sido capaz de todo con tal de ahorrarle dolor a su hija. Solo una fuerza sobrehumana podía permitir que Heidi sufriese en beneficio de los demás.

Ahora, al mirar a Heidi, tenía la impresión de haber descubierto el auténtico significado de la vida. Se estremecía al pensar en el infierno donde había zozobrado mientras sentada al lado de su cuna oía gritar a Heidi. Sin saber cómo ni por qué se había salvado de aquella oscuridad. En virtud de alguna gracia, al parecer, porque obra suya no había sido. Tal vez la de Astrid. Y de alguna manera quería reconocerlo.

Se aproximó a Made. Buscó su compañía los viernes por la mañana, en sustitución de las sesiones habituales del grupo de madres. A veces venía Suzie. Ginie nunca. Más de dos meses después de la muerte de Astrid, Pippa hizo finalmente la pregunta que siempre había tenido en la cabeza.

—Made, cuando viniste a verme al hospital trajiste unas flores en una especie de cesto —preguntó.

Made asintió con la cabeza.

—Dentro había incienso y otras cosas. ¿Qué era?

Made puso cara de disculpa.

—Espero no importarte —repuso—. Es ofrenda hinduista para que se cura alguien. ¿No te gusta?

—No, no —respondió Pippa—, si era precioso. Lo he guardado. De hecho, estaba pensando que podrías ayudarme. —Bajó la voz—. Yo no soy hinduista, pero… me gustaría dar las gracias por haberme curado, y por Heidi. Y rezar por Astrid y Cara. ¿Te puedo pedir que me ayudes?

No estaba del todo segura de lo que pedía.

Made sonrió.

—Ven semana que viene a mi casa y rezamos juntas.

Así que Pippa se encontró en el jardín de Made con un *sarong* de batik atado a la cintura y una ofrenda en las manos. Siguiendo las indicaciones de Made, depositó la cesta en el santuario. Entre nubes de incienso levantó la mirada hacia la sombrilla, cuyas borlas oscilaban con el viento.

Made hizo sonar tres veces una campanilla de plata y juntó las manos en postura de oración. El tintineo se apagó. De pronto no se oía nada, ni el susurro del viento en las hojas, ni el canto de los pájaros entre las ramas ni el distante rumor del tráfico de las afueras. Pippa cerró los ojos y se entregó al vacío.

De la oscuridad surgió una imagen de Astrid y Cara. Se le puso la carne de gallina en la parte posterior de los brazos. Un pájaro pequeño y blanco cruzó a gran velocidad el lienzo de su mente y levantó a Astrid hacia el infinito cielo azul, cada vez más arriba. La imagen de Cara se quedó en su sitio con una mueca de angustia. Del mismo cielo bajó una bola de luz cálida que flotó sobre Cara y la arrulló con suavidad en su dolor.

Pippa no supo cuánto tiempo había pasado en aquel sitio. Al final, la imagen de Cara desapareció. Pippa aspiraba y expulsaba el aire sintiendo una liberación que se extendía por todo su ser. Fue como si toda la desesperación del último año abandonara su cuerpo. Sentía el corazón ligero y cálido. Su gratitud no tenía palabras.

Heidi gritó en el cochecito. Pippa dio un respingo y abrió los ojos. El momento, pese a la interrupción, era perfecto. Heidi agitaba al aire sus puños regordetes, sonriendo.

Pippa también le sonrió.

Made volvió a hacer sonar tres veces la campanilla de plata. Después abrió los ojos y se levantó, quitándose una hoja de eucalipto del *sarong*.

—Visitamos a Cara —comentó—. Han dicho a mí los antepasados.

Pippa asintió con la cabeza.

—Yo he tenido la misma sensación. He tenido justo delante a Cara y Astrid. Made, gracias por rezar conmigo.

287

Made movió la cabeza.

–No, no ha entendido. Hacemos visita a Cara pronto. Ancestros dicen que es lo que tiene que hacer.

Pippa tragó saliva. La idea de ver a Cara era demasiado dolorosa para ser traducida en palabras, pero al mirar a Made supo que era lo correcto.

Cara

Un llanto despertó de golpe a Cara. ¿Suyo o de Astrid? No estaba segura. Desorientada, estiró el cordel colgado sobre su cabeza. La persiana se enrolló con enervante rapidez, dejando entrar luz por la tupida enredadera verde que crecía detrás de la ventana, en el emparrado. En las pálidas manchas de luz invernal del dormitorio flotaban remolinos de polvo. Supuso que era poco después de mediodía.

En la mesilla, un jarrón contenía un ramo de lirios recibidos el día anterior: estambres rojos y bulbosos que se abalanzaban por gargantas amarillas y cuyo perfume, punzante y almizclado, era casi sexual. La tarjeta la había tirado nada más leerla, aunque no se acordaba de por qué. Se incorporó en la cama, atenta a los ruidos de la habitación de Astrid, pero no oyó nada.

Fue como un mazazo, una conciencia arrolladora que rasgó los turbios visos de tranquilidad de los sedantes que le habían recetado. Del cuarto de Astrid ya no salían lloros ni risas. De nada servían ya los peleles y vestidos que seguían bien plegados e intactos en cajones. Ya no había clips en la bañera, ni peluches en el coche, ni casas de muñecas, ni marionetas de dedo. Lo más amado del mundo, su estrella fulgurante, estaba muerta.

Se apoyó en la almohada y se quedó mirando el techo. La medicación había tenido algún efecto en sus lágrimas. Era agosto. Solo hacía tres meses que se había ido Astrid, pero Cara ya no podía llorar tanto. Lo que no había desaparecido, ni lo haría nunca, era la desolación. La insidiosa, abominable conciencia de la solitaria muerte de Astrid en un sucio embalse, y la frívola ignorancia de Cara en el mismo momento en que ocurría. Las inagotables imágenes de los últimos momentos de Astrid: buscar aire donde solo había agua, ansiar con los brazos una mano tendida, confusión, acaso, y luego nada.

El único descanso lo producía la bruma aletargada de dormir a base de tranquilizantes.

Se le fue otra vez la vista hacia los lirios. Son de Ravi estas flores, pensó de sopetón. Sí, hacía tres meses que Ravi le mandaba flores, desde lo ocurrido. Richard las dejaba, silencioso y cumplidor, en la mesilla, quizá con la esperanza de que Cara saliese de la cama para aceptarlas. Y sin decir nada la veía hacer minúsculos pedazos la tarjeta.

Estaba claro que a Richard también se lo comía la pena. Tenía la mirada ensombrecida, arrugas en la cara y los hombros encorvados. Aun así le traía sin falta tres comidas al día, o el periódico al pie de la cama o le preguntaba cómo se encontraba. Cada mañana subía al dormitorio que habían compartido, abría la puerta y componía una sonrisa.

–Hace buen día –comentaba, o alguna otra banalidad.

Después trajinaba por la habitación sin hacer caso al silencio de Cara. Abría persianas y ventanas, se llevaba los platos sucios de la noche anterior, sacaba la muda del día…

–Bueno, me voy a trabajar –anunciaba cuando no quedaba nada más que decir o hacer.

Y se agachaba a darle un beso en la mejilla. El suave olor de su *aftershave* le recordaba a Cara a su abuelo.

Al llegar a la puerta, a pesar del silencio, se giraba.

–Si me necesitas llámame, Cara.

Y ella asentía, aunque los dos supieran que no iba a suceder.

Richard era todo un caballero, incluso en la tragedia. ¿Por qué no había sabido comprenderlo Cara antes de que se viniera abajo todo su mundo? ¿Por qué había albergado fantasías inútiles sobre una vida sin él? Nunca acabaría de entenderlo, ni de perdonárselo a sí misma.

Creía que lo suyo con Ravi se había acabado el día de la boda de él.

El vestíbulo del paraninfo estaba lleno de caras conocidas, pero que no acababa de identificar. Incluso hubo alguien que la saludó como a una vieja amiga.

—¡Cara! —dijo al ponerle en las manos el programa de la ceremonia—. ¡Estás guapísima! ¡Madre mía, pero cuánto tiempo!

Cara buscó en sus grandes ojos azules alguna reliquia de su pasado de estudiante.

—Demasiado —contestó—. Tú también estás muy guapa. —Miró la capilla—. ¿Cuál es el lado del novio?

—Bueno, ya conoces a Ravi —respondió cariñosamente su interlocutora—. Aquí no hay lados. Siéntate donde quieras.

—Vale —contestó Cara—. Luego hablamos, ¿eh?

La mujer, sin embargo, ya se había girado para guiar en la penumbra de la sala a otros invitados, cruzando el umbral de madera.

Ya conoces a Ravi.

Le dio vergüenza hacer tanto ruido con los tacones en el mármol blanco y negro. En los bancos de madera, dispuestos en hileras, como en una iglesia, los invitados conversaban en voz baja. Al fondo de la sala había una mesa grande cubierta de tela morada con cuatro grandes velas blancas festoneadas con guirnaldas de caléndulas: un toque indio que desentonaba con el órgano de estilo Westminster que presidía el conjunto.

Caminó aferrada al bolso por la alfombra roja del pasillo central, buscando asiento. Durante un momento imaginó a su pesar que lo recorría de principio a fin como novia de Ravi. Se metió en una fila de bancos y se abrió paso entre otros invitados.

—Perdón —susurraba, procurando no mirar a nadie a los ojos.

Se dejó caer en el banco. Habían empezado a sudarle las axilas, manchando la tela delicada del vestido. Cerró los ojos y se concentró en su respiración. Pero si es como cualquier otra boda.

El murmullo de los invitados se apagó cuando sonaron en la sala los primeros compases del *Canon,* de Pachelbel. Al girarse,

Cara vio que al lado de la entrada, en un rincón, había un cuarteto de cuerda. Qué tradicional, y qué impropio de Ravi. Debían de haber cambiado muchas cosas en un año.

Al fondo de la sala habían aparecido varias siluetas que se mantenían fuera del alcance de la luz de las velas. Aguzó la vista para fijarse en la más alta. Era Ravi. Su perfil resultaba inconfundible. Por lo visto estaba hablando con un hombre de larga túnica, oficiante de alguna confesión. De pronto, Ravi entró en la luz, con una sonrisa desbordante. El estómago de Cara dio un brinco, como siempre que veía su sonrisa: dientes blancos y perfectos sobre un fondo de tez aceitunada, y unos ojos marrón claro que se reían por algún chiste cómplice. Su actitud de serena confianza era la misma que siempre había admirado, una mezcla de herencia, humildad y trabajo duro. Después de tanto tiempo seguía siendo su Ravi.

La música se hizo más fuerte. Un haz de luz diurna iluminó la alfombra del pasillo, y a Cara se le cayó el alma a los pies. La marcha nupcial. Los invitados se levantaron todos a una con un susurro colectivo. Cara torció el cuello para ver el objeto de la devoción de Ravi.

Elegante lo era, no cabía duda. De facciones bien dibujadas, y menuda como una bailarina de ballet. Su vestido de encaje se ceñía al cuerpo con toda naturalidad, como los líquenes de un árbol espigado. Tenía el pelo de color caramelo, un poco como Cara, y se había hecho un recogido francés clásico. Cara aguantó la respiración al verla pasar, incapaz de encontrarle algún defecto. Los suspiros de admiración daban náuseas.

Le sorprendió la ceremonia por lo clasicona: una liturgia nupcial adaptaba del *Book of Common Prayer,* con varias lecturas poéticas intercaladas y una referencia de puro trámite a los Upanishads hindúes. Una pieza instrumental insulsa acompañó las firmas antes de que el oficiante se girase para pronunciar sus últimas y formularias palabras.

–Amigos, tengo el orgullo de declarar a Ravi y Tess… marido y mujer.

Se oyeron aplausos espontáneos entre el público. Los novios se sonrieron, antes de entretenerse en un largo beso. Cara hizo una mueca al oír un silbido insinuante a sus espaldas.

Después recorrieron juntos el pasillo, balanceando las manos como dos niños felices.

El banquete se celebró en uno de los pabellones originales de la universidad, un edificio de arenisca de dos plantas con hastiales en las ventanas y una rosaleda cuidada al milímetro. Al jardín, vedado a los alumnos, solo se accedía desde un balcón de mármol de la primera planta, por una escalera, aunque Cara recordaba haber trepado una vez con Ravi por los tres metros de seto después de un concurso de cultura general, cuando ya se conocían desde hacía unos meses. Al caerse por el otro lado se les había roto la botella de champán barato que pensaban beberse entre las flores. Pringados de alcohol rosa, se habían reído en la oscuridad hasta recibir en la cara la luz de la linterna de un vigilante muy serio, que les dijo que se fueran pitando. La misma noche, algo más tarde, estuvieron a punto de darse un beso en la estación de Redfern. Ravi se había inclinado hacia ella. Su aliento, calentado por el alcohol, olía un poco a especias.

—Eres muy guapa, Cara —le susurró con los labios a pocos centímetros de los de ella.

—Estás borracho, Ravi.

Justo entonces había llegado el tren de Cara, en un borrascoso muro de aire salido del túnel del final del andén. Un chirrido de frenos precedió el susurro de apertura y cierre de las puertas automáticas. Sentada en un vagón vacío, Cara había sonreído por la ventanilla a Ravi mientras el tren se ponía en marcha. La cara de Ravi tenía una curiosa expresión, la misma que tuvo años más tarde al mirar a su nueva novia.

Se habían conocido en una asignatura de estudios culturales cuyo título era «Mujeres, locura y medicina». Cara cursaba el primer semestre de un diploma en medios de comunicación, y estaba llena de celo por cambiar el mundo. Ravi estaba en segundo año de un máster de Salud Pública, con una beca del Gobierno federal para posgraduados con talento de economías emergentes.

Era la tercera semana del primer semestre. Cara se había embarcado en una lacerante crítica contra la intervención de la psiquiatría en las vidas de las pacientes.

—En conclusión —declaró ante los demás alumnos—, la psiquiatría biológica es un paradigma epistemológico totalizador que brinda a las mujeres soluciones basadas en pastillas y no reconoce las cuestiones sociales sistémicas que conforman la salud mental femenina.

Ordenó sus papeles, cohibida, mientras sus compañeros aplaudían educadamente. Al mirar por la sala se fijó en que al fondo había un hombre de aspecto exótico que aplaudía con fervor, y aunque apartó la vista no tuvo más remedio que volver a mirarlo. Cuando coincidieron sus miradas, él hizo algo indignante: guiñarle el ojo. Cara irguió la cabeza y evitó cualquier otro contacto visual.

La tutora, una doctoranda muy poquita cosa, se levantó para dirigirse a los alumnos.

—Una exposición magnífica, Cara. ¿Alguna pregunta?

Hizo una señal con la cabeza hacia el fondo de la sala. Cara supo exactamente quién era su destinatario.

El tipo exótico sonrió.

—Ha sido una exposición magnífica —apostilló con un delicioso acento británico hindú—. Los paralelismos entre el patriarcado y la psiquiatría son interesantes, pero Cara, ¿crees sinceramente que en cuestiones de salud mental como la esquizofrenia en las mujeres no existe ninguna base biológica, que esos trastornos son fruto exclusivamente del contexto social de las mujeres?

Cara se ruborizó. Con cuánta naturalidad había pronunciado su nombre… Y su acento no la dejaba concentrarse.

—Pues no, no estoy de acuerdo. Vaya, que no lo creo del todo —titubeó—, aunque no soy experta en esquizofrenia. —Ojeó sus papeles—. ¿Tú sí?

—En absoluto. —El chico sonrió—. Pero mis estudios de medicina parecen indicar que la mayoría de los trastornos mentales tienen un componente biológico. No todas las enfermedades de la mente son sociológicas. —Hizo una pausa—. Claro que es posible que sea cómplice de un sistema médico patriarcal que considera que el ser humano normal es masculino.

Se oyeron varias risitas. Cara no estaba segura de si se estaba burlando de ella. Fijó la vista en la pared del fondo con ganas de que se acabara la clase.

Al final se acabó. Los alumnos salieron charlando y riendo. Mientras guardaba su presentación en la carpeta de plástico, Cara sintió la presencia del chico, pero solo levantó la vista al oír un carraspeo.

—Muy bien construida, la argumentación —dijo él—. Me gustaría oír más de lo que piensas sobre el sistema médico.

Desarmaba su formalidad.

—¿Ah, sí?

Cara quería pillarlo a contrapié.

—Pero solo si estás dispuesta a explicarlo —añadió él—. Creo que los médicos tenemos mucho que aprender de las humanidades y las ciencias sociales.

—Seguro que sí.

Cara cerró la cremallera de su bolsa y fue hacia la puerta.

—Espera. —Él tuvo que correr un poco para darle alcance—. Me llamo Ravi. —Le tendió la mano—. Me ha fascinado tu trabajo, Cara. Los cirujanos tenemos fama de directos.

Cara se detuvo. Había vuelto a pronunciar su nombre, y en la misma frase que la palabra «fascinado». ¿Y no había dicho que era cirujano? Se giró hacia él y se le escapó una sonrisa. No sabía fingir.

—¿Tomas café? —preguntó él.

—No —contestó ella—. Vaya, que no me gusta el sabor, pero bebo otras cosas, como té…

Se sonrojó por miedo a parecer desesperada.

—¿Quieres que vayamos a Holme?

El pabellón tenía bar y quedaba a un corto paseo.

—Yo encantada —respondió—, pero mi próxima clase es dentro de media hora.

—Tranquila —le dijo él—, solo será un momento.

Tenía razón. Cara no tardó más de media hora en empezar a enamorarse de Ravi.

Con la primera taza de té averiguó algunos datos de su vida. Tenía veintiocho años y se había licenciado en medicina en la India, donde había hecho prácticas como cirujano. Su intención era ejercer en su pueblo natal, pero lo había sorprendido la oferta de una beca de posgrado en Australia.

—Aquel día me sonrió la suerte —dijo.

Cara dudó que tuviera algo que ver con la suerte.

—¿Y no echas de menos a tu familia?

Él asintió.

—Sí, pero mi madre y mi hermana son muy fuertes, Cara. Mi país no es como Australia. ¿Tú has estado alguna vez en la India?

Cara negó con la cabeza.

—Me gustaría.

—En Gudda, mi pueblo, es todo muy básico. Que alguien como yo acabe aquí es algo insólito. Ya se quedaron alucinados de que fuera a la universidad en Delhi. No se imaginaban que después viniera a Australia. —Ravi se rio en voz alta—. Mi familia está muy orgullosa.

Cara no se podía imaginar cuánto habría trabajado para estar ahí, tomando té en un bar de estudiantes de la Universidad de Sídney. En comparación, ella era de una mediocridad apabullante. De típica familia de clase media, hija de blancos anglosajones, y con un hermano menor que era un bala perdida, había pasado su infancia en Seaforth, una urbanización de postal, y había estudiado en un colegio privado anglicano. A eso podría haberse limitado su mundo de no ser por la beca de Rotary que en onceavo curso le había permitido viajar a Papúa Nueva Guinea; una estancia de seis meses que la cambió para siempre. Le impactaron la pobreza, la falta de instrucción y la cantidad de enfermedades evitables. De aquella experiencia había vuelto con la decisión de ayudar a mejorar el nivel de vida de los países más pobres del mundo. Después del colegio se había graduado con matrícula de honor en desarrollo internacional, tras lo cual había empezado la licenciatura en medios de comunicación con la esperanza de dedicarse al periodismo comprometido.

—Noble vocación el periodismo —dijo Ravi al saber de sus ambiciones—. En el fondo, la única base de la sociedad civil es la libertad de prensa.

Espoleada por su interés, Cara le pidió permiso para entrevistarlo para la *Honi Soit*, la revista del campus, sobre su experiencia como «recién llegado» a Australia. Después de intercambiar teléfonos —él compartía piso en Glebe con un estudiante de ingeniería—, quedaron en volver a verse después de la clase de estudios culturales de la semana siguiente.

Entonces Cara aún no lo sabía, pero aquella taza de té fue el principio de diez años de amistad.

—Buenas noches a todos —dijo una voz por el sistema de megafonía—. Me llamo Michael Hughes, y aparte de ser el hermano de esta novia tan guapa tengo el gran placer de ser el maestro de ceremonias.

Cara cambió de postura para ver de dónde venía la voz. Cerca de la mesa de los novios había un podio con un hombre de treinta y pocos años y el mismo aspecto etéreo que Tess, aunque su atractivo, en un varón, resultaba muy inferior.

Se apoyó en el respaldo y se armó de paciencia para el típico catálogo de anuncios y discursos que se avecinaba. ¿Pero cómo se me ha ocurrido venir a esta boda?, pensó. Nada más tentador que el lavabo de señoras. Echó la silla hacia atrás y se levantó, tambaleándose.

—Perdón —murmuró sin dirigirse a nadie en concreto.

Al abrirse paso en la penumbra, entre las mesas, tuvo la sensación de ser el centro de doscientas miradas. El maestro de ceremonias se estaba explayando con lirismo acerca de los novios. De repente se cruzó en el camino de Cara uno de los camareros que servían los entrantes, con un montón de platos en la mano.

—Mieeeerda —murmuró al intentar esquivarla.

Su maniobra no llegó a tiempo. Se le escaparon los platos de las manos y se hicieron añicos en el suelo.

—Mieeeeeeeerda —gimió otra vez con mirada asesina.

El maestro de ceremonias se quedó a media frase. Los invitados se giraron a mirar. Cara se agachó y empezó a recoger los trozos, esperando que por nada del mundo la hubiera visto Ravi.

—No recojas —sugirió una voz cerca de ella. Una mano blanca y tersa tocó la de Cara, que al levantar la vista descubrió una mirada amable—. No recojas —repitió—, que seguro que puede hacerlo él. Toma. —Le dio una servilleta—. Te has manchado de salsa por delante.

Al bajar la vista Cara estuvo a punto de gritar. Tenía en el escote una enorme mancha marrón que le goteaba por el vestido.

—Dios mío.

Se la frotó, desesperada.

Los ojos claros le sonrieron. Empezó a retroceder.

—Mmm… lo siento. Y gracias —dijo, tapándose el pecho con el bolso.

Salió disparada hacia la mesa y se hundió en su asiento, contenta de que hubiera tan poca luz. Después se sumó a los aplausos a la dama de honor, que procedió a hacer las delicias de los invitados con anécdotas sobre las travesuras de colegiala de Tess en el campo de hockey. Sonaba todo muy banal.

De repente fue Ravi quien se puso al micrófono y ajustó su posición para adecuarlo a su estatura. Se sacó del bolsillo las notas de un discurso y sonrió al público con el desenfado que lo caracterizaba.

—Cuando conocí a Tess... —empezó.

Fue como si se contrajese la sala alrededor de Cara. Las paredes se inclinaron hacia ella, amenazando con desmoronarse. Los latidos audibles de su corazón eran más fuertes que las palabras de Ravi. Oía un galimatías lejano de voces, pero no podía descifrarlas.

Después de las palabras del andén, su amistad con Ravi se fue haciendo más profunda, entre tutorías, noches de juego y trabajo conjunto en la revista del campus, pero siguieron siendo solo amigos. Cara había revivido mentalmente una y mil veces esa noche y la declaración de Ravi. ¿Lo había ofendido con su negativa? Motivos al margen, Ravi no había vuelto a aventurarse en terrenos amorosos. Tampoco hablaron más del episodio.

Todo cambió la noche de la graduación de Ravi.

Hacía nueve meses que eran amigos. Ravi la sorprendió invitándola a la ceremonia.

—Vendrá mi compañero de piso, pero había pensado... —Hizo una pausa. Cara creyó detectar cierto rubor en sus mejillas de color aceituna—. ¿Me harías el honor de venir a mi ceremonia de graduación?

—Con mucho gusto.

Cuando llegó la tarde señalada, Cara prestó especial atención a su aspecto. «No tiene familia en Australia —razonaba al ponerse más rímel que de costumbre—. No puede invitar a nadie más.»

El máster en Salud Pública era relativamente nuevo. Contando a Ravi, solo eran veinte los alumnos que se graduaban. Cara tomó asiento con orgullo en la tercera fila del anfiteatro, entre padres, hermanos y cónyuges, con la cámara a punto. Cuando Ravi inclinó el birrete hacia el vicerrector y se giró para bajar de la tarima, su mirada se posó directamente en Cara, que se puso demasiado nerviosa como para hacer fotos. En vez de eso se levantó y aplaudió. Volvió a sentarse con la misma rapidez, avergonzada.

—Está guapísimo —susurró a su derecha una mujer con aspecto de matrona—. Debes de estar muy orgullosa.

—Sí que lo estoy —afirmó Cara, sonrojándose.

Solo entonces, al hablar sobre Ravi con una desconocida, se dio cuenta de que estaba enamorada de él.

Después de la graduación hubo un tentempié en el patio, bajo un gran toldo blanco. Cara mordisqueaba un sándwich de pollo, pero no pasó de unos pocos bocados. Mientras bebía su segunda copa de champán, Ravi la saludó desde el otro lado de la carpa.

—Cara —dijo. Señaló a su lado a un chico de aspecto descuidado—. Te presento a Paul, mi compañero de piso.

—Hola —saludó Cara.

—Qué tal —contestó Paul.

Ravi señaló el prado con la cabeza.

—Voy a hacerme las fotos. Ahora mismo vuelvo.

Al ser Paul tan callado, fue difícil entablar conversación. Cualquier intento de hablar por hablar topaba con sus monosílabos, aunque Cara insistió por buena educación. Finalmente, cuando Paul se fue a la barra, Cara circuló hacia el lado opuesto de la carpa, donde los graduados posaban para fotógrafos profesionales. Algunos echaban los birretes al aire, otros besaban a sus parejas y otros sonreían a la cámara del brazo de sus amigos.

—Hola —dijo tras ella una voz suave.

Se giró y sonrió a Ravi.

—Enhorabuena, doctor.

—¿Quieres que nos vayamos?

—Sí, por favor.

Ravi la tomó de la mano. Se despidieron con gestos de Paul, que se había quedado cerca de la barra.

—No es muy hablador —dijo Ravi, como disculpándose—, pero ha sido un buen compañero de piso.

Caminaron deprisa hacia el edificio de Glebe Point Road donde vivía Ravi. Un oscuro pasillo llevaba a una escalera que crujía bajo las pisadas. Al llegar a su piso Ravi se giró.

—Mmm —preguntó, ligeramente cohibido—… ¿Quieres una taza de té?

—No, gracias —contestó ella enseguida.

Ravi abrió la puerta de su habitación y encendió la luz de la mesilla. Se notaba que no había planeado seducirla. La cama estaba deshecha. Al pie de una pared se amontonaban varias pilas de ropa mal hechas, y el suelo estaba cubierto de manuales de medicina. Al otro lado de la ventana había un balcón, con varias toallas colgadas en la baranda de hierro colado.

—Perdón por el desorden —se disculpó.

Cara se encogió de hombros. El estado de la habitación de Ravi carecía de importancia.

De pronto lo tuvo delante, con su cara a pocos centímetros.

—Es verdad que eres guapa, Cara.

Se lo quedó mirando, enmudecida. Habían pasado nueve meses desde aquel momento en el andén.

Ravi le puso una mano en la mejilla.

Al principio se besaron con curiosidad, y luego cada vez con más intensidad. Ravi la llevó a la cama deshecha y se tumbó a su lado. Se retorcieron vestidos, hasta que finalmente Cara se incorporó y se desabrochó la blusa.

Los sobresaltó algo después un golpe en la puerta. Cara se tapó el pecho con la sábana y Ravi saltó de la cama.

—¿Quién es?

—Tío, que soy Paul. Perdona.

Cara frunció el ceño. Seguro que llevaba un buen rato en el piso de abajo. Ella solo había oído respirar a Ravi.

—Tienes al teléfono a tu madre desde la India —informó Paul al otro lado de la puerta—. Ha llamado dos veces y le he dado largas. Sabía que estabas... ocupado, pero se la nota un poco cabreada. Todavía está al teléfono.

Ravi suspiró.

—Ahora bajo.

Cara miró fijamente la puerta, mientras oía alejarse los pasos de Paul. ¿Tan necesario era que Ravi se pusiera de inmediato al teléfono para hablar con su madre?

—Casi nunca llama —explicó él al adivinar su inquietud.

—Vale.

Cara se agachó desde la cama y empezó a buscar su ropa interior sin apartar la sábana del pecho.

—Vaya jarro de agua fría —dijo él con una sonrisa irónica.

—Un poco sí, pero no pasa nada. —Cara se puso la blusa—. Me voy. Gracias por esta noche tan bonita.

Se levantó de la cama con la sensación de ser un poco tonta.

—Cara...

Ravi se puso delante, sin camisa, y la tocó suavemente bajo la barbilla para que lo mirase a los ojos.

—Ha sido la noche de mi vida.

Ella sonrió, aliviada.

—Ya salgo sola.

Flotó hasta la estación de tren, con el corazón lleno de Ravi.

El día siguiente, un sábado normal de noviembre, el mundo de Cara ya no parecía el mismo. Era como si fueran más vivos los colores, más interesantes los periódicos y más tolerable una llamada de teléfono de su hermano, quien, como siempre, le pidió dinero. Todo parecía henchido de promesas, desde el correo comercial del buzón hasta la guía de la tele sin abrir. Ravi no llamó, pero estuvo segura de que lo haría el domingo por la tarde.

El domingo por la noche seguía sin haber llamado. Cara se acomodó frente al televisor con un cuenco de macarrones con queso, diciéndose que lo más probable era que Ravi le estuviera dando margen. Se bebió media botella de vino tinto, vio un documental bélico y se fue a la cama.

Ni el lunes ni el martes llamó. Cara no entendía nada. ¿No sentía lo mismo que ella? ¿Estaba molesto por algo que hubiera hecho ella sin querer? Ravi tampoco acudió a la sesión de juegos de mesa de todos los miércoles por la noche en el bar Manning. Nadie del grupo sabía dónde estaba. El viernes por la tarde la perplejidad de Cara se había convertido en rabia. Hay que ser muy cabrón para no llamar en toda una semana.

El sábado por la mañana levantó el teléfono y a la tercera señal se puso Paul.

—Hola, Paul, soy Cara. ¿Está Ravi?

—No —respondió Paul, siempre tan monosilábico.

—¿Sabes cuándo volverá?

—No.

—Bueno, pues dile que he llamado, ¿vale?

Cara colgó.

Pasó otra semana sin que Ravi devolviese la llamada. El enfado de Cara se empezó a diluir, dejando paso a un arrepentimiento lacerante. ¿Cómo había podido interpretar tan mal la situación entre los dos? Si Ravi no quería nada con ella, ¿por qué no se lo había dicho a la cara?

El fin de semana volvió a llamar. Marcó el número de Ravi con una sensación de frío en el estómago.

—Paul —dijo en voz baja cuando se puso el compañero de piso de Ravi—, soy Cara. Es que no encuentro a Ravi en ninguna parte. ¿Está contigo?

—No.

—Paul —insistió—, ¿me puedes ayudar, por favor?

Paul se quedó un momento callado.

—Ha desaparecido. Y se ha ido sin pagar el alquiler.

—¿Qué quieres decir?

—Pues que hizo la maleta y se dio el piro.

—¿Cuándo?

—La mañana después de graduarse. Cuando me levanté vi que se iba en taxi.

Cara se quedó atónita.

—¿Por qué?

—Ni idea. Dímelo tú, que fuiste la última que lo vio.

Cara intentó asimilar las palabras de Paul. Le daba vueltas la cabeza. ¿Que se había ido? ¿Sin dejar dicho por qué ni adónde? No tenía sentido.

—No se me ocurre qué puede haber pasado —dijo. Se le empañaron los ojos—. Espero que esté bien.

Paul no dijo nada.

—Mmm… Bueno, pues si tienes noticias de él dile que lo estoy buscando, ¿vale?

Paul asintió con un gruñido.

Cara colgó el teléfono y se quedó mirando al vacío. ¿Tendría Ravi algún problema?

Tres semanas después sonó el teléfono. Era Paul.

—¿Sabes algo de Ravi? —preguntó Cara sin aliento.

—No —respondió él—, nada.

—Ah.

Cara se mordió el labio para no llorar.

—¿Te apetece ir al cine?

Tardó un poco en contestar.

—¿Para qué?

—Bueno, como se han acabado las clases… —dijo Paul—. Dicen que *Witching Hour* es buena.

Cara lo entendió de golpe. Paul había llamado para que salieran.

—No, gracias. —Su respuesta fue seca—. Es que Ravi y yo estamos… bueno, estábamos… Pues eso, que no, gracias. —No tenía por qué dar explicaciones—. Adiós, Paul.

Colgó el teléfono.

Las semanas se convirtieron en meses, y su enfado inicial por la separación se fue diluyendo. Cara llamó a casa de Ravi, y echó un vistazo a su cuarto con Paul a sus espaldas. No había nada que hiciera pensar en una marcha apresurada. Se había llevado casi todos sus efectos personales, dejando algunas cosas de bulto, como el armario y la cama. Hasta había quitado las sábanas. Paul dijo no haber recibido ninguna llamada de la India, ni tener ningún indicio de que su familia lo echara en falta. Cara asintió de manera mecánica cuando Paul la informó de que la semana siguiente se instalaría un nuevo inquilino en el cuarto.

—¿Quieres la cama de Ravi? —preguntó—. Como estabais…

Cara negó con la cabeza.

—Vale, pues la venderé por eBay.

Había mandado decenas de correos electrónicos, todos sin respuesta. Finalmente, a la desesperada, fue al centro de alumnos de la universidad y explicó su situación a un funcionario de pelo gris que la miró con cara de reproche por encima de sus gafas.

—No puedo dar información personal de los alumnos si no es a la familia —repuso—. Lo prohíbe la normativa.

Los labios de Cara empezaron a temblar.

El funcionario parecía incómodo. Se subió las gafas por la nariz y empezó a teclear. Después de unos minutos de silencio contempló la pantalla y se giró hacia Cara.

—Lo único que puedo decirte —dijo más amablemente que antes— es que si eres amiga suya encontrará la manera de ponerse en contacto contigo.

A Cara le sentó como una bofetada.

Salió a trompicones del centro de alumnos y bajó por los peldaños de arenisca, muda de incredulidad. La universidad sabía dónde estaba Ravi. La única conclusión posible era que la evitaba.

Salió de la universidad y no volvió. Ya había cumplido todos los requisitos para titularse. No había por qué prolongar más de la cuenta la vida de estudiante.

Al acabar el verano y empezar el otoño, se volcó en la búsqueda de empleo, y en tres meses entró en prácticas en una revista femenina. Para alguien que acababa de graduarse era todo un éxito, y aunque la revista estuviera enfocada en la moda, algo bastante ajeno a sus inclinaciones, la intensidad de la vida laboral no le dejaba pensar mucho.

Ocho meses después de la desaparición de Ravi empezó a salir con un fotógrafo, Jason. Lo había conocido en una sesión de fotos. A diferencia de tantos de la moda, su interés por el mundo no se agotaba en las revistas. Era un hombre soñador y tierno, que la colmaba de regalos extravagantes. Cuando estaban juntos se reían, y Cara, sin estar enamorada, era feliz. Después de pasar durante cuatro meses los fines de semana en casa de Jason, él le propuso que vivieran juntos. Cara nunca había vivido con ningún novio, y a sus veinticinco años tenía ganas de probar. Dos semanas después ya había hecho el equipaje y se había instalado en la casa de Jason, un antiguo y espacioso almacén de Erskineville.

Transcurridos cinco meses, y más de un año desde la desaparición de Ravi, apareció un mensaje en su bandeja de entrada: «Cara, he vuelto a Australia. Acabo de leer tus correos. ¿Podemos vernos? Ravi».

Cara redactó una respuesta larga y desagradable en la que lo insultaba y preguntaba por qué tenían que verse. El correo electrónico acababa así: «P. D.: Ahora estoy con otra persona».

No llegó a enviarlo.

Lo que hizo fue escribir una breve respuesta: «Ravi, me ha sorprendido tener noticias tuyas. Quedamos en el Café Pronto de la esquina de Alfred Street el lunes a las once de la mañana. Cara».

Toda la frialdad que pensaba mostrar se deshizo en el momento de verlo.

–Pero Ravi, por Dios, ¿dónde estabas?

Tenía muy mala cara.

—Tuve que irme a la India —respondió—. Me llamó mi madre la noche en que tú y yo… la de mi graduación. Salí en el primer vuelo. Le dejé a Paul un mensaje para ti. Se había muerto mi hermana al incendiarse la cocina.

Lo dijo inexpresivamente.

—¿Qué?

Ravi se encogió de hombros.

—Lina, mi hermana pequeña. Se murió.

A Cara se le retorció el estómago.

—¿Pero por qué?

—Ya lo sabes —respondió Ravi, lacónico—. Porque en la India es de lo más normal quemar a las novias. Porque los hombres no respetan a las mujeres. Porque a veces las suegras son muy malas. Porque no siempre rige el imperio de la ley. —Se pasó los dedos por el pelo—. Lo siento. —Tragó saliva—. Lina se había casado con un hombre mayor de mi pueblo, Anant. ¿Te acuerdas? A todos les había parecido un buen partido.

Cara asintió. Se acordaba de lo mal que lo había pasado Ravi por no poder pagarse el billete de avión e ir a la boda. Ella se había brindado a hacerle un préstamo, que él rechazó.

—Al mes de la ceremonia Anant les pidió a mis padres más dinero para la dote, pero ellos no se lo podían permitir. Ya le habían dado todo lo que podían. Total, que la misma mañana de mi graduación la madre de Anant roció a mi hermana con queroseno y le prendió fuego.

Cara se quedó sin respiración.

—No murió enseguida. Tardó tres meses. Tenía lesiones internas. Yo intenté hacer todo lo posible. Hice venir a un especialista en quemaduras de Delhi, pero…

Movió la cabeza sin poder hablar.

Cara tendió el brazo por encima de la mesa.

—Lo siento mucho, Ravi. No sabía nada.

Él apartó la mano.

—En el mensaje que le dejé a Paul salían mis datos de contacto en Rajastán. —La miró acusadoramente—. Esperaba una llamada telefónica o una carta. En Gudda no hay Internet, pero al menos hay teléfonos. Pero no me llamaste. Creía que te habías olvidado de mí.

Parecía dolido.

—Pero Ravi, si hablé varias veces con Paul —protestó ella—. Hasta fui a tu casa, y no me dijo nada de ningún mensaje.

—Lo dejé en la mesa de la cocina —insistió él—. Era imposible que no lo viera.

Cara observó atentamente a Ravi, y vio que decía la verdad. De repente se acordó de que Paul la había llamado para salir varias semanas después de la desaparición de Ravi. ¿Podía ser que se hubiera guardado el mensaje a propósito?

—Esto es horrible, Ravi.

No supo qué más decir.

A él le temblaron las manos al ponerse la taza en los labios.

—Al mes de morir Lina se murió mi padre —continuó—. De un infarto. Ahora solo queda mi madre.

—Oh, Ravi… —Ahora entendía Cara que hubiera estado tanto tiempo fuera—. ¿A la suegra la han denunciado?

—No, no se puede demostrar nada. En la India no se juzga a la mayoría de los que queman a las novias, pero bueno, así es mi país: mucha belleza y mucha barbarie.

Cara no sabía qué decir.

—¿Cómo lo lleva tu madre? —preguntó después de uno o dos minutos.

—Se ha ido a otro pueblo, donde vive mi tía, que también es viuda. En Gudda no podía quedarse.

Cara asintió con la cabeza.

—¿Pero tú por qué no…?

Dejó la frase a medias. Había querido preguntar si durante su año de ausencia Ravi había salido de Gudda y había viajado alguna vez a alguna población más grande para consultar su correo electrónico. Y por qué no había hecho nada en absoluto para ponerse en contacto con ella.

Lo miró a la cara, más delgada y envejecida.

Ravi rompió el silencio.

—Ya veo que no sabías nada. Creía que habías cambiado de opinión sobre lo nuestro. Qué idea más tonta. ¿De verdad que no leíste mi mensaje?

Ella negó con la cabeza. Le picaban los ojos.

—Debería haber averiguado por qué no te ponías en contacto conmigo, pero estaba solo en el pueblo, ayudando a mi madre. Lo siento.

Se miraron en silencio.

—¿Y ahora qué harás? —preguntó Cara—. ¿Volver a tu país?

Ravi movió la cabeza.

—No. Mi madre quiere que triunfe, más que nunca. Acabaré la especialidad aquí. Quizá algún día pueda traerla a Australia.

Cara tendió un brazo por encima de la mesa y le apretó la mano.

—Te admiro, Ravi. Y lo siento todo muchísimo. —Parpadeó para no llorar—. Si puedo ayudarte de alguna manera, dímelo, por favor.

Aproximadamente un mes más tarde, un domingo por la mañana, mientras Cara hacía el crucigrama semanal, sonó el teléfono.

—Es para ti —dijo Jason desde la cocina, enseñando el teléfono inalámbrico con una mirada interrogante.

Cara se puso.

—¿Diga?

—Soy Ravi.

Se le atragantó la respiración.

—Hola —dijo como si fuera una llamada de trabajo.

Se encogió de hombros, mirando a Jason, y se encerró en el dormitorio.

—Cara, me voy al oeste de Australia. Me han ofrecido un puesto de cirujano en Pilbara, en un centro de salud aborigen. Es una oportunidad para ayudar a la comunidad indígena.

Típico de Ravi, pensó Cara: querer ayudar a los desfavorecidos.

—Es una decisión valiente.

—Ven conmigo, Cara.

Ravi lo dijo en voz baja, con urgencia.

A Cara empezó a latirle muy deprisa el corazón y tragó saliva.

—Ven conmigo —la instó él de nuevo—. Durante el último año hemos hecho mal las cosas. Vamos a arreglarlas.

Sí, pensó Cara. Sí.

Cerró los ojos.

—No puedo —dijo finalmente—. Ahora tengo un buen trabajo. Y está Jason. No puedo plantarlos a los dos como si nada.

Ravi esperó.

—Has estado demasiado tiempo fuera. —A Cara se le atropellaban las palabras—. Ni siquiera intentaste ponerte en contacto conmigo. Al menos podrías haberlo intentado. Han cambiado las cosas, Ravi. Y yo también.

—Lo comprendo —contestó él—. Ha sido una tontería pedírtelo.

—Ravi…

Cara ya se estaba arrepintiendo de sus palabras.

—No sigas —interrumpió él—, lo entiendo. Seremos amigos. Te escribiré por correo electrónico.

Lo hizo: cada mes durante cuatro años.

En todo ese tiempo Cara dejó a Jason y dejó su trabajo. En su tercer aniversario, cuando Jason le pidió que se casaran, Cara se negó, sin poder explicar exactamente la razón. Poco después de irse de su casa-almacén entró como redactora en la delegación de Sídney del *Global Voice*. Alucinada de su buena suerte, le mandó un correo a Ravi: «¡Puede que algún día me destinen a un sitio interesante!».

Fue más rápido de lo que se imaginaba. Dos años después, cuando Ravi volvió a Sídney, Cara ya vivía en Johannesburgo. Ravi le escribió un largo mensaje.

Se me hace raro estar en Sídney sin ti, Cara. He aprobado el examen, y comparto despacho con el doctor Robert Sturgess, que es cirujano general y colorrectal. Le falta poco para jubilarse y ha empezado a trabajar menos. Tenemos funciones administrativas, derivaciones y trato directo con el paciente. Participo en algunas operaciones del doctor Sturgess, sobre todo resecciones intestinales, colonoscopias y algo de urología. Sí, es bastante rutinario, pero es que necesito descansar un poco de vivir tan lejos. En Pilbara hay demasiados problemas para que los resuelva un solo cirujano. De todos modos, no sé cuánto tiempo duraré en la ciudad. A saber. Igual acabo en África.

Fue un comentario hecho como de pasada, al que Cara se aferró. Como corresponsal para temas de justicia social en África, su vida laboral era trepidante. Viajaba de un país a otro para escribir artículos sobre epidemias y hambrunas, guerras tribales y limpiezas étnicas. Era un trabajo que tenía su precio, traducido en una lenta erosión de su fe en la posibilidad de cambiar las cosas y en la bondad humana. Perdió peso y ganas. No estaba exactamente sola, ya que contaba con un amplio círculo de amigos expatriados, y con alguna que otra relación amorosa, pero ninguno de sus escarceos llegaba a nada serio. En Sudáfrica era todo transitorio. La gente se iba con la misma rapidez con que llegaba. La idea de que Ravi aterrizase en Johannesburgo y estuviese a su lado, en la anarquía de África, resultaba emocionante.

El día en que cumplía treinta años sonó el teléfono de su despacho.

—*Global Voice,* Johannesburgo.

—Feliz cumpleaños, Cara.

Al principio se quedó en blanco.

—¡Ravi! —Estaba entusiasmada como una niña—. Cómo me alegro de oírte.

¿Llamaba para anunciarle su llegada en avión?

Se pusieron mutuamente al día sobre sus trabajos. Cara habló de su experiencia en África.

–Lo que más toco son déspotas, dictadores y enfermedades –dijo riéndose–, pero alguien tiene que hacerlo. A ti te encantaría esto, Ravi. Piensa que hay mucha demanda de gente con tu formación.

–Me lo imagino –dijo él. Y de repente–: He conocido a alguien.

–Ah.

Cara trató de demostrar indiferencia.

–Se llama Tess. Es la administrativa del consultorio.

–Ah –repitió.

–Es encantadora, muy buena persona.

–Me alegro por ti –mintió.

–Gracias, Cara.

Cerró los ojos y se apoyó en el respaldo. Ya no podía seguir conversando con Ravi como si tal cosa. Ni ahora ni nunca.

–Ravi, tengo que colgar. Lo siento, pero es que tengo una reunión dentro de cinco minutos.

–Claro, claro. –Le pareció detectar una nota de decepción en la voz de Ravi–. Seguimos en contacto.

Colgó, se tapó la cara con las manos y lloró.

Sola en su despacho de Johannesburgo, a años luz de sus seres queridos, comprendió algo muy sencillo que llevaba un tiempo negándose: era hora de volver.

Un mes más tarde tocaba tierra en Sídney. Durante el aterrizaje apoyó la cara en la ventanilla y lloró. Los trasbordadores dejaban estelas de espuma en el puerto de Sídney, y las velas curvadas de la ópera brillaban muy blancas. Estampas conocidas que tanto había añorado.

Sus padres fueron a buscarla al aeropuerto. Al cruzar la puerta acristalada del control de aduanas, vio a su madre entre la gente, agitando un globo de helio en forma de corazón donde ponía «¡Bienvenida a casa!». Su padre, al lado, agitaba la mano como loco. Cara se abrió camino entre la multitud con su enorme maleta, y al reunirse con sus padres lloraba, como ellos.

–Lo siento –sollozó contra el pecho de su padre–. Te he echado de menos, papá.

Volvió a instalarse en Seaforth, en casa de sus padres, y empezó a buscar piso. Su editor del *Global Voice* estuvo encantado de que se reincorporase a la delegación de Sídney. La plantilla había aumentado, y ahora cubría Indonesia, Papúa Nueva Guinea, Micronesia y Nueva Zelanda.

Poco después de volver llamó por teléfono a la consulta de Ravi. No le fue difícil encontrarlo en la guía.

–Hola, Ravi. –Lo dijo con una serenidad muy estudiada–. He vuelto a Sídney. ¿Cómo estás?

–¡Eh! –exclamó él con una pizca de acento australiano–. No me lo puedo creer, Cara. Yo estoy muy bien. ¿Y tú?

–Bueno, ya sabes lo que pasa cuando has estado fuera. Se te hace raro volver. –Se alegró de no verle la cara. Respiró profundamente–. ¿Quedamos un día para hablar, Ravi?

Tenía ganas de preguntarle «¿sigues con Tess?», pero se lo calló.

–Claro que sí. ¿Qué tal mañana por la noche? –propuso él–. Si quieres quedamos después del trabajo.

Así que se reencontraron en un bar de Glebe. Cara llegó con diez minutos de retraso porque le costó encontrar aparcamiento. Entró con prisas en el bar y lo reconoció enseguida en una de las mesas del fondo. Ahora rondaba los treinta y cinco años, y aún era más atractivo que antes. Estaba un poco más fornido, cosa que no le sentaba mal. Se fijó en que tenía algunas canas en la negra y poblada cabellera. Ravi le sonrió con los ojos brillantes.

–Cara.

Se levantó y le dio un beso en la mejilla. Cara tuvo ganas de quedarse para siempre en aquel momento. El suave roce de los labios de Ravi le hizo revivir la noche de su graduación, muchos años atrás. Incluso olía como entonces, a ese toque de especias.

Sin embargo, era imposible anular los cuatro años transcurridos. Además, enseguida quedó de manifiesto que Tess seguía presente en la vida de Ravi. Se le dulcificaba la mirada al hablar de ella.

—Tienes que conocerla, Cara —dijo—. Te caería muy bien. El sábado que viene hacemos una fiesta de inauguración. Nos hemos comprado un piso en Waverton. ¿Vendrás?

Cara negó con la cabeza.

—Ah, no, lo siento, pero no puedo. Tengo trabajo.

Ravi la miró a los ojos. Sabía que mentía.

Fue la última vez que se vieron en casi un año. Mantuvieron el contacto por correo electrónico y muy de vez en cuando por teléfono. Cara esperó pacientemente, albergando contra todo pronóstico la esperanza de que un día Ravi le anunciase que él y Tess habían roto. Entretanto se dedicó en cuerpo y alma al trabajo, e hizo varios viajes al extranjero. Encontró un apartamento en Annandale y empezó a recuperar el contacto con viejas amistades. De vez en cuando salía con alguien, pero no era nada serio.

Un jueves por la noche, al volver a su casa, se encontró en el buzón un sobre con relieves dorados y su nombre y dirección irreprochablemente escritos a mano. Al abrirlo encontró una tarjeta de un blanco inmaculado que la invitaba cordialmente al enlace de Ravi Nadkarni y Tess Hughes. Dio tumbos sin aliento hasta chocar de espaldas con la encimera de la cocina, como si la hubieran golpeado físicamente.

Miró la invitación durante horas, deseando que fuera producto de su imaginación, pero la nota escrita a mano en el reverso de la tarjeta, con la mala letra de médico de Ravi, era irrefutable: «Espero que puedas venir, Cara. Para mí sería importantísimo». Al final fue lo que la convenció de enviar la rogada confirmación a la señora Hughes, e informarla de que acudiría. No, no iría acompañada.

–Perdona, ¿te apetece bailar?

Dio un respingo y levantó la vista. Solo quedaba ella en la mesa.

Era un hombre de apariencia afable, que le sonreía; el mismo que la había ayudado después del choque con el camarero. Al tenerlo tan cerca se fijó en que era pelirrojo y tenía pecas.

–Perdona –se disculpó–. Estaba en Babia.

Aún tenía el postre delante, intacto. ¿Cuánto tiempo llevaba sentada, meditando sobre el pasado?

–¿Eso es que no? –preguntó él.

Cara sonrió.

–Perdona. Qué maleducada.

–Mi madre es amiga de la tuya –dijo él de repente–. Me dijo que te buscase.

–¿En serio?

Cara no se imaginaba qué podían tener en común.

–Sí, van al mismo grupo de apoyo, en Balgowlah. Mi padre también tiene Alzheimer.

Se lo quedó mirando. La enfermedad de su padre era un tema del que no hablaba ni con sus amigos íntimos. Sus padres habían esperado tres meses desde su regreso de Sudáfrica para revelarle el diagnóstico.

–Por cierto, me llamo Richard. –Le tendió la mano–. Soy el mejor amigo de Michael.

Cara lo miró sin entender.

–Michael, el maestro de ceremonias –explicó él–. Fuimos juntos al colegio.

–Ah.

Asintió educadamente.

–He dejado un par de veces a tu madre en Seaforth después de la reunión del grupo de apoyo –continuó él–. Mis padres viven bastante cerca de los tuyos, en Clontarf.

Cara prestó más atención a Richard. Sabía que su madre asistía cada miércoles por la tarde a las sesiones de un grupo de apoyo para cuidadores.

—¿No trabajas los miércoles? —preguntó.

—Técnicamente sí. —Richard sonrió—. Pero soy autónomo. Mi madre está pasando una época difícil. Cuida a mi padre a jornada completa. Creo que puedo robarle dos horas al miércoles para ayudarle un poco. Tampoco es que me cueste mucho, porque tengo la oficina en Balgowlah.

—Es un detalle.

En comparación, Cara se sintió una despreocupada.

—De hecho nuestras madres se han hecho bastante amigas. Mañana por la mañana las llevo en coche a la ópera.

—Ah. —Se le hizo raro enterarse por terceros—. Bueno, Richard —dijo—, pues entonces supongo que mejor que bailemos.

Fueron a la pista de baile. Con tacones Cara era un poco más alta que él. Se abrió paso por el poblado centro de la pista y empezó a balancearse con torpeza hacia ambos lados. Nunca se le había dado bien bailar.

En ese momento vio a Tess y a Ravi a menos de dos metros. También los vio el DJ, que cambió la música a los primeros compases de un tema de amor de una película de Baz Luhrmann. La pareja empezó a verse rodeada por los que querían felicitarla. El DJ se inclinó hacia el micrófono.

—Señoras y señores, el vals nupcial.

Cara empezó a retroceder y chocó con Richard.

—Perdona.

—¿Estás bien? Tienes mala cara.

—Necesito aire fresco.

Una pared de espectadores le cortaba el paso.

Ravi y Tess, perfectamente coordinados, daban vueltas bajo el foco. Tess tenía apoyada la mejilla en el pecho de Ravi y se abrazaba con fuerza a su cintura. Mientras evolucionaban lentamente en círculo, Ravi levantó la cabeza y abrió los ojos. Cara no tenía ningún otro sitio donde mirar.

Se metió entre la gente. La llamaron por su nombre, pero no se detuvo. Salió corriendo por la puerta, bajó por la escalera y salió a la oscuridad de la calle. No se dio cuenta de haberse dejado el bolso en el salón hasta que llegó a su casa, dolorida y sin aliento. No podía volver. Metió los dedos por debajo de una maceta y sacó el juego de llaves de repuesto.

El clic de la cerradura resonó en el piso vacío. Todo estaba a oscuras salvo la luz fantasmal de la pecera. Tiró los pendientes a la mesa del comedor y se deshizo el recogido. Bajó las persianas del dormitorio. Su vestido se cayó al suelo con un susurro como de hojas secas. Tiró al armario los zapatos de tacón y se dejó caer en la cama.

Había alguien en la puerta. Se incorporó, sobresaltada, y miró el reloj. Las nueve y media. Probablemente fuera el vecino, que no entendía de horas, ni siquiera los fines de semana. ¿Los domingos por la mañana no eran sagrados?

Apartó las mantas y buscó el albornoz. Después, echando pestes, se acercó a la puerta y la abrió de golpe.

En el umbral estaban su madre y una mujer a la que no reconoció, además del hombre a quien había conocido la noche anterior. Rodney, ¿no?

—Ah, pero estás en casa. Te he dejado un mensaje hace una hora —dijo su madre.

—Es domingo por la mañana. —El tono de Cara era seco—. Pues claro que estoy en casa.

—Bueno, mira, es que Richard... —Su madre lo miró de reojo—. Estaba un poco preocupado. Me ha dicho que ayer por la noche tenías mala cara. Recogió tu bolso con las llaves dentro. Y el móvil. No me explico que te lo dejaras todo en el salón de banquetes. Como nos pillaba de paso, se me ha ocurrido parar y...

Cara los miró a los tres. ¿De paso? Su piso de Annandale no quedaba nada cerca de Seaforth. La expresión de Richard era de disculpa.

—Estoy muy bien. —Se ciñó el albornoz al pecho—. Pero gracias.

Richard le dio el bolso.

—Bueno, nos vamos al concierto —dijo alegremente su madre.

Cara se acordó vagamente de que Richard lo había comentado por la noche. La mujer de al lado debía de ser su madre.

—Vale, pues a disfrutar.

—Perdona que te hayamos despertado —dijo Richard. Parecía avergonzado—. Esto… ¿Te va bien si paso un momento en el camino de vuelta?

Cara lo miró con los ojos entornados. ¿Se puede saber para qué?

Su madre asentía, sonriente.

—Luego iré a los mercados —contestó Cara—, pero… mmm… como quieras.

Richard puso cara de alivio.

—Bueno, pues nada, cariño —trinó su madre—, chao chao.

Los vio irse con recelo.

Una hora después llamó a la puerta Richard. Esta vez Cara no la abrió con tanta fuerza.

—Perdona por lo de antes —se excusó—. Cuando me levanto no estoy para nadie.

Richard se sacó un ramo de margaritas de detrás de la espalda y se lo puso en las manos.

—El que tiene que pedir perdón soy yo. He hecho mal en comentarle algo a tu madre, pero es que te fuiste con muy mala cara y no estaba seguro de que hubieras vuelto sana y salva.

—No fue mi mejor noche. —Cara metió la nariz entre las flores. No olían a nada, extrañamente—. Gracias por el ramo, pero no deberías haberte molestado, de verdad. —Miró a Richard, que seguía en la puerta sin saber muy bien qué hacer—. Estaba a punto de hacer té. ¿Quieres un poco?

—Estaría bien.

Lo hizo pasar a la sala de estar, y señaló el sofá.

—Ponte cómodo.

Fue a la cocina y preparó una bandeja con la tetera, dos tazas con sus platos y una fuente de galletas.

—Has sido muy amable llevando a mi madre al concierto —dijo al darle a Richard una taza—. ¿Leche y azúcar?

Él asintió.

—No es ninguna molestia. A mi madre también le hace falta distraerse. La semana pasada nos libramos por los pelos con mi padre. —Hizo una pausa—. Casi incendia la casa mientras mi madre estaba de compras. Empezó a freír huevos y luego se le olvidó.

—Oh, no —lamentó Cara.

Richard sacudió la cabeza.

—Total, que hoy se ha quedado un vecino con mi padre para que no vuelva a pasar, pero llegará el momento en que no baste con canguros.

Cara se quedó mirando las hojas de té que flotaban en la tetera.

—Es una enfermedad horrible.

Se preguntó si era seguro que se quedara su padre solo en casa, pero lo descartó enseguida, diciéndose que aún no estaba tan mal.

Hablaron un poco de trabajo. Richard había estado diez años en una gran empresa y ahora tenía un despacho de contabilidad. Su especialidad era el derecho fiscal. Cara asintió educadamente al oírle describir su típica jornada de trabajo, aunque la aburrían los temas económicos.

Tal vez Richard percibiese su falta de interés, porque cambió de tema bruscamente.

—El fin de semana que viene llevaré a mi padre al zoo de Taronga —anunció—. Antes de jubilarse era veterinario; de perros y gatos, más que nada, en una consulta de las afueras. Hace años que no va al zoo. He pensado que sería la manera de que mi madre descansase un poco.

Cara asintió, conmovida por su compasión.

—He pensado que podrías acompañarme —propuso Richard—. Tráete a tu padre, si quieres. Se llama Peter, ¿no?

—Ah… —Cara no se esperaba la invitación—. Mmm… Déjame mirar la agenda.

Hurgó en su bolso hasta sacar un libro con encuadernación de piel negra. Fingió consultar una lista de compromisos. El fin de semana estaba deprimentemente vacío.

Sopesó la propuesta mientras contemplaba el calendario. La idea estaba bien, apenas conocía a Richard, y la perspectiva de irse con su padre sin la presencia tranquilizadora de su madre daba un poco de miedo. Nunca lo había hecho. ¿Y si salía algo mal y él se agobiaba? ¿Cómo se enfrentaría ella a la situación?

Levantó la vista hacia Richard, que esperaba pacientemente en el sofá.

—Bueno, de momento parece que el domingo me va bien —dijo—. ¿A partir de las tres?

Así se cubría las espaldas: la excursión no duraría más de tres horas.

—Perfecto —contestó Richard con una gran sonrisa—. Si quieres paso a recogeros por casa de tus padres.

—Vale.

Siguió sonriendo, y Cara se preguntó fugazmente si había cometido un grave error.

—Oye, no quiero ser maleducada —dijo—, pero es que tengo que irme a comprar un par de cosas a los mercados.

A fin de cuentas era domingo, el día en que iba a los mercados de pescado y luego a leer el periódico a un parque de la zona. Echó un vistazo a su reloj.

Richard se levantó.

—Faltaría más. Gracias por el té.

Cara recogió las tazas.

—Y a ti por las margaritas. —Señaló la puerta con la cabeza—. Te acompaño.

Ya en la puerta, Richard toqueteó el pestillo hasta que Cara tendió el brazo y le abrió la cerradura.

—Adiós, Cara.

Richard se giró al pisar el felpudo, como si fuera a decir algo.

—Adiós —respondió ella, cerrando la puerta.

Volvió a la sala de estar. Estaba agotada solo de pensar en su padre. Miró la cesta de mimbre que tenía encima de la mesa, con la lista de la compra encima, bien doblada. Los mercados podían esperar al fin de semana siguiente.

Se acurrucó en el sofá y cerró los ojos.

Dos años más tarde estaba casada con Richard.

La sedujo su afabilidad, paciencia y persistencia. La visita al zoo adquirió una periodicidad bimensual. Durante un año sacaron a sus padres a ver fauna cada dos domingos, y a admirar anacondas e iguanas antes de merendar en el bar del zoo. Durante ese tiempo, Cara se dio cuenta de que Richard era una persona responsable, leal y generosa como pocos.

De las visitas al zoo pasaron al cine, y luego a los cafés y las escapadas de fin de semana. Richard era la quintaesencia de la caballerosidad: siempre le abría las puertas y los paraguas, se negaba a pagar a medias e iba por el lado de la acera más cercano a la calzada. A veces parecía un hombre de otros tiempos que hubiera aterrizado en el mundo moderno. Su química sexual era mediocre, pero su amistad estaba llena de ternura y desprovista de tensiones. Richard le hacía reír, le hacía pensar y le preparaba el desayuno. Poco a poco Ravi fue perdiendo protagonismo en los pensamientos de Cara. Solo reaparecía muy de vez en cuando, siempre en sueños, como un borroso personaje de tez aceitunada y sonrisa luminosa.

La petición de mano no la sorprendió. Richard siempre hacía lo correcto. Por otra parte, Cara tenía treinta y tres años. O era madre a los treinta y cinco o perdía el tren definitivamente. Ahí estaba Richard, un hombre con independencia económica y una casa hipotecada en Freshwater, cerca de los padres de ella. No se podía aspirar a más, como bien había señalado la madre de Cara. Lo más importante, sin embargo, era que Richard había demostrado estar dispuesto a darle prioridad por encima de cualquier otro aspecto de su vida. Era solícito, casi devoto, en sus atenciones. Con él la vida sería más que cómoda. Además, razonaba, era inútil anhelar lo que no podía tener.

Fue una ceremonia muy discreta, en el registro civil. Solo estaban sus familias. Cara no había querido organizar nada a mayor escala, para no dejar en evidencia el lento deterioro de los padres de ambos. De hecho, el de Cara rompió a llorar durante el acto, y lo tuvieron que acompañar fuera.

A los tres meses de la ceremonia estaba embarazada de Astrid.

Durante las primeras, e intensas, semanas de vida de Astrid, Cara fue más feliz que nunca. La embriagaba aquel ser delicado e inocente. Se pasaba días enteros mirándola, bañándose con ella y tirándose con ella en el sofá con el pecho desnudo. Obsesionada por su alimentación, sus horas de sueño, sus eructos y su tránsito intestinal. Richard la apoyó en todo, como había prometido. Durante las primeras semanas fue al centro de salud infantil y recogió decenas de folletos sobre el cuidado del bebé. Hasta confirmó la inscripción de Cara en un grupo de madres, por ganas de que no le faltase una buena red de apoyo antes de que él se reincorporase de lleno al trabajo.

A los tres meses del parto Cara ya no recordaba a qué había dedicado el día antes de ser madre. Sabía que había estado ocupada, pero nunca hasta aquel extremo. Astrid no consumía el tiempo, no: lo devoraba. Cara empezaba el día con una lista de doce cosas que hacer, y se acostaba sin haber cumplido más de dos o tres. Lo maravilloso era que en el fondo le daba igual. Encima Richard tenía bastante flexibilidad en su trabajo. Casi todas las mañanas entraba después de las nueve y volvía bastante antes de las seis, justo a tiempo para «la hora del arsénico», que decían ellos, cuando Astrid se ponía irritable sin remedio.

Y no quedaba ahí la cosa, no: Richard insistía en que Cara durmiese los sábados por la mañana, y tenía entretenida lo más posible a Astrid antes de despertar a Cara para que le diera el pecho en la cama. Los domingos siempre iban juntos a los mercados de Manly y compraban pastas y tés con leche para llevar. Richard era consciente de lo mucho que echaba Cara en falta los mercados de fin de semana del Inner West. Algunas noches, mientras Cara daba el pecho a Astrid a altas horas, aparecía Richard en la puerta y se las quedaba mirando, antes de cruzar la habitación de puntillas y ponerse detrás de ella como gesto de solidaridad.

Durante los primeros meses Richard le ayudaba tanto que a veces Cara tenía ganas de llorar.

–Mmm… Oye, cariño, que no se…

Estaba observando los intentos de Richard por cambiarle el pañal a Astrid. El cambiador estaba lleno de toallitas. Al borde se balanceaba precariamente un pañal sucio.

Richard paró. Tenía un tic debajo del ojo derecho.

–¿Por qué me vigilas? –preguntó– ¿Qué estoy haciendo mal?

–Lo siento –repuso ella con tono conciliador–, pero es que se tiene que pasar la toallita de delante hacia atrás. –Le enseñó la manera correcta–. Si no se le puede infectar el conducto urinario.

–Ah… –Richard parecía frustrado–. Solo intentaba ayudar –dijo después de un rato.

Cara asintió.

–Ya lo sé, cariño. No podías saberlo.

–¿Y tú cómo lo sabes? –preguntó él–. Lo de la dirección de la toallita, digo.

–Pues sabiéndolo. Cosas de mujeres. –Cara sonrió–. Y la semana pasada me lo recordó alguien en el grupo de madres.

–Claro. ¿Quién necesita un marido si se tiene un grupo de madres?

Se rio.

–Sí, son bastante increíbles.

Empezó a vestir a Astrid para el paseo de los viernes por la mañana. Le encantaba quedar con el grupo de madres. Era uno de los grandes alicientes de la semana. Aunque tuviera muchas amigas con hijos, ninguno era exactamente de la misma edad que Astrid. Aquella reunión en concreto le hacía mucha ilusión, porque era la primera del recién creado club de lectura. La idea la había dado ella, y todas las demás se habían mostrado entusiasmadas. Cara había propuesto *Un buen partido*, de Vikram Seth, que llevaba años en su estantería. Se lo había regalado Ravi en la universidad, para su cumpleaños, pero la intimidaba su extensión. Para obligarse a leerlo necesitaba la disciplina de un club de lectura. Sin embargo, en la primera sesión había prevalecido la propuesta de Suzie, *Comer, beber, amar.* Cara lo había leído sin dificultad, y se lo había acabado en una semana.

Levantó del cambiador a Astrid y se giró hacia Richard.

—¿Te importaría dejarnos en Beachcombers de camino al trabajo?

Él negó con la cabeza.

—Lo siento, pero tengo una reunión en la ciudad. Si quieres os dejo en Lawrence Street.

Era un corto paseo cuesta abajo hasta Beachcombers. Lo raro era que Richard no le ayudara. Pensó que debía de estar desbordado de trabajo.

—Sí, gracias.

—En el grupo de madres sois de costumbres fijas, ¿eh? —comentó él—. Nunca quedáis en ningún sitio que no sea Beachcombers.

—Bueno, es que es muy cómodo. Piensa que Miranda tiene a Digby. —Movió la cabeza—. Me agoto solo de mirarlo. No sé cómo lo hace. Es totalmente hiperactivo, pero ella nunca pierde los nervios. Si a nosotros nos parece mucho trabajo un bebé, espera a que Astrid gatee. Aunque dicen que las niñas no son como los niños.

—No me digas.

Cara miró atentamente a su marido.

—¿Te pasa algo, Richard?

—No.

—Es que te veo un poco…

Cara buscó la palabra exacta.

—¿Calzonazos?

Parpadeó.

—¿Cómo?

Era la primera vez que se lo oía decir.

—Está visto que con Astrid nunca lo hago bien, Cara. Nunca estoy a la altura.

Se quedó boquiabierta.

—Pero si yo no… Nunca… Sabes perfectamente cuánto te agradezco tu ayuda.

Él la miró, cruzado de brazos.

—Richard… —Cara le puso una mano en el brazo; Astrid estaba apoyada en la cadera—. Eres un padre fabuloso.

—Quizá sea mejor que me limite a ganar dinero, Cara. A veces pienso que preferirías que no te ayudase nunca con Astrid.

Se ruborizó.

—Pero qué dices…

La verdad era que a veces sí tenía la sensación de que los esfuerzos de Richard por «ayudar» eran más bien un estorbo. La intención era buena, pero cuando no le salía bien, las consecuencias —un bebé que gritaba al ver que lo sacaban de su rutina— tenía que solucionarlas ella.

—Eres un ayudante fantástico —dijo alegremente, por miedo a delatarse—. Vámonos.

No se dijeron nada en todo el trayecto a Lawrence Street. Cara miraba por la ventanilla el desfile vital de la calle. Paseadores de perros, corredores, niños en bici, gente hablando por el móvil… Viéndolos tan decididos sentía cierta envidia. Se acordaba de cuando para ella cada nuevo día también estaba lleno de posibilidades por explotar. Una nueva noticia que investigar, una llamada imprevista, una cena impulsiva con amigos…

Ahora la vida familiar era óptima. Tenía treinta y cuatro años y no le faltaba de nada. De eso se ocupaba Richard. Salvo espontaneidad, quizá.

—Ya hemos llegado.

Richard se arrimó a la acera justo antes del cruce.

—Gracias.

Cara le dio un beso en la mejilla y se giró para desatar a Astrid del asiento mientras Richard sacaba el cochecito del maletero. Después de manejarlo con la torpeza de quien no lo usaba mucho, Richard se apartó para que Cara lo pusiera a punto. Cara fijó a Astrid en el arnés y bajó la capota para protegerla del sol. Era la hora de la siesta matinal.

—Que tengáis buen día —dijo Richard.

—Tú también, cariño.

Cara se despidió con la mano.

Debería haberle bastado con la vida familiar. Incluso después de la metamorfosis de Astrid de bebé indefenso en agente activo dentro del mundo, y de que empezaran a disentir sobre las técnicas educativas. Incluso cuando la crisis económica mundial empezó a afectar a la empresa de Richard y él se volvió más irritable y menos tierno con Cara. Incluso después de que sus padres se deteriorasen tanto que hubo que ingresarlos en un centro. Podrían haberlo superado, se decía Cara… de no ser por Ravi.

Hacía meses, por no decir años, que no pensaba en él. Y de repente reaparecía en su vida como caído del cielo. Cara pasó sin transición de visitar a Pippa en una habitación espartana de hospital a estar mirando los cálidos ojos marrones de Ravi.

Lo había revivido mentalmente innumerables veces. Si no hubiera ido a ver a Pippa aquel día y a aquella hora en concreto, nunca habría visto a Ravi. Nunca habría accedido a quedar con él el mes siguiente y tomar una taza de té en honor de los viejos tiempos. Nunca habría disfrutado con la noticia de que la vida conyugal de Ravi había zozobrado hasta acabar en divorcio, ni habría reanudado su correspondencia por correo electrónico. Y nunca habría alimentado la esperanza —¿de qué, exactamente?— que en un arrebato la condujo a invitarlo a la fiesta de cumpleaños de Astrid justo a la hora en que sabía que no estaría Richard.

Se odiaba a sí misma. Una sola taza de té con Ravi había bastado para que la secuestrasen sentimientos latentes que el sentido común le exigía ignorar. Envalentonada por la atención que le prestaba él y embriagada por la posibilidad de reanudar su relación, había alimentado la fantasía de abandonar a Richard y empezar una nueva vida. Se quedaría a Astrid, que con el tiempo se acostumbraría a su nuevo entorno. La separación de Richard se haría en buenos términos, con un calendario muy claro de custodia y visitas. Cara y Ravi buscarían un bebé, y juntos construirían la vida a la que estaban destinados desde el mismo momento de conocerse.

Su locura había sido frívola y fatal.

Ahora, muchas veces, se quedaba sentada, girando la tapa de su frasco de tranquilizantes, y revivía lo ocurrido en Manly Dam: la emoción de ver a Ravi, tan moreno y guapo, a cierta distancia del grupo; su encuentro, breve y tentador. Ravi había traído un regalo para Astrid, y al dárselo a Cara se había agachado para darle un beso, rozándole los labios. Su conversación relajada, entre risas, con los ojos brillantes. El fijarse en el vello que asomaba por la camisa abrochada de Ravi, y la manera con que sonrió él al verla levantar la vista, la misma sonrisa cómplice de su primera y única noche juntos. La propuesta de él de que comieran juntos el miércoles siguiente, a la que ella había asentido oyendo latir su propio corazón. El momento de dar media vuelta y volver rápidamente a la fiesta sin decir nada más.

Y el desmoronarse de su mundo entero.

Ahora, transcurridos tres meses, no se acordaba del aspecto de Astrid cuando la sacaron del embalse. El psiquiatra le explicó que en muchos casos el cerebro humano borraba los recuerdos que más daño le hacían. Lo que sí recordaba, sin embargo, era el miedo que había ido apoderándose de ella, y el horror inmediato, indescriptible. Seguido por una pena y una vergüenza infinitas.

Durante el primer mes solía sentarse y verter en la cama todas las pastillas del frasco. Luego se ponía en las palmas de las manos aquellas tabletas tan gordas y las veía resbalar entre sus dedos como la arena por un tamiz infantil. Una vez la había encontrado Richard así.

–¿Qué haces? –le preguntó sin pasar de la puerta.

Cara no respondió. Desde la muerte de Astrid no hablaba con él ni con nadie.

–Voy a llevármelas, Cara. –Richard tenía los ojos rojos de cansancio–. Te daré las que necesites cada día, pero ninguna más.

Cara se lo quedó mirando, contenta de que ahora durmiera en el cuarto de invitados. No soportaba el contacto físico.

Desde entonces, Richard le dosificaba la medicación. Cara se metía tres de las cuatro tabletas en la boca y se las tragaba con agua, mientras escondía hábilmente la cuarta. Cuando Richard salía de la habitación, ella la metía en un estuche de lápices que tenía escondido debajo del colchón. Llevaba haciéndolo dos meses en espera de que pudiera cambiar algo, de que sus sentimientos experimentasen algún leve giro; pero no, cada día imitaba al anterior: ducha, tres comidas y la superficie blanca del techo sobre su cabeza. El dolor sordo e implacable de la ausencia de Astrid. Los inútiles esfuerzos de Richard por sacarla del dormitorio, hasta que se refugiaba en su trabajo, derrotado.

En dos meses había acumulado cincuenta y seis tabletas, pero quería jugar sobre seguro. Dentro de dos semanas alcanzaría las setenta que se había fijado como meta.

–Ha venido alguien a verte.

Se quedó mirando a Richard como si hablara en otro idioma. Desde el funeral se había negado a recibir cualquier visita, hasta la de sus padres. Richard, extremadamente atento, encauzaba las llamadas, desviaba a los amigos preocupados y censuraba el correo. Durante las primeras semanas se encargó de recibir los incontables arreglos florales que se acumulaban en los espacios vacíos de su hogar. Ahora, superada ya la fase crítica, apenas llegaban flores salvo los ramos de Ravi. La mayoría de sus amistades habían respetado su deseo de estar sola. Lo que se mantenía incólume era el vivo interés de los medios informativos, y eran muchos los desconocidos que, para gran consternación de Cara, trataban de ponerse en contacto con ella. Gran parte de las cartas llegaban a la oficina de Richard, porque en un artículo de prensa había salido el nombre de su empresa. Según él, muchas eran bienintencionadas, y algunas se ofrecían a ayudar o rezar. Otras contenían «opiniones», sinónimo en clave de juicios. Cara no había leído ni una sola. Era más fuerte que ella.

—Son algunas de las mujeres de tu grupo de madres —le anunció Richard—. Sin hijos.

Cara negó con la cabeza.

—Sabía que lo dirías.

Richard entró en la habitación y cerró la puerta.

—Tienes que esforzarte, Cara. —Se pasó las manos por los pelos rojizos de la mandíbula sin afeitar—. Ya no sé qué hacer. He intentado apoyarte, pero también era mi hija.

Le corrían lágrimas por la cara. Se dejó caer al suelo con la cabeza en las manos.

—No sé cuánto tiempo podré seguir así, Cara. Tú no me ayudas. Yo también la echo de menos. Y a ti. —Levantó la vista con los ojos hundidos—. No puedes encerrarte aquí arriba. No puedes quedarte callada para siempre.

Richard, tan serio, digno y bondadoso, reducido a aquel estado.

—No te he echado la culpa ni una sola vez. —Le temblaba la voz—. Si se hubiera muerto mientras la vigilaba yo, ¿cómo te crees que me habrías tratado?

A Cara se le escapó un ruido del fondo de la garganta, un pequeño sollozo gutural. Miró fijamente a Richard. Ambos sabían la respuesta.

—Háblame, Cara. Puede que si intentamos superarlo juntos consigamos estar bien. ¿Por qué, por qué no me ayudas?

—Lo siento —dijo ella con voz ronca.

Eran sus primeras palabras en tres meses.

Richard la miró con un destello de esperanza en los ojos.

—Pero es que no estamos bien, Richard —susurró ella—. Nosotros dos nunca estaremos bien.

Él se levantó despacio.

—Diles que pasen —dijo Cara—. Ya no hace falta que me protejas.

Richard se quedó un momento en el umbral como si fuera a decir algo más. Luego asintió con la cabeza y cerró la puerta.

Cara no hizo el menor esfuerzo por alisarse el pelo o ahuecar las almohadas. Los pasos en la escalera tenían la deferencia de los de un grupo de escolares en un museo de guerra. Cara las sintió vacilar en el purgatorio del otro lado de la puerta.

—Adelante —dijo.

Lentamente giró el pomo. Made asomó la cabeza.

—¿No te despertado? Richard ha dicho que vale.

Cara se encogió de hombros.

Entraron una tras otra. La primera fue Made, con un *sarong* intensamente azul que se arrastraba por el suelo. Llevaba tachuelas de plata muy pequeñas cosidas a la tela, como las estrellas en el cielo nocturno. Tras ella iba Pippa, distinta a la que conocía. Tenía la piel sonrosada, casi bronceada, y se había puesto unos pantalones ceñidos color crema y una camiseta azul marino. Apretaba en sus manos un gran ramo de rosas amarillas. A Pippa la seguía Suzie, con un largo vestido morado que se le arrugaba en las rodillas, y una expresión de extrema incomodidad.

Se quedaron al pie de la cama. Cara no las invitó a sentarse.

—¿Dónde están los niños? —preguntó.

Suzie abrió mucho la boca.

—Con Robert —respondió Pippa—. También nos está ayudando Monika.

—Es todo un detalle —dijo Cara—. Qué mayores deben de estar ya.

—Oh, Cara… —Suzie se tapó la boca—. Lo siento tanto…

—Ya lo sé.

—¿Cómo estás? —preguntó Pippa.

Cara no contestó.

Guardaron un silencio incómodo. Cara tenía ganas de que se fueran.

—Semana que viene vamos ver Miranda —dijo de repente Made—. ¿Cara quieres venir? Jueves que viene por la mañana. Está en la clínica Delamere.

A Cara no le sonaba.

—Es un centro privado —explicó Pippa—, para tratar la dependencia del alcohol y de las drogas.

Cara estaba al corriente de la entrevista de la Policía con Miranda, que se había declarado ebria el día de la muerte de Astrid, aunque las investigaciones policiales no cosecharon pruebas suficientes de culpabilidad por parte de nadie, y menos de Miranda.

A pesar del frenesí inicial de los medios informativos en torno a un posible caso de secuestro y pedofilia, la autopsia confirmó que Astrid no había sido sometida a ningún tipo de abuso físico o sexual. Según el informe, la muerte se había producido por ahogamiento.

Aun así los medios de comunicación habían seguido repartiendo culpas y analizando tanto el papel de Miranda como el de Cara en la muerte de Astrid. Richard había dejado de traerle el periódico para protegerla de la opinión pública, pero a ojos de Cara era una simple verificación externa de lo que ya sabía: que aquel domingo por la tarde su hija había muerto porque le había fallado su madre. No había ningún otro responsable, ni siquiera Miranda. Tanto era así que casi todos los días, en la cama, esperaba oír que llamaban a la puerta, y estaba pendiente del momento en que llegara la Policía para detenerla a ella, la culpable.

Por eso la habían sorprendido las conclusiones del juez de instrucción varios meses después de la muerte de Astrid, y había releído una docena de veces la carta del abogado: «El juez de instrucción se da por satisfecho con que la investigación no vaya más allá. No se han identificado circunstancias sospechosas, y se ha determinado que Astrid murió accidentalmente por ahogo. No se abrirán nuevas indagaciones y es poco probable que se remitan los hechos a una nueva investigación criminal».

—Cara.

Al final de la cama había tres personas.

Ah, sí, pensó, aún están.

—Solo quería decirte que nos tienes para lo que quieras —dijo Suzie.

Made se acercó a la cama. Cara se quedó mirando su *sarong,* hipnotizada por los círculos de plata que brillaban.

—Traigo esto.

Made sacó de su bolso una pequeña cesta verde. Dentro de las anchas hojas, también verdes, de que estaba forrada, había grandes pétalos de rosa, una rama de maracuyá, una galleta y unos granos de arroz. Sacó dos palos de incienso y una caja de cerillas de entre los pliegues del *sarong.*

—Dejo encender a ti. Si quieres traer dioses a habitación.

Cara la miró.

—Y esto. —Made puso un rollo de papel blanco cerca de la mano de Cara—. Si tiene ganas leer.

Cara asintió con la cabeza.

—Ahora estoy cansada.

Se fueron enseguida.

Al quedarse sola fijó la vista en el techo. Finalmente llamó Richard a la puerta.

—Tus pastillas para dormir.

Le dio cuatro con un vaso alto de agua. Cara tapó una pastilla con el pulgar y se metió las demás en la boca.

—¿Ha estado bien verlas?

Richard puso una mano encima de la suya. Cara se puso tensa, por miedo a que descubriese la pastilla escondida.

–Me... –Buscó una manera de distraerlo–. Me han traído cosas muy bonitas.

Señaló las flores con la cabeza. Richard levantó el rollo.

–¿Qué es esto?

Cara se metió la pastilla por debajo de la pierna.

–No lo sé. –Estaba arisca–. Ábrelo.

Richard desató la cinta dorada y desenrolló el papel.

–Es una carta –dijo–. Te dejo que la leas. –Se levantó de la cama y se giró hacia ella–. Lo que has dicho esta mañana de nosotros..., no estoy de acuerdo. Podemos conseguirlo, Cara. Solo tenemos que superarlo los dos juntos, día a día.

–Richard –susurró ella–. Por favor.

Richard dejó caer los hombros. Dio media vuelta y salió del dormitorio.

Cara buscó a tientas la pastilla debajo de su pierna. Después sacó el estuche de su escondrijo, abrió la cremallera y exhaló de alivio al meter la pastilla.

Al volver a recostarse en las almohadas su mano rozó el rollo. Lo levantó y empezó a leerlo.

Querida Cara:

Esta es primera carta de verdad que escribe en inglés, así que por favor perdona errores que seguramente contiene.

Cuando yo era pequeña mi hermano muere de dengue. Es alegría de mi madre. Es luz de mi familia. Después de muerto mi madre cambia mucho. Aún es triste aunque él muerto hace mucho tiempo. Ahora pienso: ¿por qué aún es triste mi madre, si para mi hermano sería disgusto saberlo? Y contesto a yo misma: mi madre no tiene oportunidad de curar dentro desde que él muere. Nunca parado de trabajo. Nunca estado quieta y dejado ayudar por dioses.

Tengo noticia. Gordon ya no tiene trabajo en Australia. Esta crisis económica afecta a empresa suya y le pedía no siguiera en el trabajo. Ahora vamos a Bali y quedamos un tiempo. En Bali vida es más barata. Quedaremos hasta que Wayan tiene dos años, y luego volvemos para operar labio. Nos quedamos todo año que viene o un poco más en pueblo mío de montañas.

La residencia de mi familia no es grande, pero hay sitio para ti. Hay gallos ruidosos que despierta a la salida de sol, pero en pueblo la vida es sencilla. Está tiempo para silencio y espacio para curarse.

Yo quiero preguntar si vienes con nosotros, Cara.

Sé que no es muy amiga tuya. Pocos años juntas. Pero tú es amiga dentro de mi corazón, en tristeza. Si quedas mucho tiempo o poco tiempo en pueblo no importas. Mi familia contenta de recibirte. Richard también, si tú quiere.

Vamos 21 de septiembre.

Si vienes, contentos. Si no vienes no importas.

Llámame si querrás.

Tu amiga,

Made

Cara dejó la carta y se quedó mirando el techo.

Esto no es *Comer, rezar, amar*, pensó. Aquí no hay final feliz.

−¿Qué haces?

Richard la miraba estupefacto.

Cara se giró del tocador para mirarlo.

−Pintarme los labios.

Él movió un momento los labios en silencio.

−Me... alegro de verlo.

Cara empezó a ponerse colorete en las mejillas chupadas. Había adelgazado demasiado.

¿Quién soy? Se miró fijamente al espejo. No me parezco a la de antes. No me siento como la de antes. Ya no soy yo.

Recogió su bolso.

—Salgo —informó—. A la clínica Delamere. Han vuelto a ingresar a Miranda. Ha recaído varias veces desde... —Seguía sin poder decirlo—. Me pasa a recoger Pippa.

Richard frunció el ceño y le puso una mano en el brazo para que no pasara de largo.

—¿Seguro que estás preparada? —preguntó—. Hace meses que no sales de casa. Y... ¿de verdad que quieres verla? ¿Justo a ella?

—Sí —se limitó a responder Cara.

No parecía muy convencido.

—Bueno, pues, ¿te puedo recoger a la vuelta?

—No, gracias —contestó Cara—. Me traerá Pippa.

Fuera se oyó una bocina.

—Ya está aquí.

Al subir al coche de Pippa intentó ignorar los rastros de Heidi, que eran obvios: galletas comidas a medias, olor a leche agria y peluches encima del asiento.

—Hola —saludó mientras se abrochaba el cinturón.

—Hola —respondió Pippa—. ¿Cómo estás?

Cara no supo qué contestar sin mentir.

—Bueno, ya sabes...

—Dudo mucho que lo sepa —dijo Pippa—. Me imagino que no puede saberlo nadie.

Cara se apoyó en el respaldo y miró por la ventanilla.

—Tienes razón.

El resto del trayecto lo hicieron en silencio. Ni Pippa intentó forzar una conversación, ni Cara tenía nada que decir. Miraba el mundo por la ventanilla, el mundo que giraba sin cesar, violentamente.

La clínica Delamere era un edificio discreto en colores crema y azul que daba a una calle cualquiera de urbanización; como cualquier bloque de pisos, pensó Cara, menos el cartel que había en la recepción: «Cambiar es el primer paso de un proceso de recuperación que dura toda la vida». Detrás del mostrador había una mujer madura, con una blusa rosa, que levantó la vista de unos formularios y les sonrió.

—Venimos a ver a Miranda Bianco —informó Pippa.

La mujer asintió con la cabeza.

—Firmen aquí, por favor. Luego vayan al fondo, a la zona de visitas. Sigan este pasillo. Al llegar al bar giren a la derecha y la verán. El horario de visita es hasta las once.

Pippa echó un vistazo a su reloj.

—Con veinte minutos tendremos de sobra.

Cuando giraron a la altura del bar, Cara reconoció enseguida a Miranda entre los residentes y los visitantes reunidos en el patio. Estaba sentada en un banco de madera largo, con la cabeza inclinada. A su lado había un libro de poco grosor abierto por el medio. De perfil seguía siendo muy guapa. Cara esperaba que surgiera la rabia en su interior como un *tsunami,* pero al mirar a Miranda no sintió nada. Se la veía frágil, como si pudiera romperse en mil pedazos al menor soplo de viento.

Cuando cruzaron el patio vieron que hablaba con alguien. Era Suzie, en cuclillas, al otro lado del banco. Al verla encorvada, Cara supo que lloraba. Miranda tenía los ojos cerrados y la frente contraída de dolor. Cara dejó de caminar. Se resistía a ir más lejos. Pippa se quedó cerca de ella. Ninguna de las dos dijo nada.

Los ojos de Miranda se abrieron de golpe. Al ver a Cara se le abrió un poco la boca, de alarma o de impresión.

Suzie siguió su mirada.

—Oh. —Se echó hacia tras—. No os había oído. Me alegro de veros. —Se pasó las dos manos por los ojos—. Miranda y yo estábamos… Bueno, es que tenía que disculparme.

Cara las miró a las dos. Se notaba que llevaban un buen rato llorando.

—Como todas, ¿no? —preguntó Miranda.

Se levantó del banco, apoyándose en unas manos huesudas.

Cara la miró: un esqueleto que se movía debajo de la piel. Qué débiles son los cuerpos humanos, pensó. Astrid había abandonado tan deprisa su pequeño cuerpo que no habían podido devolverla a la vida.

Miranda dio varios pasos hacia Cara.

—He pensado mil veces en este momento —dijo—. No creía que fuera a presentarse. —Respiró agitadamente—. Confiaste en mí. Y yo te fallé. —Le corrían lágrimas por la cara—. Ojalá pudiera dar mi vida por la de Astrid.

—Las dos —susurró Cara.

—No voy a pedirte que me perdones —dijo Miranda—. Eso no espero que lo hagas nunca. Pero quiero que sepas que pagaré por la muerte de Astrid durante el resto de mi vida.

—Yo también.

Ojalá estuviéramos las dos muertas, pensó Cara. La que se equivocó fui yo, pero la que dejó que pasara fuiste tú. Apretó mucho los ojos, ahuyentando la idea. Con rabia no la resucitaré. Ni con nada.

Cuando volvió a abrir los ojos seguía teniendo delante a Miranda, pálida, como una aparición.

Movió la cabeza.

Después tendió la mano, cansada de todo.

Miranda la tomó entre las suyas.

—Hola.

Las interrumpió una voz conocida. Detrás de ellas estaba Made con dos bandejas de cafés para llevar.

Miranda soltó las manos de Cara.

—Perdona por retraso. Trae café —dijo Made.

—Lo necesitamos —añadió Miranda, sonriendo sin fuerzas.

Made las miró a todas.

—Alegra de veros. —Le puso a Cara en el brazo una mano suave—. Sobre todo Cara.

Fue un contacto lleno de ternura. Pese a todas las atenciones que había tenido Richard desde la muerte de Astrid, no había podido tocarla. Cara no había querido. Ahora, en cambio, la mano de Made en su brazo parecía introducirse dentro de su pecho y sostener con dulzura los pedazos de su corazón. Se le nubló la vista por el llanto.

La sobresaltó un ruido ronco. Al ver a Wayan sentado detrás de Made en el carrito, con su sonrisa torcida y desdentada, se dejó caer en una silla. Tenía los brazos y las piernas mucho más largos. Su pelo negro le caía sobre las orejas, y sus manos luchaban contra el arnés que lo tenía prisionero.

—¿Quiere bajar, Wayan?

Made desabrochó las correas. Wayan bajó al suelo con destreza y caminó sin ayuda.

—Toma, Cara, café.

Made le pasó un vaso de plástico. Cara sorbió por el agujero de la tapa sin apartar la vista de Wayan. Aún se le notaba mucho el hemangioma, un surco morado en el labio, pero era perfecto, pensó Cara. Qué exquisita belleza había en su humanidad. Lo vieron trastear por el patio, atento a las patas de las sillas, a las macetas y a las rendijas que había entre las baldosas.

—¿Cuándo os vais para Bali, Made? —preguntó de pronto Suzie.

—Miércoles que viene —respondió Made. Su sonrisa era eléctrica—. Pronto ve familia.

Suzie asintió con la cabeza.

—Entiendo lo que sientes. Yo me vuelvo a Queensland.

Las otras hicieron ruidos de sorpresa.

—Me he equivocado en varias cosas. —Suzie lanzó una mirada a Miranda—. Además, en Sídney sale demasiado caro vivir. Me dará pena separarme de Monika, pero…

—Por mí no hace falta que lo hagas —dijo de golpe Miranda—. No fue culpa tuya.

Pues claro que no fue culpa suya, pensó Cara. Fue mía.

Suzie suspiró.

—No, es que tengo ganas de volver.

Hubo un momento de silencio.

—Yo también —repuso Miranda—. He estado tres veces aquí en cuatro meses. —Se secó los bordes de los ojos—. Por desgracia mi problema no tiene cura rápida. Ojalá la hubiera, por los niños. En casa de Hendrika están contentos, pero es muy desestabilizador para los dos. En cuanto a Willem… —Suspiró—. Lo nuestro no pinta nada bien.

Levantó el libro negro que tenía al lado, sobre el banco. Cara se preguntó por un momento si era la Biblia, y si la muerte de Astrid había desencadenado algún tipo de conversión religiosa.

—Esto me lo ha mandado Ginie —dijo Miranda al levantar la vista—. Es la novela de Daniel.

Giró el libro en sus manos, pasando los dedos por las letras plateadas en relieve de la tapa negra. *Intachable*, de Daniel Hargreaves.

Cara asintió con la cabeza. Hacía unas semanas que había recibido el mismo regalo de Ginie, pero ni siquiera lo había abierto. Le habría resultado intolerable leer las vidas de ficción de otras personas, estando la suya patas arriba.

—Sí, leí una crítica, y luego Ginie me mandó un ejemplar —observó Suzie—. ¿Sabéis que está dedicado a ella?

Pippa emitió un pequeño gruñido de sorpresa.

—A Ginie no la he visto desde… —Se ruborizó—. Desde que le dije cosas que no debería haberle dicho. Tengo que llamarla para pedirle perdón. No nos había dicho que Daniel estuviera escribiendo una novela.

—Yo no pensaba que llegara a publicarse.

Al girarse, Cara vio precisamente a Ginie.

—Oh…

Pippa estaba muy roja.

—Hola. —Ginie miró al grupo—. Al saber por Made que estaríais aquí no podía dejar de venir.

Se acercó y le puso una mano en el hombro a Miranda.

—¿Cómo estás?

—He estado mejor —contestó Miranda.

Ginie asintió con la cabeza.

—Debe de ser duro.

Después se giró hacia Cara.

—¿Tú estás… bien?

Cara se encogió de hombros.

—Qué pregunta más tonta. —Ginie sacudió la cabeza—. Hay que ver cuántas hago.

Cara pensó que estaba diferente. Seguía siendo alta y angulosa, pero de alguna manera se había suavizado.

Ginie señaló el libro que tenía Miranda en las manos.

—Yo no me tomaba en serio el trabajo de Daniel. Ni su trabajo ni a él, de hecho. —Se sentó en el banco al lado de Miranda—. Hemos estado yendo a terapia de pareja. Fue por ti, Pippa. Toma, tu ejemplar.

Buscó en su bolso y le dio un libro a Pippa, que se puso aún más roja.

—Siento mucho lo que…

—No lo sientas —la cortó Ginie—. Tú me explicaste lo que habías visto aquel día, lo cual está muy bien. —Vaciló mirando el patio—. El caso es que Daniel me juró que no me había sido infiel. Ha reconocido que intimó demasiado con Nicole, y yo estoy cabreada de narices con los dos. Tuve que despedir a Nicole, y en mi vida laboral ha sido un puto desastre. —Apoyó la cabeza en las manos—. También le he tenido que dejar muy claro a Daniel que solo porque no le metiera la polla no quiere decir que esté todo bien entre nosotros. —Levantó la vista—. La situación no es tan clara como parece. Daniel no debería haber intimado tanto con Nicole, pero desde que nació Rose yo de alguna manera dejé de esforzarme con él. No era cariñosa. No tenía ganas de nada. Claro que cuando tienes un hijo es difícil, ¿no? —Vaciló—. Total, que no sé si me entendéis, pero he tenido que reconocer mi parte de culpa en todo este puto desastre.

Pippa se acercó más a Ginie y le tocó la mano.

—Creo que sí que lo entendemos.

Los ojos de Ginie se llenaron de lágrimas.

—Yo también tengo que pedir perdón —dijo—. A todas, pero sobre todo a ti, Pippa. En este grupo de madres he dicho y hecho algunas cosas de las que no me enorgullezco. Últimamente me he analizado mucho, y quiero pediros disculpas por ser tan… crítica. —Miró al grupo—. Al final me he dado cuenta de que no lo controlo todo. Ni yo ni nadie. Ya intentó decírmelo Daniel, y tú también, Pippa. Y teníais razón.

Las lágrimas resbalaron por su cara. Suzie hurgó en su bolso y sacó un pañuelo de papel con el que le secó las mejillas.

—Gracias —dijo Ginie—. Voy a darle otra oportunidad a Daniel. No tengo ni idea de si lo conseguiremos, pero tenemos que intentarlo. Vaya, que aparte de todo lo demás hay que pensar en Rose.

Nadie dijo nada.

Miranda hojeó el libro en su regazo.

—La verdad es que Daniel escribe muy bien.

—Sí, eso hay que reconocérselo —secundó Ginie—. Explica mucho de lo que pasó en su adolescencia. El protagonista provoca sin querer un accidente de coche en el que mueren sus padres. —Ginie sacudió la cabeza—. Es un libro bastante oscuro, pero también hay esperanza. —Miró directamente a Cara—. Al final el chico supera su sentimiento de culpa y se convierte en mejor persona. Perfecto no, pero sí entero.

Cara se quedó mirando un rato a Ginie.

Claro, pero es que los libros son así, pensó, con su lacito. En cambio su vida era un erial. Sin Astrid nunca volvería a estar entera.

Alguien tosió tras ella.

—Perdonen —dijo una mujer con el pelo gris y una expresión bondadosa—, pero es que está a punto de finalizar el horario de visita. En este momento es la hora del grupo.

Los residentes y sus visitantes empezaron a dirigirse a las puertas.

—Gracias a todas por venir —dijo Miranda—. Sobre todo a ti, Cara. —Se giró hacia Suzie—. La semana que viene, cuando llegue a casa, te llamo. Así acabamos de hablar.

Suzie asintió con expresión cansada.

Volvieron juntas por el patio y cruzaron el edificio de administración para ir a la salida. Al bajar a la calle, Wayan estiró la falda de Made y se señaló el pañal.

Made se rio y se giró hacia Cara.

—Wayan ya tan mayor que me dice cuándo cambio pañal.

Cara sonrió entre lágrimas.

341

–¿Y ahora qué haces?

Richard estaba apoyado en el marco de la puerta, con una actitud llena de angustia.

–Irme una temporada.

Cara metió la última pila de ropa en la maleta, junto al neceser. No necesitaba llevarse gran cosa. Había oído decir que se podía comprar casi todo.

–¿Cuánto tiempo?

–No lo sé.

–¿Adónde?

La voz de Richard temblaba. Cara levantó un marco de fotos de su mesilla y sacó la foto.

–¿Te acuerdas?

Sonrió mientras alisaba el pliegue del medio.

–Pues claro.

Salían los tres –Cara, Richard y Astrid– en su recio Toyota, a punto para el primer viaje en común: del hospital a casa. Cara se acordaba de su nerviosismo al abrochar las correas de su hija recién nacida en un gigantesco portabebés. Richard había ido tan despacio que los conductores de detrás tocaban la bocina, exasperados. Habían esperado contra todo pronóstico que todo fuera bien: que Astrid no llorase, que no hubiera que darle el pecho ni cambiarla, y sobre todo que no tuvieran ningún accidente. Por aquel entonces el corto trayecto hasta su casa parecía un riesgo innecesario. Aun así se habían sonreído y habían emprendido el viaje, confiados en que saliera todo bien.

–¿Adónde vas?

El tono de Richard era seco.

–A Bali.

Empezó a dar vueltas murmurando por la habitación. De repente se encaró con ella, la tomó por los hombros y la sacudió con una fuerza que la dejó sin aire en los pulmones.

–¡Richard! –chilló Cara.

Richard dejó caer los brazos. Después estampó los puños en la pared con un aullido de rabia.

—¿Pero se puede saber qué haces? —bramó—. ¿Qué me estás haciendo?

Cara se acercó muy despacio a la cama, se agachó y sacó el estuche de debajo del colchón. Después abrió el primer cajón de la mesilla y sacó la carta de Made.

—Era esto… —La empujó hacia Richard—. O esto.

Abrió el estuche y derramó en la cama las setenta pastillas para dormir. Richard se las quedó mirando, blancas y gordas en la colcha.

—Lo siento, Richard —susurró Cara—. No espero que lo entiendas. Tampoco espero que estés aquí cuando vuelva, pero si no me voy me moriré.

El taxi que había pedido ya esperaba en la calle con el motor en marcha. Se palpó el bolso para comprobar que estuviera el pasaporte.

—Esperaré —dijo él.

—No es ninguna obligación.

La siguió por la escalera. Cara se paró en la puerta.

—Lo siento tanto, Richard…

Él se la abrió. Cara rodeó un ramo de flores recién traído y se giró para pasar la maleta por encima del umbral. La asaltó el aroma de los lirios tropicales. El ramo llevaba todo el día al sol. Odiaba los lirios, flores de muerte. Solo servían para disimular el olor fétido de la putrefacción. Tarde o temprano Ravi dejaría de mandarlas.

Levantó la maleta, y al pasarla al otro lado de la puerta tumbó el ramo.

—Deja, que te ayudo —dijo Richard.

Llevó la maleta por el camino del jardín. Entre las losas habían crecido malas hierbas. Desde la muerte de Astrid no las cuidaba nadie.

El taxista se acercó a la verja y metió el equipaje en el maletero. Después abrió una de las puertas traseras y dejó subir a Cara al oscuro anonimato del asiento de atrás.

—Cara.

343

Richard buscaba sus ojos en el cristal tintado. Cara bajó la ventanilla.

—Hemos hecho todo lo que hemos podido.

Richard tenía arrugas de dolor en la cara.

—Tú seguro, Richard.

Cuando el taxi se apartó del bordillo, saludó a medias con una mano mientras dejaba la otra pegada al cuerpo: como un soldado herido haciendo el saludo militar, fiel hasta el último instante.

Cara parpadeó para no llorar mientras veía desaparecer las casas y calles de Freshwater a la luz moribunda del día. Un territorio tan conocido, una vida que había creído tener para siempre, pero que ahora se habían vuelto completamente ajenos. Los contornos y las comodidades de la vida en las urbanizaciones, irrevocablemente alterados por una sola y arbitraria tarde. Vidas deshechas por el caos, y relaciones rotas para siempre. Ella, lo que entendía por *yo*, sustituida por una persona que no le apetecía conocer.

Hizo el *check-in* en el aeropuerto y saludó con un gesto rígido de la cabeza a la azafata que le deseó buen viaje. Se lanzaba de cabeza a un rumbo y un destino inexplorados. ¿A un principio o a un final? No lo sabía. Nadie podía saberlo. Tira los dados, y a ver qué te depara la vida.

Al acercarse a las puertas opacas que llevaban al control de pasaportes y al vestíbulo de salidas tuvo la sensación de que en cualquier momento podían fallarle las rodillas. La saludaba alguien con el pelo blanco. Gordon. También estaba Made, que empujaba a Wayan hacia la sala de padres.

—Has venido. —Gordon sonrió—. Me alegro. Nos alegramos los dos. Pobre, te han pasado demasiadas cosas.

Le puso una mano en el hombro. Cara no se apartó.

—Hace veinte años perdí a mi primera mujer y a mi hija pequeña —dijo él en voz baja—. Y me sigue doliendo. Cada día.

Cara asintió sin poder contestar.

—Parece que hay comité de despedida —observó él, señalando a sus espaldas.

Cara se giró. Se acercaba un grupo de gente. Suzie y Monika le aguantaban las manitas a Freya, que caminaba entre las dos. Pippa y Miranda iban del brazo, como si se apoyaran la una en la otra. Detrás iba Ginie con Daniel, que llevaba a Rose sobre los hombros. Rose se rio encantada cuando Daniel la balanceó con fuerza hacia ambos lados. Fue un sonido que hizo que a Cara le escocieran los ojos.

—Válgame Dios —exclamó Gordon—. No os esperábamos a todos.

—No podíamos dejar que os fuerais sin despedirnos —dijo Suzie.

Se giró hacia Cara.

—Me alegro de verte.

Se acercó y la estrechó en sus brazos. Acto seguido se les unió Pippa, que les pasó los suyos por los hombros. Cara cerró los ojos y apoyó la cabeza en las de sus dos amigas.

—Venga, chicas.

Suzie hizo señas a Miranda y Ginie. Miranda se rio y empujó a Ginie.

—Dios mío —dijo Ginie—. Un abrazo en grupo solo se te podía ocurrir a ti, Suzie.

Se rieron todas. Siguieron enlazadas sin decir ni una sola palabra. Las rodeaba el trajín del aeropuerto, pero por unos instantes no existió nada excepto ellas: sus cuerpos apoyados los unos en los otros, y su aliento cálido en la cara.

Gordon se mantuvo a una distancia respetuosa, hablando tranquilamente con Daniel y Rose mientras Monika balanceaba a Freya contra su cadera.

—Me alegro de veros a todas —susurró Cara—. Gracias por venir.

Lo decía con sinceridad. Sentía como si su corazón estuviese a punto de explotar en su interior. Aquellas mujeres la habían acompañado en la maternidad, testigos de la vida y la muerte de su irrepetible Astrid. Quizá no las viera nunca más, pero serían una presencia duradera en su vida.

Alguien rodeó su cintura por detrás.

—Mi amiga —dijo Made.

Cara se giró y le dio un abrazo.

—Hola, Made.

Tras ella Wayan se abrazó a las rodillas de su madre y empezó a lloriquear. Casi eran las seis. Faltaba poco para la hora de dormir. Cara se agachó y le puso una mano en la barbilla.

—Hola, jovencito —dijo con voz insegura.

—Oraaa —contestó él.

Cara se quedó boquiabierta.

—Pero si habla.

—Sí, ahora intenta —explicó Made—. Pero con labios cuesta.

Las mejillas de Cara se llenaron de lágrimas que mojaron las baldosas frías y blancas. Cada nuevo paso en las vidas de los hijos de los otros sería siempre motivo de pena y de alegría.

—Bueno, Made, más vale que nos pongamos en marcha —intervino Gordon—, que falta poco para el embarque.

Cara se incorporó. Al otro lado de las puertas del control de pasaportes había pequeños grupos como el de ellas: parejas, familias y amigos que se abrazaban, sonreían y lloraban. Innumerables adioses mientras se abrían las puertas correderas, cuyo cartel con letras rojas informaba del «Acceso exclusivo a pasajeros a partir de este punto».

—Tengo algo para ti —dijo de pronto Ginie, mientras le ponía una cajita blanca en las manos—. Y para todas.

Sacó otras de su bolsa y las repartió.

—Venga, abridlas.

Cara levantó la tapa y contempló el objeto brillante que había dentro: un colgante de oro de muy buen gusto en forma de pájaro, con incrustaciones de pequeñas amatistas violetas.

—Oh —exclamó perpleja—. Qué bonito.

—Es un ave fénix —dijo Ginie—. Para recordarnos a todas que de las cenizas pueden nacer cosas bellas. Cuesta imaginar que sea posible superar algo horrendo y salir más fuerte, pero tiene que ser así. —Miró al grupo—. Supongo que todas tenemos cosas que intentamos dejar atrás. Y también nacerán otras, al margen de que nos encuentren preparadas. No está en nuestras manos.

Se tocó la barriga. Cara lo entendió enseguida.

—¿Estás embarazada? —dijo Suzie sin aliento.

Ginie señaló a Daniel con la cabeza.

—Estoy aprendiendo el arte de transigir.

Cara pensó que para Ginie habían cambiado radicalmente las cosas. Para ella y para todas. La idea de que dentro de Ginie estuviera creciendo una nueva vida la desbordó con su tristeza penetrante y su muda esperanza. ¿Y yo?, pensó con una honda pena en el corazón. ¿Tendré otro hijo? No para sustituir a Astrid. No para llenar el vacío que había dejado, eso jamás. Pero sí para quererlo y cuidarlo por él mismo, para acompañarlo por las veleidades de la vida, y finalmente para liberarlo.

Made dio la vuelta al colgante en su mano.

—Este pájaro es como pájaro de Bali que llama *garuda*. Es pájaro de fuerza. Pronto vemos en Bali. Y esta noche vamos en línea Garuda a Denpasar.

Sonrió de oreja a oreja, como siempre que hablaba de su país natal.

—Pues qué oportuno —apuntó Ginie. Se inclinó para darle un beso en la mejilla a Cara—. Sé buena contigo misma —susurró.

—Gracias —dijo Cara.

Sus ojos volvieron a empañarse. Las miró a todas sin saber qué hacer o qué decir en un momento así.

—Chicas, que tenemos que irnos. —Gordon levantó a Wayan y le puso a Made una mano en la espalda—. ¿Lista, Cara?

Cara asintió y se giró para mirar por última vez al grupo.

—Adiós.

Cruzaron la puerta corredera mientras Made la tomaba con fuerza de la mano.

En el vestíbulo de salidas Cara contempló el mosaico de pistas por el ventanal. Aviones que aterrizaban y despegaban con rutinaria monotonía; miles de cuerpos en movimiento, rumbo a otros países. Esto es la vida, pensó. Millones de salidas y llegadas sin fin.

Más allá del aeropuerto titilaban las luces de neón de Sídney, como el luminoso país de un cuento de hadas. Se quedó mirando el cielo que se extendía sobre sus cabezas: una profunda catedral anaranjada que sostenía los bordes del mundo. Tan eterno esplendor, y tan efímero también.

Un rastro blanco de vapor marcaba con su cicatriz un crepúsculo por lo demás perfecto.

Perfecto no, pero sí completo.

Agradecimientos

En este libro ha influido mucha gente maravillosa sin la cual estaría sola y sería una ignorante.

Mi marido, Stuart, ha sido un hincha incondicional de la novela desde el primer momento. Le agradezco su paciencia, su entusiasmo y sus gestos cotidianos de bondad. Es la persona más generosa que conozco.

Virginia Lloyd, mi amiga y agente literaria, ha seguido creyendo en mí y en lo que escribo, y me ha dado consejos decisivos en cada paso del camino.

Estoy en deuda con las siguientes personas —especialistas en sus respectivas profesiones— por su asesoramiento técnico y un apoyo que ha ido más allá de su obligación: las doctoras Connie Diakos y Lisa Brown, el sargento de primera clase Danny Russell, Katie Firster y la «profesora Ibu Dokter» Jan Lingard.

Un agradecimiento muy especial también a Jodie Thomson y a Amanda Collins, cuya aportación, como escritoras y madres, me ha permitido escribir una obra infinitamente mejor.

Gracias a las lectoras de los primeros manuscritos —Melissa Attia, Debra Reed, Rachel McLennan y Suzanne Kent— por sus comentarios y su amistad.

Las fabulosas integrantes de mi grupo de madres —Sarah Bramwell, Sarah Barrett, Gaile Pearce, Kim Healey, Michelle Taylor, Natasha Brain y Amanda Thomas— no solo me dieron ideas muy útiles para la novela, sino que son personalmente responsables de que haya mantenido la cordura desde 2007. Sin vosotras no podría haberlo conseguido, chicas.

Deseo expresar mi gratitud a las siguientes personas, que en todos los casos me han prestado ayuda moral, práctica o técnica en algún momento del viaje hasta la publicación: Lesley Collins, Beverley y Richard Higgins, John Attia, Tim Haydon, Cate Campbell, Margie Bale, Genevieve Freeman, Don Norris, Louise Williams, Ian Thomas, Ellen Fanning, Peter Dredge, Peter Kerr, Simon Longstaff, Jane Porter, Timoer Nugroho, Veronica Abolins, John Fairfax, Mark Nelson, Duncan Trevor-Wilson y Alice Chen, Nathan y Kate Fabian, John van Geldermalsen, que en paz descanse, el personal del centro de cuidados familiares Tresillian de Willoughby y Anne Blackstone y todo el personal del centro de salud para la primera infancia de Harbord.

De excepcional cabe calificar al equipo de Allen & Unwin, brillantemente encabezado por Jane Palfreyman. Quiero dar las gracias a Jo Lyons, Ali Lavau, Kate Butler, Siobhán Cantrill, Catherine Milne, Lisa White, Wenona Byrne, Andy Palmer y Karen Williams, así como al resto, por su profesionalidad y su entusiasmo.

Por último, a Oliver, Skye y Luke, todo mi amor, siempre… pero gracias en especial a Skye, mi bella no durmiente, por haberme tenido despierta y escribiendo.

Si te ha gustado esta novela,
también querrás leer

Un secreto
bien guardado

Una madre y una hija separadas
por el destino.

La isla
de las mariposas

Un fascinante viaje al pasado y un
gran éxito comercial.

Las amigas
de los ojos oscuros

Tres amigas inseparables en
las turbulentas décadas de los
sesenta, setenta y ochenta.

Una chef con estrella

Una mujer que brilla en la
alta cocina en una divertida y
emocionante novela *cook lit* que
dejará muy buen sabor de boca.